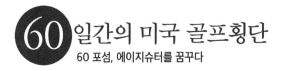

60 일간의 미국 골프횡단

60 포섬, 에이지슈터를 꿈꾸다

60일간의 미국 골프횡단

60 포섬, 에이지슈터를 꿈꾸다

최금호, 설병상, 장기풍, 양기종 지음

미국 퍼블릭 100대 골프장에서 환상적인 라운드를!
골프장, 호텔 및 캠핑장 예약·이용, 골프 라운드에 이르기까지
미국 골프횡단투어에 관한 최초의 골프 여행 가이드

푸른영토

다스팀 "미 대륙 골프횡단 완주!" 이 소식을 지인으로부터 들었을 때 내 귀를 의심하지 않을 수 없었다.

한국 골퍼로서는 처음 시도한 4명의 미 대륙 골프 횡단!

"62일간 미국 13개 주, 36개 골프장을 누비며 '마라톤 골프'에 성공했다."는 골프다이제스트와 한국경제의 소식!

더욱 놀라운 것은 그 힘든 골프 횡단을 감행한 이들이 64세의 고교 동창생들이라는 것이었다. 이 무모하리만치 용감한 포섬들은 캠핑카를 타고 무려 1만1,346km 를 누비며 미국을 그야말로 종횡무진 라운드하며 다녔다. 정말이지 존경과 경이의 시선을 보내지 않을 수 없었다.

골프는 자신과의 싸움이자 자연과의 싸움이다. 골프코스는 페어웨이와 그린만 있는 것이 아니다. 숲도 있고 강도 있고 연못도 있으며 심지어 모래웅덩이까지 있다. 이렇게 장애물을 헤치며 자신이 원하는 코스로 나아가는 게임이 골프이다 보니 흔히들 골프를 인생과 비유하는 것을 많이 볼 수 있다.

다스팀이 걸었던 62일간의 미 대륙 골프 횡단은 한국 골프 사에
도 유례가 없는 쾌거이지만 그보다 우리를 감동케 했던 것은 이역만
리 타국에서 벌인 그들의 아름다운 우정과 끊임없이 서로를 격려하
며 일구어낸 처절한 도전 정신이었다. 여기에 그들만의 강점인 60년
이 넘는 인생 구력이 보태져 그야말로 모험의 라운드가 가능했던 것
이리라.

그들은 스스로도 서로의 양보와 이해, 희생이 없었다면 성공하지
못할 뻔한 대장정이라고 평가했다.

일찍이 골프 황제 아놀드 파머는 "골프에서의 승리는 체력보다
정신력과 강인한 인격에 있다."고 했고, 벤 호건은 "골프의 구성요
소는 50%의 멘탈, 40%의 셋업, 10%의 스윙으로 이루어져 있다."고
했다. 전적으로 동감한다. 그만큼 골프는 멘탈 게임이고. 정신력
싸움이며 인격 수양의 장이다. 그래서 이들이 그 많은 골프장에서
멋진 라운드를 한 것만큼이나 서로의 우정을 토양으로 숱한 어려움
을 헤치며 쌓은 두 달여의 여정은 골프의 또 다른 매력을 실험한 게
아닌가 하는 생각이 들기도 했고, 부럽기도 했다.

우리들은 이 책을 통하여 미국골프여행에 관한 다스팀의 준비과
정과 시행착오와 경험들을 거울삼아 멀리만 느껴진 미국 골프여행
을 자신 있게 할 수 있으리라 확신한다.

아무쪼록 다스팀의 귀중한 첫걸음이 제2, 제3 다스팀의 도전으
로 이어지기를 진심으로 기원한다.

2014년 12월

J골프 해설위원 **임경빈**

6

60 청춘들, 꿈을 꾸다

우리는 골프를 꿈꾼다

우리는 푸른 잔디가 끝없이 펼쳐진 잔디 위에서 시원하게 드라이브 샷을 날리고 정교하게 퍼팅을 한다. 우리는 예약된 골프장이라면 시간과 장소, 어느 동반자 등 가리지 않고 어디에서든 골프를 쳤다. 억수같이 비가 내리치는 날에도, 세상이 온통 하얀 눈 세상으로 덮여 수없이 공을 잃어버리는 날에도 우리는 어김없이 골프를 쳤다. 그렇게 우리의 우정이 세월의 깊이만큼이나 깊고 넉넉해질 즈음, 가끔 외국에 나가서 부부 동반 골프를 치기도 했다. 처음엔 중국에서 그리고 태국이나 말레이시아 같은 동남아시아에서 호쾌한 샷을 날렸다.

우리에게 골프란 어떤 의미였을까? 혹자는 골프는 '나이 듦의 미학'을 그대로 빼다 박은 세상에서 가장 철학적인 스포츠라는 찬사를 남겼고, 혹자는 그저 '내기'에 급급한 또 다른 오락에 불과할 뿐이라고 혹평하기도 했다. 골프를 말하면서 참 많은 상징과 비유가 동원되곤 했다. 연인 같다느니, 친구 같다느니, 인간의 욕망을 부추

긴다느니 하는 수많은 찬사와 질시의 미사여구 속에 우리는 우리만의 방식으로 골프를 이해하고 사랑했다. 그렇게 우리의 골프 사랑은 점점 더 새로운 목표를 향해 치달리고 있었고, 꿈꾸던 '아메리카 골프 횡단'이라는 다소 비현실적인 목표를 현실화하기에 이르렀다.

처음엔 한 사람의 꿈이었던 '미국 골프 횡단'이 두세 사람의 바람으로 번져 급기야 돌이킬 수 없는 60 청춘들의 아름다운 도전이 되고 말았다. 그날이 오기까지 우리는 연습장에서 연습 볼을 수없이 날려버리며 준비 또 준비를 통해 어쩌면 한번일지도 모를 그 달콤한 추억을 완벽하게 실행하기 위한 주도면밀한 도전에 돌입했다.

다스팀, 힘찬 도전을 위한 준비

벌써 2년이 지났다.

지난 2012년 9월 10일, 가족들과 친구들의 따뜻한 응원을 받으며 생애 처음으로 62일간의 미국 대륙횡단 골프여행을 떠났던 그날이 주마등처럼 스쳐 지나간다.

당시 나이 64세, 보성중고등학교 58회이자, 68년 졸업 동기동창인 우리는 캠핑카로 미국대륙 13개 주, 1만 1,346킬로미터^{7,050마일}를 달리고, 11개 캠핑장과 35개 호텔에서 숙식하고, 36곳의 골프장에서 라운드를 하는, 포섬^{Foursome} 골프여행을 감행했었다. 미국과 한국 골퍼 중에서 한 사람 혹은 두 사람이 미국 대륙횡단 골프여행을 한 기록들은 있으나, 4명의 기록은 아직까지 없었다. 우리의 도전 가치를 어떻게 평가하든, 처음 시도하였고 성공한 우리의 골프여행은 우리 모두에게 무한한 자긍심을 갖게 하였다.

우리는 골프원정단의 이름을 다스팀^{DAS Team : Dreaming Age Shooter}이

라 정하였다. 에이지 슈터Age Shooter를 꿈꾸고 이루려고 노력하는 팀이라는 뜻이다. 에이지 슈터는 18홀을 도는 동안 자신의 나이와 같거나 그 이하의 타수를 기록하는 것을 말한다. 골프 마니아라면 누구나 한번쯤 '에이지 슈터'를 꿈꾸게 마련이다. 나이가 어릴수록 에이지 슈터는 상상조차 할 수 없고 반대로 나이가 들면 비거리가 현격하게 짧아지기 때문에 좋은 성적을 내기가 쉽지 않다. 이븐파로 에이지 슈터에 성공하려면 70세가 넘어야 하니 어떻게 보면 에이지 슈터라는 것은 프로도 도달하기 힘든 무모한 목표일지 모른다.

꿈꾸는 60대 청년들의 용기 있는 도전은 미국 대륙횡단의 꿈을 버리지 않았던 한 친구로부터 시작되었다. 바로 다스팀의 최금호. 우리는 그를 미국 골프원정단의 단장으로 선출하였다이후 '최 단장'으로 지칭함. 그는 1980년대 초반 법학을 전공하기 위하여 미국으로 유학을 떠났다. 24시간이 모자라는 빡빡한 학업 일정 속에서도 틈틈이 미국의 젊은이들의 대륙횡단 소식에 귀 기울이고, 도보로 자전거로 자동차로 그들만의 꿈을 성취해가는 과정에 신선한 충격을 받곤 했다. 최 단장은 유학을 마치고 급히 귀국하느라 자신이 꿈꾸던 대륙횡단 여행을 실천에 옮기지는 못했지만 항상 가슴속에 태평양만한 고래를 숨겨두고 살았다. 무엇보다도 그 광활한 대지의 복 받은 땅을 제대로 느껴보고 싶었다.

그러다 1990년 보성고 동기골프모임인 '성백회'를 창립하고 동창들과 골프회합을 자주 가지면서 자연스럽게 '미국골프여행'의 꿈을 키우게 되었다. 그리고 10년 후쯤 미국에 살다온 친구들을 통해 '미국골프여행'에 대한 얘기가 심심찮게 거론되자, 한 번 미국골프여행 제안을 해보면 어떨까 하는 생각을 하기에 이른다. 하지만 금세 추진될 수 있을 것 같은 이 일이 현실화되기에는 그때는 시기상조였던 듯. 한창 무르익던 얘기들은 시간이 지나자 언제 그랬냐는 듯 없었던 일이 되곤 했다.

그 후 2009년부터 최 단장을 위시한 골프 멤버들^{설병상, 양기종, 장기풍}은 오크밸리 골프장에 자주 골프를 치러 다니면서 자연스럽게 '미국골프여행'이 수면 위로 떠오르게 된다. 최 단장의 미국골프여행의 꿈을 현실적으로 뒷받침한 사람은 양기종. 멤버들은 골프 성적이 제일 좋았던 그를 다스팀 원정단 골프 대표선수로 선출하였다^{이후 '양 대표'로 지칭함}. 양 대표는 2010년에 미국 주재원으로 LA에 나가 있던 사위와 딸을 방문했다. 그곳에 사는 친구들과 부부 동반으로 골프를 치면서 미국의 인터넷 예약 문화를 알게 되었다. 인터넷 사이트에 들어가 예약을 하면 자연스럽게 부킹이 되었고, 내비게이션 Navigation으로 다니면 못 갈 곳이 없는 게 미국골프여행이었다. 방문한 골프장은 주로 퍼블릭Public 골프장이었다. 한국처럼 부킹하는 것도 어렵지 않았고, 골프 치기도 주변사람 눈치 볼 일도 없었다. 미국인들에게 골프는 길거리 농구 같은 생활 스포츠였다. 미국에 두 달간 있으면서 무려 서른 번이나 골프를 쳤다. 미국은 골프천국이나 다름없었다.

미국에서의 소중한 경험을 한 양 대표는 한국에 돌아와 친구들과 골프를 치면서 자연스럽게 '미국골프여행'을 제안하기에 이른다. 2011년 3월, 양 대표의 제안에 화색을 하며 반긴 건 당연히 최 단장이었다. 벌써 여러 번 골프여행을 제안했던 당사자로서 정말 천군만마를 얻은 기분이었다. 함께 오크밸리에서 골프를 치던 설병상^{우리는 그를 다스팀 원정단 기록을 담당할 대표 작가로 선출하였다. 이후 '설 작가'로 지칭함}과 장기풍 사무총장^{우리는 그를 다스팀 원정단 총무로 선출하였다. 이후 '장 총장'으로 지칭함}이 흔쾌히 힘을 보탰다. 각자의 직함은 무게(?)를 느끼게 상향 조정하였다.

동창회 골프회에서 이 아이디어를 꺼내자 의외로 쉽게 팀이 만들어졌다. 처음엔 2팀 8

명이 참가 신청을 하여 2011년 5월 '미국대륙횡단 골프여행' 발기인 대회를 하였다. 이때부터 무모할 것 같았던 여행 준비일정은 일사천리로 진행됐다. 2011년 7월, 3차 정기모임에서 출발일자를 2012년 3월 23일로 결정하였다. 최 단장은 샌프란시스코에서 출발해 미국 남부를 지나 뉴욕에서 대장정을 마무리하는 50일간의 골프 30라운드의 1차 계획안을 짰다. 또한 2011년 9월 네이버에 카페^{http://cafe.naver.com/bfandchoi : 다스팀}를 만들었다.

세 번의 출발 무산

다스팀의 미국횡단여행은 '과연 실행될 수 있을까?' 싶을 정도로 수많은 암초들이 곳곳에 도사리고 있었다. 하지만 다스팀의 출발은 예기치 않은 난관을 뚫고 나간 4명의 단원들이 일궈낸 저력의 결과물이었다. 아무리 작은 일이라도 실행하기까지 예상치 못했던 돌발변수들이 있기 마련인데, 팀원들의 의지만으로 실행할 수 있을지 스스로도 반신반의하는 시간들이 많았다.

그 고투의 시간들을 증명이라도 하듯 3번이나 출발이 무산되는 위기를 겪기도 했다. 2011년 5월 6일에 1차 발기인 모임 이후 첫 출발 팀이 꾸려지기까지 8개월^{2012. 1. 25}, 다시 출발일자 연기와 최종 참가단원을 확정하여 출발^{2012. 9. 10}하기까지 또 8개월의 시간이 더 필요했다.

첫 번째 출발 무산 : 2012년 4월 출발, 신청자 8명 중 5명 중도 포기

2012년 1월 25일 열린 8차 준비모임에서 4월 10일 출발 신청자 8명 중 5명이 중도 포기하여 최종 참가자는 3명으로 줄어들었다. 5명 중 두 명은 회사 일로, 한 명은 부모님의 병세 악화로, 또 한 명은 건강이 좋지 않아서, 나머지 한 명은 자식 혼례문제가 생겨 참가를 포기하였다. 참가 의사를 밝힌 3명은 설병상, 양기종, 최금호였다. 특히 설 작가는 2011년 11월 전립선 암 수술을 받았음에도 불구하고 적극 참가의사를 밝혀, 계획이 무산되기 직전 다스팀 출발의 불씨를 살려주었다. 누구도 감당하기 어려운 상황 속에서의 그의 열정과 결단이 없었다면 다스팀의 원정은 이루어지지 않았을 것이다. 대륙횡단 골프여행의 동반자는 3명보다는 4명 1팀이나 8명 2팀이 최적의 인원이다. 이유는 골프장 부킹과 이용요금, 캠핑카 렌탈, 호텔 비용, 식비 등 모든 비용들이 3명보다 4명이 경제적이며, 장거리 여행에서 운전 부담도 줄일 수 있기 때문이다. 그러므로 3명 출발을 결정한 단원들의 마음도 그리 편치 않은 상황이었다.

두 번째 출발 무산 : 2012년 4월 출발, 1년 연기

2012년 2월 6일 9차 정기모임은 3명이 참석하여 참가인원 변경에 따른 전면적인 계획 수정에 관한 의견을 나누고 4월 10일 출발을 확인하였다. 그러나 다음날 설 작가 가족은 전립선 암 수술을 11월에 하고 5개월 후인 4월에 장거리, 장기간 여행을 한다는 것은 본인의 의지와 관계없이 매우 위험하다고 많은 걱정을 하였다. 설 작가는 계획대로 4월 출발을 강력히 주장하였으나, 양 대표와 최 단장은 설 작가의 건강 회복을 위하여 4월 출발을 다시 1년간 연기하기로 결정하였다. 하루 후에 일어날 일도 예측할 수 없는 것이 인

간사인데 1년의 연기는 사실상 다스팀 원정의 불씨는 꺼졌다고 볼
수 있었다.

세 번째 출발 무산 위기 : 비행기 표 발권 후 출발 보류

2012년 5월 22일 10차 정기 모임은 그동안 허리 협착증세로 중
도 포기하였던 장 총장이 병세가 호전되어 다스팀 원정단에 다시
합류하여 4명이 참석하였다. 완전히 꺼진 줄 알았던 불씨가 다시
지펴지는 정말로 기분 좋은 모임이었다. 출발일자를 9월 10일로 정
하고 5월 31일까지 비행기 표를 예약하기로 결정하였다. 그런데 4
명 모두 비행기 표를 발권한 9일 후인 6월 9일 양 대표에게 문제가
생겼다. 해외취업의 제안이 있어 일주일 정도 검토해야 한다고 최
단장에게 연락한 것. 만일 취업이 결정되면 양 대표는 여행을 포기
해야 하며, 다스팀의 출발은 또다시 재검토해야 한다. 이제 90일
남은 출발 일을 카운트다운하면서 마무리 준비를 열심히 하고 있
던 최 단장에게 청천벽력 같은 소식이었다. 최 단장은 나머지 2명의
단원에게는 양 대표의 취업 문제를 전달하지 않고, 양 대표의 결정
을 듣기까지 5일간 벙어리 냉가슴 앓는 시간을 보냈다.

준비된 사람만이 꿈을 이룰 수 있다

갈 수 있다, 없다를 반복하며 여행의 실효성이 의심되던 때에도
최 단장은 누구보다 열심히 준비하고 또 준비했다. 무엇보다도 아
무도 가지 않은 길이었던 만큼 어느 것 하나 자신할 수 있는 게 없
었다. 처음에 회원들이 제시한 의견은 미국골프횡단여행을 도와줄
가이드나 플래너Planner를 찾아보자는 것이었다. 물론 그런 사람은

출발 확정 후 장 총장 사무실에서,
왼편부터 양 대표, 설 작가, 최 단장, 장 총장

없었다. 왜? 우리가 세계에서 처음 하는 일이니까.

세 번의 출발 무산 위기를 겪을 때에도 최 단장은 '어떻게 만든 기회인데, 이 계획을 접을 순 없지 않느냐?'는 그 나름의 뚝심으로 밀고 갔다. 여기엔 1년 6개월의 준비 과정에서 진행된 회원들 간에 격의 없는 토론이 이 여행을 꼭 성사시켜야 한다는 사명감으로 다가왔다. 모임 때마다 허심탄회하게 토론에 토론을 거듭하면서 하나둘 눈에 보이는 회의 성과들이 나오기 시작했다. 무엇보다 토론을 통해 회원들이 얻은 결론은 '자신을 버리고 팀을 위한 자세를 갖지 않는 한 아무리 좋은 의도의 여행이라도 끝까지 잘 마치고 돌아오기가 어렵겠다.'는 결론이었다. 그래서 여행에 필요한 모든 준비는 회원의 의견을 존중하는 설문조사를 토대로 진행했다. 팀원 간의 조화를 이루기 위해서는 어느 한 사람의 의견이라도 소홀히 하거나 대충 넘어가서는 안 되겠다는 판단이 섰기 때문이다.

그 후로는 최 단장은 하루에도 열두 번 미국을 여행하고 다녔다. 컴퓨터 웹사이트를 샅샅이 뒤지며 얻은 결론은 준비가 철저하지 않으면 이 여행은 감행할 수 없겠다는 것이었다. 그때부터 최 단장의 꼼꼼한 일정표 챙기기가 시작되었다. 골프장과 호텔은 어떻게 예약할 건지? 캠핑장은 어떻게 예약할 건지? 캠핑카는 어떻게 예약할 건지? 한국 식료품을 파는 마트는 어떻게 찾아갈 건지 등등.

최 단장의 수백 번에 걸친 확인과 조사 끝에 하나둘 일정표의 빈 칸이 채워지기 시작했다. 최종 여행 루트는 동부 뉴욕에서 해안선을 따라 남부를 거쳐 서부 샌프란시스코까지로 결정했다. 또한 골프장은 미국 100위 퍼블릭^{Public} 골프장과 각 주 20위 이내 골프장으로 예약을 하기로 했다. 최 단장은 골프장 홈페이지를 방문해 위치와 예약 방법, 할인 방법까지 꼼꼼히 조사하는 치밀함을 보였다.

골프장 점검을 마친 최 단장은 골프장 인근 호텔과 캠핑장을 일일이 사이트에 들어가 비교·조사한 후 최적의 숙박지를 일정표에 적었다. 무엇보다 중요한 방문예정지의 9월 10일에서 11월 11일까지의 1년 전 평균 날씨를 조사해 일정표 해당 칸에 꼼꼼히 적어 넣었다.

비장한 출사표 : 돌격 앞으로!

2012년 9월 5일, 출발 5일 전 우리들은 친구 손상진^{우리는 그를 다스팀 매니저로 선출하였다}의 주선으로,〈골프 다이제스트〉전용 스튜디오 '클레인^{Krein}'에 모여 남화영 기자와 〈골프 다이제스트〉10월호에 실릴 인터뷰와 사진 촬영을 했다. 사진 촬영 구호는 온 몸의 기를 끌어올린 '돌격 앞으로!'였다. 적지 않은 나이에 힘들게 도전하는 모습을 카메라에 담기를 원해서다. 사진감독은 부드러운 우리의 본래 모습은 외면한 채 험상궂은 표정과 포즈가 나올 때까지 계속해서 셔터를 눌러댔다. 모델들의 화보를 찍기 위한 노고가 어떤 것인지 조금은 알 것 같았다. 불과 몇 장의 사진을 위해 2시간 정도 사진감독이 원하는 포즈를 취하는 것이 생각보다 무척 힘든 작업이었지만 우리들에게는 즐거운 체험이었다.

그날 저녁 서울 종로 통인동 추어탕 집에서 출정식을 가졌다. 보성 교우회 회장 김태성, 동기회장 고순영, 손상진, 이경섭, 이호선,

권영달, 이상근, 남화영 기자 그리고 우리 4명 등 도합 12명이 덕담을 주거니 받거니 하면서 분위기는 최고조에 달했다. 모두의 마음은 부디 성공하고 돌아와서 2차, 3차로 도전하는 친구들이 나오기를 간절히 바랐다.

골프용품사 볼빅Volvik은 64세 동갑내기 포섬이 캠핑카를 타고 미국 대륙횡단 골프여행을 한다는 취지에 감동하여 손 매니저를 통하여 골프공 30박스와 모자, 장갑, 기능성 이너웨어 등 골프 용품을 협찬했다. KBS 스포츠국장 등을 역임, 2014년 인천 아시안게임 미디어 본부장으로 근무했던 손상진은 자녀 출가 때문에 참가하지 못한 아쉬움을 대신하여 다스팀의 강력한 서포터로 남았다. 그리고 다스팀의 위상을 높이기 위하여 미국 뉴욕과 LA의 보성 동창회를 방문하여 교우회 선물을 증정하도록 계획한 보성 교우회 김태성 회장의 깊은 우정에 감사드린다. 또한 다스팀의 성공을 기원하면서 2달러짜리 행운의 지폐 세트를 정성스럽게 선물한 친구 이낙근, 여행에 필수품인 빅토리녹스Victorinox 여행 칼 세트를 협찬한 최동량 회장님, 그리고 선블락 세트를 선물한 한돈규 회장님께 감사드린다. 그리고 다스팀의 성공을 위하여 따뜻한 격려의 말씀들을 보내주신 여러 회원님들에게도 진심으로 감사드린다.

최 단장, 출국보고

사랑하는 회원님들께 출국 보고 드립니다. 20년 동안 미국 대륙횡단 골프여행의 꿈을 간직하고 있었습니다. 이제, 1년 6개월 동안의 계획과 준비를 마치고 1차 다스팀, 드디어 내일 미국으로 출발합니다. 국내외의 경제 상황은 어렵고 한국과 미국에 자연재해의 상처가 아물지 않은 어려운 시기에, 꿈은 있으나 여러 가지 여건이 충족되지 않아 여행 계획을 세우지 못하고 있는 회원 여러분께 송구스러운 마음이 듭니다.

그러나 다스팀의 1차 여행을 통해서 젊은이들이 꿈과 용기를 갖게 되고, 은퇴 세대 분들에게는 자신감을 갖게 하는 계기가 되었으면 하는 것이 저희들의 바람입니다. 또한 저희들은 이번 여행을 통해서 지난 60여 년 동안 가족을 비롯한 저희들 주변의 모든 사람들에게 저희들이 얼마나 이해하고, 배려하고, 용서하고, 희생하고, 봉사하고, 사랑을 베풀려고 노력하였는가를 뒤돌아보고, 앞으로 남은 인생은 사랑으로 모든 분에게 다가가는 사람이 되었으면 하는 바람입니다.

저희들에게 꿈과 용기를 주시고,
건강과 시간과 함께할 친구를 주신
하나님께 감사드립니다.
모든 회원님 가내에 항상 사랑과
평안이 가득하시기를 기원 드립니다.

2012. 09. 09
최금호

차

례

1
Golf
Stage

미국 골프 여행,
스타트!

2
Golf
Stage

머를 비치, 세계 골프 수도에서
환상적인 골프 라운드

3
Golf
Stage

미국 남부 골프 스타일,
조지아, 플로리다, 루이지애나

4
Golf
Stage

황량한 서부 사막을 가르며 시원한 드라이브를

5 LA, 친구들, 우정이 빛나는 마지막 라운드

Golf Stage

미국 골프 횡단 안내도

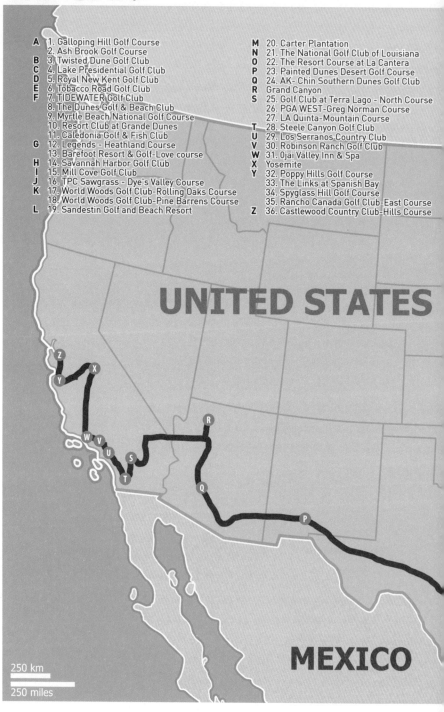

A
1. Galloping Hill Golf Course
2. Ash Brook Golf Course
B
3. Twisted Dune Golf Club
C
4. Lake Presidential Golf Club
D
5. Royal New Kent Golf Club
E
6. Tobacco Road Golf Club
F
7. TIDEWATER Golf Club
8. The Dunes Golf & Beach Club
9. Myrtle Beach National Golf Course
10. Resort Club at Grande Dunes
11. Caledonia Golf & Fish Club
G
12. Legends - Heathland Course
13. Barefoot Resort & Golf-Love course
H
14. Savannah Harbor Golf Club
I
15. Mill Cove Golf Club
J
16. TPC Sawgrass - Dye's Valley Course
K
17. World Woods Golf Club-Rolling Oaks Course
18. World Woods Golf Club-Pine Barrens Course
L
19. Sandestin Golf and Beach Resort

M
20. Carter Plantation
N
21. The National Golf Club of Louisiana
O
22. The Resort Course at La Cantera
P
23. Painted Dunes Desert Golf Course
Q
24. AK- Chin Southern Dunes Golf Club
R
Grand Canyon
S
25. Golf Club at Terra Lago - North Course
26. PGA WEST-Greg Norman Course
27. LA Quinta-Mountain Course
T
28. Steele Canyon Golf Club
U
29. Los Serranos Country Club
V
30. Robinson Ranch Golf Club
W
31. Ojai Valley Inn & Spa
X
Yosemite
Y
32. Poppy Hills Golf Course
33. The Links at Spanish Bay
34. Spyglass Hill Golf Course
35. Rancho Canada Golf Club-East Course
Z
36. Castlewood Country Club-Hills Course

UNITED STATES

MEXICO

250 km

250 miles

1
Golf Stage

미국 골프 여행, 스타트!

에이지슈터를 꿈꾸며 62일간의 미국 골프여행에 오른 다스팀.

2012년 9월 10일, 인천공항에서 가족과 보성고 동창들의 따뜻한 환송을 받으며 장도에 오른 4명
의 다스팀원들은 미국에 첫 발을 디디면서부터 쉽지 않은 골프횡단여행의 매서운 맛을 보게 된다.

세계에서 단 하나밖에 없는 60 청춘들의 미국 골프여행 도전기는 캠핑카 인수, 첫 골프 게임, 캠핑
카에서의 첫날 밤, 맨해튼 관광, 게임 룰을 놓고 다툰 사연까지 어느 것 하나 만만한 것이 없는 좌
충우돌 12일간의 이야기를 펼쳐놓는다.

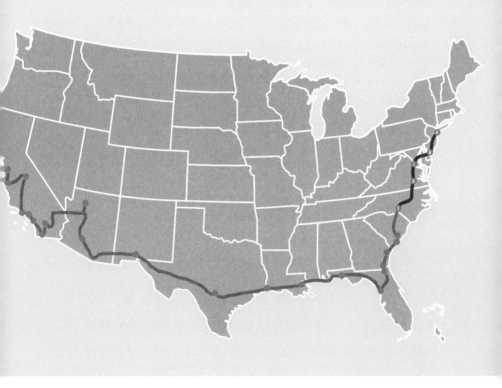

이동경로

● 이동 경로

뉴욕 J. F. 케네디 공항 → 뉴저지주 엘몬테시 → 뉴저지주 애틀랜틱시티 → 워싱턴 D.C → 버지니아주 샌드스톤시 → 노스캐롤라이나주 샌포트시 → 노스캐롤라이나주 웨이드시(총 1. 709km)

● 골프 라운드

A 1. 갤로핑 힐 골프장 · 2. 애쉬 브룩 골프장
B 트위스티드 듄 골프장   C 레이크 프레지덴셜 골프장
D 로얄 뉴켄트 골프장   E 타바코 로드 골프장

● 관광

맨해튼 관광   워싱턴 D. C 관광

DAY 1
2012. 9. 10

- **방문도시** New York, NY → Elizabeth, NJ
- **중요사항** 1. 캠핑카 사무실 방문시간 확인
  2. 예약관련 미국 핸드폰번호 변경통지
- **날씨** 맑음   **기온** 17~27℃
- **주행거리** 0km   **주행누계** 0km *주행거리는 캠핑카 운행거리 기준

따뜻한 환송을 받으며 떠나다

　2012년 9월 10일 07시, 인천국제공항 대한항공 B 카운터에 다스팀 멤버들이 부인들과 함께 등장한다. 석별의 정을 확실하게 나눈 듯 약간 상기 된 표정들이다. 탑승수속 줄에 서서 혹시 빠진 것은 없는지 확인을 한다. 잠시 후 고순영 동기회장, 손상진, 이호선 그리고 한돈규 회장님이 이른 시간을 마다하지 않고 손을 흔들며 나타난다. 따뜻한 정성에 그저 감사한 마음뿐이다. 이런 고마운 친구들이 있어 이번 여행은 반드시 성공하리라고 다짐을 해 본다. 미국행은 보안검사가 까다로워서 시간이 많이 걸리기 때문에 서둘러 입국장으로 들어서다 보니 배웅 나온 사람들과 아침식사를 함께하지 못한 아쉬움을 남기고 출발하였다.

　설렘과 지루함이 반복되는 비행기 안에서 최 단장은 마음속에 적어놓은 '우려 되는 것들'을 되새겨보며 생각이 많아진다.

1. 모든 일정이 계획대로 순조롭게 진행될까?
2. 승용차보다 크고 높은 캠핑카를 모두 무사히 운전할 수 있을까?
3. 모두가 62일 동안 빡빡한 일정을 건강히 소화할 수 있을까?
4. 토네이도, 허리케인을 만나면 어떻게 대처해야 하는가?
5. 뜻하지 않은 위급상황 발생 시 대처 방안은?
6. 단원 간 불협화음이 생길 때 어떻게 해결하여야 할까?

14시간 비행 후, 14시간 시차가 있는 뉴욕 존 F 케네디$^{John\ F.}$ ^{Kennedy} 공항에 당일 오전 11시 20분 무사히 도착했다. 밀려드는 입국객들과 함께 한 시간 넘게 수속을 마친 후, 한국에서 미리 예약해 놓은 승합차로 약 2시간 이동하여 뉴욕 베이스캠프인 이코노 로지 $^{Econo\ Lodge}$ 호텔에 짐을 풀었다. 그런데 사전 조사한 홈페이지 내용과 달리 방이 작고, 침대도 낡아 보이고, 욕실도 좁아 보인다. 우리나라 여관 정도 수준이라 가격에 비해 약간 실망스러웠다. 늦은 점심을 먹으러 나섰는데 버거킹이 눈에 띈다. 누군가 미국에 왔으니 본토 햄버거와 콜라로 첫 식사를 시작해야 한단다. 허겁지겁 햄버거를 시켜 먹어보니 왜 이리 양은 많은지, 한국 햄버거의 1.5배는 되는 것 같다. 식당 안을 둘러보니 대부분이 청바지가 터질 것 같이 넉넉해 보이는 사람들뿐이다. "60일 후에 우리도 저렇게 되는 것 아니야?" 하고 장 총장이 걱정을 한다.

저녁식사는 면세점에서 사온 발렌타인 위스키와 마른안주로 대신하고 앞으로의 모든 일정이 무사히 마치기를 기원하면서 낯선 땅에서 첫날밤을 보냈다.

출국수속을 마치고 배웅나온 친구와 가족들
앞줄 왼쪽부터. 다스팀 양기종, 설병상, 장기풍, 최금호

첫 숙박지 Econo Lodge에서는 기대에 못 미치는 숙소라 실망했지만 새로운 출발을 다짐하며 원샷

DAY 2
2012. 9. 11

- **방문도시** Linden, NJ → Ridgefield, NJ → Fort Lee, NJ → Elizabeth, NJ
- **중요사항** 1. 캠핑카 교육, 인수, 시운전
          2. 한국식재료 구입
          3. 양 대표 동생 저녁
- **날씨** 맑음   • **기온** 12~25℃
- **주행거리** 168km   • **주행누계** 168km

캠핑카 인수와 시운전

　캠핑카! 미국에서는 캠핑카를 알비^{RV : Recreation Vehicle}, 모터 홈^{Motor Home}, 또는 캠퍼^{Camper}라 부른다. 캠핑카는 미국에 도착한 후 앞으로 우리와 60여 일을 함께할 중요한 애마인지라 어떻게 생겼는지, 운전은 어떻게 하는 건지 등등 여러 가지가 궁금했다. 숙소에서 택시를 타고 엘몬테^{El Monte} 뉴저지 지사에 오후 1시경 도착하여 인수계약서 작성과 영상을 통한 오리엔테이션을 받은 후 차량을 인수했다.

　사무실에 도착하기 전 택시 속에서 캠핑카에 대해 이런저런 궁금증들을 얘기했다. 그 중에서도 설 작가의 가장 큰 관심사는 어느 정도의 수납공간이 있느냐 하는 것이었다. 두 달간 4명이 함께 기거하며 생활하기 위해서는 많은 짐이 있을 것이고 거기에 골프채까지 있다 보니 별도 짐칸이 없으면 불편하기 짝이 없을 것이다.

　캠핑카는 차종에 따라서 규격이 다른데 우리가 인수한 C-25형은 우측 아래 칸에 눈짐작으로 보아도 골프채 4개와 대형가방 4개 이상을 넣고도 남을 충분한 공간이 있었다.

　일반적으로 캠핑카 렌탈은 캠핑카 회사 사이트를 통하거나 직접 전화로 예약한다. 예약시기와 렌탈 비용은 성수기^{보통 5월~10월}와 비수기에 따라 차이가 있다. 성수기에는 예약을 5~6개월 전에 미리 하지 않으면 예약이 매진되는 경우가 있으며, 렌탈 비용도 대폭 상승한다. 다스팀은 1년 동안 출발일자를 2번 연기하고 마지막으로 출발을 확정한 일자가 출발 3개월도 남지 않은 6월 14일이었다. 그당시 전국 규모의 미국 캠핑카 회사 3곳은 이미 다스팀이 원하는 C25 스탠다드 RV의 예약이 매진되었다. 난감한 상황이었으나, 미국에 있는 최 단장 형님의 노력으로 다행히 엘몬테^{El Monte} RV 일본 에이전트를 통하여 예약을 할 수 있었다.

　미국에서 캠핑카를 운전할 수 있는 자격은 미국 일반 운전면허증을 소유한 만 21세 이상 운전자와 해외 보통 운전면허증^{한국은 1종 및 2종 보통 운전면허}과 국제면허증을 함께 소지한 운전자이다. 한국의 2종 운전면허증을 소지한 사람이면 누구나 캠핑카를 운전할 수 있다. 캠핑카는 일반 임대차량과 달리 운행제한 규정이 있으며, 규정을 위반하여 사고가 발생할 경우 모든 책임은 차량임차인^{Renter}에게 있다.

　중요한 캠핑카 운행제한구역은 1)공공도로가 아닌 비포장 도로 ^{Off-road} 2)섭씨 60도까지 올라가는 7월과 8월의 데스밸리^{Death Valley} 3)멕시코 차량책임보험을 별도로 가입한 경우만 허가하는 멕시코 ^{Mexico} 4)가스레인지를 부착한 차량의 출입을 금지하는 뉴욕 맨해튼 ^{New York City / Manhattan} 등이다.

　엘몬테 지사에서 차량 사용 설명을 자세히 들은 다음 시운전은 최 단장, 양 대표, 설 작가, 장 총장 순서로 하기로 결정하였다. 최 단장은 처음으로 핸들을 잡고 운전을 하면서 첫째도 안전, 둘째도 안전을 강조하며 조심스럽게 1시간 정도를 능숙하게 마쳤다.

설 작가가 운전대를 잡자 옆자리에 앉은 교관 최 단장은 "천천히 가라", "커브 길에서는 원을 크게 돌아라.", "앞차와 거리를 두어라." 하며 얼마나 잔소리(?)가 심한지 모른다. 내비게이션 보랴, 앞차를 보랴, 잔소리(?) 들으랴 정신이 없어 한 시간을 어떻게 운전했는지 모르겠다고 설 작가가 투덜거린다. 그래도 미국에서 처음으로 대형차를 운전하며 한 시간씩을 무사히 왔다는데 만족하며 다음을 위해 좋은 교육을 받았다고 그리 싫지 않은 표정이다. 운전연습 도중 아슬아슬한 순간도 제법 많았으나 다들 베테랑들이라 무사히 운전 감을 익혔지만 순간순간이 긴장의 연속이었다. 최 단장이 염려스러워 옆에서 주의를 주며 바라보는 표정에서 안타까움이 배어난다. 단장의 솔선수범하는 헌신적인 모습이 무척이나 고맙게 느껴진다. 떡본 김에 제사지낸다고 운전연습을 겸해 식재료 구매에 나서기로 했다. 제법 큰 차를 러시아워에 진땀 흘려가며 몰고 숙소에서 30km 정도 떨어진 한국인들이 많이 이용하는 한양슈퍼로 장을 보러 갔다. 주차를 하고 보니 미니버스 정도는 되는 것 같다. 앞으로 생존하는 데 필요한 품목을 조목조목 적어온 장 총장과 설 작가가 이게 너무 많네, 저건 필요 없네, 그건 몸에 나쁘네 하면서 서로 아웅다웅하며 카트를 가득 채운다. 양 대표가 한마디 거들다가 무시당하자 나가버린다.

오후 7시 뉴저지New jersey에 사는 양 대표의 여동생 가족들이 전기밥솥과 아이스박스를 들고 한양슈퍼 주차장으로 나와 반갑게 맞이한다. 저녁식사는 무엇을 하겠냐고 물으니 "한식당!" 하고 이구동성으로 합창을 한다. 아니 미국 땅을 밟은 지 하루 밖에 지나지 않

앞으로 60일간을 다스팀과 함께 할 캠핑카

캠핑카 내부를 뒷쪽에서 찍은 장면
운전석을 중심으로
위로 부터 오른쪽으로 침대, 싱크대, 식탁이 보인다.

뉴저지에 사는 양기종 대표의 여동생 가족이
우리들을 한식당으로 초대하여 맛있는 식사를 제공하고,
여행에 꼭 필요했던 전기밥솥과 아이스박스를 선물했다.

았는데 한식당이라니. 캠핑카를 숙소까지 몰고 가야 하는 임무 때문에 술을 마실 수 없어 아쉬워하는 최 단장을 보고 양 대표 조카가 대리운전 해줄 테니 걱정 말라고 하니 얼굴에 함박꽃이 피며, 바리톤의 목소리가 커진다. 미국 등심으로 푸짐한 저녁 만찬을 접대해 주고 숙소까지 전 가족이 와서 작별인사를 한 양 대표 동생 가족들에게 진심으로 고마움을 표한다.

캠핑카 계약내역

오늘 서명한 계약서의 주요 내용은 다음과 같다.

1. 임대기간^{Total of 59Nights} : 2012년 9월 11일 ~ 11월 9일(59일)

2. 인수장소^{Pickup} : 뉴욕 지사, 반납장소^{Return} : 샌프란시스코 지사

3. 총비용^{Prices} : $11,000

- 옵션 포함 임대비용^{All Inclusive Option} : $10,000

- 편도 반납비용^{One Way Drop Fee}(인수장소와 반납장소가 다른 경우) : $1,000

4. 포함내역

- VIP보험^{Vehicle Incident Protection Insurance} : 캠핑카에 데미지가 있을 경우 최고 $1,000까지만 지불 가능한 보험

- SLI보험^{Supplemental Liability Insurance} : $1,000,000까지 업그레이드 해주는 보험으로 제3자가 다쳤을 경우와 기물파손 등으로 인한 사고를 커버하는 보험

- 무제한 마일리지^{Unlimited Milage} 요금제 : 마일리지요금제는 1마일 당 금액을 미리 약정하고 계약기간 동안 운행한 마일을 계산하는 요금제이다. 예를 들어, 1,000마일을 주행한 경우 마일 당 요금이 $0.3이면 1,000마일 * $0.3 = $300을 지불한다. 그러나 무제한 마일리지는 미리 정한 일괄요금을 지불하면 계약기간 동안 무제한으로 운행하여도 추가요금을 지불하지 않는다. 장거리 여행자에게 유리한 요금제도이다.

- 무제한 발전기사용^{Free Generator Usage} : 발전기 사용시간을 계산하여 보통 1시간당 3달러 정도 지불한다. 그러나 무제한 발전기 사용옵션은 미리 정한 일괄요금을 지불하면 계약기간 동안 무제한으로 사용하여도 추가요금을 지불하지 않는다. 장기간 여행자에게 유리한 요금제도이다.

- 개인 침구세트^{Personal Convenience kit} : 이불, 베개, 수건, 침대커버 등, 1인당 50달러, 4인 200달러

- 키친세트^{Kitchen Kit} : 냄비, 접시, 수저, 프라이팬 등 주방기구와 식기류, 125달러

- 매출세^{Sales Tax} : 일종의 소비세, 약 7%

DAY 3
2012. 9. 12

- **방문도시** Kenilworth, NJ → Elizabeth, NJ
- **중요사항** 1. 첫 번째 골프 / Tee Time 12시 33분
      2. 첫 번째 분실사고
      3. 첫 번째 다툼
- **날씨** 맑음   • **기온** 12~25℃
- **주행거리** 25km   • **주행누계** 193km

첫 번째 골프장

　우리는 이틀 동안 베이스캠프인 이코노 로지Econo Lodge 호텔에서 워밍업캠핑카 인수와 운전 연습, 물품구입 등을 끝냈다. 우리는 이제 시차 적응도 하고 실전감각도 익힐 겸 미국 도착 3일 만에 골프 대장정의 첫 발걸음을 갤로핑 힐 골프장에서 시작하였다.

　미국에서 첫 번째 방문하는 골프장에 대한 설렘에 모두들 들뜬 기분이었다. 우리는 캠핑카를 몰고 갤로핑 힐 골프장Galloping Hill Golf Course에 도착해 널찍한 주차장 한편에 차를 주차시켰다. 클럽하우스를 찾으니 증개축공사가 한창이고, 가건물을 임시 프로 샵Pro Shop으로 사용하고 있었다. 그런데 골프장의 안내 데스크Front Desk가 프로 샵이라니 약간은 실망스러웠다. 골프 의류와 용품을 파는 프로 샵에서 골프장의 접수와 수납을 함께 진행했다.

　미국 골프장은 우리나라와 달리 클럽하우스 입구에 여러 명의 젊은 직원들이 반기는 호화로운 안내 데스크가 없다. 그리고 화려한

Galloping Hill Golf Course

갤로핑 힐 골프장(Galloping Hill Golf Course)은 뉴저지주(New Jersey) 캐닐워스(Kenilworth)시에 소재하며 유니  언 카운티(Union County)에서 운영하는 시립 대중골프장이다. 〈골프링크(Golflink)〉가 선정한 미국 최고 100대 골프장(Top 100 United States Golf Courses) 가운데 순위 24위이며, 〈골프 다이제스트〉 별표 3. 5개 등급의 골프장이다. 1928년 개장하였으며, 골프장 규모는 27홀이다. '말이 질주하는 언덕'이라는 의미의 '갤로핑 힐(Galloping Hill)' 골프장은 이름만큼이나 자연 그대로의 언덕과 계곡으로 둘러싸인 코스로 구성돼 있어 지역 내에서는 가장 도전적인 코스 중의 하나라고 한다.

골프장 규모 / 난이도

Par: 71	Black	6,775	Rating	71. 7	Slope	128
다스팀	Blue	6,267	Rating	69.1	Slope	125
	White	5,570	Rating	66.6	Slope	119
	Gold	5,003	Rating	69.0	Slope	116

코스 레이팅(Course Rating)과 슬로프 레이팅(Slope Rating)

미국의 골프장은 한국과 달리 모든 골프장의 스코어카드에 코스 레이팅과 슬로프 레이팅을 표시하고 있다. 처음 방문하는 골퍼에게 골프장의 난이도를 비교하는데 많은 도움이 되며, 정확한 핸디캡을 산출하는데 필요한 중요한 지표이다. 코스 레이팅(Course Rating)은 스크래치 골퍼(Scratch Golfer : Handicap 0)가 코스에 대해 느끼는 난이도이며, 파 72를 중심으로 이보다 많으면 어려운 코스라 할 수 있고 적으면 쉬운 코스라고 할 수 있다. 보통 레이팅(Rating)이라 부른다.

슬로프 레이팅(Slope Rating)은 코스 레이팅보다 더 많은 여건들을 참작하여 보다 더 세분화하여 비교해 놓은 것으로 보통 55에서 155 정도까지 구별되며, 보기 플레이어를 기준으로 113이 기준이 된다. 기준인 113보다 높으면 난이도가 높은 골프장이고, 반대로 기준보다 낮으면 상대적으로 쉬운 골프장으로 판단하면 된다. 보통 슬로프(Slope)로 표기한다. 파 71인 갤로핑 힐 골프장의 블루 티 레이팅 69.1은 기준 71보다 낮으므로 스크래치 골퍼에게는 쉬운 골프장이다. 반면에 슬로프 125는 기준 113보다 훨씬 높은 수치이므로 보기플레이어에게는 조금 어려운 골프장이라 볼 수 있다.

예약

홈페이지 (www.gallopinghillgolfcourse.com)에서 직접 예약.

골프장 요금

그린 피(Green Fees)는 여러 가지 기준에 따라 차이가 있다.

첫째, 성수기와 비수기 여부.

둘째, 주중과 주말, 공휴일 여부.

셋째, 년 회비 납부 예약카드 구입 여부.

넷째, 유니언 카운티 거주자(Union County Residents) 여부.

다섯째, 예약카드 구입한 시니어 혹은 청소년 여부(Senior, Youth).

여섯째, 첫 티 오프 시간(Tee off time)부터 마지막 티타임까지

골프 출발시간에 따라서 가격 차이가 다양하다.

일반요금 / 1인 그린 피 51달러 + 카트 16달러 = 67달러

다스팀 / 1인 67달러, 시니어 8%할인, 61. 6달러 / 4인 합계 246달러 / 21달러 할인

연락처

3 Golf Drive Kenilworth, NJ 07033 / 전화 (908) 241-8700

목욕탕도 없고, 캐디도 없고, 그린 피도 싸고, 전동카트 대신 개인 카트를 사용할 수도 있다. 이러한 골프 문화의 차이가 결국 미국은 대중 스포츠의 하나로 골프를 인식하고 있지만, 우리나라는 아직까지 사치스러운 운동으로 구별되는 것 같다.

프로 샵에서 접수를 마치고 클럽하우스에서 샌드위치로 점심식사를 했는데 짜기만 하고 정말 맛이 없다. 이유는 음식 맛보다는 단원들 간 내기 규칙을 놓고 한바탕 설전을 벌인 상태라 산해진미를 먹은들 맛있을 리가 없었다.

첫 번째 다툼

떨리는 가슴을 안고 '에이지 슈터Age Shooter'의 꿈을 이루기 위한 장도의 골프여행의 첫 발을 띠는 순간, 우리는 명예로운 골퍼로서의 다짐을 실천에 옮기기도 전에 '내기 규칙'을 놓고 한바탕 설전을 벌이고야 말았다.

언제나 그렇듯이 최 단장은 기존 룰대로 1달러한국에서는 1,000원짜리 스트로크 플레이를 하고 뽀찌어감이 이상하지만 국어사전의 뜻은 경기나 도박 등에서 이기거나 많은 돈을 획득한 사람이 기쁨과 감사함의 표시로 주위 사람들에게 일정양의 사례를 하는 것를 90% 이상 주자고 제안하였다. 하지만 다른 멤버들은 미국에 왔으니 다른 방식으로 내기를 하자며 각자 3달러씩 내고 1등은 4달러, 2등은 3달러, 3등 2달러, 4등은 1달러씩 갖고 롱기스트와 니어리스트에게 각각 1달러씩 지급하자고 한다. 이에 최 단장은 결과적으로 상금 배분이 기존 룰과 별 차이가 없으니 기존 규칙대로 하자고 하였고, 이에 맞선 다른 단원들도 자기주장을 굽히지 않았다.

4명 모두 서로 "왜 네 말만 옳고 내 말은 무시하느냐?"면서 점점 분위기는 이상한 방향으로 흘러가고 말았다. 서로 언성이 높아지면서 심지어는 과거 대화 태도까지 문제 삼으며 언쟁이 끊이질 않았다. 첫 번째 골프는 내기 룰을 정하지 못하여 내기 없이 치기로 하였다. 아마도 그동안 4명이 수없이 많은 골프를 치면서 내기 없이 친 골프는 이번이 처음이었다. 이것은 다스팀에 오래 남을 첫 기록(?)이다.

어쨌든 논쟁을 중단하고 티타임Tee Time이 여유가 있어 카트를 몰고 골프 연습장Driving range으로 갔다.

미국 연습장은 모두가 천연 잔디 위에서 연습 볼을 치는 줄 알았는데 이곳은 한국처럼 매트 위에서 연습 공을 치는 연습장이었다. 연습 볼 한 박스 35개에 5달러, 퍼팅그린, 어프로치 샷, 벙커 샷 연습은 무료이다. 방금 전 설전을 벌인 탓인지 모두가 말 한마디 없이 연습에 열중하였다. 식사를 하면서 그렇게 한바탕 실랑이를 하고 골프를 시작하다 보니 경기 분위기가 말이 아니었다. 모두 찜찜한 기분으로 골프 치는 내내 불편한 심기를 감출 수 없었다.

코스는 약간의 언덕과 계곡이 있어서 굴곡이 있지만 한국의 좁은 산악지역에서 훈련된 멤버들은 전혀 개의치 않고 잘 친다. 다만 양

티타임(Tee Time)

우리는 경기시작시간을 티 업tee up이나 티 오프tee off 대신 티 타임Tee Time으로 표현하기로 한다. 티 업tee up은 공을 티에 올려놓는 행위 자체를 말한다. 티 오프tee off는 코스에서 처음으로 공을 쳐내는 행위 즉, 티 샷을 하는 행동을 뜻하며, 경기를 시작한다는 의미이다. 따라서 경기 시작 시간을 뜻하는 표현으로 티 업 시간이나 티 오프는 잘못된 표현이다. 티 오프 타임tee-off time 또는, 줄여서 티 타임'tee time으로 표현해야 한다. 미국에서 골프 예약을 하거나, 예약 확인을 할 때에는 티 타임이라고 해야 상대가 알아듣는다.

첫 번째 다툼 후 첫 번째 티샷전의 어색한 표정들

자연 그대로의 언덕과 계곡에 둘러싸인 코스

잔디이고 러프는 우리나라처럼 잔디를 바짝 깎지 않기 때문에 볼이 러프로 들어가면 풀이 깊어 한 번에 탈출하기가 쉽지 않아 타수를 쉽게 잃어버린다. 어수선한 분위기 속에서 치러진 우리들의 역사적인 미국 원정 첫 번째 골프는 떠오르는 별, 설 작가가 첫 우승^{86타}을 했고 양 대표 → 장 총장 → 최 단장 순이었다.

경기가 끝날 무렵 최 단장은 7번 아이언을 잃어버렸다. 그런데 플레이가 먼저 끝난 두 명은 골프채를 찾는데도 소극적으로 시늉만 하고 먼저 주차장에서 기다리는 모습을 보면서 최 단장의 속마음은 부글거렸다.

최 단장은 시작부터 꼬인 실타래를 어떻게 풀어야 할까를 심각하게 고민하기 시작하였다. 그렇게 어렵게 떠난 여행 이틀 만에, '우려되는 것들' 중에 제일 중요한 단원 간의 불협화음이 터진 것이다. 별로 중요한 사안도 아니데 왜 서로 양보 없이 자기주장을 끝까지 고집하는가? 시차적응이 안 돼서 예민해졌나? 지난 밤 자리를 설쳐서 그런가? 호텔이 불편하였나? 내가 무엇을 잘못하였나? 별의별 생각을 다 해본다. 급기야 최 단장은 1년 전 단원들이 단장에게 바라는 설문조사의 내용도 떠올려본다. "단장의 말의 습관은 항상 다른 사람보다 위에 있다. 동등한 입장에서 자연스럽게 얘기하는 것이 더 친근감과 힘이 있지 않을까", "단원들 이야기를 끝까지 들어주고, 결론은 각 단원이 상식적인 선에서 결정하도록 이끌고 난 후 종합적인 결정을 내주면 좋겠다."

최 단장은 결심을 한다. 앞으로 단장의 의견은 없다. 이번 여행의 성공을 위해서 앞으로 모든 결정권은 세 명의 단원들에게 부여하고, 세 명이 합의한 의견은 무엇이든 100% 존중하자. 그리고 단장은 단원들이 스스로 결정하지 못하는 중대한 문제를 제외하고는 앞으로 어떠한 의견도 제시하지 않는다. 결국 첫 번째 다툼은 최 단장의 의사결정권 포기 선언으로 마감하고, 한국마트에서 사온 소주를 마시며 허심탄회하게 서로 속마음을 털어놓으면서 모두가 반성하는 하루를 보냈다.

미국의 한 스포츠 기자는 "골프는 20퍼센트가 스윙의 기술이고, 나머지 80퍼센트는 철학이자 유머, 로맨스이자 비극"이라고 말했다. 다스팀의 미국 로맨스는 쌉쌀한 희극으로 시작되었다. 다스팀은 시작부터 철학과 유머 사이에서 우정이 춤췄다.

첫 번째 호텔에 대한 불만들, 여행일지와 댓글

첫날밤 : 9월 11일 일지 : 장 총장
"아쉬워 사온 발렌타인 위스키 한 잔으로 저녁을 때우니, 쪼로록 쪼로록 소리를 자장가로 잠을 청해보나 제길~~ 곰팡이 냄새에 잠이 오나, TV 틀어보니 제기럴 CNN하고 2~3개 밖에 안 나오니 이것도 틀렸다. 3시에 일어나 샤워라도 하려고 보니 다른 건 시원치 않은데 더운 물은 잘 나온다. 이것만이라도 신기쭘뽕이네. 샤워하고 다시 잘 준비를 해보나 잘 안 된다. 쌍~~ 필자^{병상}를 약속한 저 친구는 잘도 자네. 확 코를 비틀어 버릴까.

이~~거 이~~거 럭셔리 골프여행 맞아^{광수생각}!!! 돌려도~~~집에 갈까~~~말까~~~"

9월 11일 일지 답글 : 설 작가
"부잣집 귀한 아들로 태어나 고생을 모르고 자란 저 장기풍.

아무것도 아닌 것 가지고 이러쿵저러쿵 불평이 많아서 골치 아
프네.

하루만 더 투덜거리면 한국으로 보내버리고 멤버 교체를 심각히
고려해야겠다."

둘째날 : 9월 12일 일지 : 양 대표

"아침식사를 하러 로비로 가니 커피는 무제한으로 먹을 수 있는
데 조식티켓을 주니까 봉지 4개를 준다. 이게 뭔고? 봉지 안에는 파
운드케이크, 비스킷, 미국식 자두와 이름 모를 주스가 들어있다. 아
~~ 이것이 인크루딩 브랙퍼스트Including Breakfast란 말인가? 로비 직원
은 눈길 한 번 주지 않고 자기 볼일을 보는데 다들 헛웃음을 치면서
입속으로 집어 넣는다."

침대에서 타올을 깔고 인스턴트 식품으로 요기를 떼우는 모습이 안쓰럽다.
'집 떠나면 개 고생한다'는 말을 실감나게 보여주고 있다.

DAY 4
2012. 9. 13

- **방문도시** Ridgefield, NJ → New York, NY → Fort Lee, NY → Elizabeth, NJ
- **중요사항** 1. 뉴욕관광
          2. 뉴욕동창회 초청 저녁
          3. 장 총장 생일
- **날씨** 맑음   · **기온** 19~25℃
- **주행거리** 60km   · **주행누계** 253km

첫 번째 관광, 뉴욕 맨해튼

'세계 최고, 세계 제일'이라는 수식어가 이만큼 잘 어울리는 도시가 또 있을까. 세계의 중심도시 뉴욕을 하루 만에 둘러본다는 건 그야말로 주마간산이지만, 우리의 목적은 골프이니 만큼 아쉬운 대로 즐겁게 관광하기로 했다. 세계 경제, 문화, 금융, 패션, 예술, 디자인의 중심지로 이 분야에 종사하는 사람이라면 누구나 한번쯤은 뉴욕생활을 꿈꾼다. 더욱이 전 세계 인종이 모여 살아가는 복잡하고 다양한 일상의 모습도 접할 수 있어 세계 어느 도시보다 즐길만한 구경거리가 많은 도시이다.

1일 버스투어는 워싱턴 광장, 차이나타운, 월 스트리트, UN 본부, 5번가, 타임스퀘어, 록펠러 센터 등 이루 헤아릴 수 없을 정도로 많은 관광명소를 경유한다. 하지만 우리는 짧은 일정과 복잡한 맨해튼의 사정을 감안해서 무개 버스를 타고 오전 10시부터 한 시간 가량 이어지는 간단한 시내 투어에 만족하기로 했다.

관광명소를 직접 방문하는 코스가 이어졌다. 첫 번째가 유람선을 타고 가는 유명한 자유의 여신상 관광, 다음이 엠파이어 스테이트 빌딩Empire State Building 방문, 마지막으로 센트럴 파크Central Park 방문으로 이어졌다. 대부분의 사람들이 TV 관광 프로그램을 통해 익히 알고 있는 코스여서 설명은 생략하기로 한다.

뉴욕에서 버스를 타고 이동할 때마다 느꼈던 점은 한없이 길이 막히는 악명 높은 교통정체였다. 서울에서도 출퇴근 시간에는 길이 많이 막히지만 뉴욕의 교통정체는 차원이 다른 것 같았다. 승용차도 많지만 관광객을 실어 나르는 관광버스가 도로를 점령하다시피 한 점이 특이했다. 재미있는 사실은 뉴욕에 들어올 때는 통행료를 받지만 나갈 때는 통행료를 받지 않는다는 것이다. 그 정도로 뉴욕으로 유입되는 차량을 통제하고 있는 것이다. 뉴욕에서 인상 깊게 느낀 또 하나는 뉴저지와 맨해튼을 연결하는 지하 터널Lincoln Tunnel을 관광버스를 타고 통과할 때였다. 바로 관광버스가 고층 빌딩들을 감상할 수 있도록 지붕이 없는 구조라 사방에서 날아오는 매연 때문에 힘들었던 일이었다.

뉴욕 동문들과 즐거운 저녁 그리고 장 총장 생일 축하

맨해튼 관광을 마치고 저녁에는 뉴저지 포트 리Fort Lee에 있는 한식당 감미옥에서 반가운 뉴욕 총동창회 임원들과 함께 저녁식사를 했다. 이 자리에서 최 단장은 뉴욕 총동창회 유정식 회장에게 보성 로고가 새겨진 다용도 칼 80개를 전달했다. 한국을 떠나올 때 김태성 교우회 회장이 뉴욕과 LA에 있는 교우들에게 전해달라고 부탁

뉴욕 맨하튼 빌딩숲을 뒤로 하고 Hudson 강 선상유람을 마쳤다.

보성교우회장 김태성의 부탁을 받아 뉴욕 동창회장 유정식에게 최 단장이 가지고 간 선물을 전달했다.

했던 것이다.

　이역만리 이국땅에서 동문들을 만나 소주 한 잔 하며 흐뭇한 시간을 보낸 기쁨은 골프보다 더 소중한 추억이 될 것이다. 다스팀을 빛나게 하기 위하여 이러한 자리를 계획한 김태성 회장의 속 깊은 우정과 우리를 따뜻하게 맞이하고 맛있는 저녁을 대접해 준 뉴욕 총동창회 유정식 현회장과 최치훈 전임회장이 정말로 고마웠다.

　저녁식사를 거의 마칠 무렵 잠시 자리를 비운 최 단장이 돌아와 장 총장의 생일을 축하한다며 케이크를 내놓았다. 덩치는 산만한 친구가 이렇게 세심한 부분까지 신경 쓸 줄은 아무도 몰랐다. 그래서 단장은 단장인가 보다. 뉴욕 하늘에 '해피 버스데이 투 유'를 외치며 그렇게 우리들의 추억은 또 한 장의 감동 드라마를 추가하고 있었다.

DAY 5
2012. 9. 14

- **방문도시** Scotch Plains, NJ → Harbor Township, N J → Atlantic City, NJ
- **중요사항** 1. 두 번째 골프 / Tee Time 8시 12분
    2. 캠핑카 정전사고
    3. 두 번째 호텔
    4. 시내 관광
- **날씨** 맑음　　　　• **기온** 18~26℃
- **주행거리** 192km　　• **주행누계** 445km

Base Camp를 떠나다

　우리는 매일 출발 전 1분 회의를 했다. 단장은 오늘의 날씨, 방문할 골프장과 호텔 소개, 식사시간과 장소, 이동거리 등 그날의 모든 일정을 단원들에게 설명하고 의견을 조율하는 시간을 가졌다. 오늘은 애쉬 부룩 골프장Ash Brook Golf Course에서 오전 8시 12분에 골프를 시작하는 이른 일정이다.

　이후에는 동부의 라스베이거스Las Vegas로 불리는 애틀랜틱시티Atlantic City로 약 164km를 이동해야 한다. 그동안 베이스캠프로 삼았던 이코노 로지Econo Lodge에서 4박을 하는 동안 시차에 적응하면서 골프도 한 번 쳤다. 그리고 우리의 골프여행에 있어 가장 중요한 캠핑카를 인수해 운전 연습도 마치고 장거리 여행에 필요한 식재료와 물품 등도 구입했다. 본격적인 골프여행이 시작된 것이다.

Ash Brook Golf Course

애쉬 브룩 골프장(Ash Brook Golf Course)은 뉴저지주 스카치 플레인스 (Scotch Plains)시에 소재하며 첫 번째

로 방문했던 갤로핑 힐 골프장과 함께 유니언 카운티에서 운영하는 시립 대중골프장(Municipal Public Course)이다. 1953년, 정규 18홀 골프장 으로 개장하였다. 페어웨이 가장자리에 나무숲이 줄지어 서 있고 넓은 그 린을 가진 파크랜드 스타일(parkland style)의 골프장이다. 〈골프링크 (GolfLink)〉가 선정한 '미국 탑 100 골프장(Top 100 United States Golf Courses)' 가운데 76위를 기록했으며, 〈골프 다이제스트〉 별 3. 5개 등급 을 받았다.

골프장 규모 / 난이도

Par: 72	Black	7,040	Rating	73	Slope	130
다스팀	Blue	6,397	Rating	71. 2	Slope	126
	White	5,941	Rating	68.2	Slope	115

예약

홈페이지 (www.ashbrookgolfcourse.com)에서 직접 예약.

골프장 요금

일반요금 / 1인 그린 피 58달러 + 카트 16달러 = 74달러

다스팀 / 1인 74달러, 시니어 약7% 할인, 68.6달러 / 4인 합계 245달러 / 22달러 할인

연락처

1210 Raritan Road, Scotch Plains, NJ 07076-2823 / 전화 (908) 756-0414

내기골프 시작하다

티 타임Tee Time이 이른 시간이라서 서둘러 호텔을 빠져 나와 약 30여 분 거리에 있는 골프장에 도착하니 오전 7시 30분경이었다. 골프장 주변으로 큼지막한 단독주택이 많고 집과 도로 사이에 조경을 잘해 놓은 것이 부유한 백인들의 동네로 보였다. 직접 카트를 끌고 플레이를 할 정도로 넓고 시원하게 펼쳐진 페어웨이에는 동네 나이 드신 분들이 나와 조용하고 여유 있게 티 샷을 준비하고 있었다. 그러나 골프장 이름에 걸맞게 페어웨이를 가로지르는 실개천Brook이 많아서 거리계산을 잘못하거나 탑핑 볼Topping Ball이 되면 해저드 Hazard에 들어가 점수와 볼을 함께 잃어버리기 십상이다.

이곳은 첫 번째 방문한 갤로핑 힐 골프장보다 페어웨이 상태가 좋고 그린 스피드가 빨랐다. 욕심내다가는 투 퍼팅Two Putting, 쓰리 퍼팅Three Putting 하거나 심지어는 투 온 포 퍼팅Two on Four Putting으로 얼굴 붉히는 이도 있었다. 설 작가가 그랬다. 설 작가는 먼저 홀 아웃한 멤버가 카트를 향해 걸어가며 즐거워하는 표정이 보이는 것 같다며 씁쓸한 듯 묘한 미소를 지었다. 역시 골프란 놈은 알다가도 모르는 게임이다.

우리는 이틀 전의 내기 룰을 갖고 더 이상 왈가왈부하지 않기로 하고, 오늘부터 새로운 내기 룰을 결정하였다. 내기에 거는 돈은 최소화하고 우승한 사람에게는 약간의 상금과 타수를 공개하는 명예를 주기로 하였다.

4명이 3달러씩 12달러의 판돈을 모은 후에 18홀이 모두 끝나면 성적순으로 4달러, 3달러, 2달러, 1달러의 상금을 걸었다. 그리고 남는 2달러는 롱기스트와 니어리스트에게 각각 1달러를 시상하기로 했다.

오늘의 우승은 양 대표[84타, 1위 상금 4달러], 준우승 설 작가[2위 상금 3달러와 니어리스트 1달러, 합계 4달러], 3위 장 총장[3위 상금 2달러], 4위 최 단장[4위 상금 1달러와 롱기스트 1달러, 합계 2달러] 상금 결산은 양 대표 + 1, 설 작가 + 1, 장 총장 -1, 최 단장 -1달러.

이제 골프여행의 첫 발을 디뎠다. 마치 오랜 연인과 함께 편안한 산책을 하듯 앞으로 남은 57일을 편안하고 즐겁게 골프 산책을 해 보리라 다짐해 본다.

캠핑카 정전 사고

골프를 마치고, 첫 번째 장거리운행을 앞둔 캠핑카에서 예기치 못했던 사고가 터졌다. 캠핑카 내부 전기설비의 작동이 모두 멈춘 것이다. 발전기[Generator]가 작동하지 않으니 냉장고, 에어컨, 가스레인지가 작동하지 않는 건 당연한 수순. 손재주 좋은 이공계 출신 장 총장이 최선의 노력을 다해 수리를 했지만 역부족이었다.

결국 다급한 마음에 최 단장이 캠핑카 회사의 긴급 서비스센터로 전화를 걸었다. 담당직원과 함께 캠핑카 전기 관련 기기들의 상태를 하나하나 확인하고 점검한 후에야 사고의 원인을 알게 되었다. 사고의 원인은 참으로 어처구니가 없었다. 전기 차단기[Breaker]가 내려가서 모든 전원 연결이 중단되었던 것이다.

긴급 서비스센터 직원은 사고 신고를 받으면 우리나라와 같이 인근 정비소를 알려 주거나 긴급 수리차량을 보내주지 않고, 전화로 먼저 차량상태를 자세히 점검한다. 이유는 차량의 근본적 결함보다

평범한 클럽하우스 입구

캠핑카의 발전기가 작동하지 않아 전력공급중단사태가 발생했다.
캠핑카 렌트회사에 전화로 문의하여 해결할 수 있었다.

는 우리처럼 차량관리에 미숙한 운전자가 대부분인지라 전화로 간단히 해결할 수 있기 때문인 것 같았다.

동남 방향의 9번 고속도로 진입

전기차단기를 제자리로 올리니 캠핑카의 모든 전기기기들이 다시 정상으로 돌아왔다. 점심식사는 남쪽으로 가는 일반 도로변 웬디즈Wendy's 패스트 푸드점에서 햄버거와 콜라로 간단히 때웠다. 집을 떠난 지 며칠 되지도 않았지만 여행 중에 제일 고통스러운 것은 계속해서 돌아오는 세 끼 식사를 해결하는 일이다. 서울에 있을 때는 집에서 먹든지, 밖에서 먹던, 밥을 먹었다. 그런데 미국에서는 사먹는 대부분이 인스턴트식품인 햄버거와 콜라인지라 입맛에도 맞지 않았고 심리적 거부감도 생겼다.

아직까지는 괜찮은데 앞으로가 걱정이다. 게다가 끼니 때는 왜 그리 빨리 돌아오던지. 식사를 마치고 장거리 이동 첫날이라 운전은 최단장이 했고 조수석에 양 대표가 앉아 GPS에 표시된 대로 잘 가는지, 과속은 하지 않는지, 휴게소가 있는지를 면밀하게 보며 조수 역할을 톡톡히 했다. 가끔은 단장이 요청하는 시원한 콜라와 커피를 갖다 바치는 일도 마다하지 않았다. 나머지 두 사람 중 한 명은 캠핑카 안을 정리하고 나머지 한 명은 침대에 누워서 휴식을 취했다.

미국 동부지방을 남북으로 이어주는 9번 고속도로는 왕복 14차선으로 확 트인 시야가 가슴을 시원하게 해주었다. 도중에 처음 나타난 고속도로 휴게소 포크 리버Forked River에 잠깐 들러 구경을 하고 오후 6시경 두 번째 숙소 베이몬트 인Baymont Inn에 무사히 도착했다.

이전까지는 최 단장과 양 대표, 장 총장과 설 작가가 룸메이트로
지내왔는데 장 총장의 지시로 오늘부터 최 단장과 장 총장, 양 대표
와 설 작가가 룸메이트가 되었다. 총장의 지시가 워낙 강력해 이의
를 제기할 수 없었다.

설 작가는 방에 들어가자마자 샤워를 마치더니 바로 노트북을
열고 인터넷에 접속을 시도했지만 문제가 생겼다. 이전 숙소에 비
교해서 이곳은 조용하고 깨끗했을 뿐더러 넓어서 지내기에 좋았다.
그러나 인터넷 접속이 원활하지 못했다. 매일 네이버 다스팀 카페에
여행일지를 올려 회원들과 소통하던 설 작가는 매우 당황했다.

어디서든 와이파이가 팡팡 터지는 한국이 IT강국이라고 말하는
것을 실감하는 순간이었다. 최 단장이 프런트에 항의해 다른 방으
로 바꿨지만 인터넷 속도는 여전히 시원치 않았다. 저녁식사 시간
은 어김없이 또 다가왔다. 저녁식단은 라면과 햇반에 김치가 전부.
아무도 없는 한적한 호텔 주차장에서 엉성하지만 뜨거운 라면과 잘
익은 김치 그리고 함께 곁들인 소주 한 잔은 우리의 저녁을 행복하
게 하기에 충분했다.

동부의 라스베이거스
애틀랜틱시티와 보드 워크(Board Walk)

저녁식사 후 동부의 라스베이거스인 애틀랜틱시티Atlantic City의 한
카지노를 무료 셔틀버스를 타고 방문하였다.

각자 50달러 범위 내에서 잭팟을 기대하고 1시간 정도 슬롯머신
을 당겼지만 혹시나 했던 기대는 역시나 꽝이었다. 5월에서 8월 사

이 성수기에는 호텔요금도 지금의 두 배가 넘지만 지금은 비수기라 카지노에는 사람도 그리 많지 않았다. 주변에 있는 주에서 더 많은 세금을 걷기 위해 카지노 허가를 완화하는 통에 이곳은 예전의 누리던 명성을 잃어가는 듯이 보였다. 30년 전에 이곳을 방문했던 최 단장은 도시의 명물인 보드 워크^{Board Walk}을 걸으면서 세월의 무상함을 느낀다고 했다.

애틀랜틱시티의 유명한 명소인 보드웍(Board Walk)을 걸으며

DAY 6
2012. 9. 15

- **방문도시** Egg Harbor Township, NJ
- **중요사항** 세 번째 골프 / Tee Time 14시 12분
- **날씨** 맑음 　　　　**기온** 18~26℃
- **주행거리** 20km 　　**주행누계** 465km

맛있는 아침식사

　　오늘의 일정은 오전에 휴식을 취하며 그동안 밀렸던 세탁, 인터넷 점검 등을 하고, 오후에는 세 번째 골프가 예정되어 있다. 다른 날에 비해 비교적 스케줄이 바쁘지 않아 마음에 여유가 있다.

　　네 사람의 세탁물은 한꺼번에 모아 호텔에 있는 코인 세탁기^{Coin} ^{Laundry}에 넣으면 빨래에서 건조까지 4달러면 해결할 수 있었다. 때문에 땀에 젖은 옷을 계속 입을 걱정은 할 필요가 없다. 세탁은 양 대표가 담당이다. 처음에는 많은 옷을 한꺼번에 세탁하고 건조하려다 보니 제대로 마르지가 않았다. 때문에 두 번, 세 번 건조과정을 되풀이하는 시행착오를 겪었지만 이제는 세탁선수(?)가 다 되었다.

　　아침식사는 호텔에서 제공하는 조식으로 했는데 내용이 충실해서 모두가 대만족이었다. 커피, 오렌지주스 등 음료수는 물론이고 여러 가지 빵 종류에 즉석에서 구운 와플 등 먹을 만한 것들이 제법 구색을 갖춰 부족함이 전혀 없었다. 지난 번 숙소였던 이코노 로

Twisted Dune Golf Club

트위스티드 듄 골프장(Twisted Dune Golf Club)은 뉴저지주 에그 하버 타운십(Egg Harbor Township)에 소재하며 2001년에 개장한 18홀 규모의 대중골프장이다.〈골프 매거진(Golf Magazine)〉선정 뉴저지주 최고 대중골프장(Best Public Courses In New Jersey) 순위 3위이며, 〈골프 다이제스트〉별표 4개 등급을 받은 명문 골프장이다. 이 골프장의 특징은 뒤틀린 풍경과 급격한 경사도의 차이 그리고 변화가 심한 페어웨이를 갖추고 있는 링크스 스타일(links style) 골프장이란 점이다. 도전적이지만, 경기하기에 최고로 적합한 18홀로 설계하였다. 설계자 아치 스트러더즈(Archie Struthers)는 200만 입방 야드의 흙을 옮겨 스코틀랜드 해안의 정취를 그대로 이곳에서 재현하였다. 깊고 좁은 골짜기, 억센 풀로 뒤덮인 언덕, 100개가 넘는 깊은 함정과 벙커가 이곳을 방문하는 모든 골퍼들에게 잊지 못할 골프경험을 갖게 해 준다. 그리고 정확도 있는 골퍼와 전략적인 코스공략을 하는 골퍼에게는 반드시 그에 대한 보답을 해주는 골프장이다.

골프장 규모/ 난이도

Par: 71	Black	7,248	Rating	74. 9	Slope	130
다스팀	Blue	6,759	Rating	72. 1	Slope	126
	White	6,332	Rating	70.0	Slope	122

예약

홈페이지(www.twisteddune.com) 와 Golfnow(www.golfnow.com) 참조
다스팀은 Golfnow에서 예약.

골프장 요금

일반요금 / 1인 79달러.
다스팀 / 1인 59달러 + 수수료 2달러 = 61불 / 4인 합계 244달러 / 72달러 할인

연락처

2101 Ocean Heights Ave Egg Harbor Township, NJ 08234-5722 / (609)653-8019.

지^{Econo Lodge}는 잠자리와 아침식사가 기대 이하였지만 베이몬트 인 Baymont Inn은 모든 것이 만족스러웠다.

세 번째 골프장

점심 식사 후 12시 30분경 숙소에서 30분 이내의 거리에 있는 트위스티드 듄 골프장으로 출발했다. 오늘의 골프장은 어떻게 생겼을까? 오늘의 스코어는 얼마나 나올까? 4명 모두 즐거운 상상을 하는 동안 내비게이션이 안내한 지점에 도착했다. 그런데 골프장 입구의 간판이 보이지 않았다. 한참을 가다 이상한 생각이 들어 유턴하여 왔던 길을 다시 천천히 내려오다 보니 철문 옆에 조그만 안내 간판이 있는 것을 발견하였다.

오솔길을 따라 조금 들어가니 백 드롭^{Bag Drop} 직원이 차를 세우고 골프백을 내려주면서 몇 팀이냐고 물었다. 아마 큰 캠핑카가 들어오니까 많은 사람들이 오는 걸로 생각한 모양이었다. 좁은 주차장이라서 한쪽 구석에 차를 세우고 다른 차의 통행에 방해가 되지 않도록 꼼꼼히 살펴봤다.

'Hit the ball straight'

이곳의 골프 연습장^{Driving Range}은 천연 잔디 위에 직접 공을 놓고 칠 수 있도록 되어 있다. 마음껏 잔디를 파면서 스윙을 연습했다. 잘못하다가는 골프 엘보^{Golf Elbow}가 생길 정도였다.

천연 잔디 연습장

깊고 좁은 골짜기, 억센 풀로 뒤덮인 언덕, 깊은 벙커들이 도사리고 있는 터프한 골프장

최경주 프로가 미국에 와서 제일 부러운 것 중 하나가 천연 잔디 연습장이라는 말이 떠올랐다. TV에서 프로선수들이 연습장에서 잔디를 찍어내는 장면을 봐 왔는데 실제로 우리가 그 체험을 한 것이다.

프로 샵에서 예약 확인과 그린 피를 지불하고 영수증을 1번 홀에 있는 진행요원Marshal에게 제시했다. 진행요원은 '이 골프장에 처음 왔느냐?'고 묻더니, 현재 티 타임 상황과 경기 시작 시간을 확인시켜 주었다.

'골프 카트는 90도 각도로 페어웨이에 들어가고 나와야 한다.', '2번 홀과 14번 홀은 카트 진입이 안 되고, 진입이 허용되는 홀에서도 그린 앞 50야드 전방에서는 카트 출입을 금지한다.' 그리고 앞 팀과의 간격이 벌어지지 않도록 정상적인 플레이를 해달라고 친절하게 설명해 주었다. 그리고는 첫 티Tee를 준비하는 양 대표에게 이 골프장은 매우 어려우니 조심해서 치라는 격려의 의미로 'Hit the ball straight'라고 외쳤다.

장 총장, 설 작가는 호쾌한 티 샷을 날렸다. 양 대표는 티 샷이 약간 짧았다. 최 단장은 갖다만 대도 300야드가 나간다는 드라이버로 쳤지만 욕심이 과했는지 왼쪽으로 휙 감기는 통에 러프로 빠지고 말았다. 러프는 풀이 숲처럼 자라 볼을 찾기가 어려웠다.

볼을 찾지 못해 티 박스로 가려고 쳐다보니 벌써 다음 팀이 대기하고 있었다. 할 수 없이 네 번째 샷을 쳤는데 이번에는 우탄, 또 로스트. 홀을 거듭할수록 가진 공의 숫자를 걱정해야 할 정도로 많은 볼을 수풀에다 갖다 바치면서도 니어리스트와 롱기스트 욕심에 힘이 여전히 잔뜩 들어갔다. 다들 더블 파를 몇 개씩 하니 표정이 굳어졌다.

오비Out of Bounds는 없는데 러프에 들어가면 볼을 못 찾으니 시간은 지체될 수밖에 없었다. 앞 팀의 현지인들도 러프를 헤매기는 마찬가지였다. 엎치락뒤치락 시소게임을 벌리면서 17번 홀에 들어섰고, 최 단장은 장타를 날려 홀까지 190야드를 남겨 놓았다. 앞에 해저드가 있어서 조심스러운 다른 멤버는 230야드를 끊어 가려고 레이 업lay up으로 어프로치 했다. 최 단장은 승부수를 띄워 3번 우드를 휘둘렀고 그린 앞 5야드까지 볼을 잘 보냈다. 끊어 친 공들은 3온으로 그린에 안착했고, 최 단장은 어프로치 두 번 철퍼덕, 3퍼팅으로 트리플 보기에 그쳤다.

그렇게 되니 순위가 양 대표, 장 총장, 최 단장으로 바뀌어서 서로 1타씩 차이가 벌어졌다. 주변은 깜깜해졌는데 장 총장이 "이러면 끝까지 쳐야 되는 것 아냐?" 하니 뒷말이 필요 없었다. 18번 마지막 홀은 파4인데 거리가 470야드. 깜깜한데도 티 샷, 세컨드 샷이 잘 되어선지 볼을 그린 주변까지 다들 잘 보냈다. 여기서 엄청난 집중력을 발휘하여 어프로치 샷과 4m 퍼팅을 성공시킨 장 총장이 역전승을 이루어내며 어제의 부진을 씻어 버렸다.

디 오픈The Open이 열리는 스코틀랜드의 골프장처럼 설계된 매 홀마다 함정이 도사리고 있어서 무척 어려운 코스였다. 특이한 것은 환경 친화적으로 설계하여 카트 길도 자연적인 흙으로 조성하였다. 그래서 로칼 룰Local Rules로 '카트 길Cart Path은 코스의 일부로 포함하고 있으므로 구제Relief를 받지 못한다'고 규정하고 있다.

오늘의 우승은 장 총장95타인데 파3홀 4개에서 전부 더블 파를 기록했다. 다음으로는 양 대표, 최 단장, 설 작가 순이었다. 니어리스트는 양 대표, 롱기스트는 최 단장이 엄청난 장타를 치고도 3퍼트를 해서 없었다.

코스가 워낙 어려워 볼을 찾는데도 시간이 많이 걸렸다. 오후 2시에 시작된 경기는 예정된 시간보다 훨씬 늦게 끝이 났다. 인근 프리미엄 마트인 Whole Food Market에서 야채샐러드와 빵으로 저녁을 때우고 숙소로 돌아오니 저녁 10시가 되었다.

친 환경적인 골프장이어서 로칼 룰로 흙길인 카트 도로는 코스의 일부로규정하여 구제를 받지 못한다.

DAY 7

2012. 9. 16

- **방문도시** Egg Harbor Township, NJ → Millersville, MD
- **중요사항** 1. 한국마트 쇼핑
  　　　　 2. 첫 캠핑장
- **날씨** 맑음　　　 • **기온** 20~25℃
- **주행거리** 285km　 • **주행누계** 750km

첫 번째 캠핑장, Washington DC Capitol KOA

　　오늘은 우리들의 첫 번째 캠핑장인 워싱턴 DC 캐피탈 KOA^{Washington} ^{DC Capitol}를 방문한다. 가는 도중에 야영생활에 필요한 물품을 한국마 트인 H Mart에서 구입하고 약 285km를 주행한다. 오늘의 운전기사 장 총장과 조수 설 작가가 한조가 되어 교대로 운전을 하였다. 그런데 운전대를 잡고 있는 장 총장이 피곤한 기색 하나 없이 콧노래를 부른 다. 이유는 어제 그렇게 어려운 트위스티드 듄 골프장^{Twisted Dune GC}에서 단독 1위를 했기 때문이다. 기분이 매우 좋은 모양이다.

　　뉴저지 숙소 베이몬트 인^{Baymont Inn}을 8시경 출발, 미국의 남북으로 가르는 95번 고속도로를 4시간여 달려 볼티모어를 지나 695번 국도 를 따라 드디어 첫 번째 캠핑장에 도착했다. 생각보다 많은 캠핑카와 사람들의 모습이 눈에 들어온다. 대부분 나이가 지긋한 노부부들이 조용히 휴식을 취하고 있는 모습이 평화롭기 그지없다.

　　미국의 캠핑장은 100여 년 전부터 국립, 주립, 시립공원을 중심으로 연방정부와 주정부, 그리고 시에서 운영하는 공영캠핑장과 개인이 운영하는 사설캠핑장으로 발전하였다. 현재 미국 50개 주마다 각 300~500개 이상의 캠핑장이 있으며, 전국적으로는 16,000개 이상의 캠핑장이 있다. 차로 30분 이상 달릴 때마다 캠핑장 한 곳을 찾을 수 있다는 말이 나올 정도로 캠핑장 천국이라 할 수 있다.

공영캠핑장의 장점은 국가와 지자체가 직접 운영하므로 가격이 저렴하며, 대부분 경치가 좋은 곳에 위치하고 있다. 반면 사설캠핑장의 장점은 샤워시설, 인터넷 등 모든 편의시설이 완벽하며 대도시 고속도로 인근에 위치하여 접근성이 용이한 장점이 있다.

캠핑장은 캠핑의 종류에 따라 캠핑구역을 텐트용 캠핑장^{Tent Sites}과 캠핑카용 캠핑장^{RV Sites} 그리고 오두막집 캠핑장^{Cabins}으로 나누고 있다. 우리가 처음 방문하는 KOA^{Kampground of America}는 사설캠핑장이며, 미국 안에 485개 이상의 체인^{chain} 캠핑장을 갖고 있는 가장 크고 유명한 프렌차이즈 회사이다. 워싱턴 DC 캐피탈 KOA 캠핑장은 역사적인 관광명소가 많은 워싱턴 DC^{Washington DC}와 매릴랜드^{Maryland}의 주도^{State Capital}이며 미국 해군사관학교 본교가 있는 아나폴리스^{Annapolis}, 그리고 볼티모어^{Baltimore} 내항과 같이 생동감 있는 세 곳의 동부 연안도시들과 매우 가까운 거리에 위치한다. 반면에 이 캠핑장은 약 50에이커^{acres}, 약 6만 1,000평이 넘는 조용한 산림으로 뒤덮인 구릉진 전원지대에 경치 좋은 풍경을 보여 주는 곳에 자리 잡고 있다. 도시와 시골생활 두 곳 모두를 즐길 수 있는 매릴랜드와 워싱턴 DC 사이에 있는 최고의 가족캠핑장이다. 샤워장은 물론 수영장, 오락실, 선물가게, 유료 세탁기와 건조기 등등 각종 편의시설과 위락시설이 만들어져 있다. 각 텐트장마다 전기와 수도, 식탁 및 하수도 시설이 되어 있어 집에서와 마찬가지로 취사를 할 수 있다.

첫번째 사설캠핑장(Washington DC Capitol KOA)을 방문하여 입장수속을 받고 있는 최 단장.
조용하고 맑은 공기의 숲이 있으며 차량 접근성도 좋다.

지정된 구역에 주차하면 제일 먼저 해야 할 일이
상수도, 하수도, 전기 연결이다.
이것만 되면 캠핑카는 미니 호텔룸으로 변신한다.

첫번째 캠핑장에서의 저녁식사
미국산 프리미엄급 쇠고기 등심구이로 시작하여
된장찌개로 끝났다.

우리 단원 모두에게 미국의 캠핑장은 생소할 뿐이다. 수많은 형태의 캠핑카가 입구부터 늘어서 있으며 숲속 곳곳에 주차해 있는 많은 형태의 캠핑카들을 볼 수가 있었다.

우리는 사무실에서 등록을 마치고, 관리요원의 안내를 받아 가장 좋은 자리를 배정 받았다. 우리가 자리 잡은 곳은 세탁실, 샤워장, 화장실, 설거지 처리장 등 편의시설이 가까이 있고, 숲의 정취가 묻어나는 풍경들이 좋아 자릿세가 더 비싸다고 한다. 전기, 수도, 오수배관을 연결하니 캠핑카는 아담한 모습으로 숲속의 작은 별장으로 바뀌었다.

우리 옆집의 미국인 70대 부부가 거주하는 캠핑카는 버스만하고 별도의 교통수단으로 작은 차를 매달고 다닌다. 2년째 미국 전역의 캠핑장을 방문하며 생활하고 있다고 한다. 과연 한국에서는 이런 생활이 가능하기나 할지, 상상도 하기 힘든 일이다. 미국의 캠핑장은 우리가 생각하는 서민들의 레저 스포츠의 차원을 넘어선 중상류층, 특히 나이 들어 여유 있는 은퇴자들의 생활 패턴 중의 하나라고 한다.

오늘의 저녁메뉴는 오는 도중에 한국 마트인 한아름 마트$^{H Mart}$에서 사 온 미국산 프리미엄급 소고기 등심 바비큐와 된장찌개다. 오늘의 요리사 양 대표가 먼저 된장찌개와 밥을 한 후 보조 최 단장이 일회용 숯에 고기를 굽는데, 불이 잘 붙지 않아 애를 먹었다. 나중에 마트에 가서 알게 되었지만, 일회용 일반 숯$^{Original Charcoal}$보다는 착화제가 발라진 숯$^{Match Light Charcoal}$이 불이 잘 붙고 편리하다는 것을 알게 되었다.

아무튼 소주와 와인에 스테이크가 곁들여진 캠핑장에서의 첫 식사는 분위기가 훌륭한 만찬이었다.

DAY 8
2012. 9. 17

- **방문도시** Millersville, MD → Washington DC
- **중요사항** 1. 워싱턴 DC 관광
  2. 최동호 저녁
- **날씨** 맑음 　　　 • **기온** 20~25℃
- **주행거리** 0km 　　 • **주행누계** 750km

두 번째 관광, Washington DC

　　오늘은 워싱턴 DC^Washington, D.C.를 관광하고 저녁에는 보성 동창인 최동호를 만나 함께 식사를 하기로 약속하였다. 며칠 전에 했던 뉴욕 맨해튼^manhattan 관광은 한국의 현지여행사 1일 관광 프로그램을 선택한지라 가이드가 한국인이었다. 그러나 이번 관광은 미국에 본사를 둔 온라인 여행사인 시티 디스커버리^City Discovery의 1일 관광 프로그램을 예약하였다. 숙소인 캠핑장에서 택시를 타고 약 40분 후 출발장소인 워싱턴 DC 북서쪽에 있는 옛날 우체국 건물^Old Post Office 앞에 도착하였다.

　　관광버스에 오르니 우리를 제외한 나머지 모두는 미국인들이었고 가이드도 미국인이었다.

　　관광은 국회의사당을 시작으로 미 행정부서인 백악관, 재무성, 농림부, FRB^연방은행 등을 차례로 둘러보고 이어 포토맥 강^Potomac River에서 유람선을 타고 워싱턴 DC를 한 바퀴 도는 일정이었다. 유람선에서는 참치 샐러드로 점심식사를 대신하며 워싱턴 기념탑^{Washington} Monument을 한적하게 바라보았다. 화려할 것으로 생각되었던 백악관 은 의외로 규모가 작아 보였다.

오후에는 미국의 역대 대통령 중 유명한 제퍼슨, 루스벨트, 링컨 대통령의 기념관을 보았다. 약 200여 년의 길지 않은 역사지만 자 국 대통령들의 업적을 후손들에게 자랑스럽게 알리는 모습이 부러 워 보였다. 특히 미국이 독립을 쟁취한 후 인간의 자유를 위해 얼마 나 노력해 왔는지 역대 대통령들의 연설문을 통해 알 수 있었고, 앞 으로도 자유를 위해서는 어떠한 대가도 치르겠다는 의지를 엿볼 수 있었다.

대통령 기념관을 나와서는 전쟁기념관까지 걸어서 이동했다. 제 2차 세계대전, 한국전쟁, 베트남전쟁 기념관을 하나씩 둘러보며 미 국인들이 수많은 희생을 하면서도 세계 평화를 위해 얼마나 노력하 는지 안내문을 통해 알 수 있었다.

전쟁기념관 중 한국전쟁기념관은 우리에게 특별한 인상으로 다 가왔다. TV를 통해서 익숙한 내용이지만 막상 현지에서 보는 느낌 은 남달랐다. 야전용 판초 우의를 입고 총을 든 미군의 모습은 한 국을 위한 희생정신을 떠올리기에 충분했다. 특히, 서울상대 17회 동기생들이 정기적으로 화환을 제공한다는 소식은 인상적이었다.

링컨 대통령과 마틴 루터 킹 기념관 방문을 마지막으로 관광을 마쳤다.

관광을 마치고 동창인 최동호를 만났다. 미국에 온지 36년이 된 그는 미국 시민권자로 지금은 미 국방부의 고위 공직자로 재직 중 이다. 이른바 '아메리칸 드림'을 이룬 자랑스러운 동창이었다. 바 쁜 와중에 시간을 내서 우리들을 반겨주니 얼마나 고마웠는지 모른

6.25 전쟁 미군 참전용사 동상 대열 앞에서

왼쪽에서 두 번째 친구 최동호가 준 빨간 침랑을 들고 설악가든 앞에서

다. 친구의 안내로 한국 식당 설악가든에서 갈비 등 한식으로 훌륭한 저녁식사 대접을 받으며 그간의 근황과 우리의 여행일정에 대한 담소를 나누었다. 이 자리에는 또 다른 동창생 최병욱도 동석했다. 한양대 교수로 재직 중 안식년 휴가로 미국에 들렀던 최병욱이 최동호와 연락이 닿았던 것이다. 두 친구의 따듯한 격려와 응원이 다스팀에 커다란 힘이 되었다. 캠프장으로 돌아오는 길은 친구의 차로 던 로링Dunn Loring 지하철역까지 이동하고 나머지 구간은 지하철과 택시를 이용하였다. 최동호는 우리에게 필요할 거라며 슬리핑백을 전해주었다. 오랜만에 만난 친구의 따듯한 마음이 너무 고맙게 느껴진다.

캠핑카에서 첫날밤

다스팀이 렌트한 캠핑카 C25는 사용설명서에 3개의 침대를 다섯 명이 사용할 수 있도록 되어 있다. 첫 번째 침대는 운전석 위 캡오버Cabover에 있으며 얇은 메트리스를 깔면 2인용 침대가 된다. 캡오버 침대는 길이가 193cm, 넓이는 137cm이다. 두 번째는 식탁Dinette을 해체하여 변경하면 1인용 간이침대가 되며, 길이 188cm^{74인치}, 넓이 102cm^{40인치}이다. 세 번째는 차 뒤쪽에 있는 정상적인 2인용 메인침대다. 침대 길이는 193cm^{76인치}, 넓이는 132cm^{52인치}이다.

우리는 캠핑카에서 첫날밤을 보내면서 앞으로 침대 사용에 관한 수칙을 정하였다. 침대에 따라 편안함의 차이가 있는 탓에 공평하게 매일 최 단장, 양 대표, 설 작가, 장 총장 순서로 위치를 바꾸기로 한 것이다. 첫날은 최 단장과 양 대표가 뒤쪽에 있는 2인용 메인

침대, 설 작가는 운전석 위 2인용 캡오버 침대, 장 총장은 식탁을 변경한 1인용 간이침대로 결정하였다. 그러나 장 총장은 간이침대 길이가 짧아 보인다며 캠핑카 통로에 매트를 깔고 잠자리에 들었다. 그러면서 각자는 앞으로 캠핑카에서 잠자리가 문제가 되지 않겠나 하는 불안한 생각을 하게 되었다.

위는 낮, 아래는 밤의 캠핑카 침대 평면도

별장을 아주 옮겨 왔다. 위성안테나도 있다.

모터보드를 뒤에 싣고, 캠핑과 보트를 함께 즐긴다.

DAY 9
2012. 9. 18

- **방문도시** Washington DC → Upper Marlboro, MD → Sandston, VA
- **중요사항** 1. 제4차 골프 / Tee Time 8시
   2. 이동 241km
- **날씨** 흐림, 비   • **기온** 15~25℃
- **주행거리** 241km   • **주행누계** 991km

아닌 밤중에 물벼락

  오늘은 오전 6시에 기상해서 30분 정도 이동한 후에 8시에 골프를 치고 다시 오후에 200km 이상을 이동해야 하는 일정이다. 그런데 새벽 3시쯤 최 단장이 자다가 "이거 뭐야?" 하며 일어났다.

  캠핑카 구석 천정에서 비가 새고 있었다. 물방울이 자고 있는 최 단장의 이마에 똑똑 떨어졌던 것이다. 컴컴한 실내에서 어떻게 해야 하나 서로 당황해하며 자고 있는 친구가 깰까 봐 조용조용 수군대는데, 마침 깨어 있었던 설 작가가 일어나서 실내등을 켰다. 다들 망연한 표정으로 서로를 쳐다보기만 하는데, 건설회사 소장 출신의 양 대표가 물이 새는 곳에 타월을 대고 응급조치를 해 위기를 넘겼다. 양 대표의 진가가 발휘된 순간이다.

  원인은 천정 중앙에 있는 환풍기 문을 꼭 닫지 않아서 그 틈새로 물이 새어 나온 것이었다. 네 명의 할배(?)들이 서울에서는 넉넉한 공간에서 여유롭게 지내다가, 좁은 캠핑카 안에서 새로운 경험을 하며 즐거운 추억 쌓기를 시작하였다.

대통령 골프를 치다

네 번째로 찾아 가는 골프장은 어떤 곳일까?

골프장 입구가 멋진 철문과 예쁜 꽃들로 장식되어 있는 것이 고급스럽게 보이고 진입로 주변에 큼지막한 저택들이 넓은 정원을 앞에 두고 위치하고 있다. 골프 코스와 멋스런 조화를 이룬 저택의 모습으로 미루어보아 부자들이 사는 곳임을 짐작케 한다. 어제 만난 최동호로부터 '아주 명문 골프장이고, 난이도가 높아서 만만치 않을 것'이라는 귀띔을 받은 터라 다들 신발 끈을 조여 매는 폼이 예사롭지가 않았다.

이른 시간이라서 그런지 골프장 진행요원^{Marshal}이 골프채 닦는 수건도 갖다 주고, 코스에 대한 설명도 자세하게 해주어서 고마운 생각에 함께 사진을 찍었다.

골프 손님이 우리뿐이어서 시쳇말로 '대통령 골프'를 치는 기분이 들었다. 코스 관리 상태나 그린 상태가 아주 좋아 평계 댈 것이 없으니 힘이 바짝 들어갔다. 티 박스에 올라섰는데 소대장 출신 설 작가가 구령을 붙이며 준비체조를 시켰다. 까불면 혼나니까 군소리 없이 따라하는데 허리 돌아가는 모양새가 한결 부드럽고 좋았다.

오늘이 네 번째 골프 라운드인데 벌써 미국 골프장에 적응을 한 것인지 겁 없이 스윙을 했다. 매 홀마다 티 샷이 편하다 싶으면 그와 반대로 그린의 위치가 페어웨이보다 높은 포대그린 형태라서 그린 위에 올리지 못할 경우, 어프로치가 쉽지 않도록 설계한 난이도

Lake Presidential Golf Club

레이크 프레지덴셜(Lake Presidential) 골프장
은 메릴랜드(Maryland)주 어퍼 말보로(Upper
Malboro)시에 소재하며 백악관에서 불과 20
마일(32km) 정도밖에 떨어져 있지 않다. 2008
년에 개장하였고, 랜드마크 랜드사(Landmark
Land Company)가 운영하는 대중골프장이다. 〈골프 매거진(Golf
Magazine)〉 선정 메릴랜드주 최고 대중골프장(Best Public Courses In
Maryland) 순위 2위로 별 4개 등급을 받았다. 반짝이는 호수와 개울이 교
차하고 울창한 나무가 구릉을 이룬 동부 연안지역 최고의 신설 골프장 중
에 하나이다. 2008년 개장한 퍼블릭 골프장이며 규모는 18홀이다. 챔피언
십 티(Championship Tee) 기준 파(Par)72, 전장 7,230야드 코스 레이팅
(Course Rating) 74. 4, 슬로프 레이팅(Slope Rating) 141이다.

골프장 규모/ 난이도

Par 72						
	Championship	7,230	Rating	74. 4	Slope	141
	Black	6,725	Rating	72. 1	Slope	137
다스팀	Blue	6,31	Rating	70.2	Slope	129
	White	5,660	Rating	67.3	Slope	122

예약

홈페이지(www.lakepresidential.com) 와 Golfnow(www.golfnow.com) 참조
다스팀은 Golfnow에서 예약.

골프장 요금

4월 1일~11월 15일 주중 정상가격 1인 79달러.
다스팀 / 1인 59달러 + 수수료 5.3달러 = 64. 3달러 / 4인 합계 257.2달러 / 59달러 할인

연락처

3151 Presidential Golf Drive Upper Marlboro, MD 20774 / 전화: (301) 627-8577

높은 코스였다. 한국 골프장과 달리 오비^{OB}가 없고 페어웨이가 비교적 넓어서 숲속에만 들어가지 않으면 리커버리 샷 ^{Recovery Shot}이 가능하다는 것을 알아챘다.

골프는 동전의 양면처럼 우아함과 속물성이 공존한다. 골퍼들이 신사답게 PGA 룰을 적용해 경기를 한다고 해도 '승부욕'이 발동하는 건 어쩔 수 없는 일. 물론 골프란 서로 예의를 지켜야 할 에티켓 운동이지만, 허물없는 친구들끼리 라운드를 하면 꼭 훼방을 놓는 친구가 있게 마련이다. 다스팀 여행규칙에는 골프 중 남의 속을 긁는 말을 금지하고 있으나 가끔 위반하는 친구가 생긴다.

오늘은 장 총장의 볼이 러프지역으로 여러 번 날아갔다. 장 총장은 볼을 찾으러 러프지역에 들어가 볼을 찾다가 벌레에 물려서 애를 먹었다. 양쪽 발에 물린 자국이 100개는 될 것 같은데 고생이 말이 아니었다.

바짝 신경 써서 쳐서 그런지 버디가 많이 나왔지만, 더블파와 트리플보기도 많이 나왔다. 최 단장 2번, 양 대표 2번, 장 총장 1번, 설 작가 1번, 도합 6개의 버디가 나왔으니 모르는 사람이 보면 버디를 잡는 실력이 프로급인 줄 착각할 만도 했다. "그러면 어때? 어차피 자기 잘난 줄 알고 사는 게 인생 아닌가?"

오늘의 우승은 설 작가^{88타}. 다음으로 양 대표, 최 단장, 장 총장 순이고 니어리스트는 양 대표, 롱기스트는 장 총장이었다.

빗속의 160마일

12시에 골프가 끝나 점심식사를 클럽하우스에서 했다. 맥주와

해저드 안에서 샷 하는 설 작가

버지니아주 샌드스톤으로 향하는 95번 도로에서 운전중 폭우를 만났다.
앞이 안 보일 정도의 폭우로 3시간 넘게 운전하여 목적지에 왔다.

즉석에서 요리한 골프장 추천 샌드위치를 먹었는데 정말 맛있었다. 모처럼 한가하게 기분 좋은 시간을 가졌다.

골프장을 나와 지금부터 160마일²⁵⁷ᵏᵐ을 남쪽으로 가야 한다. 골프장을 떠나 목적지인 버지니아주 샌드스톤으로 출발하자 빗방울이 자동차 유리창을 때릴 듯이 쏟아지기 시작했다. 갈수록 빗줄기가 거세져서 운전이 힘들 정도였다. 운전은 최 단장이 맡았고 조수석엔 양 대표가 앉았다. 장 총장과 설 작가는 뒷자리에서 두 다리 쭉 펴고 푹 늘어졌다. 95번 남부 고속도로의 교통체증이 심해서 이동하는데 힘이 들었다. 3시간 이상 엄청나게 쏟아지는 빗속을 운전하고 온 두 사람이 조금은 피곤해 보였다.

골퍼가 가장 좋아하는 것 중에 하나가 라운드를 끝내고 목욕탕 속에서 밖에서 쏟아지는 비를 감상하는 것이라고 누군가 말을 꺼내자 모두가 즐거워했다.

다스팀 역할 분담

다스팀 온라인 카페가 처음 등록될 때의 카페 등급은 '씨앗 1' 등급이었다. 그러나 지금은 4단계를 올라가서 '새싹' 등급이 되었다. 이 모든 것이 우리 다스팀을 응원해주는 가족과 회원들의 응원 덕분이다. 덕분에 우리들은 미국에서 골프여행을 잘 즐기고 있지만, 한국에 있는 가족과 온라인 카페 회원들은 간접적으로 여행하는 기분을 느끼면서 또한 궁금한 것들이 많을 것이라 생각했다. 그래서 여행일지를 보고 있는 카페 회원들과 가족들에게 우리들의 하루 생활이 어떻게 진행되는지 간단히 소개했다.

최금호 단장 : 매일 일정에 있는 예약된 골프장, 호텔을 다시 한 번 확인하고 혹시 더 저렴한 방법은 없는지 인터넷을 검색한다. 그밖에 날씨 점검은 물론 일정과 관련해 현지 담당자들과 수시로 통화하며 제일 바쁜 날들을 보내고 있다. 워낙 바빠서 카페에 올라 있는 글조차 볼 수 없을 정도다. 준비과정 계획부터 현지에서 혹시 있을지 모르는 낭패를 방지하기 위한 처절한(?) 노력에 팀원들 모두 단장의 노고에 말없이 고맙게 생각한다. 단장의 노고를 보면 사소한 불편은 말로 꺼내기가 민망할 정도다.

양기종 대표 : 골프장 소개와 경기내용에 관한 기록과 관리를 담당하고 있다. 다스팀의 미국 대륙횡단 목적이 31회의 골프 경기를 목적으로 하고 있기 때문에 이 부분을 담당하고 있는 양 대표의 활약은 매우 중요하다. 사실 양 대표는 카페 회원들에게 골프장의 분위기를 생생하게 전달하기 위해 글과 사진을 어떻게 올릴지 많은 고심을 한다. 골프를 치면서 사진을 찍는 일도 결코 쉬운 일이 아니다. 숙소에 도착해 간단한 샤워가 끝나면 노트북을 켜놓고 골프일지 작업을 하느라 TV 볼 시간도 없다. 그리고 매일 빨랫감을 수거하여 호텔이나 캠핑장 세탁실에서 세탁한 후 다시 돌려주는 세탁 업무를 전담하고 있다.

장기풍 사무총장 : 공대출신에 꼼꼼하고 손재주가 있어 캠핑카 관리와 캠핑장 소개를 맡고 있다. RV$^{Recreational Vehicle}$ 사용법을 숙지하고 캠프 그라운드에 도착해서 전기, 가스, 상수도, 하수도 설치 및 해

체 등 허드렛일을 자청해서 하는 보이지 않는 일등공신이다. 또한 총주방장으로서 다스팀 단원들의 건강을 책임지고 있다. 한마디로 다스팀이 원활하게 돌아가는 데 아주 중요한 역할을 하고 있다(가끔 불평을 많이 해서 문제지만).

설병상 작가 : 매일 매일 여행일지를 작성하고 그날 발생하는 참고자료전단, 소개서, 카드 등를 일자별로 보관하는 중차대한 임무를 맡고 있다. 매일 여행일지를 써야 하기 때문에 하루 일과를 사진으로 올리고 밤마다 일지를 쓴다. 때문에 다른 사람보다 두 배로 바쁜 느낌이다. 새벽 2시가 지나서 자는 경우도 종종 있다. 장 총장 못지않게 정리정돈에 철저하여 캠핑카 내부는 물론이고, 짐칸까지 깨끗하게 정돈한다. 나름 음식메뉴를 준비하여 주방장을 기대하였으나, 장 총장에 밀려 보조로 전락(?)하였다. 그래도 군소리 없이 주방장을 받들어 모신다. 무엇보다 다스팀의 팀워크를 위하여 항상 윤활유와 같은 중요한 역할을 한다.

이렇게 우리 네 명은 여행 중에 한가하게 늘어져 자거나 TV를 보는 것은 상상할 수 없을 정도로 바쁘게 지내고 있다. 출발할 때는 이 정도로 바쁘게 지낼 줄은 몰랐는데 네 명 모두 누가 시키지 않아도 각자의 역할을 잘 해내고 있다. 그렇게 모두의 노력으로 다스팀은 지금까지 원만하게 운영되고 있다.

DAY 10
2012. 9. 19

- **방문도시** Providence Forge, VA → Sandston, VA
- **중요사항** 제5차 골프 / Tee Time 12시 06분
- **날씨** 맑음   · **기온** 17~27℃
- **주행거리** 70km   · **주행누계** 1,061km

예측 불허, 미국 골프의 매력

오전 8시 10시 호텔을 출발하여 휴게소에 들러 점심식사용 샌드위치를 사가지고 5번째 골프장인 로얄 뉴 켄트 골프장Traditional Golf Club At Royal New Kent에 도착하였다.

티 타임Tee time이 12시 6분이어서 캠핑카 안에서 식사하며, 최 단장이 어제의 챔피언 장 총장에게 "어떻게 하면 그렇게 잘 칠 수 있느냐?"고 농담을 던지며 분위기를 고조시켰다.

우리들은 한국에서 골프를 칠 때 화이트 티White tee에서 티 오프Tee off 했던 것을 여행 시작 후 블루 티로 바꿔 플레이를 했다. 하지만 거리, 깊은 러프 등 블루 티에서 계속 플레이하는 것이 무리인 점을 발견하고 오늘부터는 겸손하게 화이트 티에서 치기로 합의하였다.

골프장 주위를 둘러보니 제3차 트위스티드 듄Twisted Dune 골프장과 비슷한 느낌이 든다. 코스가 험한 편이라서 코스 맵Course map을 세심히 살펴보면서 티 박스에 올라섰는데, 그린은 보이지 않고 티

Royal New Kent Golf Club

로열 뉴 켄트 골프장(Royal New Kent Golf Club)은 버지니아(Virginia)주 윌리엄스버그(Williamsburg)와 리치몬드  (Richmond) 중간에 소재하며, 하천과 강 사이의 낮은 구릉지에 조성되었다. 바람이 많이 불고 험한 풍경들이 전장 7,372야드 내내 펼쳐진다. 미국 내에서 가장 아일랜드 골프장다운 골프장으로 자리매김하였다. 이 골프장은 세계 최고 골프장 100개(Top 100 Golf Courses in the World) 가운데 5위를 차지하였고, 1893년에 개장한 아일랜드의 밸리버니언(Ballybunion Golf Club) 골프장과 같은 아일랜드 풍경을 연상시킨다. 골프장 그린(Greens)은 가파르고, 풀로 덮인 둔덕 뒤에 인공으로 쌓아올린 돌담 더미와 키가 큰 다년생 목초인 페스큐(Fescue)풀이 숨어 있다. 굴곡과 경사면이 있는 페어웨이는 때때로 그린이 보이지 않는 곳에서 블라인드 샷(Blind shots)을 하여야만 한다. 또한 120개 이상의 벙커(Bunkers)가 있는데, 대부분은 깊어서 앞이 보이지 않는 그늘진 벙커들로 페스큐 수풀을 따라 늘어서 있다. 이 골프장은 1997년 개장하였고, 〈골프 다이제스트〉 '미국 최고 신설 골프장'으로 선정되기도 하였다. 그리고 1999년에는 〈골프 다이제스트〉 '미국 100대 최고 골프장' 순위 84위에 선정되기도 했다. 이후 2002년까지 각종 골프 관련 매체의 최고 골프장 중에 하나로 선정되었고 지금까지 이어지고 있다.

골프장 규모/ 난이도

Par 72	Invicta	7372	Rating	76.5	Slope	147
	Gold	6,965	Rating	74. 9	Slope	144
	Black	6,560	Rating	73. 1	Slope	141
다스팀	White	6.023	Rating	70.8	Slope	135

예약

홈페이지(www.royalnewkent.com) 비회원 14일 전 예약 가능.

골프장 요금

Open~10시 51분 89달러, 11시~2시20분 69달러, 2시30분~close 39달러
다스팀은 12시 6분 티 타임 가격 69달러에 예약.

연락처

10100 Kentland Trail Providence Forge, VA 23140-3464 / 전화 (804) 966-7023

샷 낙하 유도봉만 보였다. 앞바람까지 불어서 볼들이 제멋대로 날아갔다. 그래도 어쩌랴? 명예를 위해서, 사나이들은 죽자 사자 앞으로 볼을 날려 보냈다. 피하느니 차라리 맞서는 것을 택했다.

"바람은 골프 최대의 재산이다. 바람의 변화로 1개의 홀이 여러 개의 홀이 되기 때문이다."

미국골프협회USGA 창립의 주역인 찰스 맥도널드Charles Mcdonald가 한 말이다. 항상 변하는 예측 불허의 상황에서도 볼을 끝까지 쫓는 것은 골퍼들에게 그 자체로 신선한 매력이 될 수 있다. 때문에 바람이나 기타 장애물을 만났다고 해서 이를 피하려거나 움츠러들기 보다는 지혜롭게 플레이하는 우리들의 모습에서 진정한 골퍼로 거듭나고 있는 모습이 떠올라 절로 흡족한 미소가 지어졌다.

티 박스에서 그린이 안 보이는 블라인드 홀Blind hole이 많고 거의 수풀 수준의 러프에 들어가면 로스트Lost 처리하여 벌 타를 받아야 하는데, 아일랜드와 스코틀랜드 스타일의 턱 높은 벙커가 우리의 타수를 늘리는데 많은 기여를 했다. 처음에는 하던 가닥들이 있어서 도전적으로 코스를 공략하다가 더블, 트리플이 반복되니까 정신들을 바짝 차리는 모습들이었다.

보기Bogey만 해도 안도의 한숨을 쉬면서 무사히 플레이를 마쳤다. 네 명이 합쳐서 버디 2개최 단장 1개, 설 작가 1개, 파만 11개가 나올 정도로 힘든 코스였다. 매 홀마다 함정이 있었지만, 타수 차이가 서너 개 밖에 나지 않아 승부는 마지막 16번, 17번, 18번 3홀의 역전극에서 판가름 났다. 오늘도 17번 롱홀에서 최 단장과 설 작가가 세 번째 샷을 1. 5미터에 붙이고, 동반 버디를 하는 바람에 역전과 순위 모두를 굳혔다.

오늘의 우승은 설 작가89타이고 양 대표, 최 단장, 장 총장이 그 뒤를 이었다. 롱기스트는 설 작가, 니어리스트는 장 총장이었다.

숙소에 돌아와서 강남 대표 쉐프 장 총장이 요리한 김치찌개와 햇반으로 맛있는 저녁을 먹었다. 와인과 참이슬을 곁들인 행복한 저녁시간이었다. 김치찌개가 너무 맛있어 내일을 위해 남겨두기로 했지만 어느새 그릇을 깨끗이 비우고 말았다.

6번 홀 전경

DAY 11
2012. 9. 20

- **방문도시** Sandston, VA → Sanford, VA
- **중요사항** 이동 323km
- **날씨** 맑음
- **기온** 16~26℃
- **주행거리** 323km
- **주행누계** 1,384km

북동에서 남쪽으로 860마일

총 62일간의 여행기간 중 오늘, 11일차 하루가 시작되었다. 시간상으로는 벌써 1/6이 지나간 셈이다. 거리상으로 뉴욕New York주를 출발해서 뉴저지New Jersey주, 메릴랜드Maryland주, 버지니아Virginia주를 거쳤고, 오늘의 목적지인 노스캐롤라이나North Carolina주 샌포드Sanford시까지 이동하면 5개 주, 약 1,384km약 860마일를 이동하게 될 예정이다.

출발 전 캠핑카 안에서 1분 미팅을 하고 오늘은 코스트코Costco에 들러 장을 먼저 보고나서 호텔로 향하기로 했다. 운행거리가 약 323km이라 안전을 위해 네 명이 나눠서 80km씩 운전하기로 했다. 이제 캠핑카 운전은 별로 문제가 되지 않는 것 같다. 모두 운전 베테랑이며 미국의 도로 사정이 좋아 운전에 관한 문제는 신경 쓰지 않아도 될 듯하다. 그래도 2인 1조운전수와 조수 원칙은 끝까지 지키기로 했다.

주유소에 들러 셀프주유를 하는데 차가 커서 그런지 기름이 엄청

들어갔다. 우리 캠핑카의 휘발유 탱크^{Gasoline Tank} 용량은 36갤런^{gallon}, 약 136리터이다. 가스버디 닷컴^{www.gasbuddy.com}에 의하면, 미국의 휘발유 가격^{Gas Price}은 각 주마다 많은 차이가 있다. 가장 저렴한 곳은 사우스캐롤라이나주로 1갤런에 3. 321달러, 가장 비싼 곳은 하와이주로 4. 341달러이다. 두 주의 차이가 1갤런에 1달러 이상, 약 31% 이상의 차이가 난다.

일반적으로 캠핑카 연비는 1갤런 당 약 6~13마일이다. 물론 캠핑카의 크기, 무게와 운전속도, 그리고 캠핑카에 무엇을 매달고 다니는지 여부에 따라 차이가 있다. 다스팀의 애마는 1갤런에 약 8~10마일 정도 달리고 있다. 리터와 킬로미터로 환산하면 1리터에 약 3. 4~4. 2km를 운행한다. 미국의 기름가격이 한국의 반값 정도이지만, 연비가 적게 나오는 캠핑카로 장거리 여행을 하게 되어 기름값이 많이 나올 것 같아 걱정이 된다.

US 1번 국도(U.S. Route 1)

우리는 미국의 동부를 북쪽에서 남쪽으로 관통하는 US 1번 국도를 네 시간 정도 운전해야 했다. 드넓은 땅에 곧게 뻗은 도로변에는 10미터는 됨직한 가로수가 병풍처럼 양쪽에 서 있었다. 사고 예방은 물론, 운전자의 피로 회복에도 큰 도움이 되었다.

미국의 국도는 본토 48개 주에 걸쳐 번호체계 등의 시스템이 잘 정비되어 있지만 관리는 주정부와 지방자치단체가 나눠서 관리하고 있다. 번호와 노선 지정은 연방 교통부 소속으로 각 주 교통부가 대표를 파견하는 AASHTO^{American Association of State Highway and Transportation}

일직선으로 뻗은 편도 도로 양쪽의 가로수가 인상적이다.

모처럼 각자 밀렸던 일 처리 시간을 가졌다. 세탁에 다리미질까지 하는 장 총장

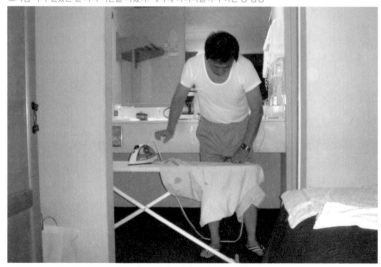

^{Officials}에서 맡고 있다.

전 구간이 왕복 2차선 이상의 포장도로로 되어 있다. 주와 주를 잇는 고속도로는 중앙분리대와 왕복 4차선 이상에는 대부분이 입체교차로를 구축하고 있다. 반면에 국도는 한적한 시골길이라 왕복 2차선에는 대부분 중앙분리대가 없고 왕복 4, 6차선 이상에 중앙분리대와 인터체인지가 설치되어 있는 편이다. 일부 국도는 도시 중심을 통과하여 시가지를 이루는 곳도 있다.

미국 1번 국도^{U.S. Route 1}는 1926년에 개통했으며, 미국 동부 연안도시와 연결된 미국 북동지역의 중요한 고속도로이다. 이는 캐나다 국경지역에 있는 메인^{Maine}주의 포트 켄트^{Fort Kent}시로부터 남부 플로리다^{Florida}주의 키 웨스트^{Key West}시에 이르기까지 2,369마일^{3,813 km}이 연결된 것이다. 미국 1번 도로는 95번 고속도로와 대체로 평행을 이루고 있다. 95번 고속도로는 미국의 남동지방에서부터 뉴잉글랜드^{New England}를 통과하는 동부 연안의 대부분의 주요 도시와 연결되어 있다.

DAY 12

2012. 9. 21

- **방문도시** Sanford, VA → Wade, NC
- **중요사항** 1. 제6차 골프 / Tee Time 10시 15분
  2. 두 번째 캠핑장
- **날씨** 맑음 　　　 · **기온** 15~28℃
- **주행거리** 283km 　· **주행누계** 1,667km

미국에서 가장 어려운 골프장 10위를 무시한
싱글 스코어

　지금까지 우리가 방문한 미국의 100대 골프장을 보면 몇 가지 공통점이 있는 것 같다.

　첫째, 자연을 있는 그대로 최대한 살린 골프장 설계다. 둘째, 페어웨이^{Fairway}지역과 러프^{Rough}지역을 확실하게 구분해 놓았다. 따라서 골퍼들은 어떻게 해서든지 볼을 페어웨이지역으로 보내려고 애를 쓰게 된다. 실수해서 러프지역에 떨어지기라도 하면 탈출하는데 몇 타를 더 치게 될지 모를 불리한 상황에 처하기 때문이다. 셋째, 세계적으로 유명한 큰 대회를 개최하였다는 점을 들 수 있다.

　타바코 로드 골프장은 며칠 전에 라운딩 했던 트위스티드 듄 ^{Twisted Dune}과 비슷하지만 잔디관리와 그린 상태가 아주 양호한 편이다. 명문 골프장이다 보니 예약하기가 어려워 최 단장이 한 달 전부터 공을 들여야 했다. 골프장 매니저에게 다스팀의 골프 열정을 이메일로 알려주고 예약을 부탁하여 이루어진 것이다. 골프장 주변에 넓은 담배 밭이 펼쳐져 있는데 골프장 이름이 타바코^{Tobacco}인 것도 이곳이 옛날부터 담배 주산지였기 때문인 듯했다.

자연 그대로의 울창한 숲 사이에 있는 오솔길을 따라 골프장 입구로 들어가니 통나무로 만든 자그마한 클럽하우스가 보였다. 클럽하우스 안에는 프런트와 작은 커피숍, 그리고 수수한 프로 샵이 있을 뿐이다. 클럽하우스 안에 있는 커다란 미국 골프 지도판 위에 다스팀의 방문을 알리는 쪽지를 남겨두었다. 카트에 골프백을 싣고 연습 그린에서 퍼팅 연습에 열중하고 있는데, 마셜이 모든 홀에 카트 진입이 허용되지만 카트 길^{Path} 외의 수풀에는 절대로 들어가지 말라고 신신 당부했다. 자연보호를 위해서란 생각이 들었다.

타바코 로드 골프장은 말 그대로 터프하기 그지없었다. 홀마다 전체 면적의 약 50% 정도가 벙커^{Bunker}지역이고, 페어웨이지역을 벗어난 러프지역에는 깊이 자란 억센 풀 때문에 들어가면 거의 공을 잃기 십상이었다. 우리는 오늘부터 공이 깊은 러프지역에 들어가면 공을 찾지 않고 1벌타 처리하기로 했다.

장 총장이 네 번째 골프장 레이크 프레지덴셜^{Lake Presidential GC}에서 볼을 찾으러 러프지역에 들어갔다가 양쪽 발에 100군데 이상 벌레에 물려 지금도 고생하고 있기 때문이었다. 장 총장의 피가 맛이 더 있는지는 알 수가 없으나, 그와 같은 사고(?)를 방지하고, 빠른 진행을 위한 조치였다. 첫 홀부터 좁고 휘어지고, 그린이 보이지 않는 블라인드^{Blind} 홀이어선지 가장 먼저 티 샷을 한 설 작가의 볼이 러프로 들어가 고행 길로 들어선다. 첫 홀은 롱홀^{Par 5}인데 결과는, 9타로 쿼드로플 보기^{Quadruple Bogey}니 낙심천만이다.

우리들은 코스 지도^{Course Map}를 열심히 보면서 플레이에 열중하다보

Tobacco Road Golf Club

타바코 로드(Tobacco Road Golf Club) 골
프장은 노스캐롤라이나(North Carolina)주
의 샌포드(Sanford)시에 소재하며, 파 71의
18홀 규모이다. 〈골프 다이제스트〉 2009년
선정 '미국 최고 대중골프장 100개(Top 100
Public Courses in America)' 중 76위를 차지했다. 또한 가장 어려운 '미
국 골프장 50개(America's 50 Toughest Golf Courses)' 중 10위로 노스
캐롤라이나와 사우스캐롤라이나 2개 주 중에서 두 번째로 난이도가 높은
골프장이다. 2008년에 개장하였고 〈골프 다이제스트〉 별표 4. 5등급의 명
문 골프장이다.

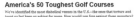

골프장 규모/ 난이도

Par 71						
	The Ripper Tees	6,554	Rating	150	Slope	73. 2
	The Disc Tees	6,304	Rating	142	Slope	70.8
다스팀	The Plow Tees	5,886	Rating	132	Slope	68.6
	The Cultivator Tees	5,094	Rating	124	Slope	66.1

특이한 것은 티 마크와 티 박스의 이름이 다음과 같이 보통의 골프장들과는 많은 차이가 있었다.
첫 번째 리퍼 티 : The Ripper Tees(경작하기 위해 단단한 흙을 파내고 깨는 갈고리 모양의 농기구)
두 번째 디스크 티 : The Disc Tees(경작 후에 흙을 고르고 더 잘게 깨는 원판 써레)
세 번째 플로우 티 : The Plow Tees(담배를 심기 위한 고랑을 만드는데 사용하는 쟁기)
네 번째 컬티베이터 티 : The Cultivator Tees(담배를 심기 위해 흙을 갈아엎는 경운기)

예약

다스팀 예약 당시에는 골프장 자체 온라인 예약제도가 없었다. 약 한달 전에 이메일로 예약담당 책
임자에게 특별히 부탁하여 Tee Time을 받았다. 지금은 홈페이지(www.tobaccoroadgolf.com)에서
온라인 예약을 하면 된다.

골프장 요금

9월 13~11월 14일 주말(금~일)요금 89달러

연락처

442 Tobacco Rd Sanford, NC 27332-9167 / 전화(919) 775-1940

니 서로가 말이 없었다. 지난 게임에서 부진했던 장 총장이 2번 홀, 3번 홀 연속해서 버디를 잡으면서 기세가 오르자 다른 멤버들은 긴장했다. 그러나 홀이 더해지면서 험한 링크스 코스 스타일에 감을 잡자 멤버들이 따라 붙었다. 로스트 볼도 몇 개 밖에 나오지 않는다.

로스트 볼이 생각보다 많지 않아서인지 오늘따라 불평하는 사람이 없었다. 로스트 볼도 골프 게임의 한 요소로 생각한 것일까? 그러고 보니 미국골프협회USGA의 창시자이며 미국 초대 아마추어 챔피언인 찰스 맥도널드Charles Mcdonald는 이런 말을 남긴 적이 있다.

"로스트 볼을 했다고 해서 불평이나 잔소리를 해서는 안 된다. 로스트 볼은 골프 게임의 한 요소다"

로스트 볼을 했다고 해서 남을 탓할 것이 아니라 우선, 자신부터 다스려야 한다는 의미일 것이다. 실수를 잊고 훌훌 털어내야 자신은 물론, 함께 경기에 임하는 동반자에게도 좋은 영향을 미치기 때문이다.

미국 골프여행 여섯 번째 골프장에서 다스팀 단원 중 양 대표, 장 총장이 드디어 싱글 점수Single Digit Handicapped Score를 내는 기염을 토했다. 그것도 미국에서 가장 어려운 골프장 순위 10위인 골프장에서 두 사람이 80타를 기록한 것은 다스팀에게 매우 고무적인 사건이 아닐 수 없다.

오늘의 공동 우승자는 장 총장과 양 대표80타이고 설 작가, 최 단장 순이다. 니어리스트는 장 총장, 롱기스트는 다음 경기로 이월되었다. 캠핑장으로 향하는 차 안에서 오늘의 공동 챔피언을 자축하는 의미로 간단히 맥주 한 잔씩을 하고, 숙소에서 미국에서의 첫 싱글기념 파티를 하기로 했다.

마파두부로 총주방장 등극

오늘의 히어로 장 총장이 저녁식사를 마파두부로 요리하겠다는 제안을 하여 한국슈퍼에 들러 음식재료를 구입했다. 장 총장의 요리 자세는 너무나 진지해서 사뭇 엄숙하기 그지없었다. 서울에서 준비한 레시피Recipe를 따라 정확한 재료에 정확한 양 그리고 정확한 순서로 조리를 한다. 야전이니 적당히 먹어도 되겠지 하는 마음에, 대충 하자는 설 작가의 제안은 여지없이 묵사발이 났다. 초지일관 땀을 삘삘 흘리며 진지하게 요리를 하는 장 총장의 요리 태도는 가히 일류호텔 주방장의 모습이었다.

이렇게 정성을 들여 만든 마파두부 요리를 안주로 해서 다스팀 4명은 오늘도 행복한 저녁시간을 가졌다. 다스팀이 캠핑카를 이용하지 않았다면 어떻게 이런 맛있는 요리를 해 먹을 수 있단 말인가? 오늘부터 장 총장을 총주방장으로 추대하기로 했다. 잠시 어지러웠던 주방의 위계질서가 확실히 잡히는 날이었다.

2번째 방문한 캠핑장 Fayetteville / Wade KOA , NC

미국의 캠핑장 규모는 때론 상상을 초월한다. 캠핑카 역시 고급스러움은 물론이고 크기, 다양성뿐만 아니라 캠핑장에 정해진 자리에 전기, 수도, TV, 하수관로를 연결하면 일반 가정집처럼 불편함이 전혀 없다. 그런데도 미국인들은 캠핑카 외부를 인테리어 하듯이 치장하고 내부는 그들이 사는 집을 옮겨다 놓은 것처럼 꾸민다. 그들의 캠핑문화는 우리가 이해하기에는 낯설고 어려운 부분이 많다.

미국 동남부 플로리다를 중심으로 한 미국지도에 고무풍선은 골프장을 표시한 것이다.
TOBACCO ROAD GOLF CLUB 방문기념으로 서명게시판에 다스팀 입장을 등록하였다.

1번 홀 티 박스에서 본 페어웨이- 앞에 보이는
왼쪽 벙커와 러프를 넘겨서
멀리 보이는 벙커 앞에 볼을 떨어트려야 한다.

최선을 다하여 마파두부를 조리하는 장 총장과
열심히 보조하고 있는 설 작가.
고추가루 봉지를 들고 있는 손만 보인다.

펜스를 치고 개를 몇 마리씩 키운다든가, 캠핑카 옆에 몽골 텐트 크기의 또 다른 텐트를 치고 그 안에 소파를 비롯한 각종 가구와 취사도구까지 갖춰 집에서 생활하듯 캠핑을 즐긴다. 캠핑카 내부를 들여다 볼 수는 없으나 외관에 어울리게 장식했을 것이다.

그 넓어 보이는 캠핑카에 대부분 부부만이 거주하는 것으로 보이고 다른 가족은 없어 보였다. 우리나라가 지금보다 더 잘 살게 되더라도 국토가 좁아 미국처럼 드넓은 자연 속에서 즐기는 캠핑문화는 갖기 어렵겠다는 생각에 마음이 쓰렸다. 하지만 그들의 노년생활이 마냥 부럽지만은 않았다. 아름다운 풍경 속의 노년 부부는 너무 쓸쓸해 보였기 때문이다.

미국의 캠핑장 이용에 미숙한 우리는 오늘 또 한 번 실수를 했다. 골프를 마치고 나서 장 총장의 한국요리 제안에 일정에 없는 한국마트를 방문한 후, 캠핑장에 예정시간보다 늦은 저녁 7시 30분에야 도착했다. 우리는 사전 예약을 했기 때문에 당연히 자리배치를 받을 수 있을 것으로 예상했지만 캠핑장 사무실 문은 굳게 잠겨 있었다. 캠핑장 자리배치를 받지 못하는 상황이 발생하고 만 것이다. 다급해진 최 단장은 긴급전화로 캠핑장 직원과 통화를 시도했다. 다행이 직원과 통화가 되었고, 만나서 간신히 자리배치를 받을 수 있었다.

관리직원은 예약자가 오후 7시 이후 방문 시에는 자리배치 출입증을 게시판 서류함에 넣어 둔다고 했다. 그러면 방문객은 서류함에서 출입증을 찾아 캠핑을 하고 다음날 오전 출입수속을 받으면 된다고 설명이었다. 모든 면에서 나름대로 완벽한 준비를 했다고 생각했는데, 이렇게 사소한 데서도 실수가 발생할 수 있다는 것에 적잖이 당황한 날이었다.

DAY 13

2012. 9. 22

- **방문도시** Wade, NC
- **중요사항** 1. 1차 일정 변경
          2. 식재료 쇼핑
          3. 캠핑장 휴식
- **날씨** 맑음   - **기온** 15~27℃
- **주행거리** 42km   - **주행누계** 1,709km

맛있는 스테이크와 캠프파이어

오늘은 캠핑장에서 휴식을 취하였다. 오늘도 날씨는 좋았다. 미국에 도착해서 지금까지 골프 칠 때 날씨가 나빴던 적은 한 번도 없었다. 지난 9월 18일 네 번째 골프장 레이크 프레지덴셜Lake Presidential GC에서는 오전에 골프를 시작할 무렵 가랑비가 약간 내리는 듯 했지만 이내 그쳤고 오히려 흐린 날씨 덕에 시원하게 마칠 수 있었다.

날씨뿐 아니라 다른 일도 당초 계획했던 대로 아무런 차질 없이 순조롭게 진행되고 있고 경비골프비, 숙박비, 식대 등도 예산보다 적게 지출하는 터라 두 달 후 결산 때 돈이 남지 않을까 생각된다. 서울을 출발할 때 아내들이 집중적으로 물어 본 질문은 "돈은 어떻게 쓰느냐?", "공동경비로 얼마씩 걷었느냐?"였다. 또 카드사용은 되는지, 현금은 얼마나 필요한지 등도 물었었다.

다스팀 멤버들의 지금까지 경비 지출내역을 공개하면 다음과 같다. 경비 명세서를 보면 항목별 예산금액 대비 실지출금액과 팀원

별 지출금액이 매일 실시간으로 나타난다. 항목으로는 캠핑카, 항공비, 골프 비용, 식대, 숙박비, 식료품 및 잡비, 자동차 운행비 등이 있는데 출발 전 예산금액이 있고 그 아래에는 실시간 현재 지출금액이 나와 있어 소진율을 손쉽게 파악할 수 있다.

팀원별로 서울에서 출발할 때 모두 같은 금액의 현금을 가지고 왔다. 또한 신용카드를 가지고 왔기 때문에 언제든지 현찰과 카드를 사용할 수 있다. 한 사람이 경비를 계속 사용하다 보면 금액이 커져서 나중에 정산할 때 문제가 발생할 수도 있기에 일주일 단위로 돌아가며 한 사람이 전담해서 경비를 집행하기로 정했다.

9월 20일 현재, 개인별 사용금액을 보면 설 작가 4,974달러, 양 대표 5,603달러, 장 총장 6,028달러, 최 단장 9,802달러로 합계 26,258달러이다. 최 단장의 지출이 많은 것은 최 단장이 페블 비치 Pebble Beach 골프장 예약금과 LA 호텔 예약금을 미리 지출했기 때문이다. 다스팀의 현재 지출경비가 전체예산 대비 약 50% 정도 사용된 것으로 나오지만 이는 항공비와 캠핑카 렌탈 비용이 전액 지출되었기 때문이다. 아무튼 나중에 서울로 돌아가서 정산을 하겠지만 개인별, 항목별 합계금액이 실시간으로 나타나므로 조정이 필요하다면 사전에 가능할 것으로 보인다.

오늘 오후 월마트Walmart에 들려서 최 단장이 좋아하는 미국산 프리미엄급 등심, 바비큐용 불판과 캠핑용 장작을 사서 캠프로 돌아왔다. 캠핑카 세팅전기, 상. 하수도 연결 등을 한 후 저녁 식사준비를 하는데 오늘은 양 대표가 소매를 걷었다.

파절이, 양파 썰기, 야채샐러드 그리고 메인 요리인 등심 굽기, 착화제가 발라진 새로 산 바비큐용 석탄에 불을 붙이고 불판을 올려놓았는데 고기가 좀처럼 익지 않았다. 이유를 알고 보니 호일에 숨

구멍을 뚫어야 하는데 그냥 했더니 불이 사그라져서 고기가 구워지지 않았던 것이다. 구멍을 뚫으니 불이 살아나기 시작했다. 오늘도 또 하나를 배워간다.

서서히 달아오르는 불에 등심이 익어갔다. 그야말로 최고급 쇠고기 등심 스테이크를 앞에 두고 둘러앉아 한 잔의 와인과 소주 그리고 피어나는 정담에 우리들의 분위기는 뜨겁게 달아올랐다. 그리고 오늘의 하이라이트인 캠프파이어 난로 앞에서 다시 한 번 다스팀 파이팅을 외치고 잠자리에 들었다.

1차 일정을 변경하다

다스팀은 2주간의 골프여행을 마치면서 그동안 사설 캠핑장^{KOA} 두 곳에서 4박을 하고, 내일은 사우스캐롤라이나 주립 캠핑장^{Myrtle Beach State Park Nature}으로 이동하여 숙박할 계획이었다. 그런데 캠핑장 숙박에 불편을 느끼는 단원이 있어, 회의를 통해 일정을 바꾸기로 했다. 불편함은 정확히 캠핑카의 잠자리가 불편하다는 것이었는데, 가장 어려움을 겪는 사람은 장 총장이었다. 그는 운전석 위에 있는 2인용 캡오버 침대를 주방장 전용으로 내놓으라며 주방 파업 일보 직전이었다.

미국의 공영 캠핑장은 대부분 국립, 주립, 시립공원 안에 위치하고 있어 친환경적이고 경치가 좋으며 가격이 저렴하다. 하지만 사설 캠핑장에 비해 시설이 취약해 공영 캠핑장 예약은 취소하였다. 반면 사설 캠핑장과 호텔 숙박 횟수를 늘렸다. 또한 머틀 비치^{Myrtle Beach}에서 3번의 골프를 추가하기로 일정을 변경했다. 일정을 변경하기 위해서는 그동안 예약한 골프장, 호텔, 캠핑장의 예약을 취소하고 새로운 여행지에 일일이 예약을 다시 해야 하는 애로가 있다. 최 단장은 향후 20여 일의 일정 변경과 조정을 위해 이동 루트를 변경하고 가격을 비교하는 등 2시간이 넘도록 인터넷 사이트와 전화기를 붙잡고 예약 취소와 접수를 하느라 분주한 시간을 보내야 했다.

앞으로 남은 기간 중 어떤 어려운 상황에 처할지 모른다. 일행 네 명의 나이를 합하면 256년이다. 이 정도 연륜이면 지혜가 넘쳐 교활함까지 켜켜이 쌓여 있을 터. 지혜롭게 대처해 나갈 일이다. 그래서 일찍이 스포츠 저술가 그랜트랜드 라이스Grantland Rice가 남긴 명언이 있다.

"골프는 인간의 본성을 볼 수 있는 통찰력을 준다. 동반자의 본성뿐만 아니라 당신의 본성까지도."

한 마디로 속보이지 않게 조심하라는 뜻이다.

Camp Fire 난로 앞에서 다스팀 화이팅을 하며 즐거운 저녁 한때를 보냈다.

머를 비치, 세계 골프 수도에서 환상적인 골프 라운드

2
Golf
Stage

세계 골프 천국 머를 비치에서의 본격적인 골프 라운드.

9월 23일, 노스캐롤라이나주 웨이드에서 210km를 달려 세계 골프 수도 머를 비치에 당도한 다스팀. 대서양 바다를 바라보며 천혜의 휴양지로 조성된 골프 천국 머를 비치에서 다스팀은 9일간 장장 7개의 골프장을 누비며 환상적인 골프 라운드를 펼치며 미 대륙 횡단 골프의 진수를 만끽한다.

한편 20여 일째 접어든 캠핑생활은 점점 골프여행의 고단한 여정이 찾아온다. 이때 심신이 지친 다스팀의 입맛을 사로잡는 총주방장 장 셰프의 화려한 요리솜씨가 빛난다.

■■■ 이동경로

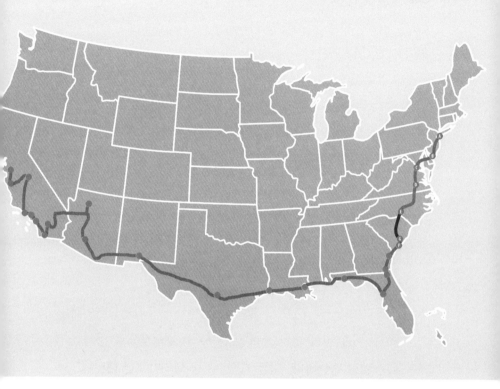

● 이동 경로

노스캐롤라이나주 웨이드시 → 사우스캐롤라이나주 머를 비치(총 591km)

● 골프 라운드

F 7. 타이드워터 골프장 · 8. 듄 골프장 · 9. 머를 비치 내셔널 골프장
   10. 그랜드 듄스 골프장 · 11. 칼레도니아 골프장
G 12. 레전드 골프장 · 13. 베어푸트 골프장

DAY 14
2012. 9. 23

- **방문도시** Wade, NC → Myrtle Beach, SC
- **중요사항** 1. 세 번째 캠핑장
  2. 이동 210km
- **날씨** 맑음   · **기온** 14~27℃
- **주행거리** 210km   · **주행누계** 1,919km

세계의 골프 수도, 머를 비치
'Golf Capital of the World'

노스캐롤라이나North Carolina주 웨이드Wade에서 사우스캐롤라이나
South Carolina주 머를 비치Myrtle Beach에 있는 KOA 캠핑장으로 향하는
고속도로는 넓고 편안하다. 미국 고속도로를 달리다보면 대낮에도
반대편 차선의 자동차들이 전조등을 켜고 오는 것을 많이 볼 수 있
다. 1960년대 초 미국 텍사스주에서 교통사고 감소대책으로 낮에
도 전조등 켜기를 실시했다고 한다. 사고를 방지해 주어 서로의 안
전을 지킬 수 있는 좋은 운전습관이라 생각된다.

최 단장과 양 대표가 번갈아 운전하며 95번 고속도로를 약 2시
간 30분 동안 210km를 질주한 끝에, 골퍼라면 누구나 한번쯤 가
보고 싶어 하는 머를 비치Myrtle Beach에 도착하였다. 오늘로서 미국
여행 총 주행거리가 1천마일약 1,609km을 넘어섰다.

머를 비치Myrtle Beach는 사우스캐롤라이나주의 북동쪽 끝에 있다.

항상 잎이 푸르고 꽃은 매화와 비슷한 나무를 가리키는 머를^{Myrtle}이라는 이름에서 짐작할 수 있듯, 따뜻한 날씨를 가진 해안 도시이다.

대서양을 바라보고 있으며, 날씨가 최고로 아름다운 해변가. '머를 비치'는 노스캐롤라이나와 사우스캐롤라이나에 걸쳐 있는 약 60마일^{약 100km}의 백사장을 말한다. 모래입자가 아주 고와 미국의 3대 해변 중 하나로 꼽히며 매년 1,400만 명의 관광객이 다녀간다.

머를 비치에는 아름답게 조성된 골프장이 120개 이상 있으며, 통계에 의하면 그곳을 방문한 골퍼들이 2007년 370만 라운드의 골프를 하였고, 최고 기록은 연간 420만 라운드였다고 한다.

그런 이유로 머를 비치를 '세계의 골프 수도^{Golf Capital of the World}'라고 부른다. 가히 환상의 골프 천국이다. 다스팀의 원래 계획은 9월 23일부터 29일까지 6박7일 동안 4라운드의 골프를 계획했으나, 골프 천국에서의 일정을 3일 연장하고 3라운드를 추가하여 9박 10일 동안 7번의 골프를 치기로 계획을 변경하였다.

우리는 캠핑장에 차를 주차하고, 걸어서 5분 거리에 있는 대서양 바다가 보이는 해변으로 갔다. 미국 동쪽의 바다, 대서양을 바라보며 맨발로 해변을 걸었고, 바닷물이 발가락과 발등을 적실 때마다 드디어 이곳에 왔음을 실감할 수 있었다. 점점 나이를 먹어가지만 해변을 걷는 우리는 나이를 파도에 쓸려 보낸 듯 우수에 젖어 한참을 걸었다. 여행 14일차의 감성적인 오후는 그렇게 흘러갔다.

대서양을 향하고 있는 머를 비치. 잔잔한 파도와 고운 모래사장으로 최고의 해변이었지만, 인적은 드물었다.

잠깐 놀러온 오리 가족을 배웅하는 설 작가

대형 캠핑카 앞에 성조기와 조명을 설치하고, 바퀴는 커버를 씌었다.

3번째 방문한 캠핑그라운드 Myrtle Beach KOA

　대서양을 끼고 있는 엄청난 규모의 캠핑장이다. 샤워장뿐만 아니라 수영장까지 워터파크를 연상시키는 각종 물놀이 시설이 갖춰져 있다. 커다란 통에 물이 차면 중력에 의해 저절로 물이 쏟아져 하루 종일 재미있는 장면을 연출한다. 수영장 옆에는 다양한 놀이 기구가 있는 놀이터도 따로 있다. 우리는 바다로 연결되는 수로 옆에 캠핑카를 주차하고 자리를 잡았다. 어떤 캠핑카는 차양Awning에 성조기 풍선을 달고 캠핑카 앞에도 성조기와 조명으로 장식을 해 밤에 보면 휘황찬란했다. 바퀴도 정성스럽게 커버를 씌어 놓았다. 이들은 성조기로 많은 장식을 해놓고 있는데 국가에 대한 애국심이 커서일까? 한편으로는 좀 지나치다 싶었다. 그래도 스스로 미국인임이 자랑스러운 모양이다. 우리 캠핑카 주변에는 오리 가족이 사는데 오리 가족들도 그들만의 코스가 있는지 하루 종일 궁둥이를 흔들며 돌아다닌다.

　캠핑장에서 대서양 해변으로 연결되는 한가한 도로 양옆에는 주민들이 사는 호화주택이 들어서 있다. 해양 스포츠 시설과 대규모 숙박 시설 역시 끝없이 펼쳐진 해변만큼이나 끝이 보이지 않을 정도로 늘어서 있다.

DAY 15
2012. 9. 24

- **방문도시** Myrtle Beach, SC
- **중요사항** 제7차 골프 / Tee Time 8시 33분
- **날씨** 맑음　　　・**기온** 13~25℃
- **주행거리** 83km　　・**주행누계** 2,002km

동부의 페블 비치, The Pebble Beach of the East

아침 5시 이른 시간에 일어나 화장실에 다녀오고 샤워를 마쳤다. 담요를 털고 차 안을 청소한 후, 6시 식사 그리고 곧바로 점심에 먹을 샌드위치를 만들고 출발준비를 서둘렀다. 전기선과 상수도, 하수도 파이프까지 캠핑카에서 떼어내고는 1분 미팅 시작. 7시 15분에는 골프장을 출발했다.

오늘의 목적지는 세계의 골프 수도라 불리는 머를 비치^Myrtle Beach 에서도 지명도가 높은 타이드워터^Tidewater Golf Club 골프장. 그래서인지 서비스부터 다르다. 골프장 입구에서 경비원이 예약 여부와 회원, 비회원 여부를 확인한 후 통과시켰다. 잘 정돈된 골프장 입구로 들어서자 곧바로 나타난 클럽하우스. 골프 샵에서 등록을 하고 나온 최 단장은 "야, 역시 비싼 골프장이 좋기는 좋네. 연습장^Driving range이 무료고 점심도 클럽하우스 식당에서 공짜로 준단다." 하며 환한 미소를 지었다. 연습장은 천연잔디이고 연습 볼은 무한정 제

Tidewater Golf Club

타이드워터 골프장(Tidewater Golf
Club)은 머를 비치에 위치한 18홀 규모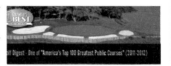
로 1990년에 개장하였다. 버러우스와 채
핀회사(Burroughs & Chapin Company, Inc.)에서 운영하는 대중 골프
장이다. 〈골프 다이제스트〉는 '미국 최고 100대 골프장(Top 100 United
States Golf Courses) 중 94위로 선정하였으며, 별표 4. 5개를 부여한
명문 골프장이다. 미국의 골프 평론가들은 이 골프장을 '동부의 페블 비
치'(The Pebble Beach of the East)라 부른다. 골프장이 연안내륙 대수로
(Intercoastal Waterway)와 대서양 그리고 체리그로브 만의 해수 소택지
(salt marshes of Cherry Grove Inlet)를 내려다보는 높은 절벽 위에 세워
졌기 때문이다.

골프장 규모/ 난이도

Par 72	Black	7,150	Rating	74. 3	Slope	144
	Blue	6,771	Rating	72. 6	Slope	138
다스팀	White	6,323	Rating	70.4	Slope	130

예약

홈페이지(www.tidewatergolf.com)에서 예약.

골프장 요금

카트요금과 세금 포함하여 1인 134달러 / 4인 536달러 / 연습공과 점심식사는 무료 제공.

연락처

1400 Tidewater Dr North Myrtle Beach, SC 29582-8603 / 전화(843) 249-3829

공되었다. 온통 백인들뿐 한국인은 물론 유색인종은 아무도 없다. 동부의 전형적인 명문 골프장의 모습인 것 같았다. 그린 피^{Green Fee}는 134달러이며 지금까지 운동했던 골프장 중에서 가장 비쌌다. 값이 비싼 만큼 진행이 철저하며 마셜^{진행요원}이 마중 나와 일일이 골프장 시설 이용방법에 대해 친절히 설명해줬다. 이른 아침시간이라 잔디에 물기가 있고, 페어웨이 잔디는 강하지 않고 연한 편이었다. 볼이 가라앉아 있어 확실하게 찍어 치지 않으면, 방향과 거리 조절이 쉽지 않아 어려운 코스였다.

1번 홀에서부터 장 총장이 버디를 낚아서 여러 사람들을 힘들게 했다. 그러나 이미 미국 골프장에 감 잡은 다른 멤버들도 멋지게 코스를 공략해 나가면서 치열한 시소게임이 이어졌고, 결국은 마지막 홀에서 한 타 차이로 설 작가가 우승하여 명예회복을 하였다.

오늘의 우승은 설 작가^{89타}이고 양 대표, 장 총장, 최 단장 순이었다. 롱기스트는 최 단장과 설 작가, 버디는 양 대표가 1개, 장 총장이 1개를 기록했다. 기분이 좋은 설 작가가 캠프장으로 돌아와서는 큰소리로 호령하며 잡다한 일^{저녁식사-장 총장, 세탁-양 대표, 쓰레기 버리기 및 빨래 걷기}을 지시했다. 최 단장이 "쟤가 오늘따라 많이 터프하네" 하며 웃는다. 아니꼽지만 어쩌랴. 골프는 잘 치고 볼 일이다

다스팀 분실일지

벌써 15일이 넘게 초로의 청춘들이 노익장을 과시하며 낯선 미국 땅을 헤집고 다니다 보니 본의 아니게 다들 정신을 깜빡할 때가 있었다. 다스팀 멤버들의 어처구니없는 분실 사건을 총 정리해 본다.

1) 최 단장의 경우, 지난 9월 12일 첫 라운딩을 하던 갤로핑 힐 Galloping Hill GC 골프장 15번 홀에서 7번 아이언을 그린 근처에다 두고 는 그냥 와버렸다. 다음 홀에서야 생각이 나서 되돌아 뒤따르던 미 국인 팀에게 물어 보니 자기들 바로 뒤의 팀이 가지고 있다는 거였 다. 희망을 갖고 뒤에 오는 팀, 다시 그 뒤에 오는 팀에게 물어 봤지 만 어깨만 들썩거릴 뿐 잃어버린 아이언 행방을 알 수 없었다.

클럽하우스에 분실내용을 신고하고 기다려 봤으나 아무런 소식 도 없었고 시간만 지나갈 뿐이었다. 미즈노 아이언 Mizuno Iron 7번은 최 단장이 150야드를 자신 있게 날릴 수 있는 그만의 비밀병기인데 그게 없어졌으니 이를 어찌하랴? 앞으로 30회를 더 라운드를 해야 하는 최 단장의 앞날에 어두운 먹구름이 드리워지는 순간이었다. 결국 최 단장은 아이언을 잃어버렸고 한동안 7번 아이언이 없는 상 태로 쳐야 했다

2) 양 대표의 경우는 애용하고 있던 선글라스를 잃어버리고 말았 다. 계속해서 이동하며 장소가 바뀌다 보니 모두들 건망증이 심해 금세 둔 것도 생각이 나지 않아 애를 먹는 경우가 허다했다. 양 대 표도 언제 어디서 잃어버렸는지 정확하게 생각이 나지 않아 2~3일 을 혼자 찾다가 동료들의 가방에 실수로 들어갔나 싶어 뒤진 적도 있었다. 그러나 행방이 묘연해 결국 찾는 것을 포기하고 말았다.

누구든지 자기가 늘 애용하며 사용하던 것을 잃어버리면 불편하 고 신경이 쓰이게 마련이다. 잃어버린 물건의 값어치에 따라 다르겠 지만 작은 것에도 신경이 쓰이는데 고급 선글라스를 며칠 써 보지도 못하고 잃어버렸으니 얼마나 마음 아픈 일인가. 하지만 그 후 내색 하지 않고 생활하며 골프 성적도 좋은 것을 보면 양 대표의 쿨한 성 격을 알 수 있다.

3) 설 작가는 타이드워터Tidewater GC 골프장에서 숙소로 돌아와 안경이 없어졌다며 한바탕 소동을 피웠다. 운동을 마치고 캠프장에서 샤워를 마친 후 차로 돌아와서 쉬고 있는데 안경이 없어졌다는 것이다. 가볍게 생각하고 주위와 늘 곁에 두고 다니는 손가방 등을 찾아봤지만 결국 찾지 못했다. 30분 정도를 혼자 찾아 헤매다 결국 비상을 거는 통에 팀원 모두가 총출동해 캠프장 내부를 이 잡듯이 뒤져야 했다. 그러나 한참 후에 안경은 설 작가의 옷가방에서 나왔다.

넷 중 분실사건을 한 번도 겪지 않은 사람은 장 총장이다. 장 총장은 꼼꼼하기가 이루 말할 수 없어 그런 일은 절대 겪지 않을 것 같다. 캠핑카 안에 각종 살림살이와 음식 재료, 도구 등을 곳곳에 두었는데, 어디에 무엇이 있는지 훤히 꿰고 있을 정도로 천부적인 재능을 가진 살림꾼이다. 앞으로 남은 45일 동안 더 이상 소중한 물건을 분실하는 일이 없기를 바라는 마음으로 이 어처구니없는 분실 일지를 남긴다.

대서양 연안에 위치한 동부의 페블비치

DAY 16
2012. 9. 25

- **방문도시** Myrtle Beach, SC
- **중요사항** 제8차 골프 / Tee Time 9시
- **날씨** 맑음   • **기온** 14~26℃
- **주행거리** 33km   • **주행누계** 2,035km

머를 비치의 명문 골프장

　오늘도 날씨는 환상적이다. 구름 한 점 없는 파란 하늘에 25도 정도의 운동하기에 최적의 날씨다. 파란 하늘이 너무 좋다.

　어제에 이어 연속해서 머를 비치^{Myrtle Beach}의 명문 골프장 듄스 골프 앤 비치 클럽^{The Dunes Golf & Beach Club}에 예약시간 9시보다 약 1시간 정도 일찍 찾아갔다. 내비게이션에 주소를 입력하면 정확하게 안내해 줘 초행길인데도 문제없이 잘도 찾아간다. 지난날 지도에 의지하여 힘들게 미국횡단을 하였던 시절과 비교하면 격세지감이 들 정도로 요즘 미국 횡단여행은 내비게이션이 알아서 다 찾아주는 쾌적한 여행이다. 다스팀처럼 방문할 경유지가 수십 개에 이르는 여행에는 더욱 그러하다. 세상 살면서 세 여자^{어머니, 마누라, 내비 가이드 언니} 말만 잘 들으면 고생 안 한다는 유명한 격언(?)을 되새겨본다. 우리 여행의 최고 조력자인 노트북과 내비게이션에 그저 고마울 따름이다.

　잠시 딴생각에 빠져 든 사이 벌써 골프장 입구에 도착하였다. 진

The Dunes Golf & Beach Club

듄스 골프장(The Dunes Golf & Beach Club)은 1948년 개장하였다. 〈골프 다이제스트〉는 듄스 골프장을 머를 비치에 있는 골프장 가운데 순위 제1위의 골프장으로, 미국 최고 100대 골프  장 중 제46위로 선정하고 별표 4. 5등급을 부여하였다. 또한 이전에 여자 미국 유에스 오픈(Women's US Open) 대회와 6차례의 시니어 투어 챔피언십(SENIOR Tour Championships,) 대회를 개최하였다.

골프장 규모/ 난이도

Par 72	Gold	7370	Rating	76.1	Slope	148
	Blue	6,615	Rating	72. 5	Slope	140
다스팀	White	6,168	Rating	70.6	Slope	135

예약

홈페이지(www.thedunesclub.net) 와 머를 들 비치 골프닷컴(www.myrtlebeachgolf.com) 참조
다스팀은 온라인 할인 예약사이트인 머를 들 비치 골프닷컴에서 예약.

요금

1인 122달러에 4인 488달러 결재하였다

연락처/

9000 N Ocean Blvd Myrtle Beach, SC 29572-4424 / 전화(843) 449-5914

입로 주변에 고급 주택가가 있고 꽃들로 단장되어 있다. 집 앞에 세워진 고급 스포츠카들이 그들의 생활수준을 짐작케 한다. 역시 고급 골프장답게 골프장 입구에서부터 클럽하우스까지 잘 정돈된 모습에 살짝 주눅이 든다. 골프장 입구에서 경비에게 예약시간을 알려주고 명단을 확인한 후에 출입문을 통과한다.

골프장에 등록하고 직원들과 접촉하는 일은 최 단장 소관이다. 최 단장은 30여 년 전에 미국에서 3년간 유학 생활을 했다. 그런데 사고, 행동, 언어 등이 마치 엊그제 미국생활을 했던 사람처럼 자연스럽게 행동한다. 미국체질인 거 같다. 그 덕에 나머지 세 명은 편하게 골프에만 전념할 수 있으니 이보다 더 좋을 수가 있으랴.

어제 방문한 타이드워터 골프장은 콘도타입의 집들이 주택단지 안에 있었지만, 빈집들이 많이 보였다. 그러나 이곳엔 거의가 사람들이 거주하고 있고 정원들도 잘 가꾸어져 있다

이름이 듄스Dunes라서 트위스티드 듄 골프장처럼 코스가 험난한 것이 아닌가 하고 염려했다. 대서양이 바라보이는 언덕에 다소간의 언듀레이션Undulation을 두어서 코스의 난이도를 높여 놓았다. 페어웨이나 그린의 상태는 최상이다. 디보트Divot 자국도 거의 없고, 그린스피드도 일정해서 관리상태가 양호한 골프장이다. 티 샷하기 전에 마셜이 디보트 자국에는 카트에 실려 있는 잔디보식용 모래를 뿌리고, 플레이가 끝난 후에 빈 통을 돌려 달라고 웃음을 섞어서 강요한다.

대서양을 등지고 티 샷을 시작했다. 후반부는 호수를 끼고 홀들이 배치되어 있어서 매 홀마다 희비의 쌍곡선이 교차되면서 플레이를 진행했다. 라운드 하는 중에 하늘을 보니 구름 한 점 없이 파란색 물감을 캔버스에 풀어 놓은 것 같다.

뒤 팀의 두 명이 플레이를 하면서 바짝 쫓아와서 후반 9홀부터는

미국 골프장에서는 항상 티 오프에 앞서 점잖고
나이들어 보이는 마샬이 인사와 함께
주의사항을 설명해준다.

오늘의 우승자 양 대표의 승리 V표시

한국에서 크고 신선한 영덕게를 이렇게 많이 먹는다면 얼마나 돈이 들까?
113달러로 4명이 싫컷 배불리 먹었다.

먼저 패스시키고 널찍하게 여유를 가지고 매 샷에 신중을 기한다. 이제야 제대로 된 골프를 치는 것 같다. 한국에서는 꿈도 꾸지 못할 여유를 부려본다. 그러나 미국사람들도 성질이 급해서 앞에서 조금만 늦는 것 같으면 마셜한테 연락해서 재촉을 해댄다.

오늘의 우승은 양 대표[82타], 설 작가, 장 총장, 최 단장 순이었다. 니어니스트는 최 단장 2번, 장 총장 1번, 양 대표 1번이었고, 롱기스트는 양 대표, 버디는 양 대표가 1번 하였다.

참고로 좀 더 재미있는 게임을 위해서 게임 룰을 약간 변경하였다. 일인당 3달러에서 4달러로 인상하여 버디 2개, 롱기스트 2개, 니어리스트 2개에게 1달러씩 특별상금을 주기로 하고 기본상금은 변동 없이 성적순위별로 1등 4달러, 2등 3달러, 3등 2달러, 4등 1달러를 주기로 전원 합의했다.

니들이 게 맛을 알어! Giant Crab Buffet

오늘 저녁은 모처럼 식당에서 외식을 했다. 메뉴는 설 작가가 특별히 좋아하며 바닷가에서 먹을 수 있는 게를 먹기로 하고 전문 식당을 찾았다. 시 푸드[Sea Food]전문 뷔페식당 자이언트 크랩[Giant Crab]에서 오랜만에 게 다리를 원 없이 먹었다. 게뿐만이 아니라 해산물이 다양하게 있어 여러 가지 골고루 먹을 수 있었다.

이곳에서 보니 미국인들도 게를 무척이나 좋아하는 것 같다. 부부 또는 가족단위로 보이는 미국인들이 가득 모여 식사를 하는 가운데 우리들도 맛있게 먹으며 행복한 시간을 보냈다. 한국의 영덕게와 모양은 비슷한데 맛은 조금 달랐지만 그래도 맛이 아주 좋았다. 몸통은 먹지 않고 버리고 큰 다리만 먹는 것이 좀 이채롭고 한 편으로는 버려지는 몸통이 아깝다는 생각이 든다.

값도 비싸지 않았다. 1인당 $25인데 시니어 할인^{Senior D/C} $4를 받아 $21에 와인 한 병과 세금을 합해 $112. 67이 나왔다.

잘 관리된 초록색 페어웨이, 여자 유에스 오픈(Women's US Open)을 개최한 골프장이다.

DAY 17
2012. 9. 26

- **방문도시** Myrtle Beach, SC
- **중요사항** 제9차 골프 / Tee Time 9시 22분
- **날씨** 맑음 **기온** 17~27℃
- **주행거리** 54km **주행누계** 2,089km

물놀이보다는 골프를

　오늘도 매우 좋은 날씨이다. 파란 하늘에 약간 덥게 느껴지지만 기온은 25도 정도. 오늘 일정은 캠핑장에서 휴식을 취하고 머를 비치 해변가에서 해양스포츠를 즐기려 계획하였다. 그런데 어제 라운드를 끝내고 숙소로 돌아오는 차안에서 물놀이보다는 골프 라운드를 하자고 의기투합하여 오늘도 골프는 진행형이다.

　갑작스런 계획 변경으로 골프를 연이어 하게 되었다. 그제, 어제에 이어 오늘도 라운딩을 하게 되면 내일, 모래도 라운딩이 계획되어 있으므로 머를 비치에서 5일 연속 골프를 치게 되는 셈이다. 체력이 문제인데 다들 아직까지는 괜찮아 보인다.

　계획 변경으로 갑작스럽게 골프장 부킹을 해야 하는데, 노련한 우리의 최 단장 여지없이 해내고 말았다. 게다가 어제 가격의 거의 1/3가격인 $47에 했으니 이게 웬 떡이냐 싶다.

　어제 골프가 끝나자마자 오후 3시경, 최 단장이 새로운 골프사

Myrtle Beach National Golf Course _ South Creek

머를 비치 내셔널 골프장(Myrtle Beach National Golf Course)은 웨스트 코스(The West Course), 킹스 노스(King's North), 사우스 크릭(South Creek) 등 3개 코스 54홀 규모이며 1973년에 개장하였다. 다스팀이 예약한 사우스 크릭 코스는 제일 긴 티에서 대략 6400야드이지만, 이 코스는 매번 샷을 할 때마다 거리보다는 정확한 샷에 집중하여야 한다. 다른 두 코스와 다른 점은 거리가 가장 짧은 반면에 도그랙(dogleg) 페어웨이와 무수한 러프지역이 있으며, 노련한 골퍼의 정교함이 요구된다. 잘 관리된 벤트그라스(bentgrass) 잔디가 눈에 띈다. 3개 코스 모두 아놀드 파머가 설계하였다. 〈골프 다이제스트〉 2007년 미국 최고 100대 골프장 중에 하나로 선정되었고, 별표 4개 등급을 받았다. 또한 머를 비치 골프장들 가운데 제7순위로 선정되었다.

골프장 규모 / 난이도

Par 72	Blue	6,416	Rating	71. 0	Slope	128
다스팀	White	6,089	Rating	67.7	Slope	124
	Gold	5,711	Rating	67.7	Slope	116

예약

머를 비치 골프 닷컴(www.myrtlebeachgolf.com)

골프장 요금

일반요금 1인 61달러.

다스팀 / 1인 47달러 / 4인 합계 188달러 / 56달러 할인

연락처

4900 National Dr Myrtle Beach, SC 29579 / 전화(843) 448-2308

웹 사이트

www.mbn.com

이트 머를 비치 골프 닷컴www.myrtlebeachgolf.com를 방문하여, 티 오프 시간도 좋은 오전 9시 22분에 매우 싸게 명문 골프장을 예약하였다. 이곳 머를 비치에서 톱 랭킹 7위인 코스를 겨우 하루 전날 오후에 예약을 할 수 있다니, 가히 골프 천국이 아니라 부인할 자 누군가? 한국에서는 꿈도 꾸지 못할 일이다.

첫 70대 스코어 기록, 양 대표 77타

야드지 북Yardage book을 자세히 살펴보니 골프장 이름에 걸맞게 곳곳에 개천과 호수가 있어서 정교한 샷을 구사하지 않으면 타수가 많이 늘어날 것 같다. 하지만 다들 미국 골프장의 험한 코스에서 여러 번 플레이를 했기 때문인지 조금도 겁을 먹지 않고 그린 위의 핀을 겨냥하여 볼을 날린다.

티 샷 순서는 전날 성적순으로 시작했는데 첫 홀부터 설 작가가 그린엣지에서 퍼팅을 한 것이 홀컵에 빨려들어가서 롱기스트와 버디 상금을 획득하면서 표정관리에 들어간다. 오늘따라 설 작가의 드라이버가 리듬을 타면서 까마득하게 날아가니 다른 멤버들은 주눅이 들어 힘이 바짝 들어가지만, 매 샷을 신중하게 하면서 따라 붙는다.

전반 9홀 성적은 양 대표 39타, 설 작가 40타, 장 총장 41타로 끝냈다. 후반 들어서는 양 대표가 버디를 잡으면서 앞서 나간다. 16번 홀까지 설 작가와 장 총장은 동 타였는데 17번 숏 홀에서 설 작가가 그린에 올리고 롱 퍼트로 버디를 잡으면서 2등 순위를 확정 짓는다. 최 단장은 새로 산 드라이버에 적응해서 스코어가 많이 좋아졌고 역시 비싼 채라서 스위트 스팟Sweet spot에 맞으면 엄청 날아간다. 최 단장은 순위를 끌어 올릴 날이 멀지 않았다고 선언을 한다.

다스팀은 미국 골프투어 9번째 골프장에서 첫 70대 스코어를 기록했다. 양 대표가 77타를 치면서 기염을 토했고, 설 작가가 81타로 싱글을 성취했으며, 장 총장이 82타로 애석하게 3위를 하였다.

오늘의 우승은 양 대표[77타], 설 작가[81타], 장 총장[82타], 최 단장 순이었다. 니어리스트는 양 대표 2개, 설 작가 1개였고, 롱기스트는 설 작가 2개, 장 총장 1개였다. 버디는 설 작가 3개, 양 대표 2개였다.

9박 10일 머물면서 플레이하는 7개 골프장들은 〈골프 다이제스트〉에서 선정한 100대 골프장 중에서 상위에 랭크되어 있다. 참고로 이곳에서 플레이 할 머를 비치 골프장 순위를 소개한다.

1. 칼레도니아 골프장[Caledonia Golf and Fish Club]

2. 듄스 골프장[Dunes Golf & Beach Club]

3. 타이드워터 골프장[Tidewater Golf Club]

7. 머를 비치 내셔널 골프장[MB National-South Creek]

9. 베어푸트 골프장[Barefoot-Love]

16. 레전즈 골프장[Legends-Heathalnd]

22. 그랜드 듄스 골프장[Resort Club at Grande Dunes]

1등침대 내놔라

오전 9시 22분 라운드를 시작, 2시쯤에 끝내고 점심은 일본식 식당 이치로 익스프레스[Ichiros Express]에서 마이 마이 볼[Mai Mai Bowl, 6.99달러]로 때웠다. 볶음밥에 생선구이가 곁들여 나오는데, 고기를 좋아하

2007~2008년 골프 다이제스트 미국최고골프장 100대 골프장 중에 하나로 선정되었다.

운전석 위 캡오버(Cabover) 1등침대.
총주방장 예우차원에서 2인용 침대를
장 총장 전용침대로 제공하였다.
길이가 193cm, 넓이는 137cm이다.

차 뒤쪽에 있는 2인용 더블배드.
처음에는 두 명이 사용하여 2등 침대였으나,
장 총장에게 캡오버 1등침대를 내어준 후
한명이 자기로 하여 특등침대가 되었다.
침대 길이는 193cm 넓이는 132cm이다.

는 최 단장을 제외하고 나머지 3명은 맛있게 먹었다.

식사 후 머를 비치 캠핑장에 다시 돌아와 처음 있었던 사이트 ^Site439에 차를 파킹하고 전기, 상수도, 하수도 세팅을 마쳤다. 일단 캠프생활의 기본 준비가 되었다.

캠핑카에서 숙식을 하는 날이 많아지자 문제점이 슬슬 드러나기 시작한다. 어른 4명이 그것도 넓은 아파트에서 살던 60대 중반의 가장들이 좁은 차 안에서 2달가량 지낸다는 것은 쉬운 일이 아니다. 잘 해야 4~5평 정도의 공간에서 의, 식, 주생활을 한다는 것이 얼마나 힘이 들겠는가.

특히 잠자리가 문제이다. 다름 아닌 잠자는 장소가 협소하다는 문제다. 이번 여행에서 장 총장이 다른 단원들보다 잠을 잘 자지 못해 고생을 많이 하고 있었다. 우리는 결국 장 총장에게 운전석 위 1등침대를 총주방장 예우 차원에서 혼자 사용하도록 합의하였다. 나머지 세 사람은 잠자리가 조금 불편하여도 주방장이 잘 자야, 기분이 좋아 음식을 잘 만들고, 그래야 잘 얻어먹을 수 있다는 판단에서 싫은 기색 없이 흔쾌히 양보하였다. 그리고 메인침대에서 두 명이 자던 것을 편하게 한 명이 자도록 하고, 나머지 한 명은 불편해도 복도에서 자기로 하였다.

그래서 최 단장, 양 대표, 설 작가, 3명이 메인침대 → 간이침대 → 복도바닥을 돌아가며 자기로 합의하였다. 캠핑카 생활이 마치 아이들 소꿉장난 하는 것 같다. 잠자리 가지고 나잇살이나 먹었다는 사람들이 투정부리며 서로 다투지만 이때가 아니면 언제 이런 추억을 만들겠는가.

DAY 18
2012. 9. 27

- **방문도시** Myrtle Beach, SC
- **중요사항** 1. 제10차 골프 / Tee Time 오후1시
  2. 캠핑카 충돌사고
- **날씨** 맑음   **기온** 18~28℃
- **주행거리** 35km   **주행누계** 2,124km

OB난 캠핑카, 그래도 연속 4일 골프

미국 여행 18일째, 연속골프 4일째 되는 날이다. 그랜드 듄스 리조트Resort Club at Grande Dunes 골프장에서 오후 1시 티 타임Tee Time이다. 골프장은 숙박지인 캠핑장에서 약 15km, 30분 이내 거리에 위치해 있다. 우리는 11시 30분 출발하여 도로변 버거킹에 들러 햄버거로 점심을 먹고 골프장 근처에 12시 20분경 도착하였다. 지금까지 우리가 운행한 총 거리는 약 2,100km 이상이며, 한 사람이 서울에서 부산 가는 거리인 대략 450km 이상 운전을 하였다. 이제는 모두 능숙한 캠핑카 기사가 되었다.

그런데 갑자기 캠핑카 천정 바깥에 있는 에어컨이 날라 가는 대형사고가 터졌다. 사고의 원인은 캠핑카 내비게이션의 오작동과 운전 부주의였다. 골프장 근처에 도착하여 내비게이션이 진행방향 도로 왼쪽에 있는 골프장으로 가지 않고, 오른편 도로에 있는 리조트 건물 쪽으로 잘못 안내하여 이리저리 헤매고 다녔다. 그러던 중 약

간 오르막 도로 위쪽에 있는 마지막 건물을 운전자는 클럽하우스로 오인하고 올라갔다. 그런데 운전자는 잠시 캠핑카 높이를 잊어버리고, 리조트 건물 현관 정문 쪽으로 운행하였다. 순간 캠핑카보다 낮은 리조트 건물 현관 지붕과 충돌한 것. 평하는 소리와 동시에 리조트 현관 지붕 일부가 파손되었고, 캠핑카 천정 바깥 위에 설치된 에어컨박스와 전기박스가 통째로 날라 갔다.

최 단장은 우선 다친 사람이 없는지를 확인하고 안도하였다. 그리고 충돌 소리를 듣고 황급히 나오는 리조트 건물관리직원을 만났다. 건물 파손부분을 직원과 함께 확인하고 사고처리를 위하여 사무실로 들어갔다. 캠핑카 렌탈회사와 보험회사에 사고신고를 하고 보험적용 여부를 확인하였다.

우리는 만일의 사고에 대비하여 차량보험은 대물배상, 대인배상에 최대금액 100만 달러 이상, 그리고 자차수리비 보상보험이 되는 종합보험으로 가입하였다. 보험회사는 우리가 피해를 준 건물 현관 앞 지붕 파손에 대해서는 전액 보상이 된다고 한다. 최 단장은 건물직원이 작성한 서류에 서명해주고 대물배상에 대한 보험처리를 끝마쳤다.

그런데 캠핑카 파손에 대한 자차 수리부분은 보험 적용이 안 된다고 한다. 이유는 운전자가 캠핑카 높이를 부주의하여 일어나는 충돌사고에 대해서는 보험회사에 책임이 없다는 계약조항이 있다고 한다. 최 단장은 "비싼 종합보험을 가입했는데 왜 자차 수리가 적용되지 않느냐?"고 강력히 항의하였으나, 계약조항을 확인하고 항의를 포기하는 데는 그리 오랜 시간이 걸리지 않았다.

사고 발생시간은 12시 30분경, 벌써 30분 이상이 지나갔다. 골프 예약시간을 잠시 잊고 있던 최 단장은 '다친 사람도 없는데 골프

구글지도를 통해 공중에서 바라본 Grande Dunes 멤버스 클럽하우스 건물 그리고 문제의 현관 지붕(원 안)

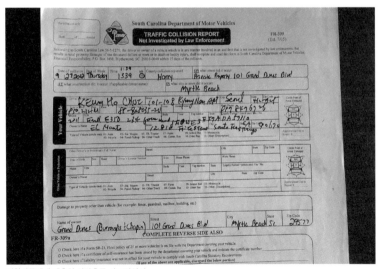

경찰관들에게 제출한 차량충돌 사고경위서

는 쳐야지' 하는 생각이 불현듯 떠올랐다. 골프를 취소하며 오늘 일정을 망칠 수는 없다고 생각하였다. 그리고 직접 골프장에 티 타임 연기를 전화하지 않고, 골프장과 같은 회사직원인 리조트 관리직원이 전화하는 것이 효과적이라 생각하고, 그에게 부탁하였다. 리조트 관리직원은 우리의 사고경유와 예상 사고처리시간을 골프장 직원에게 설명하고, 2시 이후 티 오프 할 수 있도록 티 타임을 1시간 이상 연기하였다

캠핑카 에어컨박스가 날라 가는 순간에도, 최 단장의 머릿속에는 사고는 사고, 골프는 골프, 그리고 우리의 골프일정은 어떠한 일이 있어도 지킨다는 생각뿐인 것 같다. 리조트 직원과 건물파손 부분 보험처리 등 서류작업을 마칠 무렵, 경찰차에 3명의 경찰관이 출동하였다. 최 단장은 사고 현장 현관 앞에서 경찰관 3명과 함께 담배를 피면서 사고경위와 건물파손 배상문제 등을 확인하고, 차량충돌 사고경위서를 작성하고 서명하였다. 사고조사를 통해 우리의 여행 계획을 알게 된 경찰관들은 우리 다스팀의 도전을 진심으로 감탄하고, 격려하며 부러워하였다. 금연이 강조되는 사회 분위기 탓인지, 한국이나 미국이나 담배 피는 사람을 만나면 예전보다 더욱 동지애(?)를 느낀다고 최 단장은 너털웃음을 터트리며 담배 한 대를 꼬나물었다.

사고 처리하는 약 1시간 30분 동안 3명의 단원들은 주차장 바닥에 앉아 불편하고 불안한 시간을 보내고 있었다. 사고처리의 마지막 단계는 사고운전자를 위로하고 나머지 단원들을 안심시키는 일이라 생각한 최 단장은 단원들에게 그동안 사고처리 경과를 얘기하였다. 그리고 "사고의 책임은 사고 운전자에 있지만, 사고 예방에 도움을 주지 못한 나머지 3명에게도 똑같은 책임이 있다. 앞으로

또 다시 사고는 발생할 수 있으며, 어떠한 사고이든 책임은 다스팀 모두 공동으로 부담한다. 차량 수리비는 보험이 적용이 안 된다. 수리비가 얼마이든 4명이 공동으로 부담하기를 바란다. 또한 이 문제는 토의 없이 단장의 의견에 따라주기를 부탁한다."고 힘주어 말했다. 물론 나머지 팀원들 모두 단장의 의견을 존중하기로 하였다.

우리는 캠핑카 사무실에서 알려준 인근 캠핑카 수리공장과 연락하여 내일 아침 9시 입고하기로 약속하였다. 오늘 골프를 치기 위하여 수리 일자를 내일로 연기한 것이었다. 그리고 도로 위에 팽개쳐진 에어컨박스와 전기박스를 차 안으로 옮겨 싣고, 천정 위쪽이 뻥 뚫려 자연 통풍(?)이 되는 시원한 캠핑카를 몰고 2시경 골프장으로 향하였다.

다스팀 카페를 통해 매일 우리들과 대화하는 서울에 있는 가족과 친지들이 걱정하지 않도록 오늘의 사고소식은 여행일지와 골프장일지에는 게재하지 않았다.

오늘 날짜 카페 여행일지는 가장 간략했던 것 같다. 일부를 소개하면 "오늘은 특별한 이벤트가 없고 골프뿐이고 연속 골프로 몸이 좀 피곤해서 여행일지는 간단히 끝내기로 한다." 골프일지의 일부는 "내비게이션이 알려준 대로 가다 보니, 프라이빗Private 리조트 주차장으로 들어갔는데 주차장에 고급 스포츠카들만 몇 대 세워져 있고 팻말에 멤버스 온리Members Only라고 씌어 있다. 퍼브릭 골프장Public Course을 물어보니 덩치 큰 흑인직원이 종이에 적어가면서 친절하게 길을 가르쳐준다."

Resort Club at Grande Dunes

그랜드 듄스 리조트에는 2개의 코스 36홀 규
모이다. 회원제 골프장인 멤버스 클럽 그랜드
듄스(Members Club at Grande Dunes) 코
스와 퍼블릭 골프장인 리조트 클럽 그랜드 듄
스(Resort Club at Grande Dunes) 코스이
다. 리조트 클럽 그랜드 듄스 골프장은 대서양 연안내륙 대 수로를 바라보
는 언덕 위에 자연 친화적으로 조성되었다. 내륙수도와 해안림이 한눈에 들
어오도록 인상적으로 설계되었다. 무수한 굴곡, 넓은 버뮤다 잔디 페어웨이,
벤트그라스 그린, 34에이커의 호수로 조성된 링크스 스타일(Links Style) 골
프장이다. 2001년에 개장하였으며 정규 18홀 퍼블릭 골프장이다. 미국 골프
장 소유주협회에 의해 2009년 올해의 우수 골프장으로 선정되었다.

골프장 규모/ 난이도

Par 72	Gold	7,528	Rating	77.1	Slope	142
	Black	7,183	Rating	75.1	Slope	138
	Blue	6,737	Rating	72.7	Slope	134
다스팀	White	6,272	Rating	70.2	Slope	128

예약

홈페이지(www.GrandeDunesGolf.com)에서 예약하였다.

요금

1인 92불, 4인 368불

연락처

8700 Golf Village Ln Myrtle Beach, SC 29579-5100 / 전화(843) 449-7070

사고는 사고, 골프는 골프

우리는 오후 1시 티 타임이었으나 사고로 1시간 30분 후인 2시 30분에 첫 티 샷을 하였다. 사고의 충격에서 모두 안정을 찾아가며 라운드에 집중하기로 하였다. 우리의 사고소식을 알고 있는 마셜은 친절히 코스 설명을 해주며 우리들을 격려해 주었다.

머를 비치 골프장 순위 22위인 이곳은 널찍한 페어웨이가 시원하게 펼쳐져 있으나, 포대그린 주변에 벙커가 있어서 핀을 직접 공략하기에는 부담스러운 홀이 많은 편이다.

오늘의 경기에서 최 단장이 그동안의 부진을 떨쳐버리고 드라이버를 마음껏 휘둘러댄다. 그동안 장타를 자랑하던 설 작가, 장 총장이 힘이 잔뜩 들어가며 시소게임을 벌이다가 마지막 18번 홀에서 역전되며 순위가 결정되었다. 양 대표는 어제 77타, 오늘 81타의 이틀 연속 싱글스코어를 기록하는 놀라운 집중력을 발휘하였다.

오늘의 우승은 양 대표81타, 최 단장89타, 장 총장, 설 작가 순이었다. 버디는 양 대표 2개, 최 단장 1개였고, 롱기스트는 양 대표 1개, 최 단장 1개, 설 작가 1개, 니어리스트는 최 단장 1개였다.

추석이 다가오는 것은 머를 비치에 뜬 밤하늘의 둥그렇게 변해가는 달을 보면 알 수 있다. 밤에는 구멍 뚫린 캠핑카 지붕을 이불 삼아 잠들었다.

DAY 19
2012. 9. 28

- **방문도시** Myrtle Beach, SC
- **중요사항** 1. 제11차 골프 / Tee Time 오후 1시 6분
      2. 캠핑카 수리
      3. 승합차 렌탈
- **날씨** 맑음   **기온** 17~27℃
- **주행거리** 244km   **주행누계** 2,168km

캠핑카는 수리공장, 우리는 연속 5일 골프

날씨는 계속 쾌청하다. 우리는 캠핑카를 운전하여 아침 9시에 캠핑카 전문 수리회사^{All Seasons RV, INC.}에 갔다. 에어컨이 날라 가고 전기설비 고장으로 냉장고 등 전기 공급은 끊어져도, 캠핑카 운행에는 아무 지장이 없었다. 정비공장 사장은 오후 5시까지 수리를 마치겠다고 한다. 우리는 그에게 오늘 골프일정을 얘기하고, 인근에 있는 승용차 렌탈회사에 전화하여 렌탈회사까지 데려다 줄 직원을 부탁하였다. 우리는 렌탈회사에서 7인승 밴^{Van}을 임대하여 골프장으로 향하였다. 돌발 상황 속에서도 골프일정을 변경하지 않고 원래 계획대로 진행되는 것을 확인한 단원들의 입가에 미소가 흐른다.

골프광의 아내가 유언을 남겼다.

"내가 죽으면 나를 골프코스에 묻어 주세요. 내 남편이 올 수 있도록 말입니다."

골프장을 떠도는 우스갯소리이지만 골프에 미치면 골프장에서

살고 싶어진다.

한국에서 연속 5일간 골프를 치고 다니는 것이 가능한 것일까? 아무튼 우린 그렇게 하고 있다. 다행이 아직까지는 다들 건강에 이상은 없어 보인다. 대단한 체력의 소유자들이다.

오늘 가는 골프장은 지금까지 갔었던 곳 중 가장 비싸고 좋다고 소문난 골프장인 칼레도니아 골프장Caledonia Golf & Fish Club이다. 어떻게 생긴 골프장이기에 그렇게 소문이 났고 입장료가 무료 157달러씩이나 하는지 궁금했다.

11번째 골프장을 돌면서 백인이 아닌 유색인종을 만난 곳은 딱 한 군데 트위스티드 듄스 골프장Twisted Dunes GC에서 만난 현지에 사는 교민 부부 2명뿐이었다. 전부 클럽 회원들이고 골프장 근처에 사는 사람들이었다. 특히 이곳 골프장에 오는 백인들은 인상이 점잖고 멋있게 보인다. 뭔가 다른 느낌이었다.

자동차 정비회사에 전화를 하니 부품 수급이 어려워 내일 10시에 출고 가능하다고 한다. 내일은 골프 일정이 잡혀 있지 않은 휴식일이다. 우리는 밴 승합차에 몸을 싣고 연속 5연전의 피로를 풀어줄 호텔Comfort Inn로 출발하였다.

양 대표, 3일 연속 싱글 - 77, 81, 76

머틀 비치에서 랭킹 1위인 골프장. 예쁘게 단장된 화단과 울창한 숲이 우리 일행을 반겨주는 듯하다. 골프장 이름에서 보듯이 골프와 낚시를 함께 즐길 수 있을 정도로 큰 호수와 강을 끼고 있는 리조트이다.

렌탈회사에서 시간이 지연되어 서두르기는 했는데도 오후 1시 티 오프 시간에 간신히 도착하였다. 점심 식사도 못하고 겨우 클럽하우스에서 햄버거를 테이크아웃하여 첫 번째 홀로 가는 길에 서너 개의 퍼팅과 어프로치 연습장이 보였다. 시간이 촉박해서 이용해 보지 못하고 아쉽게 그냥 지나갔다.

티 샷을 끝내고 두 번째 샷을 하려고 페어웨이에서 에이밍Aiming을 하는데 연습 스윙 시 잔디를 찍기가 미안할 정도이다. 마치 카펫 위를 밟는 듯 폭신한 느낌이고 디보트 자국도 별로 없다. 다른 골프장들은 라운드를 시작하기 전에 마셜이 잔디보식용 모래를 꼭 뿌려 달라던데, 이곳의 카트에는 모래 통이 없다. 라운딩만 즐기라는 배려인 것 같다.

우리 뒤로 노부부 둘이 치면서 따라온다. 남자가 살이 많이 쪄서 배가 불룩해 스윙이 하프스윙밖에 안 된다. 반면에 여자는 호리호리해서 먼저 그린에 올려놓고 여유 있게 남편의 어프로치나 벙커 샷을 구경하고 있다. 나이 들어가면서 여자한테 꼬리 내리는 것은 미국의 부자들도 마찬가지인 것 같다. 그러나 필드에서 마주치는 사람들은 항상 밝은 표정으로 인사를 하며 여유를 즐기는 모습이 부럽게 느껴진다.

명문 골프장에서 날씨 좋고, 잔디와 그린상태가 환상적이고, 코스는 약간의 굴곡은 있지만 대체적으로 평평하기 때문에 오늘 성적은 멤버들 모두 좋았다.

오늘의 우승자 양 대표는 그제 77타, 어제 81타, 오늘 76타를 기록하여, 3일 연속 싱글타수와 3일 평균 78타의 놀라운 기록을 세웠다. 오늘의 우승은 양 대표[76타], 설 작가[80타], 장 총장[82타], 최 단장[88]

Caledonia Golf & Fish Club

칼레도니아 골프장(Caledonia Golf & Fish Club)은 남부지방의 쌀 농장과 관련된 장소에 세워졌으며 우수한 설계와  아름다운 골프장으로 인정받고 있다. 칼레도니아가 개장한 1995년에 〈골프 다이제스트〉는 미국 신설 퍼블릭 골프장 순의 5위에 선정하였다. 그리고 〈골프 매거진〉은 2000년 100대 골프장 중 30위에 순위를 정하였다. 또한 〈골프 다이제스트〉는 칼레도니아를 미국 최고골프장 31개 가운데 하나로 선정하였다 그리고 머를 비치 지역에서 제1위의 골프장으로 랭크되었으며, 별표 4. 5등급을 부여하였다.

골프장 규모/ 난이도

Par 70	Pintail	6,526	Rating	72. 1	Slope	140
다스팀	Mallard	6,121	Rating	69,9	Slope	134
	Wood Duck	5,710	Rating	67,8	Slope	129

예약

홈페이지(www.fishclub.com)에서 예약하였다.

골프장 요금

1인 157달러, 4인 628달러

연락처

369 Caledonia Drive Pawleys Island, SC 29585 / 전화(843) 237-3675

^타 순이었다. 버디는 양 대표 3개, 장 총장 1개, 설 작가 1개였고, 롱기스트는 설 작가 1개, 장 총장 1개, 니어리스트는 장 총장 1개, 설 작가 1개였다.

칼레도니아 골프장의 멤버십
-연회비 Single : 1,875달러/년 Couple : 2,500달러/년
-그린피 18홀 : 25달러/회 9홀 : 18달러/회
-연습장 Single : 500달러/년 Couple : 750달러/년
부부가 일주일에 3번, 일 년에 156 라운딩을 하는 경우, 연회비 2,500달러 + 1년 라운딩비용 7,800달러 + 연습장이용 750달러= 11,050달러이다.
이렇게 가정하면 1인당 골프 1회비용 약 35달러, 한 달 13회 라운드에 약 455달러(약50만 원), 부부가 한 달에 910달러(약 100만 원) 정도 예상된다. 이래서 골프 천국이라고 하는가보다.

최고의 관리를 자랑하는 명문 골프장 Caledonia Golf Club

- **방문도시** Myrtle Beach, SC
- **중요사항** 1. 렌탈 승합차 반납
    2. 캠핑카 인수
    3. 추석
- **날씨** 흐림　　　　**기온** 18~26℃
- **주행거리** 60km　　**주행누계** 2,228km

수리 지연과 133달러 할인

　승합차 밴을 렌탈회사에 반납하고 렌탈카 직원의 차로 20분 거리에 있는 캠핑카 정비공장에 10시경 도착하였다. 사장이 땀을 흘리며 수리하면서 2시간 후에 끝난다고 한다. 그런데 2시간이 지나도 수리는 끝나지 않았다.

　점심은 정비소 마당에서 라면으로 때운다. 4시간이 지난 오후 4시경 수리가 끝이 났다. 캠핑카 정비회사의 이름은 올시즌스 알비All Seasons RV, Inc.이며, 중고 캠핑카 매매와 수리를 함께하는 약 300평 규모의 회사이다. 그런데 사세가 기울었는지 직원은 없고, 사장이 혼자 수리도 하고 가끔 들르는 손님들과 중고 캠핑카 상담도 하였다.

　아침 10시에 와서 무려 6시간을 기다리다 보니 모두 지루하게 시간을 보내고 있었다. 차량 수리비를 결재하기 위하여 최 단장이 사무실로 들어갔다. 수리 지연에 은근히 화가 치밀어 오른 최 단장은 보험처리도 되지 않으니, 무슨 빌미를 잡아서라도 한 푼이라도 깎아야 한다고 생각하였다. 최 단장은 정비소 사장이 건네는 견적서를 보고 10%를 삭감하기로 작정한다.

첫째 이유는 어제 오후 5시까지 수리 완료한다는 1차 약속 불이행, 오늘 다시 10시까지 2차 약속 불이행, 그리고 수리 지연으로 6시간 이상 기다리게 한 정신적 보상이다.

둘째 이유는 오늘 골프가 취소되어 우리 일정에 막대한 차질을 빚게 한 것은 돈으로 계산할 수 없는 무형의 손해에 대한 보상이다. 사실 오늘 골프일정은 없었으나, 오전 10시에 이곳에 도착하여 수리 지연을 앞당기기 위하여 사장에게 오늘 1시에 골프 약속이 있으니 늦어도 12시 전에 수리를 끝내야 한다고 선의의 거짓말을 하였었다.

셋째 이유는 시간당 인건비가 너무 높고 수리시간을 과다 계산하였다고 주장하였다. 사장은 약속을 못 지켜서 미안하며, 시간당 인건비는 보통 95~100달러 하는데 85달러 청구하였고, 수리시간은 실제 수리시간보다 적은 6시간 30분이라며 정직한 가격이라고 항변하였다. 그러나 1시간에 걸친 끈질긴 협상 끝에 견적가격 1,910.81달러에서 약 7%인 133. 25달러를 감액한 1777.56달러로 합의하여 신용카드로 결재하였다. 세금이 포함되어 있어 1달러 이하 절삭이 불가능하여 센트 단위로 계산되었다.

수리가 끝난 캠핑카는 멀쩡해 보였고 에어콘, 전기는 정상적으로 가동되었다. 우리는 다시 캠핑카를 몰고 캠핑장에 둥지를 틀었다.

낯선 땅에서 맞은 한가위

모처럼 날씨 흐림이라고 적는다. 골프를 하지 않고 쉬기로 한 날인데 흐리고 저녁에 비가 온다는 일기예보가 있다. 설 작가가 오히려 이런 날에 골프하면 좋은데 하고 이야기한다. 참 속도 없다. 5일 연속 라운딩을 하고도 이런 날이 골프 치기 좋은 날이라고 생각하고 있으니. 그런데 나머지 세 사람 머릿속도 똑같은 생각인가보다. 생각은 같다. 그러니 티격태격 하면서 같이 다니는 모양이다. 그래도 명색이 추석 명절인데 하루는 참기로 한다.

추석 한가위는 서울에서나 이곳 미국에서나 똑같겠지. 어제까지 둥근 달을 볼 수 있었는데 오늘 따라 날씨가 흐려 달이 보이지 않는다. 여기는 저녁이지만 서울은 아침이다. 오늘 쇼핑한 음식물 중 추석 차례에 올릴 것을 챙겨서 캠핑장 식탁에 차려놓고 한 사람씩 돌아가며 조상님들께 절을 올렸다.

초라하지만 성의껏 차린 차례 상을 봤다. 그동안은 종이 쟁반을 사용했으나 오늘은 최 단장의 제안에 따라 사기 접시에 차례 음식을 담아 올렸다. 바쁜 와중에서도 최 단장은 고기, 과일, 야채, 술 등 격식을 챙겼다. 우리가 좋아서 떠나온 여행이지만 온 가족이 모여 떠들썩한 분위기에서 보내던 명절을 이국의 낯선 곳, 캠프장에서 맞이하는 것은 이색적이기는 하지만 역시 쓸쓸하다.

고기, 야채, 나물, 과일, 밥으로 초라하지만 정성껏 차린 추석 차례상

장 총장이 조상님들께 절을 올렸다.

DAY 21
2012. 9. 30

· **방문도시** Myrtle Beach, SC
· **중요사항** 제12차 골프 / Tee Time 8시 12분
· **날씨** 약간 비   · **기온** 16~23℃
· **주행거리** 35km   · **주행누계** 2,263km

드라이버가 맞으니 골프가 쉬워 지네

흐린 날씨가 이틀째 이어지고 있다. 기온은 어제보다 7-8도 낮은 20도 전후였다. 우리는 머를 비치에 9박10일간 머물면서 일곱 번 골프를 쳤다. 5연전 후 어제 하루 휴식을 취하고, 머를 비치에서 6번째 골프장인 레전드^Legend GC 골프장으로 오전 6시 40분 출발하였다. 아침과 점심식사, 그리고 맥주와 음료수가 제공된다고 해서 클럽하우스 식당으로 들어가니 식단은 뷔페로 차려져 있고, 많은 사람들이 와자지껄 떠들면서 즐겁게 식사를 하고 있었다. 일요일 우리나라 골프장의 클럽식당이 텅 비어 있는 것과는 대조적이다. 한국도 골프장에서 식사를 무료로 제공한다면 얼마나 좋을까 하는 생각을 해본다. 미국의 클럽하우스는 식당의 음식 가격이 그리 비싸지 않고, 음식 맛도 좋은 편이라서 각종 모임이나 결혼식 등을 심심찮게 하기도 한다. 한국의 골프장 운영자들이 참고했으면 좋겠다.

티 샷을 하기 전 마셜이 코스 설명을 자세히 해준다. 비교적 평평

Legends - Heathland Course

레전드 골프 리조트(Legends Golf and Resort)는 5개의 골프 코스 90홀로 구성 되어 있다. 우리가 라운드 한 히스랜드 골 프장은 우리에게 친숙한 세인트앤드루스 (St. Andrews)와 같은 링크스 코스(Links Course)이다. 지금은 세계 100대 골프장으로 명문 골프장이지만 이전에는  잘 알려지지 않았던 아일랜드의 라힌치(Lahinch GC) 골프장, 영국의 크루 덴 베이(Cruden Bay GC) 골프장의 코스를 연상시키는 홀들로 구성되었 다. 영국제도의 링크스 코스의 인상을 확실히 갖고 있다. 이 골프장이 도전 적이고 어려운 코스인 이유는 코스에 바람막이를 할 수 있는 높은 수목들 이 없어 쉴 새 없이 바람이 계속 불기 때문이다. 그리고 전략적으로 놓여 있 는 벙커들, 페어웨이 경계와 아주 가까운 곳에 깊고 울창한 러프가 자리 잡 고 있어 코스 공략을 더욱 어렵게 한다. 그린 근처의 벙커는 깊어서, 탈출하 기 위해서는 창조적인 기술 샷을 구사하여야 한다. 1990년 개장한 18홀 퍼 블릭 골프장이다.〈골프매거진〉은 이 골프장을 '세계 톱10 신규 리조트골프 장(Top 10 New Resort Courses in the World)' 중의 하나로 선정하였다. 2007년 〈골프 다이제스트〉는 별표 4. 5등급을 부여하였다.

골프장 규모/ 난이도

Par 71	Blue	6,800	Rating	72. 6	Slope	128
다스팀	White	6,355	Rating	70.3	Slope	125
	Red	4,904	Rating	71. 0	Slope	121

예약

홈페이지(www.legendsgolf.com)와 머를 비치 닷컴(www.myrtlebeachgolf.com) 참조
다스팀은 머를 비치 닷컴에서 예약.

요금

일반요금 / 1인 109달러.
다스팀 / 1인 92달러 / 4인 합계 368달러 / 68달러 할인
연락처 : 1500 Legends Rd. Myrtle Beach, SC 29579-6808 : 전화(843) 236-9318

하고 그린 주변은 언덕과 벙커가 있으며, 페어웨이가 넓으니까 마음껏 볼을 쳐도 좋은데 똑바로 보내야 할 것이라고 말하면서 웃는다. 미소 뒤에 함정이 도사리고 있는 게 느껴진다. 실제로 라운딩을 해 보니 평평하지만 여러 개의 홀이 파 온 하기가 어렵게 설계되어 있고 그린이 엄청 넓어 핀에 붙이지 않으면 투 퍼트로 마무리하기가 쉽지 않다. 오늘로써 최 단장의 드라이버 영점 조정이 끝난 것 같다. 티 샷이 다른 사람들보다 30야드 이상 더 나가니까 비거리에 자신 있어 하는 설 작가, 장 총장이 바짝 긴장한다.

"역시 드라이버가 잘 나가니까 골프가 쉬워지네."

오늘의 준우승 최 단장의 의미 있는 한 마디다.

오늘의 우승자 양 대표는 오늘 83타로 우승하면서 5연속 우승 기록을 세웠다. 다섯 경기 점수는 83→77→81→76→83, 평균 80타, 완벽한 싱글 기록이다. 그래서 우리는 그를 다스팀 골프 대표선수라고 부른다.

오늘의 우승은 양 대표[83타], 최 단장[86타], 설 작가, 장 총장 순이었다. 롱기스트는 최 단장 1개, 양 대표 1개, 니어리스트는 양 대표 2개였다.

다스팀 골프 대표선수가 하는 일은 다음과 같다.

1) 골프 조 편성[카트 동반자 결정].

2) 골프 규칙 선언[특별한 상황이 발생한 경우].

3) 경기 전 $4씩 걷어 경기 후 상금을 배분.

4) 가끔 캠프장 출발 전에 점심 식사용 샌드위치를 만들어와 팀원들의 식사를 책임진다.

5) 게임에서 다른 사람이 잘 치면 화가 나서 눈초리가 올라가고

다음 경기에서 반드시 죽인다. 그게 잘 안 되거나, 어쩌다 더블 보기를 하면 골프장이 시끄러워진다.

요리에 취하는 장 총장

골프를 마치고 캠핑장으로 돌아온 후 우리들은 즐거운 저녁시간을 맞았다. 다스팀 사무총장이며 총주방장인 장풍의 요리에 취하는 시간이다. 오늘의 메인 요리는 고추 잡채다. 출국 전 부인으로부터 전수받은 솜씨를 발휘하기 위하여 적어 온 레시피를 펼쳐 놓고 요리에 열중하는 모습에 경탄을 금할 수 없다. '장기풍은 타고난 요리사'라고 팀원들은 칭찬을 아끼지 않는다. 하지만 장 총장은 안다. 팀원들의 침 튀기는 칭찬 속에는 음흉한 계략이 숨어 있다는 것을.

어차피 그들은 음식을 잘하지 못한다. 장 총장도 스스로가 잘하는 것은 아니라고 생각한다. 다만 세 명의 친구들을 위해 노력하는 것이다. 친구들은 그런 장기풍을 이용한다. 맛있다고, 최고라고 과대한 찬사를 함으로써 장 총장을 고정 음식 당번으로 말뚝을 박는 것이다. 이를 아는 장 총장은 속이 편할 리가 없다. 특히 그날 라운드에서 공이 잘 맞지 않은 날은 밥이고 뭐고 만사가 귀찮다. 아무튼 장 총장이 음식을 해 주면 다들 맛있다고 잘 먹는다. 싹싹 비운다. 집을 떠나 여행하면서 친구가 해주는 맛있는 요리를 먹을 수 있다는 것도 큰 복이다.

오늘도 일행은 장풍의 멋진 고추 잡채를 먹으며 즐거운 저녁시간을 보내다 보니 소주는 남았는데 안주가 사라진 빈 접시만 남았다. 다들 철없는 아이들 표정으로 장 총장을 쳐다본다. 장풍은 살짝 속이 뒤틀리지만 일어나 다른 안주를 준비한다. 빈 접시를 본 요리사는 그냥 있을 수 없는 것이다. 냉장고에서 골뱅이 캔을 꺼내 즉석에서 파, 고춧가루, 후추 등으로 맛을 낸 즉석 골뱅이 무침을 낸다. 소주가 한 병이 두 병이 되고 세 병이 되고 드디어 나중에는 꽁치 통조림 무침까지 등장하여 시간 가는 줄 모르고 저녁시간을 보내며 하루를 마감한다.

확실한 것은 팀원들 모두가 장 주방장께 감사한 마음을 갖고 있다는 것이다. 마음만……. 골뱅이 무침과 꽁치 통조림 무침은 장 총장이 부인께 전수받은 총 열 개 메뉴 중 두 개다. 앞으로 맛보게 될 나머지 여덟 가지 요리에 대한 기대도 크다.

과음을 했으니 내일 공 칠 기력이 있을지 모르겠다.

고추 잡채요리에 열중하고 있는 장 총장, 앞치마가 한껏 주방장다운 모습을 보여 준다.

DAY 22
2012. 10. 01

- **방문도시** Myrtle Beach, S.C
- **중요사항** 제13차 골프 / Tee Time 9시
- **날씨** 약간 비 •**기온** 17~24℃
- **주행거리** 37km •**주행누계** 2,300km

미국 골프장엔 성조기가 휘날리고

오늘은 10월 1일. 미국에 와서 달이 바뀌었다. 새로운 달이 시작되는 날이며 추석을 뒤로 하고 전형적인 가을로 들어가는 날이다. 또한 국군의 날이다. 20년 전만 해도 국군의 날은 휴일로 지정하여 군인들의 퍼레이드 모습과 특공대원들의 고공 낙하 모습도 볼 수 있었다. 그랬는데 지금은 그런 모습을 보기 힘들게 되어 조금은 아쉽기도 하다.

미국에서는 군인들에 대한 존경심이 대단하다. 특히 전장에서 전사한 전몰장병에 대한 국가적인 관심과 적극적인 유족 지원책은 최고 수준이다. 그것이 미국인들의 애국심을 고취시키며 오늘의 세계 최강의 미국을 만들었지 않나 싶다.

고급 골프장 주변 또는 골프장 안에도 고급 주택들이 많이 들어서 있다. 평일인데도 집 앞에 성조기를 게양해 놓은 모습을 자주 볼 수 있다. 심지어 캠핑 그라운드 안에서도 커다란 캠핑카 앞에 성조

Barefoot Resort & Golf-Love course

1997년 PGA 챔피언십(Championship) 우승자이며 캐롤라이나 출신 중에서 가 장 유명한 선수인 데비스 러브 3세(Davis

Love, III)는 최근에 베어푸트 리조트 골프장을 설계하여 설계자로서의 명 성을 확고하게 하였다. 베어푸트 리조트(Barefoot Resort) 안에 있는 페지 오(Fazio), 노만(Norman), 그리고 다이(Dye) 코스의 설계자들과 경쟁하 고 있는 데이비스 러브 3세는 그의 코스를 플레이하기에 독특하고, 시각적 으로 매력적이고 재미있게 만들기로 결정하였다. 이 코스는 사우스캐롤라이 나 연안지역을 통하여 조성된 유적과 비슷한 남북전쟁 전의 농장저택과 연 안지역의 유적을 모형으로 삼았다. 2012년 골프닷컴(Golf.com)에서 미국 최고 100대 골프장으로 선정하였고, 골프위크(Gollfweek)는 사우스캐롤 라이나 톱 12위로 순위를 정하였다. 〈골프 다이제스트〉 별표 4. 5등급을 부여받은 명문 골프장이다.

골프장 규모/ 난이도

Par 71	Platinum	7,047	Rating	75.1	Slope	139
	Black	6,542	Rating	72. 5	Slope	135
다스팀	White	6,055	Rating	69.8	Slope	123

예약

홈페이지(www.barefootgolf.com) 와 머를 비치 닷컴(www.myrtlebeachgolf.com 참조
다스팀은 머를 비치 닷컴에서 예약.

요금

일반요금 / 1인 132달러.

다스팀 / 1인 122달러 / 4인 합계 488달러 / 40달러 할인

연락처

4980 Barefoot Resort Bridge Rd. North Myrtle Beach, SC 29582-9361

전화(843) 390-3200

기를 게양한다든지 성조기를 이용하여 문양을 만들어 캠핑카 둘레에 걸쳐 놓든지 하는 모습을 심심치 않게 볼 수 있다. 좀 유치해 보이기까지 하는 이런 문화는 국가가 국민의 생명과 자유를 지키기 위해 최선을 다하는 데서 비롯되지 않았을까 생각해 본다. 골프장에는 반드시 성조기가 게양되어 있다. 아무튼 오늘은 머를 비치의 마지막 골프장 베어푸트 골프장^{Barefoot GC}에서 골프를 즐겼는데 날씨도 좋고 골프장도 좋고 뭐 하나 나무랄 데가 없었다.

9시 티 오프 시간인데 8시에 도착하여 연습장에서 연습 볼을 치려고 신청하니 연습장이 클럽하우스에서 다인승 카트로 이동해야 될 정도로 멀리 있었다.

어제 이곳에 있는 탱거 아울렛^{Tanger Outlet} 매장에서 최 단장의 제안으로 같은 디자인의 티셔츠를 샀다. 색상과 디자인은 장 총장의 의견으로 가로 스트라이프 무늬의 중저가 브랜드인 브룩스 브라더스^{Brooks Brothers} 티셔츠 4벌을 192달러에 샀다.

우리는 단복(?)을 입고 골프장에 나타났다. 미국사람들이 우리를 보고 한마디씩 말을 걸며 엄지손가락을 들어 올리면 최 단장은 능숙하게 "We're from South Korea"라고 웃으면서 응대한다. 그리고 "And We are DAS TEAM"이라고 부연한다. "What is DAS?" 하고 물으면 최 단장이 "DAS means Dreaming of Age Shooters"라고 대답한다.

경기 시작 전 매니저에게 기념사진을 부탁했다. 허물어진 벽돌담과 원형 기둥이 담쟁이 넝쿨에 감겨 페어웨이에 고풍스런 모습으로 서 있다. 2백 년 전의 역사 속으로 들어와 골프를 치는 기분이었다.

골프장에는 반드시 성조기가 게양되어 있다.

머를 비치 기념으로 산 Das Team 유니폼을 입고, 마치 단체시합에 출전하는 선수들 같은 폼으로 기념촬영을 했다.

양 대표의 5연승을 저지한 설 작가

일기예보가 흐리고 약 8mm 정도 비를 예보했지만 다행스럽게도 비는 밤에 와서 플레이하기에 아주 좋은 날씨였다.

오늘은 다스팀이 단체복을 입고 골프장에 내리니 마치 공식시합에 출전하는 선수들 같다. 거리를 잘 알 수 없을 정도로 길고 널찍한 연습장Driving Range에서 연습 볼을 충분히 쳐본다.

티 샷 하기 전 마음씨 좋아 보이는 백인 마셜이 자세한 코스설명을 해준다. 카트에는 GPS가 달려 있어 코스를 파악하는데 아주 편리하다. Barefoot맨발이란 이름에 걸맞게 페어웨이가 넓지만, 약간의 굴곡이 있고 그린 주변에 함정을 많이 만들어 놓아서 확실하게 온 그린을 시키지 못하면 타수가 늘어나게 되어 있다. 파3 홀만 Cart Path Only페어웨이에 카트 진입을 금지하고, 카트는 오직 카트 길로만 다니라는 뜻이고 나머지 홀들은 카트 진입이 허용되는데 잔디상태가 너무 좋아서 카트바퀴 자국을 내기가 미안할 정도이다.

연습을 충분히 해서 그런지 최 단장, 설 작가는 4홀을 연속해서 파Par 행진이고, 반대로 양 대표, 장 총장은 첫 홀부터 더블, 트리플을 하면서 헤매고 있다. 전반 9홀의 성적은 설 작가 41타, 최 단장 46타, 양 대표 46타, 장 총장은 조금 더 쳤다.

후반 첫 홀에서 파를 잡은 양 대표의 추격전이 시작되어 4홀 연속 파를 하면서 니어리스트, 롱기스트를 획득한다. 추격을 당하고 있는 설 작가가 4홀에서 약간 흔들리면서 역전이 되고 양 대표가 한타 차 앞선 상태에서 마지막 18번 홀로 들어섰다. 이 홀은 파 5 롱홀인데 거리가 534야드로 거리도 길고, 세컨드 샷 지점이 좁고 해저드와 벙커가 있어서 핸디캡 4인 코스라서 난이도가 높은 홀이다.

카트에 달린 GPS를 너무 꼼꼼히 살펴보았던지라, 티 샷, 세컨드 샷, 서드 샷까지 구상하느라고 머릿속이 복잡하다. 힘이 잔뜩 들어간 양 대표는 오른쪽 숲 사이로 티 샷을 하고, 장타를 자랑하는 설 작가는 왼쪽 러프로 티 샷 공이 날아간다. 볼이 떨어진 곳이 페어웨이가 아니면 트러블 샷을 겸손하게 해야 하는 기본을 잊어버리고 힘들을 쓰다가 양 대표는 볼을 해저드에 2개씩이나 빠트리면서 에바Quadruple Bogey를 하고, 설 작가도 러프와 해저드를 거치면서 더블 보기로 마무리를 하면서 한 타 차 역전승을 쟁취했다. 양 대표의 5연속 우승을 저지했다고 팀원들이 즐거워하고, 설 작가의 등을 두드리며 축하를 해 주었다.

오늘의 우승은 설 작가[90타], 양 대표[91타], 최 단장, 장 총장 순이었다. 니어리스트는 양 대표 1개, 최 단장 1개였고, 롱기스트는 최 단장 1개, 양 대표 1개였다.

허물어진 벽돌담, 원형기둥이 페어웨이와 고풍스러운 조화를 이룬다.

3
Golf
Stage

미국 남부 골프 스타일,
조지아, 플로리다, 루이지애나

이제 다스팀의 골프여행은 남부에서 진검승부를 겨룬다.

10월 2일, 조지아주 사바나시에서 시작된 아메리칸 남부 골프 도전기는 드넓게 펼쳐진 목화밭과

땅콩밭을 지나 환상적인 휴양도시 플로리다를 거쳐 재즈의 고향 뉴올리언스(10월 14일)까지 13일

간의 장기 레이스에 돌입한다.

한국에서는 상상도 못할 악어가 노니는 골프장에서, 최경주 선수가 우승 한 TPC 골프장에서, 프랑

스풍의 자연골프장에서 마음껏 드라이브를 휘두르는 4인의 골프전사들.

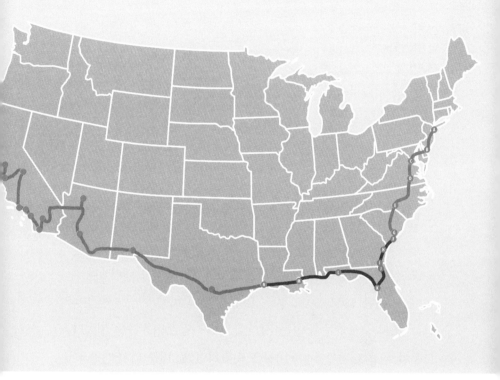

● **이동 경로**

조지아 주 사바나시 → 조지아 주 킹스랜드시 → 플로리다주 잭슨빌시 → 플로리다 위키 워치시 → 플로리다 밀턴시 → 루이지애나 주 뉴올리언스시 → 루이지애나주 레이크 찰스시 → 루이지애나 주 웨스트레이크 시(총 3,031km)

● **골프 라운드**

H 14. 사바나 하버 골프장   I 15. 밀 코브 골프장   J 16. TPC 소그래스 골프장
K 17. 월드 우즈 골프장-롤링오크스 · 18. 월드 우즈 골프장-파인밸런스
L 19. 샌데스틴 골프장
M 20. 카터 프랜테이션 골프장   N 21. 루이지애나 내셔널 골프장

● **관광**

뉴올리언스 재즈 유람선 관광

DAY 23
2012. 10. 2

- **방문도시** Savannah, GA
- **중요사항** 이동 376km
- **날씨** 비
- **기온** 19~30℃
- **주행거리** 376km
- **주행누계** 2,676km

드넓은 고속도로, 시원한 가로수

　오늘도 날씨는 흐리다. 예보는 '흐리며 한 때 비가 내리겠다.'고 한다. 기온은 19도~30도 정도. 일정은 머를 비치^{Myrtle Beach}를 떠나 남쪽 조지아^{Georgia}주에 있는 사바나^{Savannah}시로 이동하는 것이다. 그동안 머를 비치에서 9박10일을 숙박하였다. 머를 비치 캠핑장에서 5박, 컴포트 인^{Comfort Inn}에서 4박하였다. 정들었던 숙소 컴포트 인을 오전 10시 26분에 나와 캠핑카에 탑승했다.

　오늘의 선발 기사는 최 단장. 이어 양 대표. 장거리이기 때문에 넷이서 약 100km^{60마일}씩을 나누어서 운전하기로 했다. 이동 거리는 약 376km, 꽤 먼 거리다. 5시간 정도 걸릴 것으로 예상되어 규정 속도 55~70마일^{약 88~112km}를 지켜 운전하고 중간에 점심식사를 하기로 하였다. 미국의 고속도로 규정 속도는 구간마다 많은 차이가 있다.

　미국은 국토 면적이 상상을 초월할 정도로 넓기도 하지만 일찍이 자동차 문화가 정착되고 발전하였다. 자동차가 생활의 일부가 되어 차가 없으면 꼼짝도 못한다는 사실은 누구나 익히 알고 있다. 그래서인지 도로가 아주 잘 되어 있고, 운전자들도 운전 규칙을 잘 지키며 비교적 안전운전을 한다. 속도위반, 급차선 변경하는 경우가 전혀 없는 것은 아니지만. 운전하면서 부럽게 느낀 점은 고속도로Highway의 상행선과 하행선의 간격이 최소 10m이거나 도로 중간부분에 나무를 심어 마주 오는 차와의 정면충돌 사고가 발생하지 않게 되어 있다는 점이다.

한국에도 고속도로가 잘 되어 있지만 중앙선에 시멘트로 분리대를 만들어 충돌을 예방하고 있을 정도지, 맞은편 차량의 불빛이 비쳐 운전에 방해가 되기도 하는 등 여러 가지 면에서 비교가 안 된다. 충돌사고 예방뿐 아니라 상대방 헤드라이트에 시선 방해를 받지도 않는다. 그리고 도로 양 옆으로 높은 가로수가 쭉 뻗어 있고, 출구 표시를 약 3km 전부터 예고해 주는 등 운전하기 참 편하다는 느낌이 든다. 95번 고속도로 남쪽으로I-95 South 5시간에 걸쳐 달려오면서 중간에 잠시 쉬어 점심식사를 하고 4시경에 조지아주 사바나 시에 도착했다.

숙소Comfort Inn & Suite Midtown에 도착, 키를 받고 각자 방에 들어가 짐을 풀자 마자 밖에는 굵은 빗줄기가 내리기 시작했다. 참으로 운이 좋았다. 고속도로에서 이런 비를 맞았다면 운전이 아주 힘들었을 것이다.

376km를 5시간 동안 달려와 조지아 주 시바나시 컴포트인에 도착하여 짐을 옮기자, 장대같은 비가 쏟아졌다.

화려하지 않지만 이 정도면 1박 하는데 충분하다. 캠핑카 침대와 비교하면 천국이다. 가격은 70달러

DAY 24
2012. 10. 3

- **방문도시** Savannah, GA → Hinesville, GA → Kingsland, GA
- **중요사항** 1. 제14차 골프 / Tee Time 8시 51분
     2. 네 번째 캠핑장
     3. 244km 이동
- **날씨** 흐림   **기온** 18~29℃
- **주행거리** 244km   **주행누계** 2,920km

조지아(Georgia)주 하인즈빌에서 육개장을

　흐린 날이 이어지고 있다.

　일정은 오전 8시 51분에 조지아^{Georgia}주 사바나^{Savannah}시에 있는 사바나하버 골프장^{The Club At Savannah Harbor}에서 골프 치고, 오후에는 킹스랜드^{Kingsland}시에 위치한 캠핑장^{Jacksonville North/St. Mary's KOA}으로 이동하여 숙박한다. 우리가 머물고 있는 조지아주는 미국의 동남부에 있으며, 다음 행선지 플로리다주 바로 위쪽에 접하고 있다. 면적이 미국에서 네 번째로 큰 주이며, 주의 수도는 애틀랜타^{Atlanta}이고 전체 인구가 천만 명을 넘는 비중이 있는 주라고 할 수 있다. 역사적으로는 미국의 남북전쟁 당시 남군이 북군에게 최초로 패배했던 곳으로 알려져 있다. 즉 노예 해방의 발원지인 셈이다. 그래서 그런지 시내를 오고 가는 차안의 사람들을 유심히 보았더니 흑인들이 눈에 많이 뜨인다. 흑인들의 인구 비중은 약 30%에 이른다고 한다.

　카터 전 대통령이 이곳 출신이고, 메이저 골프대회 중 최고로 인

Savannah Harbor Golf Club

조지아주의 아름다운 도시 사바나시에
위치한 사바나하버 골프장(Savannah
Harbor Golf Club)은 골퍼들에게 잊지
못할 경험을 갖게 한다. 〈골프 다이제스트〉는 이 골프장을 '최고로 추천하
고 싶은 골프장 중의 하나'로 선정하고 별표 4개 등급을 부여하였다. 〈골프
위크(Golfweek)〉는 조지아주 최고 3위의 골프장으로 선정하였고, 세계적
인 여행 잡지 〈콩데 나스트 트래블러(Conde Nast Traveler)〉는 미국 Top
100위 안에 있는 골프장으로 추천하였다. 이 코스는 1999년에 개장한 18
홀 규모의 퍼블릭 골프장이다.

골프장 규모/ 난이도

Par 72	Black	7,288	Rating	75.1	Slope	137
다스팀	Gold	6,627	Rating	72. 5	Slope	131
	Silver	6,048	Rating	69.9	Slope	126

예약

홈페이지(http://www.theclubatsavannahharbor.com)와 Golfnow(www.golfnow.com) 참조
다스팀은 Golfnow에서 예약.

요금

일반요금 / 1인 114달러

다스팀 / 1인 74달러 + 수수료 2달러 = 76달러 / 4인 합계 304달러 / 152달러 할인

연락처

#2 Resort Drive, Savannah, GA 31421 / 전화(912) 201-2240

기가 있는 마스터스Masters 대회가 열리는 오거스타 골프장the Augusta National Golf Club이 있는 곳이기도 하다. 내친김에 오거스타에서 한번 휘두르고 싶었지만, 회원제 골프장Private GC이어서 회원 추천 없이 예약이 불가능하다. 조지아주는 기아자동차 공장이 준공되어 활발히 가동 중이라 이 지역 사람들에게 많은 일자리를 제공하여 지역 주민들로부터 호평을 받고 있다.

한동안(?) 한국 음식을 먹지 못했다. 한식 음식재료를 사기 위해 하인즈빌Hinesville시 변두리에 있는 한국식품점에 들렀다. 바로 옆에 붙어 있는 한식당인 서울식당에서 오랜만에 육개장으로 식사를 했다. 조금 늦은 점심시간이여서 그런지 손님이 우리밖에 없을 정도로 한산했다. 가격은 보통 7달러~9달러 정도이며, 육개장은 8.99달러였다. 가격이 싼 편은 아니었지만 양이 많고 맛도 괜찮았다. 식당은 허름했지만 식탁에 오르는 식단이 어쩌면 그렇게 전형적인 한국식 백반과 똑같은지 우리는 두 눈을 의심할 정도로 깜짝 놀랐다. 콩나물 무침, 버섯나물, 오뎅무침, 겉절이무침, 김치 등 백반에 나오는 기본 반찬을 오랜만에 맛있게 먹었다.

악어와 함께 골프를

사바나하버 골프장The Club At Savannah Harbor은 트룬 골프그룹Troon Golf Group에서 전 세계적으로 운영하는 200개 골프장 중 하나이다. 정상적인 골프요금은 114달러인데, 골프예약 대행 사이트인 골프나우Golf Now를 검색하여 대폭 할인Hot Deal을 받았다. 1인당 가격은 74달러, 36% 이상 할인된 금액이다. 좋은 골프장에서 값싸게 운동

겁이 많은 장 총장은 어미 악어가 나온다며 빨리 가자고 재촉한다.
새끼 악어 발견, 어딘가 어미 악어도 있지 않을까?

조지아주 최고 3위 골프장, 패인자국이 거의 없는 깨끗한 페어웨이 모습

할 수 있으니 1석2조인 셈이다. 퍼팅연습장에서 프로지망생으로 보이는 젊은 여자 선수들이 연습에 열중하고 있다. 골프장에서 매일 중년 이상 노인네들만 보였는데 젊은 사람들이 연습하고 있는 것이 신선해 보이며 왠지 젊은 기를 받는 것 같은 기운이 돌았다.

드라이버 영점 조준이 끝난 최 단장이 바짝 쪼면서 줄파로 플레이를 리드해 나가면서 경기에 열중한 나머지 장갑을 전 홀에 놓고 온 것을 다음 홀 티 샷 할 때 알았지만, 리듬이 깨질까봐 가지러 가지도 않는다. "장갑 많은데 뭐!" 하고 새 장갑을 끼고 티 샷을 했는데 뒤따라오던 미국인 부부가 장갑을 가지고 와서 준다. 미국인들의 친절함이 다시 한 번 느껴지고 최 단장은 큰소리로 "Thank You!"를 연발한다. 그 부부를 패스시켜주고 앞 뒤 팀 없이 대통령 골프를 즐기게 되었다. 게다가 패인 자국이 거의 없는 깨끗한 페어웨이와 빠르기가 유리알 같은 그린은 명문 골프장이 무엇인지 현장으로 말해 주는 것 같았다. 그런데 우리는 오늘 골프장에서 처음으로 특이한 주의 사항을 들었다. 다름이 아닌 "악어가 있으니 조심하라."는 것이다. "골프장에 악어라." 잘 이해가 가지 않는데 직접 목격하고 놀랐다. 17번째 홀 그린 근처 연못에서 악어를 발견한 것이다. 새끼 악어였다. 물 가장자리 풀밭에 나와 햇볕을 쬐고 있는 것을 발견하고 급히 카메라를 가지고 와서 한 장을 찍었다. 조금 더 다가가 자세히 찍으려 하자 급히 물속으로 사라져버려 아쉽지만 더 이상 카메라에 담을 수 없었다. "정말 악어가 살고 있구나." 실감했다. 장 총장이 겁먹고 "새끼가 있으니 어미 악어가 분명 있을 거야. 빨리 가자." 하며 재촉한다.

오늘의 우승은 최 단장과 양 대표 공동86타, 장 총장, 설 작가 순이다. 최 단장의 공동우승을 축하하며 분위기가 업 되었고, 89타를 치고도 단독 4위를 한 설 작가는 밤잠을 설칠 것 같았다. 다음에는 4명이 전부 공동우승을 하는 경우도 상상해 본다.

롱기스트는 설 작가 2개, 양 대표 1개였고, 버디는 설 작가 1개, 니어리스트는 설 작가, 최 단장, 양 대표 각 1개였다.

소주가 아까워 위스키로 반주를

저녁 7시 즈음 조지아주 최남단 킹스랜드시Kingsland에 있는 네 번째 캠핑장인 Kingsland KOA에 도착, 또 다시 캠프생활이 시작되었다. 자리도 잡았겠다, 오늘 한식 음식 재료도 샀겠다, 내일 일정도 없겠다, 이런 상황이면 저녁 시간을 그냥 보낼 수는 없다. 총주방장 장 총장이 오늘 낮에 산 물오징어를 재료로 해서 오징어무침을 선보이겠다고 한다. 모두 정숙한(?) 자세로 오징어무침이 나올 때까지 배고픔을 참고 기다렸다. 요리 말이 나와서 하는 말인데 4명중 나머지 3명도 요리를 한다. 양 대표는 김치찌개, 된장찌개를 잘 끓이고 있고, 최 단장은 등심 바비큐를 굽는데 일가견이 있다. 설 작가도 아침 식사용으로 콩나물 된장국, 시금치 된장국을 제법 잘 끓인다. 하지만 장 총장의 요리에 빛이 바래서 명함을 내밀지 못한다.

오늘 저녁 식사는 오징어무침에 새로 산 총각김치에 김을 안주로 삼아 오랜 만에 조니워커 더블블랙을 개봉하여 위스키 한잔을 마셨다. 소주를 먹고 싶은데 마침 소주가 간당간당해서 아끼기도 할 겸 면세점에서 사온 위스키 소비도 시킬 겸. 소주를 아끼기 위해 위스키를 마시는 상황은 겪어 보지 못한 사람은 모른다.

DAY 25
2012. 10. 4

- **방문도시** Kingsland, GA
- **중요사항** 캠핑장 휴식
- **날씨** 흐림
- **기온** 20~30℃
- **주행거리** 0km
- **주행누계** 2,920km

김치통 가출하다

날씨는 하루 종일 흐리다.

오늘 일정은 말 그대로 릴렉스. 하루 종일 쉬는 것이다. 캠핑 그라운드에 들어와서 씻고 먹고 쉬는 것뿐이다. 세탁물도 없고 밀린 일지도 없어서 오랜만에 한가한 시간을 보내고 있다. 설 작가의 경우 매일 여행일지를 써야 되기 때문에 하루만 밀려도 당일 소식 전하는 것이 늦을 뿐 아니라, 하루 전의 일들은 순식간에 기억에서 사라져 가급적이면 당일 여행일지를 올리려고 노력중이다. 참으로 어려운 일을 군소리 없이 매일매일 스트레스를 즐기면서(?) 하는 모습에 나머지 단원들이 항상 고마워한다.

오늘 날씨가 흐린 것은 캠핑 그라운드에서 쉬고 있는 우리들에게는 아주 좋은 일이다. 햇볕이 나면 덥기 때문에 에어컨을 종일 틀어야 하지만 선선하니 문만 열어 놓아도 OK. 아무리 생각해도 하늘이 다스팀을 도와주고 있는 것이 틀림이 없는 듯싶다.

이곳은 다른 캠프 그라운드와 달리 아침식사를 제공해 준다. 비록 와플, 주스 그리고 커피지만 아침 식사 고민을 해결해 주는 것만으로도 충분했다.

아침 식사 후 각자 인터넷을 통해 한국의 소식을 듣거나 밀린 이메일에 답변을 하거나 다스팀 카페에 올린 기사에 댓글을 보고 답글을 올리는 일로 한가히 시간을 즐겼다. 비록 멀리 미국에 있지만 인터넷을 통해 한국의 최근 정치, 경제, 사회, 문화, 스포츠 모든 소식을 접할 수 있어서 정보에 전혀 불편함이 없다. 한국의 주요한 소식은 역시 연말 대통령 선거와 관련된 것들이 많은 것을 알 수 있었다.

망중한을 보내는데 주방장이 슬며시 나와 감자를 썰기 시작하더니 드디어 내놓은 작품이 감자찌개다. 메뉴는 간단했지만 위스키 한 잔을 하며 일품 요리 감자찌개와 어제 새로 산 총각김치로 맛있는 점심식사를 하는 호사를 또 누렸다. 장 총장 요리 솜씨 소식이 다스팀 카페에 뜨니, 나머지 3명은 집사람들로부터 비난(?)이 쏟아져 골치가 아플 지경이다.

"당신은 뭐 하고 있어?"

"내가 알려 준 요리 왜 안 해?"

"김치찌개 해 봐" 등등.

그러던 중 오늘 기막힌 해프닝이 있었다. 장 총장이 만드는 요리에 김치를 곁들이지 않으면 말짱 도루묵인데 어제 힘들여 사서 보관해 왔던 김치통 2개가 사라져 버렸다. 1주일 정도 먹을 양의 배추김치 1통, 총각김치 1통을 구입했다. 그런데 새로 산 김치가 익지 않아 주방장의 입맛에 맞지 않았던 것. '생김치로 김치찌개 끓이면 맛이 없다'고 한다.

아무튼 음식에 관해서는 주방장님이 대장이라 아이스박스에 보관 중이던 김치통 2개를 꺼내 하얀 비닐에 싸서 식탁 옆에 놓아두었던 것이었다. 최 단장이 오전 10시경 쓰레기 치우는 직원이 비닐 속에 있는 김치통을 쓰레기로 생각하고 가져가려는 것을 제지했다고 한다. 그런데 조금 더 익혀서 들이자는 주방장의 강력한 의견이 있어 그 상태로 몇 시간을 보냈다. 그런데 그 사이에 김치통이 사라진 것이다. 잠시 자리를 비운 사이 이번에도 다른 캠프장 직원이 친절하게 쓰레기봉투와 함께 버린 것으로 생각되었다. 김치를 새로 구입하는 것도 쉬운 일이 아닌데 정말 난감했다.

"내가 다녀올게" 하더니 잠시 후에 "찾았어." 하며 최 단장이 웃는 모습으로 왔다. 다 같이 쓰레기집하용 컨테이너에 가서 보니 우리의 보물 김치통이 그곳에 얌전하게 있는 것이 보였다. 결국 고약한 냄새 나는 쓰레기통 속으로 최 단장이 들어가 김치통을 구출하는 것으로 김치 가출 사건은 일단락되었다.

미국에 와서 지금까지 김치를 4통째 사 먹고 있다. 한 통의 크기가 대략 10리터 정도인데 맛이 괜찮은 편이다. 집에서 담가 먹는 것보다야 못하지만 조미료 맛도 나지 않고 삼삼하니 괜찮다. 설 작가는 겉절이를 좋아하는 편인데, 나머지 3명이 익은 김치를 좋아해서 익혀 먹기로 하다 보니 오늘 같은 사건이 발생했다. 아무튼 김치 가출사건은 잘 마무리 되고 한가한 오후 시간을 보냈다.

저녁 식사 시간이 또 돌아왔다. 세 끼 식사는 영원히 해결해야 할 과제다. 이번 여행을 계기로 그동안 말없이 30년 이상 식사를 해 주었던 부인들께 감사의 마음을 새기고 있다. 저녁식사는 설 작가가 한 번 맡아 하기로 했다. 가출했다 돌아 온 김치로 끓인 김치찌개, 감자볶음, 새로 한 밥 그리고 위스키 한 잔과 함께 맛있는 저녁식사를 한다.

kingsland KOA 사무실 전경

럭셔리 RV차량에는 없는 것이 없다. 앞에서 보면 정말 멋지다.
장기 주차 RV차량과 생활 모습, 어딜 가나 성조기는 꽂혀 있다.

소주도 아닌, 막걸리도 아닌 위스키를 반주로 하는 저녁식사. 장소는 미국의 여느 캠프장. 그리고 62일 예정으로 미국 종주 여행을 하고 있는 네 명의 친구. 이날 밤 가장 소중한 안주는 우정이고, 가장 달콤한 술도 우정이다. 접시가 깨끗이 비워지자 음식을 준비했던 설 작가가 너무나 즐거워한다.

4번째 방문한 캠핑그라운드 킹스랜드 KOA

머틀 비치Myrtle Beach 캠프장은 그동안 방문한 캠프장 중 규모가 제일 컸다. 머틀 비치 캠핑장을 떠나 사바나Savannah를 거쳐 10월 3일 조지아Georgia주 남단 플로리다 접경지역인 킹스랜드 KOAkingsland KOA에 짐을 풀었다. 이곳 캠프장은 기존 대형 캠프장처럼 모든 시설은 갖추고 있었으나 샤워시설과 세면대에 물이 잘 나오지 않아 불편했고 관리가 철저하게 안 되고 있다는 느낌이 들었으며 모든 것이 소규모였다. 이곳 캠핑장은 교통이 매우 편리한 곳에 위치하고 있다. 고속도로 I-95의 출구와 불과 800m, 플로리다주 경계선Florida border과 1. 6km 떨어져 있다. 지나가는 RV 차량들이 하루 정도 잠시 머무는 장소로 이용되는 곳이라고 한다.

캠핑장 뒤편에는 장기 거주 RV 차량도 많이 보였고 주위를 자기 집 정원처럼 꾸미고 사는 캠핑족도 보였다. 방문한 모든 KOA 캠핑그라운드Campground는 화장실과 샤워실이 같은 장소에 있었고 이용자는 그리 많지 않은 듯했다. 이유는 생각해 보니 캠핑장을 이용하는 대부분 RV 차량들이 대형이고 기본시설을 갖추고 있어 굳이 불편하게 공동시설을 이용할 필요가 없기 때문이다. 한마디로 자기들이 끌고 다니는 캠핑카의 시설이 훨씬 좋기 때문이다.

모든 캠핑장의 밤은 항상 죽은 듯이 조용했다. 우리는 처음에 미국의 캠프장도 떠들썩한 분위기를 연출하는 한국의 캠핑장^{규모나 내용}^{은 다를지라도}과 분위기가 비슷할 것이라 생각했다. 때문에 밤만 되면 쥐죽은 듯 조용해지는 이곳 캠핑장 분위기를 보며 캠핑족들이 캠핑장에 왜 오는지 이해할 수 없다는 생각이 든다.

저녁에 가끔 바비큐를 즐기는 사람들이 보이기는 하지만 모두 RV 차량 내부에서 생활하고 있는 듯 보였고 등불이 켜 있는 차량도 별로 없었다. 어쨌든 10시 이후는 고성방가는 금지한다. 캠핑장을 이용하는 사람들 대부분은 그저 자연이 주는 풍경과 조용함, 맑은 공기 등을 벗 삼아 여러 곳을 다니며 자연을 즐기는 은퇴자들이다. 아침이면 노부부가 손을 잡고 다정하게 산책하는 것을 볼 수 있다. 지난 몇 주간의 미국 여행에서 캠프장에서 생활하는 사람들 중 젊은 사람들은 거의 볼 수가 없었다.

DAY 26
2012. 10. 5

- **방문도시** Kingsland, GA → Jacksonville, FL → Saint Augustine, FL
- **중요사항** 1. 제15차 골프 / Tee Time 9시 6분
  2. 제2차 일정 변경
- **날씨** 흐림　　**기온** 22~29℃
- **주행거리** 116km　　**주행누계** 3,036km

2차 일정변경, 플로리다 6박7일, 그리고 5번의 골프

　날씨는 흐리며 약간의 비가 예상된다.

　원래 계획은 플로리다^{Florida}주에서 10월 1~11일까지 10박11일 동안 체류하면서 골프 5회, 올랜도^{Orlando} 관광 1일이었다. 그런데 머를 비치에서 골프를 3라운드 추가하면서 체류기간을 4일 연장하였다. 그에 따라 플로리다 일정을 6박7일로 축소 변경하게 되었다. 올랜도 관광 1일과 국립, 주립공원에 있는 캠핑장 3일 숙박을 취소하였다. 골프 5회 계획은 변경하지 않았다. 오늘은 플로리다의 5라운드 골프의 첫날이다.

　오늘 일정은 오전 7시에 출발하여 57km 정도 떨어진 플로리다^{Frlorida}주 잭슨빌^{Jacksonville}에 있는 밀코브 골프장^{Mill Cove Golf Club}에서 9시 06분 티 오프 한다. 골프 후 약 59km 이동하여 컴포트 인^{Comfort Inn} 호텔에서 숙박할 예정이다.

　미국에는 잭슨빌이라는 도시가 세 곳이나 된다. 플로리다^{Florida},

일리노이Illinois, 아칸소Arkansas주에 같은 이름의 시가 있다.

그 중에 제일 많이 알려진 도시가 이곳 우리가 머물고 있는 플로리다 북동부에 있는 항구도시 잭슨빌이다. 대서양에 연결되는 세인트존스 강St. John's River의 하구에 위치하여 항만에는 많은 배가 정박하여 화물을 적재하고 있고, 배가 다닐 수 있도록 세인트존스 강 위에는 우리나라 영종대교만한 높은 다리가 위용을 자랑하고 있었다. 항구, 공항, 인접한 육상 도로 등이 발달한 물류 도시이며 한국인들도 상당히 많이 살고 있다.

골프 후 한 시간 정도 달려 새로운 숙소 컴포트 인에 도착, 샤워를 한 후 점심 겸 저녁식사로 호텔 근처에 있는 식당에 갔다. 95번 고속도로가 바로 옆에 있어서 식사하며 고속도로를 달리는 차량들을 쳐다보며 한가한 시간을 가졌다.

골프링크 TOP 100 중 70위 선정, 지금은 파산 관리 중

플로리다주에 들어와서 처음 치는 골프장인데 경비행장 바로 옆에 있어서 황량한 느낌이다. 가격이 싸서 좋다고 생각했는데 홀을 거듭할수록 실망감만 커진다. 이번 여행에서 잔디관리 상태가 제일 나쁘고, 그린은 아침에 깎아 놓아서 물기는 없는데 스피드가 너무 느리다. 어제 비 때문에 휴장했다고 하지만, 아직까지 배수가 안 된 곳이 많아 볼이 페어웨이에 박히는 경우도 생긴다. 전반 9홀을 마치고 코스의 문제점에 대해서 마셜Marshall에게 이야기하였다. 원래는 좋은 골프장이었는데 파산하여 현재 은행 관리 중이며, 잔디 관리를 제대로 못해서 미안하다고 공손히 이야기한다.

Mill Cove Golf Club

밀코브 골프장(Mill Cove Golf Club)
은 플로리다(Florida)주 잭슨빌
(Jacksonville)시의 중심지에서 몇 분 걸
리지 않는 곳에 위치하고 있다. 이 골프장
은 잭슨빌 최고의 퍼블릭 골프장들 중에

하나로서 1990년 개장하였다. 이 골프장은 파 71이며, 가장 긴 티 박스가
6,745야드이며 도전적이고 매력적인 주변 환경으로 이루어졌다. 〈골프링크
(Golflink)〉는 미국 Top 100위 골프장 가운데 70위로 선정하였다.

골프장 규모/ 난이도

Par 71	Champion	6,745	Rating	71. 7	Slope	129
다스팀	Medal	6,440	Rating	69,9	Slope	124
	Club	6,082	Rating	67,5	Slope	118

예약

홈페이지(http://www.millcovegolfcourse.com) 예약

요금

일반요금 / 1인 32. 1달러.

다스팀 / 1인 28.4달러 / 4인 합계 113. 6달러 / 15달러 할인

연락처 : 1700 Monument Rd Jacksonville, FL 32225-2807

사실 이 골프장은 아놀드 파머Arnold Palmer가 설계하였고, 〈골프링크Golflink〉가 미국 최고 퍼브릭 골프장 100개 중 70위로 선정하였다. 그래서 그동안 방문하였던 100대 골프장과 마찬가지로 많은 기대를 갖고 방문하였는데 골프장이 파산하여 관리가 부실하여 실망스러웠다. 그러나 긍정적으로 28.4달러, 약 3만 원으로 하루 운동했다고 생각하면 그리 나쁜 하루만은 아닌 듯싶다. 운동 후 땀을 씻어야 하는데 미국 골프장들은 대부분 샤워 시설이 없다. 현지인들은 모두 운동 후 집에 가서 씻는데 우리는 집이 없지 않은가? 세면장에 가서 대충 얼굴과 손만 씻고 차에 올라 숙소에 가서야 샤워를 했다.

　오늘 최악의 스코어를 기록한 양 대표는 숙소로 이동하는 차안에서 맥주를 마시고 뒤 칸의 침대에서 뻗어 버린다. 오늘까지 15번 라운드에 처음 하는 단독 꼴찌에 속이 많이 상했을 것이다. 골프장이 나빠서 못 쳤다고 자위하기에는 그의 자존심이 허락하지 않을 것이다.

　운전은 연이어서 공동 우승한 최 단장이 피곤한 내색을 하지 않고 수고를 하였다. 우승자는 그날 숙소까지 표정관리하면서 운전을 하여야 하고, 말구꼴찌는 무슨 행동을 해도 눈총을 받지 않은 특전이 부여되는 것이 우리 다스팀의 로컬룰이다.

　오늘의 우승은 최 단장과 설 작가가 공동우승88타, 장 총장, 양 대표 순이었다. 롱기스트는 설 작가 1개였고, 니어리스트는 설 작가 1개, 양 대표 1개였다.

1인당 28달러. 가격은 저렴했지만 페어웨이, 그린 등 골프장 관리가 허술하였다.

DAY 27

2012. 10. 6

- **방문도시** Ponte Vedra Beach, FL → Jacksonville, FL → Kissimmee FL
- **중요사항** 1. 제16차 골프 / Tee Time 12시 35분
  2. 한국마트 쇼핑
  3. 이동 335km
  4. 다섯 번째 캠핑장
- **날씨** 맑음. 비 후 갬 · **기온** 22~29℃
- **주행거리** 335km · **주행누계** 3,371km

환상적인 대서양 해변도로를 질주하며

날씨는 다시 맑음으로 돌아섰다.

오늘의 주요한 일정은 컴포트 인Comfort Inn을 떠나 12시 35분 골프를 하고, 앞으로 있을 장거리 이동을 위해 한국식품점대호식품에서 필요한 식품들을 구입한 후에 Orlando / kissimmee KOA 캠핑장으로 이동하는 것이다. 이동시간이 약 4시간 이상 예상되는 장거리이다.

골프장으로 가는 길은 출발지 세인트 어거스틴St. Augustine에서 대서양을 끼고 해변도로를 북쪽으로 달리는 것이다. 플로리다주는 미국의 동남부에 있는 반도로써 동쪽으로는 대서양, 서쪽으로는 캐리비안Caribbean 해안을 끼고 있는 전형적인 해양기후지역이다. 그래서 미국인들에게 최고의 휴양지로 사랑받고 있는 곳이기도 하다. 달리는 차에서 바라본 해변도로는 정말로 환상적이라는 말이 절로 나올 정도로 멋져 보였다. 오른쪽으로 대서양 바다가 바로 보인다. 자동차 길과 해변 사이에는 1층 높이의 주택 또는 콘도 비슷한

집들이 해변을 따라 나란히 늘어서 있다. 집들이 적당한 간격을 두고 있고 집과 집 사이에는 나무, 꽃, 잔디로 잘 가꾸어 놓아 그 자체로도 예뻤다. 마을 사이로는 대서양 바다의 넘실대는 파도를 감상할 수 있다. 일자로 곧장 뻗어 있는 4차선 해변도로는 청명한 하늘을 배경으로 또 하나의 풍경화를 담아냈다. 도로의 왼쪽 편에는 이름 모를 나무들이 바다에서 불어오는 해풍의 영향을 받아 한 쪽으로 비스듬히 쓰러져서 군락을 이루고 있었다. 언제 또다시 와볼 기회가 있을지 모르지만 열심히 눈에 담아 두는 것이 훗날 추억속의 자산이 될 것이다.

한 시간 정도를 달려 도착한 골프장. 기대하던 TPC 소그래스TPC Sawgrass 골프장이다. TPC란 'Tournament Players Club'의 머리글자를 딴 약자이다. TPC는 미국 PGA 투어PGA Tour가 운영하는 회원제 골프장Private courses과 대중 골프장Public courses의 체인 중 하나이다. TPC는 1980년 미국 플로리다주 폰테 베드라 비치의 TPC 소그래스TPC Sawgrass가 최초로 건설되었고, 현재 미국에는 26개의 TPC가 있는데 건설 중인 것까지 합하면 30개가 넘는다. 유명한 TPC로는 소그래스TPC Sawgrass, 리버 하일랜즈TPC River Highlands, 스코츠데일TPC of Scottsdale, 헤론 베이TPC Heron Bay, 슈가로프TPC at Sugarloaf, 머틀 비치TPC of Myrtle Beach 등이 있다.

미국 PGA 투어 '제5의 메이저대회'라고 불리는 플레이어스 챔피언십을 개최하는 TPC 소그래스는 특히 아일랜드 그린으로 되어 있는 17번 홀파3이 유명하다. 그 홀에서 볼 수 있듯이 그린이나 티잉 그라운드 주변에 넓은 공간을 두어 갤러리들이 편안하게 관람할 수 있도록 스탠드나 편의시설 등을 설치하는 것이 보통이다. 그래서 스타디움 코스Stadium Course라고도 부른다. 우리나라는 양평 TPC가

TPC Sawgrass - Dye's Valley Course

TPC 소그래스(TPC Sawgrass)에 있는 다
이스 밸리 코스는 세계적으로 유명한 플레
이어스 챔피언십 대회를 개최하는 스타디움
코스(Stadium Course)와 자매 골프장이
다. 1987년에 개장한 이 코스는 대중 골프
장이며, 미국 PGA의 2부 대회인 웹 닷컴 투어 챔피언십(Web. Com Tour
Championship) 대회를 여러 번 개최하였다. 또한 시니어 플레이어스 챔피
언십 등을 비롯하여 여러 개의 명망 잇는 골프대회를 개최하고 있다. 〈골프
위크(Golfweek)〉는 2011년 플로리다 최고의 골프장 중 24위로 선정하였
고 〈골프 다이제스트〉는 별 4개 등급을 부여한 명문 골프장이다. 이 코스
는 모든 홀마다 지표수를 완벽하게 관리하고 있는 것을 자랑한다.

골프장 규모/ 난이도

Par 72	TPC	6,864	Rating	74. 1	Slope	137
	Blue	6,524	Rating	71. 9	Slope	129
다스팀	White	6,092	Rating	69.8	Slope	128

예약

홈페이지(www.tpcsawgrass.com)와 Golfnow(www.golfnow.com) 참조
다스팀은 Golfnow에서 예약.

요금

주말 토요일 정상요금은 195달러이다. 골프나우의 핫딜(Hot Deal)요금은 104달러이다. 이 요금에
는 그린 피, 카트요금, 포캐디(forecaddie)요금, 연습 볼(practice balls)이 포함되어 있다. 그러나 할
인을 해주는 대신 전액을 선불로 지불해야 한다. 사전에 취소할 수 없으며, 골프장이 폐장하지 않는
경우 이외에는 환불받을 수가 없다.
다스팀 / 1인 104달러 + 수수료 8.23달러 = 112. 23달러 / 4인 합계 449달러 / 331달러 할인

연락처

110 Championship Way Ponte Vedra Beach, FL 32082-5050 :(904) 273-3235

이름에 TPC를 붙였지만, 진정한 의미의 TPC 코스는 아니다.

TPC 소그래스가 우리에게 잘 알려진 계기는 2011년 이곳에서 개최되었던 플레이어스 챔피언십The Players Championship에서 한국의 최경주 선수가 우승을 하면서부터다. 미국 PGA에서 1승을 하기가 얼마나 어려운지는 골프를 치는 사람들은 다 아는 사실이다. 더욱이 플레이어스 챔피언십 대회의 상금이 170만 달러나 되었으니 이 대회가 얼마나 비중이 있는 대회였는지 알 수 있다. 골프장에 도착하여 안내 설명을 들으니 며칠 전 이곳에서 토너먼트 경기가 있었기 때문에 페어웨이는 좁게, 러프는 깊게 만들어 놓았다고 해 잔뜩 긴장하며 준비에 들어갔다.

최경주 선수가 우승한 골프장에서 라운드

TPC 소그래스TPC Sawgrass는 2개의 코스 36홀로 구성되어 있다. 하나는 최경주 선수가 우승한 스타디움 코스Stadium Course이고 또 하나는 다이스 밸리 코스Dye's Valley Course이다. 우리는 다이스 밸리 코스에서 라운드 하였다.

골프백 내리는 곳Bag drop 주변의 가로등 밑에 이곳에서 매년 열리는 플레이어스 챔피언십Play's Championship 대회의 역대 우승자들 동상이 보였다. 작년에 우승한 최경주 선수의 모습이 더욱 돋보였다.

우리는 명문 골프장에서 라운딩을 하는 만큼 점심도 클럽하우스 식당에서 우아하게 하기로 했다. 야외 테라스의 식탁에 앉으니 아름답게 조성된 코스가 한눈에 들어온다. 티 업 시간에 쫓겨서 제일 빨리 되는 메뉴로 샌드위치 BLTBacon, Lettuce, Tomato로 시켰는데 맛은

최초의 TPC골프장인 TPC 소그래스의
웅장하고 아름다운 클럽하우스 전경

클럽하우스 복도에 걸려있는 최경주 선수의 사진 앞에서
장총장은 그날의 우승기분을 재현했다.

파란 잔디의 페어웨이, 맑은 물이 있는 연못, 그리고 멋진 고급 주택은 한 장의 그림이다.

별로였다. 제대로 만든 햄버거를 시켰어야 하는데 하는 아쉬움이
남았다.

이 골프장에서는 캐디사용이 의무사항이라서 우리는 포 캐디
Forecaddie를 예약하였다. 미국의 캐디Caddie 시스템은 우리나라와 차이
가 있다. 우리나라는 대부분 3~4인에 캐디 1명이 도움을 주며, 거의
의무적으로 캐디를 동반하여야 한다. 그리고 캐디는 대부분 여자이
고 카트운전, 거리, 방향, 공 수거, 퍼팅 라인 등을 보조한다. 반면
에 미국에는 1인 캐디, 2인 캐디, 4인 포 캐디Forecaddie가 있으며, 대부
분 남자이다. 포 캐디는 우리나라 4인 캐디와 비슷한데, 우리나라
캐디는 플레이어가 있는 지점에서 거리를 불러주는데, 미국 포캐디
는 예상 낙하지점에 미리 걸어가서 볼이 떨어진 곳과 홀까지의 거리
를 알려주는 것이 다르다. 그리고 그린에서 우리나라 캐디는 대부
분 퍼팅 라인에 맞춰 공을 그린에 놓아주지만, 미국 캐디는 공을 놓
아 주지 않고 퍼팅 라인만 알려준다.

미국은 캐디 없는 골프장이 대부분이고, 아마도 캐디 있는 골프
장은 미국 2만여 개 골프장 중에서 몇 십 개도 안 되리라 생각한다.
우리들이 방문을 계획한 36개 골프장 중에 캐디가 있는 골프장은
단 2곳, 이곳과 페블 비치Pebble Beach 골프장이다. 그러나 페블 비치
는 캐디 동반이 의무사항이 아니어서, 우리는 이곳에서만 캐디를 고
용하기로 했다. 이곳은 캐디요금이 골프요금에 포함되어 있어 별도
로 캐디요금을 지불하지 않고 팁만 주면 된다. 캐디요금을 별도로
지불하는 골프장의 캐디요금은 매우 비싸다.

참고로 페블 비치의 캐디요금과 평균 권장 팁 기준을 보면, 4인
캐디인 경우 1인 기준으로 기본 캐디요금 40달러와 캐디 팁 30달러
를 합하면 평균 70달러, 4인 280달러를 지불해야 한다. 우리나라

돈으로 환산하면 4인 30만 원이 넘는다.

명문 골프장에서 좋은 기록을 내기 위해 팀원들은 신중하게 티 샷을 하면서 출발을 했다. 몇 홀을 지났는데 잔뜩 흐리던 날씨에 갑자기 천둥소리가 나면서 사이렌이 울리고 빗방울이 떨어졌다. 그러자 캐디는 자기는 들어갔다가 날씨가 좋아지면 다시 나오겠다며 우리들은 플레이를 계속하던지 기다리던지 알아서 하란다.

처음 겪는 일이라 어이가 없어 '손님이 플레이 하면 있어야 하지 않느냐'고 물었다. '골프장 캐디 규칙에 경보 사이렌 소리가 나면 캐디는 손님의 의사와 관계없이 무조건 철수할 수 있다'는 대답이 돌아왔다. 맞는 말이지만 왠지 씁쓸한 아쉬움이 남았다.

다른 미국 플레이어들은 대부분 카트를 돌려 철수했다. 우리는 예매로 싸게 얻은 티 타임이라서 골프장이 폐장하기 전에는 환불받지 못하는 규정도 있고, 또 이런 명문 골프장에서 라운드 할 기회를 비 때문에 놓칠 수는 없다는 오기가 발동해 계속 진행하기로 했다.

빗방울이 굵어지고 우산 쓰랴 채를 들고 왔다 갔다 하랴 러프에 들어간 볼을 찾으랴 어수선하고 바빴다. 장 총장의 강력한 주장으로 잠시 기다려보기로 했지만, 우리 단원들 모두 보통은 넘는 골프 마니아들 아닌가? 골프는 원래 스코틀랜드의 비바람 부는 곳에서 치던 것이라며 플레이를 계속한다.

지성이면 감천이라고 6번 홀을 지나니 비가 그치면서 하늘이 갰다. 8번 홀에 들어섰는데 우리의 미국 청년 캐디가 환하게 웃으면서 나타났다. 러프에서 볼을 못 찾아서 애를 먹던 팀원들이 "이젠 마음 놓고 쳐도 괜찮겠네" 하며 반색했다.

'Sawgrass'가 억새풀이란 뜻을 알고는 왔지만 해도 너무한 것 같다. 며칠 전 PGA 2부 대회 때문에 러프를 더 억세게 만들어 놓았단다. 볼이 러프에 들어갔을 때 짧은 아이언으로 레이 업lay-up 하여야 하는데도, 그놈의 욕심 때문에 정상 샷을 하려고 하니 잘 될 리가 없다. 골프 중계방송에서 해설자가 왜 페어웨이를 지키는 것이 중요하다고 강조했는지 이해가 되었다. 페어웨이가 좁고 매 홀마다 그린을 바로 공략하려면 해저드와 벙커를 피해서 쳐야 한다. 하지만 아무리 마음속으로 머리를 고정하고 샷에 집중하려고 해도 헤드 업 Head up을 하면서 타수만 증가시켰다.

이보다 더 어려운 스타디움 코스에서 최경주 선수가 우승을 했다니 정말로 위대한 선수임을 다시 한 번 느꼈다. 최경주 선수가 우승했다는 사실에 취해 우리는 비록 같은 코스는 아니었지만 다시 오지 못할 기회를 소중히 간직하며 클럽하우스 안팎에 있는 최 선수의 흔적을 따라 기념촬영을 했다. 오늘은 최경주 선수와 하루 종일 함께한 날이었고 골프여행 중 또다시 행복감을 느낀 날이었다.

오늘의 우승은 양 대표88타이고 설 작가, 장 총장, 최 단장이 뒤를 이었다. 롱기스트와 니어리스 설 작가가 각 1개였다.

DAY 28
2012. 10. 7

- **방문도시** Kissimmee FL → Brooksville, FL → Weeki Wachee, FL
- **중요사항** 제17차 골프 / Tee Time 1시 36분
- **날씨** 흐림   • **기온** 21~31℃
- **주행거리** 177km   • **주행누계** 3,548km

김치통이 자폭하다

　세계적인 휴양지인 플로리다^{Florida}의 Kissimmee KOA 캠핑장은 올랜도^{Orlando}의 외곽지역에 위치하며 주위 주택가와 잘 어우러져 있었다. 규모는 매우 작다. 아침에 일어나보니 야자수가 곳곳에 있어 휴양지의 분위기가 물씬 풍긴다. 주차구역이 아스팔트로 포장되어 있는 점도 편리했다.

　지나온 모든 KOA의 캠핑장이 그렇듯이 수영장, 샤워시설, CABIN 등 기본설비들이 다 있었으며 분위기는 차분하고 기온은 동남아 날씨와 비슷하여 아침햇살이라도 제법 따가웠다. 동양인들이 캠핑카를 이용해 여행을 하고 야외 테이블에서 아침식사하는 장면이 신기한 듯 미개^{미국의 개방적인}한 현지인들이 힐끔힐끔 쳐다보며 지나간다. 눈이 마주치면 Hi! 가볍게 서로 인사한다. 참으로 이들은 세상 보는 눈이 따스한 사람들 같다.

　오늘 일정은 캠프를 떠나 플로리다를 서쪽으로 이동하여 브룩스

빌Broosville에 있는 월드 우즈World Woods GC 골프장에서 골프를 치는 것이다. 그 후에는 근처 호텔에서 쉬는 것이다. 티 오프 시간이 오후 1시 36분이다. 덕분에 오전시간이 여유가 있었다. 오랜만에 아침식사로 콩나물국을 끓이기로 하고 주방장 보조 설 작가가 나섰다.

두 번째 끓이는 콩나물국인데 처음에 팀원들의 반응이 좋아 설 작가가 다시 나선 것이다. 어제 한국식품점에서 산 재료가 신선했다. 칼칼한 국물이 지난밤에 마신 술기운을 가라앉혀 주었다.

현재 우리는 플로리다의 가장 서쪽에 있기 때문에 여기서 출발하면 멕시코 만을 따라 북쪽으로 올라가다 계속해서 서쪽으로 이동해야 한다. 즉, 플로리다를 떠나 루이지애나Louisiana주 방향으로 한참을 가게 된다. 그 방향에는 한국인 가게를 만나기가 만만치 않아 어제 10여일 먹을 재료를 사서 차에 실었다.

차에 냉장고가 있긴 한데 용량이 적다. 그런데 10일치를 샀다. 물, 맥주, 콜라, 부식재료 등을 많이 샀는데 넣어 둘 공간이 부족했다. 거기에 김치 2통을 사서 기왕에 있던 2통과 합해 4통을 보관해야 하는데, 아이스박스에는 2통 밖에 들어가지 않아 할 수 없이 2통을 자동차 밑 창고에 보관했다. 창고에는 큰 가방 4개와 변하지 않을 것맥주, 콜라, 바비큐용 석탄, 햇반 등과 골프채 4개가 항상 들어 있다. 약간의 여유 공간이 있어 틈새에 새로 산 김치 2통을 놓고 하루를 지냈다.

캠프에서 아침식사를 마치고 출발하기 전 설 작가가 점검을 하는데 창고에서 이상한 냄새가 나서 들여다보니 보관 중이던 김치가 사고를 냈다. 김치통은 가출도 하지만 자폭도 한다는 것을 새로 깨달았다. 더운 날씨에 좁은 공간에 있다 보니 가득 담긴 김치통 안에 가스가 차고 그로 인해 김치 국물이 넘쳐서 좁은 트렁크 안이 시큼한 냄새로 진동하고 있는 것이었다.

우리는 짐을 전부 들어내 놓고 바닥의 김치 국물을 전부 닦아낸 후, 캠핑카 트렁크를 청소하고 식기통 안에 있던 접시, 그릇, 프라이팬, 수저 등 오랫동안 사용해 왔던 식기류를 모두 꺼내 다 같이 말끔히 씻어서 다시 집어넣었다. 김치통은 줍지만 차내로 옮겨 놓고 출발하였다.

쉬느니 골프를

오늘은 미국 관광회사의 올랜도 1일 관광을 하고 편안하게 쉴 계획이었다. 그런데 우리가 예약한 관광 프로그램이 취소되었다. 이유는 신청자가 최소 인원에도 미치지 않아 불가피하게 취소한다며 그저께^{10월 5일} 오전에 갑자기 전화가 왔었다. 미안하다며 다른 프로그램을 소개해 주었으나 일정이 맞지 않아 취소하였다. 그런데 단원들의 생각은 관광 대신 하루 쉬느니 골프를 쳤으면 하는 분위기였다. 이를 눈치 챈 최 단장은 부랴부랴 모든 골프 사이트를 검색하고, 인근 골프장에 전화하였다. 다행히 골프나우^{Golfnow}에서 나온 핫 딜^{Hot Deal}을 검색하고 예약을 완료하였다.

월드 우즈 골프장은 2개의 코스가 있고 이틀간 두 코스를 확실하게 섭렵하기로 하였다. 첫날은 비교적 쉽다고 하는 롤링 오크 코스에서 플레이하였고, 확 트인 코스에서 마음껏 샷을 날리는 설 작가는 펄펄 날았다. 전반에 38개를 치고 후반으로 넘어갔는데 6타나 뒤진 양 대표가 추격을 하겠다고 큰소리를 치며 위협했다. 하지만 떠오르는 샛별로 인정받는 설 작가는 조금도 흔들리지 않고 자기 페

World Woods Golf Club-Rolling Oaks Course

월드 우즈 골프장(World Woods Golf Club)은 2개 코스, 36홀 규모이다. 파인 베런스 코스(Pine Barrens Course)는 2013년 〈골프위크(Golf Week)〉의 플로리다주 최고 골프장 4위, 롤링 오크스 코스(Rolling Oaks Course)는 8위로 랭크되었다. 2013~2014년 〈골프 다이제스트〉는 100대 골프장 중에서 76위에 선정하였다. 또한 PGA닷컴(PGA.com) 편집위원회에서 선정한 세계 최고 아름다운 10개 골프장에 포함되어 있는 명문 골프장이다. 위원회의 기준은 퍼블릭 코스 중에서 만장일치로 선정하였다. 다음의 10대 골프장은 특별히 순위를 정한 것은 아니다.

Pebble Beach　Pacific Dunes　Kauri Cliffs　Pinehurst no. 2　Spyglass Hill

Old Head　Whistling Straits　Torrey Pines　Bethpage Black　World Woods

골프장 규모/ 난이도

Par 72						
	Yellow	7,333	Rating	74. 8	Slope	132
	Black	6,873	Rating	72. 3	Slope	129
다스팀	Green	6,438	Rating	70.3	Slope	121

예약

홈페이지(www.worldwoods.com)와 Golfnow(www.golfnow.com) 참조
다스팀은 Golfnow에서 핫 딜(Hot Deal) 예약.

요금

일반요금 / 1인 50달러.
다스팀 / 1인 29달러 + 수수료 2달러 = 31달러 / 4인 합계 124달러 / 76달러 할인

연락처

17590 Ponce de Leon Blvd Brooksville, FL 34614-0809 / 전화(352) 796-5500

이스를 유지하더니 우승을 했고 재미로 건 상금도 독식해 버렸다.

오늘의 우승은 설 작가[82타]이고 양 대표, 장 총장, 최 단장 순이었다. 롱기스트는 설 작가였고 니어리스트는 설 작가와 장 총장 각 1개였다.

따듯한 마음이 담긴 따듯한 저녁

캠핑장은 아닐지라도 호텔에서도 캠핑카가 있기에 요리하는데 문제가 없다. 강남 셰프 장 총장은 오늘따라 볼이 잘 맞지 않아 기분도 좋지 않을 터인데 돌아오는 길에 저녁 식사를 소고기 덮밥으로 서비스하겠다고 한다. 고맙기 그지없다. 숙소에 도착했을 때는 밤 여덟시였다. 장 총장은 샤워도 하지 않고 바로 요리를 시작했다. 나머지 팀원들이 말끔하게 씻고 나오니 기가 막히게 맛있는 쇠고기 덮밥이 차려져 있었다.

장 총장의 요리에 관해서는 여러 번 말했지만 그는 요리 솜씨만 훌륭한 것이 아니다. 모두들 운동 후 쉬고 싶을 때, 땀 흘리며 음식을 장만하는 것은 요리 솜씨 이상의 깊은 마음이 있기에 가능한 것이다. 장 총장은 더위를 많이 타는 편이라 땀을 많이 흘린다. 그런데도 항상 단원들의 식사부터 챙기는 것을 보면 책임감 외에 따듯한 심성을 느낄 수 있다. 아무튼 장 총장 덕에 '여행 중 못 먹고 다녔다'는 말은 할 수가 없다.

DAY 29
2012. 10. 8

- **방문도시** Weeki Wachee, FL → Brooksville, FL
- **중요사항** 제18차 골프 / Tee Time 1시 19분
- **날씨** 흐림　　　　　・**기온** 20~31℃
- **주행거리** 62km　　・**주행누계** 3,610km

1.25달러 통행료 미납, 100달러 벌금

　　오늘 일정은 어제와 같은 월드 우즈World Woods GC 골프장의 또 다른 코스인 파인 배런스 코스Pine Barrens Course에서 골프를 치고 호텔로 돌아와 쉬는 것이다.

　　오늘도 어제 골프장에서 호텔로 올 때 지나 왔던 같은 586번 고속도로를 타고 골프장으로 가고 있었다. 그런데 도중에 있는 톨게이트를 지나기 직전이었다. 어제 운전자 설 작가가 어제 통행료를 내지 않았다고 얘기한다. 어제 유료도로에서 통행료 내는 것을 모두가 깜빡하고 통행료 1.25달러를 내지 않고 그냥 통과한 것이다. 589번 썬코스트 파크웨이Suncoast Parkway 구간은 통행료를 내는 유료도로Toll Road이다. 이런 경우 일정 기간 내에 자진해서 통행료를 내면 문제가 없으나 위반할 경우 벌금이 100달러가 청구되어 낭패를 보게 된다고 한다.

　　다행히 최 단장이 사태를 파악하고 오늘 톨게이트를 통과하며 직원에게 전후 사정을 말하였다. 직원은 친절하게 사후에 납부할 수 있는 명함 크기의 '미납 통행료Toll Payment for Previous Passage' 납부 양식을 주면서 10일 안에 납부하면 된다고 하였다. 납부 안내양식이 있는 걸 보니 우리 같은 사람이 많이 있는 모양이다. 그런데 납부방법이 현금이 아닌 개인수표Checks로 보내야 한다고 한다.

개인수표가 발달한 미국식 결제방식이다. 하지만 미국인이 아닌 우리는 1.25달러짜리 수표를 발행할 수 없다. 궁리 끝에 최 단장이 LA에 있는 친구 성낙준 사장에게 부탁해 처리하였다. 성 사장은 30여 년 전 최 단장에게 머리를 얹어 준 골프 사부로, 지금은 샌디에이고San Diego 인근 자물Jamul에 있는 〈골프 다이제스트〉 별표 4. 5개 등급의 명문 골프장 스틸 캐논Steele Canyon GC의 사장이다. 그는 다스팀 원정 준비단계부터 오늘까지 우리를 열심히 도와주고 있는 참으로 고마운 친구다.

파인 베런스 코스에서 골프를 시작하자 장 총장의 컨디션이 좋아 보였다. 1번, 2번 홀에서도 좋았는데 오늘 3번 홀 136야드 거리의 파3 홀에서 홀컵 30cm 가까이 붙여 첫 번째 니어리스트와 버디를 동시에 움켜쥐었다. 그래서 오늘도 식사를 준비하겠단다. 참치 김치찌개. 김치만 들어가면 어떤 요리든 좋다. 그것도 다른 사람이 아닌 장 총장이 해 주는 것이라면.

오늘이 여정 29일차, 내일이면 반환점이 되는 30일차가 된다. 여러 가지 어려운 점이 있지만 그런대로 잘 극복하며 지내고 있다. 남은 여정도 성공적으로 무사히 마무리 지을 수 있을 것으로 모두가 생각하고 있다. 가족들의 기도와 카페 회원들의 성원 덕분으로 생각한다. 내일은 뭔가 조촐하지만 축하 파티라도 갖기로 했다.

Worldwoods Golf Club-Pine Barrens Course

월드 우즈골프장에 있는 파인 배런스 코스 (Pine Barrens Course)는 2013~2014년〈골 프 다이제스트〉가 선정한 미국 최고 100대 골 프장 중에서 76위에 선정된 명문 골프장이다. 시각적으로 자연그대로의 지형을 골프 코스 설계에 반영한 아름다운 골프장이다. 넓고 깔끔하게 손질된 페어웨이에는 자연 그대로의 깊고 커다란 벙커가 곳곳에 놓여 있어 독특한 골프경험을 하 도록 한다. 이 코스 스타일은 뉴저지주에 있는 세계적인 골프장인 파인 벨리 (Pine Valley) 스타일과 비교된다. 파인 배런스 코스는 위협적인 홀이 많이 있지만 즐겁게 플레이 할 수 있는 홀들이다. 그리고 이 코스를 도전하는 골 퍼들은 육체적인 면과 정신적인 면 모두를 시험할 수 있는 코스라는 것을 알 수 있다.

골프장 규모/ 난이도

Par 72						
	Yellow	7,237	Rating	75.3	Slope	133
	Black	6,817	Rating	72,5	Slope	131
다스팀	Green	6.316	Rating	70.2	Slope	125
	White	5,817	Rating	68,5	Slope	118

예약

홈페이지(www.worldwoods.com)와 Golfnow(www.golfnow.com) 참조
다스팀은 Golfnow에서 핫딜(Hot Deal)예약.

요금

일반요금 / 1인 50달러.
다스팀 / 1인 29달러 + 수수료 2달러 = 31달러 / 4인 합계 달러 / 76달러 할인

연락처

17590 Ponce de Leon Blvd Brooksville, FL 34614-0809 / 전화(352) 796-5500

플로리다 4일 연속 골프

오늘 플레이를 한 파인 배런스 코스^{Pine Barrens Course}는 자연 경관이 상위에 랭크되어 있는 골프장답게 확 트인 페어웨이가 펼쳐져 있고 호수와 벙커가 절묘하게 어우러진 코스는 골퍼들을 긴장하게 만든다. 어제 롤링 오크스 코스^{Rolling Oaks Course}에서 익힌 잔디 상태와 그린을 파악한 멤버들은 모두 잘들 쳤다.

다스팀의 실력이 워낙 출중하고 비슷하기 때문에 한 홀에서 누군가가 더블, 트리플을 하게 되면 순식간에 순위가 바뀐다. 다들 여우처럼 치기 때문에 바뀐 순위를 회복하기가 쉽지 않다. 그러니 남이 실수하기를 기다리기 보다는 자기가 도전적으로 코스를 공략해야 좋은 결과를 얻을 수 있다. 예를 들면 15번 홀은 도그렉^{Dogleg}이고 블라인드^{Blind} 홀이며, 322야드로 비교적 짧은 파^{Par} 4이다. 4명이 모두 세컨드 샷을 핀에서 3~5m까지 붙였고 최 단장, 장 총장이 버디를 낚는 기염을 토했다. 양 대표는 버디 욕심에 퍼팅을 길게 해서 쓰리 퍼팅에 보기를 하고는 열 받을 만한데도, 표정은 일체 내색을 하지 않았다. 왜냐고? 공은 둥글기 때문이지. 나머지 세 사람은 '너의 불행이 나의 행복이지' 하며 즐겁게 표정관리를 했다. 첫 샷부터 잘 떨어지는 최 단장이 월등하게 앞서 나갔다. 다른 멤버들이 추격해 동타까지 만들었지만, 오늘은 역부족이었다.

오늘로써 미국 동부 뉴욕에서 시작하여 플로리다까지 오는 동안 18회 골프를 쳤고, 각 골프장마다의 특색을 느꼈다. '아! 이렇게 골프장을 설계해서 플레이어가 도전할 용기를 주는구나' 하고 느낀 곳이 많았다. 하이 리스크 하이 리턴^{High Risk High Return} 아니겠는가? 비록 실패하여 트리플 혹은 더블 파를 하더라도 10%밖에 되지 않는 가능성에 도전해 이를 성취했을 때의 짜릿함이 있기 때문에 골프 채를 놓지 못하는 것 같다.

오늘은 그동안 공동우승만 2번 한 최 단장이 처음으로 단독우승을 하였다. 80대를 치고 단독 4등한 장 총장이 "80대 친다고 희희낙락 할 때가 아니구먼." 하고 한마디 한다.

오늘의 우승은 최 단장[82타]이고 다음으로 양 대표[86타], 설 작가[87타], 장 총장[89타]순이다. 롱기스트는 최 단장 1개, 니어리스트는 장 총장과 최 단장이 각 1개씩이다. 버디는 장 총장 1개, 양 대표 1개였다.

자연 그대로의 지형을 설계에 반영하였고, 깊고 커다란 벙커가 곳곳에 놓여 있다.

DAY 30

2012. 10. 9

- **방문도시** Weeki Wachee, FL → Milton, FL
- **중요사항** 1. 이동 593km
  2. 여섯 번째 캠핑장
- **날씨** 맑음　　**기온** 13~27℃
- **주행거리** 593km　**주행누계** 4,203km

동부 골프종단 횡단 전반 9홀 끝내고,
다시 593km 티 샷

　오늘 일정은 593km를 서쪽으로 이동하는 것이다.

　호텔이 있는 플로리다 위키 위치Weeki Wachee, FL를 8시에 출발하여 서쪽으로 약 593km 떨어진, 플로리다 서쪽의 앨라배마Alabama 접경 지역 밀턴Milton까지 이동하는 것이다. 미국 횡단여행의 절반을 지나고 있다.

　그동안 미국 동부지역을 30일간 이동하면서 골프, 이동, 캠프 그라운드 체류 등 즐거운 시간을 보냈다. 그간 골프 18회 라운드를 하였고 캠핑장 5곳에서 머물렀다. 우리는 전장 11,000km 18홀 규모의 아메리카 골프장의 동부코스 전반 9홀 4. 200km를 마쳤다. 이제 후반 남서 코스 첫 번째 홀에서 티 샷을 하고 있다.

　평생 골프만 치며 살 수 있다면 얼마나 좋을까? 프로 골퍼라면 가능한 일이겠지만 골프를 취미로 하는 사람에게는 가당치 않은 일이다. 하지만 골퍼들은 늘 꿈꾼다. 골프만 치며 유유자적하는 생활을 동경한다. 다스 팀원들도 나이가 60이 넘도록 사회생활을 하며 골프를 취미로 그리고 친구로 여기며 살았다. 그러나 각박한 사회생활과 가정은 골프를 취미 이상의 생활로 허락하지 않았다.

그러다 보니 60세가 넘어서야 골프만 치는 여행을 떠나올 수 있었다. 다스팀이 미 대륙 골프투어를 하겠다고 했을 때 가족과 친지, 친구들은 이구동성으로 말렸다. 돈 버리고 몸 버리고 친구까지 잃는다는 것이 말리는 이유였다. 그런데 우린 여행기간의 절반인 30일을 훌륭히 통과해 왔다. 마음 상한 일도 있고, 다투기도 했지만 아직 서로 위로하고 감싸주는 마음을 잃지 않고 있다. 18홀을 돌다 보면 잘 맞고 잘 들어가기도 하고, 혹도 나고 슬라이스도 난다. 이제 9홀을 돌았고 나머지 9홀이 남아 있고 우린 여전히 즐겁다.

이동 중에 LA에 있는 성낙준 사장이 전화를 하였다. 통행료 1.25달러는 대납하였다고 한다. 그리고 우리에게 필요한 것이 있으면 택배UPS로 보내 주겠다는 것이다. 특히 먹고 싶은 것을 보내주겠다며 전화를 한 것이다. 그리고 다스팀의 LA 일정도 함께 협의하였다. 참으로 고마운 친구다.

593km, 먼 거리다. 시간당 80km 이상으로 계속 달려도, 7시간 이상 걸리는 거리다. 중간에 점심식사도 해야 한다. 4명이 교대로 운전하며 밀턴을 출발하여 US-19 N에서 제퍼슨 카운티Jefferson County 방향 I-10 W에 진입하여 282km를 달렸다.

동서 횡단도로인 I-10 W를 따라 산타 로사 카운티Santa Rosa County 방향으로 311km를 더 직진하여 마침내 밀턴Milton에 있는 밀턴 걸프 파인스Milton / Gulf Pines KOA 캠핑장에 도착하였다. 10시간 이상 운전을 하면서 다시 한 번 미국의 도로 사정에 감탄했다. 반듯하고 넓

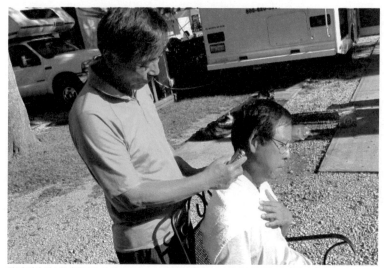

한 달 이상 덥수룩하게 자란 설 작가의 머리를 전동면도기로 정성스럽게 이발하는 장 총장의 다정한 모습

여행 30일을 맞아 지금까지 합심하여 이룬 오늘과 앞으로의 성공적인 여행을 기원하며 원샷!

은 도로, 미리 미리 알려주는 안내 표지, 도로 양 옆의 시원하게 솟은 가로수.

밀턴 캠핑장에 도착하여 차량 세팅을 마친 후, 오랜만에 ROTC 소대장 출신 설 작가의 지휘 아래 수납 창고 대청소를 하였다. 김치국물 흐른 것, 감자 썩은 냄새를 제거하기 위해 세탁세제를 풀어 깨끗하게 씻었다. 그런데 이발한 지 한 달이 지나 머리가 많이 길었다며 설 작가가 장 총장에게 이발을 해달라고 이야기한다. 반응이 없자, '얼굴이 타서 숯덩이처럼 까맣게 보이는데 머리까지 길어 정신이 없다'고 다시 조른다. 마지 못하는 척하며 장 총장이 자기 면도기로 이발을 해 주겠다고 한다. 흰 수건을 두르고 편안하게 의자에 앉아 있는 설 작가와 정성 들여 이발하고 있는 장 총장의 모습에서 따듯한 우정이 느껴졌다.

61일 여행 일정 중 30일차 전환점에 와 있다.

조촐한 파티를 가졌다.

6번째 방문한 캠핑그라운드 Gulf Pines KOA, FL

이동을 할 때는 우리 나름대로 규칙이 있다. 아침에 출발할 때 1차 주운전자와 이어받을 운전자를 미리 정한다. 다들 운전 실력이 출중해 누구 하나 어려움 없이 길을 잘 찾아간다. 물론 GPS가 없으면 장님이다.

내비게이션이 없던 시절 미국 지도책을 열심히 보며 여행했던 사람들의 능력이 너무나도 존경스럽다. 운전자가 운전할 때 옆의 보조는 자칫 잔소리를 하게 된다. GPS가 시원치 않아 늦게 가리킬 때는 인간 내비게이터가 작동하는 것이다. 때론 지나치기도 하지만 이내 순발력과 기지를 발휘해 곧바로 바로잡는다. 이렇게 지나 온 것이 어느덧 4,200km를 넘었다. 한 친구는 열심히 차창을 바라보며 다시는 못 올 거라며 모든 것을 눈에 담느라 여념이 없다. 60대 중반의 메모리 용량에 저장이 가능하긴 할지. 집어넣었다 하더라도 이내 반은 날아가 버릴 것이다. 머릿속에 지우개가 있는 나이 아닌가. 그래도 우리는 열심히 바라본다. 그리고 귀국하면 지인들 앞에서 기억을 되살려 많은 것을 보았노라고 기염을 토할 것이다. 또 한 사람은 미국은 이제 다 본 것이나 다름없다는 듯이 침대에 벌렁 누워 지난밤에 못 다한 잠을 청한다. 죽으면 영원히 잘 것을 모르는 듯이.

장거리 이동을 할 때는 호텔이건 캠핑장이건 아침을 간단히 해결한다. 우리도 햄버거, 샌드위치는 이제 익숙하다. 이러다 미국인 체질로 변할까 염려될 지경이다. 미국인들의 30~40%가 엄청난 비만인 것을 보면 그들의 식생활이 인간이 소화하기에는 너무나 많은 열량으로 이뤄져 있다는 것을 알 수 있다.

미국은 또한 인스턴트와 일회용품의 천국이다. 호텔에서 간단한 아침식사를 하는데도 일회용 접시, 컵, 포크 등을 10여 가지 이상 쓰고 버린다. 화장실에는 대형 휴지가 넘쳐난다. 지나친 과소비의 한 단면이다. 다스팀은 인스턴트 식품은 가급적 적게 먹으려고 노력하고 있지만 쉽지 않다. 그래서 이동 중 점심식사는 고속도로 휴게소Rest Area나 쇼핑몰 같은 공간을 찾아 주차하고 라면이나 햇반 등으로 해결하고 다시 이동한다.

저녁은 초기부터 길을 잘못 들인 탓인지 다들 한국식 만찬을 기대하는 심리다. 누가 식사를 준비하던지 입맛들은 전부 고급이라 식사가 끝난 후의 품평도 화려하다. 품평은 '흠~ 흠~ 흠' 3회가 최고 등급이다. 그러나 누가 요리를 하던 식재료의 조달이나 여건이 열악한데도 한국식으로 잘 해결하고 있는 중이다. 이것도 이제 얼마 안 남았다. 무엇이던 좋은 추억으로만 남기고자 한다.

미국에서는 어디를 가나 한국에서 볼 수 없었던 대자연의 웅장한 풍경과 미국정부의 철저한 관리에 감탄이 절로 나왔다.

동화 속에 나오는 그림 같은 통나무 오두막 Cabin들

DAY 31
2012. 10. 10

- **방문도시** Milton, FL→ Destin, FL
- **중요사항** 제19차 골프 / Tee Time 12시 10분
- **날씨** 맑음 ・ **기온** 17~28℃
- **주행거리** 218km ・ **주행누계** 4,421km

캠핑카, 골프장 입장불가

오늘 일정은 12시 10분에 샌데스틴 골프 앤드 비치 리조트
Sandestine Golf and Beach Resort에 있는 베이타운Baytowne Golf Club 골프장에서
라운드를 하고 캠프로 돌아오는 것이었다. 한 달 가량 미국을 횡단
하며 18회 골프를 쳤고 우리는 항상 캠핑카를 운전해 골프장을 찾
아갔다. 그때마다 몇 가지 느낀 점이 있다.

첫째, 내장객 중 백인이 아닌 유색인종은 다스팀 4명뿐이었다.

둘째, 승용차 아닌 캠핑카RV로 주차장에 오는 사람도 우리가 유
일했다.

셋째, 얼굴에 썬 블록 크림을 허옇게 바르고 팔에는 하얀 토시를
끼고 있는 사람도 우리 뿐이다.

넷째, 긴 바지 차림도 우리뿐이다.

그 이후 복장의 변화가 있었는데 최 단장과 양 대표가 과감하게 토시를 벗어 던져버렸다. 거기에 장 총장과 설 작가까지 가세해서 반바지 대열에 들어섰다. 그러나 썬 크림과 캠핑카는 어찌할 수 없는 부분이었다. 그런데 오늘 캠핑카 때문에 예기치 못한 상황에 처했다.

우리가 라운드 할 베이타운Baytowne Golf Club 골프장은 플로리다주 서쪽 해변 고급 리조트에 있는 골프장으로 휴양지에 있는 여행객들을 위한 골프장이다. 리조트 입구가 좁아 보였지만 우리는 늘 하던 방식대로 리조트 입구에서 골프장에 가는 손님임을 알리고 차단기를 올려 줄 것을 요청하였다. 그런데 리조트 입구 경비직원은 캠핑카는 통과할 수 없으니 리조트 밖에 주차하라는 것이다. 우리는 무거운 골프 가방을 메고 골프장까지 걸어가라는 거냐며 항의했다. 경비는 우리가 미국영화에서 자주 보았던 포즈, 양쪽 어깨를 들썩거리며 양손을 펴서 하는 말이 '나는 모르지. 지금까지 캠핑카 몰고 온 손님은 처음 본다. 니들이 알아서 하라'는 거였다.

난감했다. 처음 당하는 경우였다. 게다가 오늘 골프장 올 때는 내 비게이션이 길을 찾지 못해 약 30분을 허비하느라 시간이 촉박했다. 새로 생긴 도로 정보를 업데이트 하지 않는 바람에 일어난 일이다.

아무튼 경비원의 말대로 차를 리조트 밖 주차장에 세우고 최 단장과 설 작가가 3km를 걸으며 반은 뛰며 골프장 클럽하우스를 찾아갔다. 리조트 안에 골프장이 4개나 있어 어디가 어딘지 모르는 상황에서 지나가는 차를 세워 물어보고, 지나가는 사람에게 물어보고, 골프 치는 사람에게 물어보는 등 우여곡절 끝에 12시가 되어서야 겨우 클럽하우스에 도착했다.

꽤 먼 거리를 걸어서 찾느라 땀을 뻘뻘 흘리며 고생은 했지만 다행히 티 업 시간 전에 도착하기는 했다. 클럽 매니저에게 전후 사

Sandestin Golf and Beach Resort
Baytowne Golf Club

샌데스틴 골프 앤드 비치 리조트 (Sandestin Golf and Beach Resort) 는 플로리다 미라마 비치(Miramar beach)에 있으며, 4개의 골프 코스가 있다. 베이타운(Baytowne Golf Club), 번트 파인(Burnt Pine Golf Club), 레이븐(Raven Golf Club), 그리고 링크스(the Links Golf Club). 베이타운 골프장(Baytowne Golf Club)은 북서쪽 플로리다주의 수많은 골프장 가운데 최고의 골프장이다. 2005년에 처음 설계자 톰 잭슨(Tom Jackson)에 의해 대대적으로 보수를 하였다. 〈골프 다이제스트〉는 미국 최고 골프 리조트 75개 중에 하나로 선정하였고, 별표 4. 5등급을 부여한 명문 골프장이다.

골프장 규모 / 난이도

Par 71	Gold	6,812	Rating	73. 2	Slope	138
다스팀	Blue	6.074	Rating	69.9	Slope	130
	White	5.486	Rating	65.4	Slope	114

예약

홈페이지(www.baytownegolf.com)와 Golfnow(www.golfnow.com) 참조
다스팀은 Golfnow에서 예약.

요금

1인 89달러, 세금과 수수료 8달러, 4인 합계 388.22달러

연락처

9300 US Highway 98 W Miramar Beach, FL 32550-7268 / 전화(850)267-8155

정을 말하고 티 업 시간을 지연시켜 줄 것을 부탁하였다. 매니저는 "전화하면 직원을 보내줄 수 있는데, 왜 힘들게 먼 길을 걸어 왔냐?" 고 묻자, 최 단장은 "골프장이 이렇게 멀리 떨어져 있는 줄 몰랐다." 고 대답하였다. 매니저는 직원에게 밴 차량을 나머지 두 사람이 기다리는 곳으로 보내 골프백 4개를 싣고 오도록 지시하였다.

어려운 상황이 벌어지면 최 단장이 나서서 해결한다. 오늘도 마찬가지였다. 거구를 이끌고 땀을 흘리며 클럽하우스까지 가는 모습과 매니저를 만나 문제 해결을 위해 애쓰는 모습은 여러 번 봤던 모습이다.

오늘 있었던 두 번의 해프닝. 길을 헤맨 일, 차량 통과가 되지 않아 1시간 이상 지체된 일, 그것은 누구도 예상할 수 없는 것이었다. 그러나 앞으로 남은 기간 중에 얼마든지 또 발생할 수 있는 일이기도 하다. 아무튼 오늘의 교훈은 무조건 일찍 서두르자! 이다. 앞으로는 무조건 티 업 시간 1시간 30분 전에 도착하는 것을 목표로 움직이기로 했다. 또 점심식사 시간이 12시 전후면 가급적 클럽하우스에서 식사를 하자는 약속도 했다.

단장은 뭐가 달라도 다르다

골프장을 찾아다니느라 뛰어다닌 최 단장이나 설 작가는 벌써 9홀은 친 것 같이 상기된 표정이다. 티 샷에 앞서 "아무도 예상하지 못한 상황이었지만, 이제 다 해결되었으니 기분 좋게 골프를 즐기자."고 최 단장이 한마디 한다.

역시 단장은 뭐가 달라도 다르다. 다른 멤버들은 아까의 당황했던 기분이 풀리지 않는지 게임을 풀어 나가지 못하는데 제일 고생한 최 단장과 설 작가는 전반 9홀에 4오버[40타]로 마쳤다. 미리 3km를 걸어오면서 힘을 다 뺀 모양이다. 상위에 랭크되어 있는 골프장에 걸맞게 코스가 아름답게 조성되어 있고, 페어웨이와 러프가 확실하게 정리되어 있으며 그린 상태도 적당히 빠른 편이다.

우리 다스팀은 서로 실력이 비슷해서 근소한 차이로 순위가 결정되기 때문에 매번 순위가 오르락내리락 하고 있다. 그래서 오늘부터 게임 방법은 종전대로 하되 오늘의 우승자만 공개하기로 했다. 다른 팀원들의 성적은 우승자 + 1~3타로 짐작하면 될 듯 싶다.

오늘의 우승은 설 작가[84타]이다.

천주교 신자인 설 작가는 예전에는 잘 치다가도 추격을 당하면 흔들렸는데, 요새는 주기도문을 열심히 외우는지 자기 페이스를 잘 지킨다.

페어웨이와 러프의 구분이 확실하고 아름답게 조성된 코스의 일부

DAY 32
2012. 10. 11

- **방문도시** Milton, FL → Hammond, LA
- **중요사항** 이동 393km
- **날씨** 맑음　　　　· **기온** 17~30℃
- **주행거리** 393km　　· **주행누계** 4,814km

대서양 해안에서 태평양 해안으로

　오늘도 날씨는 맑다. 낮에는 햇볕 때문에 덥지만 아침저녁으로
는 서늘하다. 긴팔 옷이 필요할 정도다. 위도가 올라가서인지 가을
로 들어서서 그런지 잘 모르겠지만 일교차가 커지는 느낌이다. 오
늘의 일정은 플로리다Florida주의 맨 서쪽 밀턴Milton을 떠나 또 다시
서쪽으로 이동하는 것이다. 대이동의 시작이다. 미국의 동부지역 대
서양 해안을 따라 한 달 가량을 보낸 후 태평양이 보이는 서쪽으로
가야 하기 때문에 한없이 가야 한다.

　우리의 일정을 크게 보면 미국의 동부 해안에서 30일, 남부에서
서쪽으로 이동하는데 10일, 서부에서 20일을 보내는 것이다. 플로
리다를 떠나 앨라배마Alabama와 미시시피Mississippi를 거쳐 393km을
달려 루이지애나Louisiana의 뉴올리언스New Orleans 인근에 있는 해먼드
Hammond에 도착했다.

　내일은 오전에 골프, 저녁에는 뉴올리언스를 관광할 계획이다.

좀처럼 오기 힘든 지역이다. 뉴올리언스는 세계에서 가장 길이가 길다는 미시시피 강의 하류에 위치한 루이지애나에서 가장 큰 도시이다. 또한 흑인들이 많이 살고 있고 흑인들이 즐겨 부르는 재즈의 고향이라 불리는 도시이기도 하다.

설 작가는 '뉴올리언스의 모습을 많이 보고 사진도 많이 찍어 가급적 많은 사진을 인터넷에 올려 서울의 가족들과 온라인 카페 회원들이 감상할 수 있도록 해야겠다.' 며 들떠 있다. 그런데 하필 설 작가의 노트북이 고장이 나는 바람에, 요즘에는 친구들의 노트북을 빌려 틈틈이 여행일지를 카페에 올리느라 고생이 많다. 하루하루를 기록하는 일은 참으로 중요하지만 정말 어려운 일이다. 열악한 환경 속에서도 매일매일 빠짐없이 일지를 작성하는 설 작가의 정성을 나머지 단원들은 마음속으로 항상 고마워한다.

작은 다툼

좁은 캠핑카에서의 생활은 종종 팀원들 간에 예기치 않았던 충돌을 빚기도 한다. 세탁물 건조와 수건 사용을 놓고 두 사람이 한바탕 설전을 벌인 적이 있다. 하루는 A가 팀원들의 세탁물을 건조해 말리는데 B가 "수건이 왜 이렇게 축축하냐?"고 핀잔을 하자 A가 "야, 세탁물 말리는 데 얼마나 시간이 오래 걸리는지 알아?" 하며 서로 맞받아치며 충돌했다.

또 한 번은 B가 캠핑카에 널린 수건 중 하나를 집어 발등의 물을 닦은 적이 있다. 그런데 그걸 A가 보고는 "세수수건으로 발가락을 닦으면 어떻게 하나?" 하며 약간 비아냥거리는 말을 했다. 그러자

B가 "야 임마, 여기서 네 것 내 것 가려서 따질 것도 아니지만 난 내 것 가지고 해, 넌 항상 말투가 그러냐?" 하면서 그동안 서로 쌓인 우정(?)들을 모아 한 시간 가량 심각한 설전을 벌렸다. 물론 그렇게 한바탕 충돌이 벌어진 날 밤에는 소주 한잔하면서 서로에게 사과하며 오해를 풀곤 했다. 아무튼 이렇게 사소한 일로 짜증을 내는 등의 불편한 상황이 발생하는 것은 어찌 보면 좁은 캠핑카에서 4명이 옹색하게 부대끼며 생활하다 보니 생기는 피치 못할 상황이 아닐 수 없었다.

고속도로 휴게실에 걸려있는 루이지애나 200주년 관광포스터

DAY 33

2012. 10. 12

- **방문도시** Hammond, LA → Springfield, LA → Avondale, LA
- **중요사항** 1. 제 20회 골프 / Tee Time 10시 08분
  2. 재즈 유람선관광
- **날씨** 맑음   • **기온** 17~31℃
- **주행거리** 125km   • **주행누계** 4,939km

뉴올리언스, 재즈 유람선

오늘의 날씨 맑음. 구름이 약간 있지만 햇빛은 눈부실 정도였다. 낮 최고 기온은 31도. 더운 날씨다. 골프가 예정되어 있는데 오늘도 얼마나 많은 물을 마셔야 할지 아침부터 걱정되었다. 미국 남부지역을 그냥 이동만 하기에는 너무 지루해서 골프와 관광을 적절하게 함께하면서 이동할 계획이다. 그래서 오늘은 10시에 골프를 시작해서 4시경에는 호텔로 돌아와 샤워를 하고, 저녁에는 뉴올리언스 관광을 하기로 하였다.

루이지애나 지방은 남쪽에 있으면서 미시시피 강을 끼고 있는 넓은 충적토의 기름진 평야지역이기 때문에 일찍이 농업이 발달되었다. 또한 역사적으로 아프리카에서 끌려온 수많은 흑인 노예들이 힘겨운 생활을 해 왔던 지역이다.

오전 골프를 마치고 저녁 관광을 하기 위해 새로운 호텔을 찾아가는 동안, 또다시 내비게이션이 우리의 목적지를 바로 찾지 못해

애를 먹어야 했다. 다행히 지나가는 행인의 도움을 받아 어렵지 않게 찾아갔다.

호텔 입구에서부터 온통 흑인들이다. 긴장되었다. 레게 모양의 머리를 한 프런트 직원부터 체크인을 하는 동안 프런트 앞 소파에 앉아 쳐다보는 다른 젊은 흑인들까지. 우리를 쳐다보는 눈빛이 불안하기도 하여 오늘은 관광을 나서기 전에 차에 보관중인 골프채를 전부 방으로 옮겨 놓은 후 출발했다. 프런트 직원의 말에 의하면 보안은 안심해도 좋다고 했지만 만사불여튼튼 아닌가?

뉴올리언스 관광은 처음 계획단계에서 장 총장이 '뉴올리언스에 가면 무조건 재즈 연주를 라이브로 보아야한다'고 강력히 주장해 이루어진 것이다. 음악을 좋아하는 장 총장의 제안에 모두 찬성하여 예약을 하였다.

관광은 미시시피 강에서 커다란 스팀보트Steamboat를 타고 저녁 7시부터 9시까지 2시간 동안 뷔페로 저녁식사를 하며 선상에서 재즈 보컬 팀의 연주를 듣는 것이었다1인 68달러. 며칠 전 최 단장이 인터넷 예약을 하고 비용도 벌써 장 총장의 카드로 결제했기 때문에 편하게 앉아 먹고 즐기기만 하면 되는 것이었다.

숙소에서 택시를 타고 미시시피 강 하구의 재즈 유람선관광 Steamboat Natchez Dinner Jazz Cruise을 하기로 한 장소로 이동했다. 유람선 매표구 입구에는 단체 여행객으로 보이는 각국에서 온 사람들로 북적였다. 최 단장이 매표소에서 티켓을 끊어 오는 동안 우리는 여기 저기 기웃거리며 뉴올리언스의 저녁시간 풍경을 담아 보려 애를 썼다. 신기한 것은 선착장에 전차가 다닌다는 사실이다. 관광 분위기를 띄우기 위하여 일부러 전차 운영을 하지 않나 생각해 보았다.

그런데, 문제가 발생했다. 아무리 기다려도 최 단장이 오지 않아 찾아가서 보니, 매표구 직원과 입씨름을 하고 있었다. 직원은 한사코 입장료 영수증인 '바우처Voucher가 없으면 승선권을 줄 수 없다'고 하고, 최 단장은 '바우처를 안 갖고 왔으니 예약 참고번호를 확인하고 승선권을 달라'고 하는 것이다. 참으로 난감한 일이었다.

최 단장은 온라인 관광회사 시티 디스커버리City Discovery에 예약 후 이메일로 확인증과 영수증Confirmation / voucher을 받았다. '반드시 바우처를 프린트하여 가져오라You MUST print your vouchers and bring them with you'는 문구를 봤던 최 단장은 복사를 하려고 했으나, 호텔 복사기가 고장이 나서 오늘 아침 프린트 대신 예약관련 참조번호만 메모해 왔던 것이다. 지난번 워싱턴 DC 관광할 때는 바우처를 제출하지 않고, 예약자 이름만 가이드에게 확인하고 관광한 경험이 있어, 바우처를 대수롭지 않게 생각했던 것이다.

그런데 이곳 사정은 지난번 하고는 완전히 달랐다. 오늘 투어는 가이드가 없다. 그러니 가이드가 바우처를 받거나 예약자를 확인하는 것이 아니다. 예약한 사람들은 유람선 매표소에서 바우처를 제출하면, 별도의 승선티켓을 받는다. 매표소 직원은 회사규칙에 따라 바우처 없이 예약 참조번호만으로는 승선 티켓을 줄 수 없다고 했다. 취급하는 관광회사가 여러 곳이기 때문이란다. 단호했다.

최 단장은 마침 온라인 관광회사 담당자의 전화번호가 있어 직원에게 건네면서 '예약사실을 확인하고, 이곳으로 바우처를 다시 보내 달라'고 부탁했다. 그런데 직원은 매표소의 컴퓨터는 개인적인 이메일 수신이 안 된다며, 이곳에서 10분 정도 떨어져 있는 호텔에 가서 부탁해 보란다. 참으로 난감하다. 왕복 20분 이상 걸리면, 배는 부두를 떠난 다음이다.

재즈 연주를 직접 볼 수 있다고 들떠 있던 장 총장의 얼굴이 갑자

왼쪽부터 시계방향으로
선착장에서 설 작가와 장 총장이 즐겁게 웃고 있다. 그 시간에 단장은 애를 먹고 있었다.
맥주 한 잔에 많은 관광객과 함께 어울리며 마냥 뉴올리언스의 분위기에 젖어본다.
한국에서 왔다고 하자 손가락으로 가르키며 좋아하는 두 명의 연주자들과 함께

기 최 단장의 눈앞에 떠올랐다. 물러 설 수 없는 상황이었다. 돈을 두 배로 지불하여도 이 공연은 보아야한다고 생각한 최 단장은 전액 지불한 예약금액은 포기하고, 직원에게 다시 돈을 주고 표를 사겠다고 하였다. 하지만 표가 다 팔려 매진이란다.

눈앞이 깜깜해지는 최 단장은 뒤에 길게 줄 서 기다리고 있는 사람들은 아랑곳하지 않고, 다스팀의 여행일정과 이곳에 온 이유를 이야기하면서 계속 사정을 했다. 시간이 길어져서 그런지 아니면 최 단장의 진정성 있는 사정이 통해서 그런지, 직원은 윗사람과 통화한 후 바우처 없이 승선 티켓을 받았다는 사실 확인서에 서명하라고 했다. 서명 후 승선 티켓을 받아든 최 단장은 창구직원에게 땡큐를 수없이 날리며, 세상을 다 얻은 것 같은 기쁜 표정을 감추지 않았다.

우여곡절 끝에 배에 올라 자리를 잡고 식사에 들어갔다. 넓은 식당은 뷔페식이어서 수백 명의 관광객으로 가득 찼다. 거의가 백인들이고 동양인이 두 테이블 정도 눈에 띠었다. 방금 전에 있었던 해프닝을 떠올리면 지옥에서 천당으로 올라온 기분이었다. 서비스 해주는 여직원이 친절하고 귀엽게 행동해 함께 사진도 찍었다.

식사가 끝나 재즈 연주가 시작되는 2층으로 올라가 자리를 잡고 6인조 보컬팀의 연주와 관광객들의 흔들거리는 몸짓을 보며 또 다른 분위기에 젖어 들었다. 대부분 나이 지긋한 사람들인데 테이블에 앉아 맥주 한 잔을 마시며 발을 구르고 박자에 맞춰 탁자를 가볍게 치는 모습을 보니 음악으로 사람들이 어떻게 소통하는지 몸으로 느낄 수 있었다.

드럼, 트럼펫, 트롬본, 전자 오르간, 콘트라베이스, 클라리넷 등 여섯 가지의 악기를 자유자재로 연주하며 재즈곡을 불렀다. 그 중

콘트라베이스 연주자가 흑인 가수 냇 킹 콜^{Nat King Cole}의 목소리를 흉내 내며 저음으로 노래를 부르는 것이 특히 눈에 들어왔다.

선상 재즈밴드팀의 연주 실력을 평가할 수는 없지만, 오늘 연주하고 있는 이 보컬팀^{Dukes of Dixieland}이 그래미상에 노미네이트되었다고 하니 최상급 보컬임은 틀림이 없는가 보다.

프랑스풍으로 자유롭게 골프를

오늘 찾아간 골프장의 이름은 카터 플랜테이션^{Carter Plantation GC}이다. 처음 이름을 들었을 때 카터 대통령과 관련이 있지 않나 하는 생각도 들었다. 과거 농장이었던 곳을 골프장으로 개발 이용해 온 것으로 보였다. 평평하고 넓은 페어웨이는 과거에 흑인 노예들에 의해서 목화, 땅콩 등이 경작되었던 곳으로 짐작되어진다.

입구부터 프랑스풍의 정문 기둥이 우리를 맞는다. 골프장 곳곳에는 넓은 저택들이 자리 잡고 있는데 지금까지 보아 왔던 것과 달리 넓은 정원에 집집마다 개성이 있는 커다란 저택이 많이 보였다. 한동안 프랑스가 점령하던 지역이라 그 영향을 받아서인지 아직도 유럽풍의 높은 지붕과 프랑스풍의 건축양식이 남아 있다. 심지어 개인용 모터보트가 뒷마당에 있는데 수로를 통해 바다로 직접 연결된다.

오늘은 클럽하우스에 일찍 도착하여 확 트인 연습장^{Driving Range}에서 연습 볼을 마음껏 날렸다. 멤버들은 연습에 집중하느라 한마디 말도 나누지 않는다. 퍼팅 연습할 때도 같은 홀컵은 쓰지 않고, 홀컵에 볼 떨어지는 소리가 나면 의례 하던 "야! 퍼팅 잘 하네. 오늘 일 내겠어." 하는 농담도 들리지 않았다.

Carter Plantation

카터 프랜테이션 골프장(Carter Plantation)은 PGA 챔피언이며 루이지에 나 출신인 데이비드 탐스(David Toms)  가 첫 번째로 설계한 골프장이다. 2004년 〈골프 매거진〉은 그해에 개장한 270개 골프장 가운데에서 Top 10 골프장(Top 10 Courses You Can Play) 으로 선정하였다. 7,000야드가 넘는 파 72의 장엄한 18홀의 이 골프장은 루 이지에나의 세 가지 뛰어난 풍경인 오크나무 숲, 사이프러스 습지, 그리고 고 지대 소나무 숲으로 둘려져 있다.

골프장 규모/ 난이도

Par 72	Black	7,104	Rating	73. 9	Slope	133
	Gold	6,548	Rating	71. 0	Slope	130
다스팀	Blue	5,693	Rating	67.1	Slope	115

예약

홈페이지(http://www.carterplantation.com)와 Golfnow(www.golfnow.com) 참조
다스팀은 Golfnow에서 예약.

요금

1인 55달러, 세금과 수수료 6.4달러, 4인 합계 245.56달러

연락처

23475 Carter Trace • Springfield, LA 70462 / 전화(225) 294-7555

1번 홀 출발지점^{Starter}으로 이동했는데, 그 옆에 어프로치 연습장이 약간의 구릉을 가다듬어서 벙커와 함께 조성되어 있었다. 티 샷 하기 전 잠깐 기다리는 시간에도 어려운 어프로치 연습을 할 수 있도록 배려한 듯하다. 참으로 부러운 골프 환경이다.

확 트인 페어웨이라서 거칠 것 없이 볼을 날려 보낼 수 있을 것 같은데, 볼이 말을 잘 듣지 않는다. 롱기스트 홀이 아닌데도 드라이버 샷이 10~20야드 더 나간 사람은 여유를 부리면서 "세컨드 샷 하기 좋은 곳에 있네." 하면서 카트를 아주 친절하게 들이대 준다. 그럴 때는 누구나 "Thank You"라고 해야 하나? "Shut Up"이라고 해야 하나? 어휘선택에 고민하다가 스윙 템포가 빨라지면서 볼은 제멋대로 날아갔다.

말 많은 친구들이여 골프의 전설 해리 바든^{Harry Varden}이 한 말을 기억하라.

"동반자가 벙커에서 빠져 나오려고 벙커 샷을 여러 번 하고 있을 때, 옆에 서서 몇 번을 치고 있는지, 소리 내서 세지 말라. 설령 동반자가 아이언으로 그런 당신을 후려치려 했더라도 정당방위가 될지도 모른다."

우리 다스팀원 중에 아이언으로 맞아도 쌀만한 사람은 누구일까?

파3 홀들이 벙커와 해저드로 둘러싸여 있고, 거리가 153~183야드인데 니어리스트가 아니면 쳐다보지도 않는 다스팀 플레이어들은 한 번에 니어리스트와 버디상금까지 확보하려고 용을 쓴다. 욕심이 과한 것이다. 하지만 실제로 장 총장이 두 번씩이나 니어리스트와 버디를 한꺼번에 챙긴 전적이 있다.

오늘의 우승은 양 대표^{86타}이다.

DAY 34
2012. 10. 13

- 방문도시 Avondale, LA → Lake Charles, LA
- 중요사항 이동 361km
- 날씨 맑음   · 기온 19~30℃
- 주행거리 361km   · 주행누계 5,300km

장거리 여행 캠핑카의 장, 단점

우려했던 것보다 팀원들의 건강 상태는 좋은 편이다. 하지만 캠핑카에서의 숙박은 충분한 수면을 취하기에는 불편한 점이 너무 많다. 때문에 다들 암묵적으로 호텔에서 숙박하길 원한다. 캠핑카의 가장 큰 장점은 식사 문제를 차내에서 해결할 수 있다는 점이다.

60일간의 여행 중에 골프, 관광, 이동, 식사, 잠자리, 이동 간의 편리함 등등 모든 것이 중요하지만 그 중에서도 제일 중요하다고 할 수 있는 것은 식사 문제가 아닌가 생각된다, 때문에 식료품을 살 때는 각자가 먹고 싶은 것을 과도하게 구입하게 된다. 잘 먹고, 잘 자고, 잘 놀고^{골프}가 여행의 목표인데 그 중에서 잠자리가 2% 부족하다. 따라서 당분간은 편한 잠자리를 고수하기로 했다.

오늘의 일정은 호텔을 떠나 루이지애나주의 제일 서쪽 레이크 찰스^{Lake Charlses}시까지 361km를 달리는 것이다. 4시간 이상을 달려야 한다.

다행히 목적지가 캠프 그라운드가 아닌 호텔이어서 안심(?)이 된다. 편히 자고 쉴 수 있기 때문이다. 장거리 이동을 한 후에 캠프 그라운드에서 캠핑카 세팅을 하고 공동샤워장에서 샤워를 하고 좁아터진 캠핑카에서 웅크리고 자는 일은 정말 불편한 일이다. 다들 좁은 캠핑카에서 지내는 것에 싫증이 나기 시작했다. 특히 60대 중반의 골수 한국인이 햄버거, 샌드위치를 연속해서 먹다보면 신물이 나는 것은 당연한 사실이다. 그러나 고기와 빵, 콜라만 있으면 OK 하는 최 단장과 같은 예외도 있다.

이번 여행에서 우리는 음식 호사를 만끽하고 있는데 이것은 캠핑카와 함께하기 때문이며 또 장 총장의 헌신적인 봉사가 있기 때문이다. 하지만 여행 중반을 지나면서 몸도 조금씩 지쳐 가고, 특히 장 총장이 잠을 잘 자지 못해 캠핑카에서 자는 것을 힘들어하고 있다. 최 단장이 눈치 빠르게 이를 간파하고 캠프 그라운드 대신 호텔로 변경했다.

앞으로 먹을 식재료를 보충하기 위해 쇼핑을 했다. 오늘 쇼핑 항목은 물 2박스^{물은 무지하게 들어간다} 초콜릿 1박스, 콜라 1박스^{누군가가 엄청 마셔 댄다}, 과일^{사과, 바나나}, 채소^{양상추, 파, 양파, 상추} 1상자를 계산했다.

쇼핑몰에 가면 각자의 쇼핑 개성이 드러난다.

단장은 일단 콜라, 등심, 바비큐용 석탄에 관심을 두고 구입이 끝나면 밖에 나가 담배 한 대를 물고 기다린다. 양 대표는 와인, 치즈, 햇반을 챙긴다. 본인이 사는 것에 참견을 하면 신경질을 낸다. 골프를 잘 치니까 다른 사람들은 말을 못한다. 장 총장은 채소, 과일, 술안주용 견과류, 요리용 다진 쇠고기를 지나치지 못한다. 꼼꼼하게 신선도를 보며 고른다. 총주방장으로서의 책임감 때문인지 식재료를 고르는데 최선을 다한다. 설 작가는 쇼핑한 물품을 실은 카트를 밀고 다니며 "꼭 필요한 만큼만 사자. 많이 사지 말자", "남기면 안 된다" 잔소리만 하다 욕먹기 일쑤다.

그래서 사소한 것, 중요하지 않은 문제로 상대방을 거슬리게 하는 것을 방지하고자 우리는 쇼핑원칙에 합의를 봤다. 쇼핑 원칙은 "남이 사는 것에 참견하지 말자. 부족하지 않게 살 것"이다. 원칙에 따라 구입하다 보니 어떤 때는 너무 많이 사서 보관 장소 때문에 골치 아프고 심지어 사용하지 않고 버리는 경우도 왕왕 있었다.

오늘 운행은 I-10 W 고속도로를 따라 레이크 찰스 방향으로 계속 직진한다. 대부분 시속 100km^{규정 속도 70마일 이하}를 유지하며 안전 운전 하고 있다. 그런데 지금껏 운전하며 보지 못했던 광경 두 가지를 목격하였다.

첫 번째는 세계에서 두 번째로 긴 다리이다. 미시시피 강 하류 폰차트레인 호수를 가로지르는 레이크 폰차트레인 코즈웨이 대교^{Lake Pontchartrain Causeway Bridge}가 그것이다. 늪지대에 있어 다리가 높지는 않지만 수면에서 약 4~5m 높이로 한없이 쭉 이어진다. 38.4km 거리면 서울에서 수원까지의 거리이다. 매우 먼 거리임은 틀림없다. 세계에서 두 번째로 긴 다리이다. 참고로 세계에서 가장 긴 해상교량은 중국의 '칭다오 자오저우만^{Jiaozhou Bay bridge}' 대교로 길이가 무려 41.58km에 달한다.

두 번째는 고속도로에서 사고로 오랫동안 정체 현상을 겪은 일이다. 도로에 관해서 여러 번 언급했듯이 잘 정비된 도로, 물 흐르듯 달리는 차량 흐름, 도로 양 옆의 가로수, 도로 주변의 잘 정리 된 잔디 등이 미국 도로의 상징이다. 그런데 어느 지점에서부터 길이 막히면서 정체가 이어졌다. 조금 있으면 괜찮겠지 하며 서행으로 가도 정체가 풀리지 않는다. 사고인가? 아니면 공사 중인가? 2차선 하이

웨이가 온통 주차장이다.

처음 겪는 일이었다. 거의 한 시간 정도를 기어가듯 했다. 그런데 근 한 시간을 기어가는 데도 어느 한 사람, 한 대의 차량도 자기 차선을 벗어나 갓길을 가는 법이 없었다. 편도 2차선 도로이지만 양옆으로 차선이 차가 다닐 정도 넓이로 여유가 있다. 중앙선 쪽으로부터 3~4m, 갓길 쪽으로 4~5m 정도의 길이 있는 셈이다. 하지만 누구도 그 길을 가는 사람이 없었다. 꾹 참고 앞 차만 따라간다. 운전자들의 준법의식과 미국인들의 시민의식을 보는 것 같았다. 기분 좋은 경험이기도 하며 우리가 배울 점이라고 생각된다.

5시쯤 호텔에 도착해서 각자 짐을 풀었다. 또 저녁식사 시간이 다가왔다. 저녁식사 전에 점심식사 이야기를 해야겠다. 라면으로 점심식사를 때우는 것이 싫증이 나 있는 참인데 쇼핑 중에 김밥은 아니지만 비슷한 '일본식 스시'가 눈에 띄었다. 접시에 포장되어 있는데 4명에게 적당해 보여 샀다. 그런데 먹어 보니 완전 '꽝'이었다. 맛이 형편없었다. 쫄깃쫄깃한 한국 쌀 맛이 나지 않는다. 게다가 너무 달아 기대했던 김밥과는 거리가 너무 멀다. 설 작가가 선택한 것이어서 책임감에 맛이 없지만 절반 이상을 먹었다.

입맛 까다로운 장 총장은 참지 못하고 컵라면을 준비한다. 4명 모두 컵라면으로 아쉬운 점심을 해결하고 다시 차에 올라 서쪽으로 달린다. 설 작가도 결국은 컵라면으로 입가심을 했다. 저녁식사 메뉴는 연어구이와 쇠고기와 계란을 썰어 고명을 얹은 잔치국수!

설명이 필요 없다.

DAY 35
2012. 10. 14

- **방문도시** Lake Charles, LA → Westlake, LA
- **중요사항** 제21차 골프 / Tee Time 12시 12분
- **날씨** 흐림   **기온** 19~31℃
- **주행거리** 31km   **주행누계** 5,331km

외국인 특별 대접을 받다

오늘 일정은 12시 12분 골프.

예전의 우리나라에서는 외국인, 특히 서양 사람들에게 호기심이 많았고 그런 외국인들은 특별대우를 받는 경우가 많았다. 그러나 미국은 다문화 다민족의 이민사회로 구성되어 있어 외모로 외국인을 구별하기란 쉽지 않다. 그럼에도 오늘 우리는 미국에서 외국인 특별 대접을 받았다.

21번째 골프는 루이지애나 레이크 찰스Lake Charles에서 약 20분 거리에 있는 루이지애나 내셔널 골프 클럽The National Golf Club of Louisiana으로 예약되어 있었다. 서울에서 출발 전 100대 퍼블릭 골프장 중 우리의 행선지에 있는 골프장을 골라 미리 인터넷 예약을 해둔 뒤에, 현지 상황에 맞지 않을 때는 취소하고 새로운 골프장을 예약해서 운동을 해왔다. 오늘 찾아간 골프장이 그런 경우에 해당된다.

12시 12분 예약된 골프장을 향해 일찌감치 10시에 출발, 10시반에 도착해 최 단장이 예약 확인 후 티켓 4장을 들고 오는데 얼굴에 웃음이 가득했다.

"야! 오늘 우리 땡 잡았다. 4명이 180달러로 예산을 잡고 예약했는데, 한국에서 온 미 대륙횡단 골프 투어팀이라고 하니, 현지 주민 가격으로 60달러도 안 되는 가격에 티켓을 끊어 줬다."고 한다. 우리는 하이파이브를 했다.

접수직원은 한국인은 처음 보는 듯 아주 친절히 대해 주었다. 다스팀의 여행일정을 소개하니 부러워하며 최고라고 칭찬을 아끼지 않았다. 그리고 특별대우를 해주겠다고 하며, 즉석에서 현지 주민 회원증을 만들어 주고는 주민 회원대우에 시니어 할인까지 하여 1인당 47달러 요금을 14.8달러로 계산해 준 것이다.

4명 그린 피 59.2달러에 세금 7.34달러, 합계 66.54달러를 계산하니 1인당 16.64달러^{약 2만 원}였다. 외국인이 이곳에서 플레이를 한 것이 처음인지, 우리가 제시한 신용카드가 입력이 잘 안 되어 현찰로 계산을 하였다. 정말 무지하게 싼 가격에 골프를 한 셈이다. 우리식으로 말하면 시골에 있는 골프장에 외국인이 찾아와서 특별 서비스를 한 것으로 여긴다. 아무튼 출발이 좋았다.

좋은 가격에 좋은 골프장에서 다스팀의 21회 차 골프는 팽팽한 긴장감 속에 진행되었다. 3일 전 연습 스윙을 하다 손가락이 삐끗하여 오른손 검지를 제대로 쓰지 못하는 최 단장이 아쉽다. 드라이버 감을 겨우 잡아 다스팀 평정을 코앞에 두었는데 이런 불상사가 생겨 평정을 며칠 뒤로 미루어야 하는 불가피한 상황이 되었다.

운동을 마친 후 숙소로 돌아오니 6시. 저녁식사 시간이 되었다. 쇠고기 볶음밥이 이미 준비되어 있었다. 거기에 더해서 잘 익은 김치로 끓인 김치찌개가 더해졌다. 최상의 만찬이다. 오늘도 우리 다스팀은 호사스런 저녁 만찬에 서울 가족은 모두 잊어버리고(?) 희희낙락한다. 다스팀 브라보!

맛있는 저녁식사를 하며 화기애애한 분위기로 지내다가 분위기가 급전직하하는 사건이 벌어졌다. 바로 자동차 키를 분실하는 사건이 터졌던 것. 나이가 들면서 건망증이 심해지다 보니 조금 전까지 사용하던 물건을 두었던 곳을 깜박하며 헤매는 경우가 다반사이다. 더구나 복잡한 캠핑카 안에서 4명이 생활하다 보니 정리가 잘 되지 않아 그런 일은 더 자주 발생한다. 운동이 끝나고 장 총장이 샤워도 못한 채 저녁식사를 준비할 때 나머지 3명은 아랑곳 하지 않고 방에 들어가 샤워를 한다.

그러나 항상 이 시간에 땀에 젖은 옷과 타월을 들고 세탁실을 찾아가 깨끗하게 세탁, 분리, 정돈해오는 친구는 양 대표이다. 지금까지 한결같이 전담하고 있다. 세탁물을 제일 많이 생산하는 사람은 장 총장이다. 어찌 그렇게 세탁물이 많이 나오는지 모르겠다. 2배는 족히 된다. 주방장이라 땀을 많이 흘려서 그런가 보다. 캠핑카의 오수 탱크가 차서 설거지는 호텔 방으로 가지고 가서 했다. 설거지를 끝낸 후에 그릇들을 차에 두고 차문을 잠그기 위해 키를 찾는데 키가 없다.

다 같이 가방 안, 옷, 룸에 있는 서랍 등등을 모두 뒤졌지만 나오지 않았다. 키가 없으면 문제가 크다. 당장 움직일 수가 없다. 캠핑카 회사에 전화를 해서 SOS를 해야 될 상황이 되었다. 마지막으로 다시 한 번 각자 찾아보자 하며 찾던 중 설 작가가 벗어 놓은 트레이닝 바지를 뒤지는가 싶더니 주머니에서 키를 찾아 들었다. 친구들에게 꿀밤 한 대씩을 맞았다. 그러나 사실, 그 키는 다른 친구 주머니에서 나왔다. 키를 갖고 있었던 사람이 민망해 할까봐, 속 깊은 설 작가가 자기 주머니에서 나왔다고 일지에도 기록하고 자발적인 누명을 쓴 것이다. 참으로 따듯하고 착한 친구다.

퍼블릭답게 소박한 골프를

루이지애나 내셔널 골프 클럽!

진정한 대중 골프장답게 소박한 프로 샵이 보이고, 백 드롭^{Bag Drop} 하는 곳에도 보조하는 사람이 보이지를 않는다. 다른 미국인 골퍼들이 자기가 카트를 몰고 와서 골프채를 싣고 이동하는 모습이 보인다.

이런 게 우리 체질에 맞는 것이구나 싶다. 이전 다른 골프장에 도착해서 백 드롭 서비스를 받으면 팁을 주어야 했는데 팁 문화에 익숙하지 못한 우리는 좀 난감하고 부자연스럽다. 일요일 오후인데 플레이어가 별로 없고 간혹 한, 두 사람이 조를 짜서 라운드를 하니 정말 한가롭게 플레이를 즐길 수 있었다. 오늘은 여러 가지로 참으로 운이 좋은 날이다. 넓고 긴 페어웨이, 적당히 빠른 그린 스피드, 단정하게 정리된 러프 등등 어느 하나 나무랄 것이 없다.

미국 골프장에서 색다른 풍경 중 하나는 음료수를 파는 아가씨가 푸드 트럭^{Food Truck}을 타고 다니면서 자주 와서 미소를 지며 "OK?^{필요한 것이 없냐?}" 하며 지나가는 것이다. 미국은 우리나라 골프장에 있는 그늘 집이 없는 반면 푸드 트럭이 그 역할을 대신한다. 미국 대부분의 골프장은 음식과 음료 반입을 금지하고 있다. 가급적 골프장의 식당과 푸드 트럭을 이용하라는 뜻이다. 푸드 트럭은 물과 초콜릿, 콜라, 바나나, 가벼운 스낵, 핫도그 등을 가지고 다니는데, 다스팀은 가격이 비싸다는 이유로 음료를 가지고 다녔다. 때론 이것이 마음에 걸렸다.

그래서 오늘은 과감하게 예쁜 아가씨를 불러 콜라 4캔^{사실은 콜라 2캔}이 카트 가방 속에 있었다을 6달러를 주고 샀다. 그동안 찜찜했던 구석이 싹 (?) 씻기는 듯했다. 시간이 어중간해서 오늘 점심은 바나나와 초콜릿으로 때웠던 터라 출출했는데 코카콜라로 빈속을 채우고 말았다. 이제 우리 모두 콜라 중독 상태에 빠져 있다.

오늘 플레이는 16번 홀까지 동 타를 이룬 양 대표와 설 작가가 시소게임을 벌이다가 17번 롱홀에서 설 작가의 세컨드 샷이 러프로 들어갔다. 양 대표는 100야드를 남겨 놓은 페어웨이에서 버디로 확실하게 승기를 굳히는가 싶더니 왼쪽 프린지로 공이 떨어져서 보기를 했다. 그런데 러프에서의 써드 샷을 그린 위에 멋있게 올린 설 작가가 파 퍼팅에 성공하면서 우승을 거머쥐었다. 이제 하산해도 될 듯 싶다.

오늘의 우승은 설 작가^{83타}이다.

넓은 페어웨이와 14개의 호수들, 그리고 80개의 벙커들이 특징이다.

The National Golf Club of Louisiana

루이지에나 내셔날 골프장(The National Golf Club of Louisiana)은 웨스트레이크(Westlake)시 지역사회의 새로운 핵심 종합사업으로 약 600에이커 위에 세워졌다. 골프설계사로 유명한 데이비드 베넷(David Bennett)

은 우아한 루이지에나의 인상적인 경치를 전장 7000야드에 배치하였고, 14개의 호수들과 80개의 벙커들, 그리고 몇몇 홀들의 아주 크고 도전적인 그린들을 특징으로 삼았다. 이곳의 페어웨이는 상당히 넓지만 완만한 경사와 구릉으로 된 지형이 골퍼들을 힘들게 할 수도 있다. 2011년도 〈골프위크(GolfWeek)〉에서 발표한 루이지애나주 랭킹 25위에 드는 골프장이다.

골프장 규모/ 난이도

Par 72	Gold	6,946	Rating	73. 5	Slope	132
	Blue	6,604	Rating	71. 9	Slope	128
다스팀	White	6,177	Rating	69.8	Slope	124

예약

홈페이지(www.nationalgcla.com) 참조

요금

월~금 : 2시 전 37달러 / 2시 후 25달러. 토~일 : 2시 전 47달러 / 2시 후 27달러.
다스팀 / 1인 14. 8달러 + 세금 1. 8달러 = 16.6달러 / 4인 합계 67달러 / 할인 121달러

연락처

1400 National Drive, Westlake, LA 70669 / 전화(337)433-2255

4
Golf
Stage

황량한 서부 사막을 가르며
시원한 드라이브를

반환점을 돈 다스팀의 대륙횡단은 거칠고 황량한 서부 사막의 한가운데로 질주한다.
텍사스오픈이 열리는 라 칸테라 골프장에서, 박인비 선수가 우승한 라 비스코 대회가 열리는 라 퀸
타 골프장에서 4인의 골퍼들은 OK 목장의 결투보다 더 치열하고 짜릿한 명승부를 이어나간다. 그
랜드 캐니언의 장엄한 산맥을 온몸으로 맞으며, 매혹적인 서부 휴양지 팜 스프링스에서 망중한을
즐기며, 모래의 땅 애리조나에서 서부 개척시의 현장을 지켜보며 다스팀은 저마다의 성공적인 대륙
골프횡단 역사를 쓰기 위해 힘찬 드라이브 샷을 날린다.

DAY 36 ~ DAY 47

■■■ 이동경로

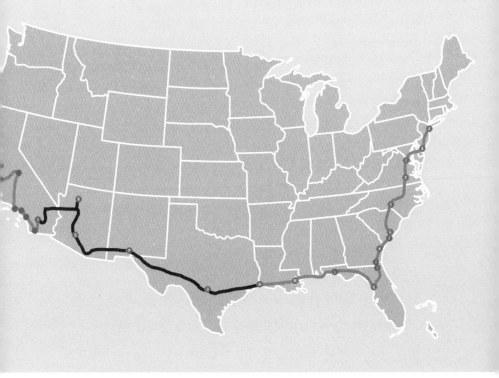

● **이동 경로**

루이지애나주 웨스트레이크시→ 텍사스주 샌안토니오시 → 텍사스주 엘파소시 → 애리조나주 피카초시 → 애리조나주 챈들러시 → 애리조나주 윌리엄스시 → 그랜드캐니언 → CA(캘리포니아)주 팜 스프링스시 → CA주 라퀸타시 → CA주 카바존 → CA주 츄라비스타시(총 3,949km)

● **골프 라운드**

O 22. 라 칸테라 리조트 골프장   **P** 23. 페인티드 듄스 골프장   **Q** 24. 서든 듄스 골프장

S 25. 데라 라고 골프장 · 26. PGA 웨스트 골프장 · 27. 라 퀸타 골프장

● **관광**

R 그랜드캐니언 관광

DAY 36

2012. 10. 15

- **방문도시** Westlake, LA → San Antonio, TX
- **중요사항** 1. 이동 556km
  2. 일곱 번째 캠핑장
  3. 3차 일정변경
- **날씨** 맑음　　　**기온** 18~26℃
- **주행거리** 556km　　**주행누계** 5,887km

대이동 556km, 텍사스 샌안토니오 입성

　10월 15일. 10월도 이제 절반이 꺾였다.

　날씨는 한결같이 맑음. 오늘 일정은 루이지애나를 떠나 텍사스 Texas주 샌안토니오San Antonio시를 향해 556km를 달리는 것이다.

　이틀 동안 묵었던 컴포트 인Comfort Inn을 떠나 550km 이상을 달리기 위해서는 차량부터 점검을 해야 했다. 지금까지 약 5,800km 이상을 달리면서 아직까지 별다른 문제는 없었다. 기름이야 매일 점검하며 주유하면 된다. 하지만 장거리를 달리면서 엔진 오일, 타이어 공기압 등 기본적인 사항에 대해서 우리가 할 수 있는 만큼은 점검해야 한다. 다행이 아직까지 문제는 없어 보인다.

　호텔의 숙박 요금은 요일에 따라 차등 적용된다. 우리가 토요일, 일요일 이틀 밤을 묵었는데 룸Room 하나에 토요일 109달러, 일요일 80달러로 차이가 29달러나 된다. 주말의 개념이 토요일과 일요일에서 금요일과 토요일로 바뀌는 추세인지라 일요일 요금이 훨씬 싸게 적용된 것이다. 이곳 호텔은 금요일 저녁부터 북적대다가 일요일이 되면 절반은 빠져나가 버린다. 미국 전체가 불황에서 벗어나기 위해 치열한 마케팅을 펼치는데 호텔도 마찬가지였다. 재미있는 것은 3일 밤을 자면 하루는 공짜라는 점이다. 2일을 자면 다음 날은 요금을 조금 깎아준다. 우리 역시 요일에 따른 할인은 물론, 연속 2일 숙박요금 할인도 적용받았다

출발 준비를 끝내고 첫 번째로 최 단장이 운전대를 잡고 조수는 양 대표가 맡았다. 단장이 좋아하는 초콜릿은 요구하기 전에 먼저 껍질을 벗겨 놓고, 콜라도 컵에 따라서 먹기 좋게 대령해야 한다. 단장에게만 하는 특별대우는 아니고, 누구든 운전대를 잡으면 조수석에 앉은 사람이 기사가 불편하지 않도록 옆에서 이것저것 챙겨주기로 정해 놓은 것이다. 안전운전을 위한 최소 조치인 셈이다.

드디어 루이지애나를 벗어나 텍사스에 들어섰다. 텍사스Texas주는 미국 중남부에 위치하며 멕시코와 국경을 접하고 있다. 면적이 한국의 3배나 되며 미국에서 두 번째 큰 주이다. 역사적으로 보면 텍사스는 원래 인디언들의 땅이었지만 16세기 백인들이 이주해 오면서 변화를 맞았다. 17세기에는 스페인령이었다가 19세기에 미국령으로 합병되었다.

멕시코 만과 내륙에 대규모 유전이 있고 석유 생산량은 미국 전체 생산량의 35%를 차지한다. 석유산업이 가장 중요한 산업이다. 뿐만 아니라 나사NASA 본부가 있는 휴스턴Huston을 중심으로 로켓, 비행기 등 첨단 제조업도 크게 발달해 있다. 한편으로는 이런 첨단 산업과는 어울리지 않게(?) 목축업도 발달되어 있는데 텍사스주에서 사육하고 있는 소가 1,000만 마리가 넘는다. 이는 텍사스주 전체 인구와 비슷한 수준이다.

I-10고속도로(W)를 556km를 달려 목적지 산 안토니오에 도착했다.

차량이 별로 없어 막힘없이 주행하는 편도 8차선 도로의 한가한 모습

텍사스에 들어서자 고속도로 제한속도가 75마일^{120km}로 높아졌다. 이어서 눈에 들어온 것은 자동차 기름 값이었다. 갤런^{Gallon}당 3. 39달러로 지금까지 3. 5~3. 8달러에 주유하던 것에 비하면 약 10% 정도 떨어진 것이다. 석유 산지라 기름 값이 저렴하고 땅도 넓으니 마음껏 달리라고 제한속도도 높은가 보다. 4명의 운전자가 교대로 운전하며 6시간 이상을 달린 끝에 드디어 일곱 번째 샌안토니오 KOA^{San Antonio KOA} 캠핑장에 도착했다. 그간 편하게 지내던 호텔생활을 마치고 다시 캠프생활로 돌아왔다. 오는 도중 월마트에 들러 필요한 것들을 사고, 특별한 이벤트를 준비했다. 장 총장이 두 번째 외손주를 보았다는 기쁜 소식이 서울에서 날아 온 것이다. 오늘 구입한 최고급 등심에 프랑스산 와인을 곁들여 축하의 시간을 가졌다. 순산 소식이 오기까지 장 총장은 종일 안절부절 했었다.

인생의 4막 3장쯤에서 시작한 우리의 여행이 아옹다옹하며 절반을 넘기는 사이 장 총장의 두 번째 외손주가 태어났다. 이제 막 1막 1장을 열며 세상을 향해 터트린 아이의 맑은 울음소리는 꿈을 향해 도전하는 할아버지에게는 가슴 벅찬 응원의 메시지이다.

오늘의 진정한 우승은 두 번째 손주를 맞은 장 총장이다.

3차 일정 변경

어제 네이버 다스팀 카페 자유게시판에 LA에 사는 최 단장의 큰형님이 우리의 일정에 대한 조언을 남겼다. 내용은 아래와 같이 미국의 3대 공원 중에 하나인 그랜드 캐니언^{Grand Canyon} 방문을 추천한 것이다. 우리는 회의 끝에 라스베이거스 2박 3일 일정을 취소하고 그랜드 캐니언 방문을 결정했다. 제3차 일정 변경이었다. 60대 후반의 형이 60대 중반의 동생에게 격려하며 걱정해 주는 모습이 따듯하다.

그랜드 캐니언 : 자유게시판 - 털보 2012. 10. 13

"처음 New York에 도착하여 모텔에서 햄버거로 끼니를 때우던 모습들이 불안하고 걱정되어 답답해하던 때가 엊그제 같은데, 이제는 여유 있게 여행을 즐기는 모습이 옆에서 구경하는 구경꾼을 안심하게 합니다. 모든 것이 본 궤도에 오른 것 같아 소식을 접할 때마다 신나고 좋기만 합니다. 그러나 모든 것이 능숙해질 때 실수와 사고가 함께하는 법이니 거듭 조심들 하시기를 바랍니다. 여행 일정 중 안타까운 데가 있어 몇 자 적습니다. 미국 3대 공원 중에 하나인 그랜드 캐니언Grand Canyon 근처를 지나면서 왜 방문을 안 하시는지? 요세미티Yosemite는 일정에 있고, 옐로우 스톤Yellow Stone은 와이오밍Wyoming에 있으니 멀어서 방문하기가 어렵다 하더라도, 남들은 돈과 시간을 들여 세계 곳곳에서 오는 관광지인데…… 그랜드 캐니언을 봐야, 왜 이름을 그렇게 지었는지를 실감하며 하나님의 솜씨를 볼 수 있는 좋은 기회인데……. 참으로 아쉬운 생각이 드네. 일정 Day 41, 10월 20일에 골프장에서 호텔로 가지 말고, 운동 끝나고 I-17 N 그리고 계속 연결되는 US-180을 타고 곧바로 그랜드 캐니언으로 가면 되네. 캠핑장, 호텔, 마트도 있으니 늦게 도착할 것을 생각해서 미리 예약만 하면 될 것일세. 한번 고려했으면 합니다. 아무쪼록 즐거운 여행이 되기를. 일정 계획표에서 애리조나Arizona에서 네바다Nevada로 가는 길 중 119마일을 왕복하면 됩니다. LA 털보"

정문을 통과하기 전 자동차 안에서 찍은 San Antonio KOA 캠핑장 전경

장 총장의 두 번째 외손주 출생을 축하하는 메세지와 함께

DAY 37
2012. 10. 16

- **방문도시** San Antonio, TX
- **중요사항** 제22차 골프 / Tee Time 12시 6분
- **날씨** 흐림 　　　**기온** 19~23℃
- **주행거리** 67km 　**주행누계** 5,954km

미국 할머니들의 여행

오랜만에 날씨가 흐리다.

더운 날씨에 힘들었는데 시원해서 좋다. 오늘 일정은 12시에 시작하는 골프와 캠프로 돌아와서 쉬는 게 전부였다. 어제 저녁 새 생명 탄생을 축하하는 파티가 좀 과했다. 아이의 탄생을 핑계로 할아버지들이 너무 즐겼다. 숙취를 달래기 위해서 오늘 아침식사는 멸치 우려 낸 국물에 된장을 풀고 시금치국을 끓였다. 언제 먹어도 된장국은 속을 편안하게 해준다.

캠프 사이트 옆자리에 어제 밤에 들어온 새 식구가 아침에 인사를 건네 왔다. 미국 할머니 두 분, 인상이 좋게 보이는 스테이시Staicy 할머니와 친구 한 명이 캠핑카를 운전하며 전국 여행을 다니고 있다고 했다. 지난 해 남편과 사별하고 남편과 같이 타고 다녔던 큰 캠핑카를 팔고 작은 캠핑카로 바꿔 친구와 여행을 다니는 중이라고 한다. 올해 63세로 전직 학교 선생님이고 유타주 출신이다. 옆에 있는 친

구는 아들이 한국에서 비즈니스를 한 적이 있다며 반가워했다.

미국인들과 대화를 나누다 보면 사소한 이야기에도 엄지손가락을 세우며 칭찬을 아끼지 않는 것을 볼 수 있다. 최 단장이 침을 튀기며 다스팀 일정표를 보여주고 설명을 하자 내용을 다 듣기도 전에 엄지손가락을 들고는 '놀랍다'를 연발한다. 그러면서 같이 기념사진을 찍자고 한다. 미국 할머니들의 여행모습을 볼 수 있는 기회였다.

골프를 끝내고 숙소로 돌아오는 길에 양 대표가 저녁식사 당번을 맡겠다고 했다. 승자의 여유이자 너그러움이다. 아무튼 모두들 박수를 보내며 샤워를 다녀왔다. 저녁식사 당번이 된다는 것은 운동 후 샤워를 못하고 뜨거운 불 앞에서 30분 내지는 한 시간을 더 고생해야 한다는 뜻이다. 등심 스테이크, 신선한 상추, 된장찌개, 김이 반찬으로 나오고 새로 한 쌀밥으로 푸짐한 저녁식사를 했다.

그런데 새로 둥지를 튼 이곳 샌안토니오 캠핑장에는 한 가지 문제가 있다. 바로 전화가 터지지 않는 것이다. 장 총장의 외손주가 태어날 때 서울에 있는 부인은 분만실에서 아기가 태어나는 상황을 전화로 현장 중계할 계획이었다. 그런데 이곳 통신 사정으로 통화가 되지 않는 바람에 서울 가족들이 크게 실망했다고 한다. 장 총장 역시 통화가 되지 않으니 얼마나 애가 탔겠는가. 아무튼 이곳의 전화, 인터넷 사정은 답답할 정도로 느리고 불통인 경우가 많아 속을 썩인다. 전화로 예약상황을 점검해야 하는 단장 또한 어려움을 겪는다.

다스팀은 뉴욕에 도착해서 이곳 텍사스까지 오는 동안 37일간의 일지를 인터넷 카페를 통해 연재해 왔다. 라운드 한 골프장, 숙박을 했던 캠프장 등에 관한 정보와 에피소드를 인터넷 카페 게시판에 연재하면서 서로 소통하고 교감해 왔다.

우리는 여행 중에 일어난 일을 가감 없이 솔직하게 전달하려 하고 있다. 그러나 자동차 사고나 단원 간에 다툰 내용은 몇 가지 빠트린 것도 있었다. 가족과 친지들이 괜한 걱정을 하지 않기를 바라서였다. 그런데 인터넷이 되지 않고 전화까지 불통일 때는 카페와 전화로 우리를 응원해 주는 분들에게 제때에 응답을 하지 못해 안타까움이 커진다.

텍사스 오픈이 열렸던 아름다운 코스에서

오늘 우리가 라운드 한 골프장은 텍사스Texas주 샌안토니오San Antonio에 위치하고 있다. 트룬 골프 그룹Troon Golf Group에서 36홀을 운영하고 있으며, 2009년까지 발레로 텍사스 오픈The Valero Texas Open이 열렸던 명문 골프장이다. 이 골프장에서 2008년과 2009년 연속 쟈크 존슨Zach Johnson이 우승을 했으며, 2007년에는 저스틴 레오나드Justin Leonard가 우승을 했던 코스이다. 9번 홀과 10번 홀 사이의 그늘집 앞에 우승자의 이름을 돌에 새겨놓고 기념하고 있다. 정문 입구에서 클럽하우스로 가는 도로 주변이 잘 가꾸어져 있으며, 유명한 골프 아카데미가 웅장한 규모로 세워져 있다.

티 샷에 앞서 마셜이 샌안토니오시에서 제일 높은 고지대에 세팅한 난이도 높은 코스이며, 텍사스 오픈이 열리는 아름다운 코스라고 설명을 하고는 엄지손가락을 세워 보였다. 코스 난이도를 살펴보던 최 단장이 블랙Black은 좀 심한 것 같으니 골드Gold로 하는 것이 어떻겠냐고 한다. 드라이버 비거리 때문에 주눅이 든 다른 팀원들

The Resort Course at La Cantera

라 칸테라 리조트(La Cantera Resort)에
는 파머 코스(The Palmer Course)와 리조
트 코스(The Resort Course) 두 개의 골
프 코스가 있다. 리조트 코스는(The Resort
Course) 예전에 PGA Tour's Valero Open
의 개최지이며, 샌안토니오 북서쪽 구릉지역에 위치한다. 챔피언 티로부터
전장 7,000야드인 아름다운 코스이다. 1995년에 개장한 이 코스는 2013년
〈골프 다이제스트〉 텍사스주 랭킹 29위로 선정되었고 , 2012년에는 〈월드
매거진〉이 미국 최고 100대 퍼블릭 골프장으로 뽑았다. 그리고 〈골프위크〉
는 미국 최고 리조트 골프 코스 97위에 순위를 정하였다.

골프장 규모/ 난이도

Par 72	Black	7,021	Rating	72. 5	Slope	134
다스팀	Gold	6,406	Rating	69.6	Slope	127
	Silver	6,026	Rating	68.2	Slope	119

예약

홈페이지(www.lacanteragolfclub.com)와 Golfnow(www.golfnow.com) 참조
다스팀은 Golfnow에서 예약.

요금

일반요금 / 1인 125달러
다스팀 / 1인 79달러 + 수수료 8.5달러 = 87.5달러 / 4인 합계 350달러 / 150달러 할인

연락처

17865 Babcock Rd San Antonio, TX 78255-2214 / 전화(210) 558-4653

안경 쓴 Staicy할머니(?)와 친구가 우리들의 여행계획을 듣고 놀라는 표정을 짓고 있다.

The Valero Texas Open 우승자들의 이름을 돌에 새겨놓고 기념

은 찬성했다.

첫 홀부터 파5 롱기스트가 걸린 홀인데 거리가 631야드이다. 전
번 게임의 성적 순서대로 티 샷을 하기 때문에 설 작가가 먼저 티 샷
을 했다. 힘이 잔뜩 들어간 볼이 심한 훅이 걸리면서 왼쪽 숲으로
사라지자 설 작가는 샷이 잘 안 될 때 나오는 특유의 '끄으응' 하는
소리를 내며 티 박스를 내려왔다.

"골퍼만큼 많은 적을 갖는 선수도 없다. 14개의 클럽, 18홀, 모
두가 각각 다르다. 모래, 나무, 풀, 물, 바람, 그밖에 1백여 명의 선
수가 있다. 거기에 골프의 5할은 멘탈 게임, 따라서 최대의 적은 자
기 자신이다."

유명한 골프 작가 댄 젠킨스Dan Jenkins의 말이다.

두 번째로 양 대표는 티 샷을 평소보다 멀리 보내고 페어웨이에
안착시켰다.

세 번째로 최 단장은 자신 있게 티 샷을 하고 양 대표보다 10m
정도 더 멀리 보내고 나더니 감히 롱기스트를 넘보는 거냐는 표정
을 지어 보였다.

네 번째로 장 총장이 롱기스트는 내 것이라고 힘껏 휘둘렀지만,
볼은 악성 훅이 걸려 역시 샌안토니오 숲에 볼빅Volvik 칼라 볼을 선
물로 바치고 말았다. 이후 양 대표가 약 200야드 써드 샷을 멋지
게 그린 위에 올렸고, 최 단장은 써드 샷을 벙커에 빠뜨렸지만 이내
안전하게 탈출해서 네 번째 샷을 어프로치의 달인답게 홀컵에 바짝
붙여 놓았다. 써드 샷을 그린 위에 올린 양 대표는 여유 있게 15m
롱 퍼트를 시도하는데 볼이 가다가 중간에 서 버리는 것 아닌가?
오늘 비가 온다는 일기예보에 그린을 깎지 않은 것을 간과한 것이
다. 당황하여 친 퍼팅이 홀컵을 훌쩍 지나가고 어정쩡한 숏 퍼팅 실

수가 이어지면서 3온 4퍼팅으로 더블보기를 했다. 최 단장은 보기를 하며 하는 말 "야! 정말 아깝다" 했지만, 이건 위로의 말이 아니었다. 양 대표 역시 대꾸도 하지 않았다. 양 대표는 그 여파로 4홀까지 3퍼팅을 하며 헤매더니, 소 뒷걸음질로 쥐 밟는다고 5번 파5 홀에서 천우신조로 8m 롱 버디를 성공시키며 다시 일어섰다. 반대로 팀원들의 표정은 굳어졌다.

16번 홀 파4는 340야드로 거리가 짧은 대신에 도그렉Dog Leg홀로 200~240야드 지점에 7개의 벙커가 있어서 정교한 티 샷이 요구되었다. 그곳에서 최 단장이 티 샷으로 나무숲 넘어 그린 앞 50야드 지점에 떨어뜨렸다. 멋진 샷이다. 최 단장이 의기양양하게 샌드웨지 Sand wedge를 뽑아드는데 오늘따라 샷이 잘 안 되는 설 작가가 한마디 했다.

"야, 버디 못하면 집에 가라!" 최 단장은 연습 스윙을 8번이나 하고 나서 신중하게 어프로치 샷을 했지만 그놈의 버디 욕심에 헤드업Head Up을 하면서 보기로 마무리했다. 설 작가의 작전에 넘어 간 것이다. 설 작가 왈 "야, 정말 아깝네. 쯧쯧" 하는데 하나도 아깝지 않은 표정이었다.

골프 명언 중에 이런 말이 있다.

"골프공에게 아무리 얘기해 봐야날아가는 볼이 달라지는 것은 없다. 동반자가 티 샷을 하려고 할 때 빼고는."

매너가 중요하지만, 그놈의 승부욕 앞에서는 가끔 치사해진다. 설 작가가 아이언으로 맞지 않은 게 천만 다행이었다. 매 홀마다 거리가 길고 코스의 난이도가 상당히 높아서, 함정이 많이 도사리고 있어 마지막 홀까지 긴장을 놓지 못하면서 플레이를 마쳤다.

오늘의 우승은 양 대표84타이다.

7번째 방문한 캠핑그라운드 San Antonio KOA, TX

어제 레이크 찰스Lake Charles에서 휴스턴Houston을 거쳐 샌안토니오 San Antonio까지 536km를 달려왔다. 머나먼 여정이었다. 여기서 2박 을 하기로 했다.

캠프장에 자리 잡은 캠핑카 안에서의 취침은 반복하는 말이지만 엄청 불편하다. 하지만 팀원들 모두 잘 견뎌내며 여기까지 왔다. 이 제는 캠핑카 생활에 익숙해져 자연스럽기까지 하다. 그렇다고 편하 다는 것은 아니다.

여행 중 식사를 해결하는 것이 가장 어려운 점인데 우리는 마트 에서 식재료를 수시로 조달한다. 그리고 캠핑카에 있는 주방에서 한국식 저녁 만찬을 준비하고 먹는다. 때론 호텔 주차장에서 그리 고 오늘처럼 캠프장에서. 이 얼마나 낭만적인가.

최 단장은 2~3일마다 최고급 소고기 바비큐를 요구한다. 이렇듯 잘 먹고 다니기 때문에 지금까지 건강하게 버티고 있다고 생각된 다. 이곳 캠프장 분위기도 지금까지 소개된 다른 캠프장과 비슷하 다. 다른 점 하나가 있다면 우리 이웃으로 우리 또래의 스테이시 할 머니와 그녀의 친구가 있다는 점이다.

캠핑장 안에 있는 농구장과 어린이 놀이터

DAY 38
2012. 10. 17

- **방문도시** San Antonio, TX → El Paso, TX
- **중요사항** 이동 879km
- **날씨** 흐림　　　· **기온** 18~30℃
- **주행거리** 879km　　· **주행누계** 6,833km

하루, 879km 대 횡단

　아침에 일어나니 안개가 잔뜩 끼었다. 안개는 처음이다.

　오늘은 텍사스주 중앙에 있는 샌안토니오를 출발해서 텍사스 서쪽 끝 엘 파소$^{El\ Paso}$까지 달렸다. 장장 879km, 10시간 이상을 주행했다. 서울과 부산을 왕복한 거리$^{약\ 800km}$보다도 더 먼 거리이다. 이번 여정에서 가장 먼 거리를 이동한 것이다. 앞에서 언급했듯이 텍사스주는 미국에서 면적이 두 번째로 큰 주로 그 크기가 우리나라 면적의 3배에 달한다. 관광안내센터에 비치된 지도를 보면 동쪽 끝 오렌지^{Orange}에서 서쪽 끝 엘 파소$^{El\ Paso}$까지 거리가 1,330km 라고 하니, 서울과 부산 간 거리의 3배 이상이 된다.

　아침 일찍 일어나 식사를 마친 후 캠핑카 운전에 필요한 조치를 하고 7시 40분에 숙소를 나섰다. 10번 고속도로에 진입하면서 서쪽의 엘파소로 장거리 이동을 시작했다. 동부지역의 고속도로는 도로 양 옆의 가로수가 정말 인상적이었는데 이곳 텍사스는 그렇지 않았다. 가로수는커녕 황량한 광야의 들판이 그대로 살을 드러낸 채 갈색의 들판만이 시야 가득 들어왔다. 강수량이 적어 큰 나무들은 보이지도 않고 사람 키만 한 작은 관목들만이 잡풀처럼 널려 있을 뿐이다.

재미있는 것은 텍사스는 면적이 넓어 주 내에서도 시차가 있다는 사실이다. 한 나라 안에서도 시차가 있다는 사실만으로도 특이한데, 주 안에서 시차가 있다는 것은 그만큼 넓다는 뜻이리라. 미국의 축복받은 넓은 땅덩어리가 부럽기도 하다.

미국은 국토면적이 워낙 넓어 타임 존Time zone을 4개 구역으로 나누고 있는데 동쪽에서부터 서쪽으로 1번 이스턴 존Eastern zone, 2번 센트럴 존Central zone, 3번 마운틴 존Mountain zone, 4번 퍼시픽 존Pacific zone으로 구분하고 있다. 텍사스주는 2번 센트럴 존과 3번 마운틴 존이 병존하고 엘 파소 인근에서는 마운틴 존으로 바뀐다. 마운틴 존 지역부터 멕시코와 애리조나주에 인접한데, 지역 이름처럼 산들이 많이 보이기 시작했다. 하지만 황량한 들판이 고속도로 양옆으로 한없이 펼쳐지는 것은 여전했다.

샌안토니오San Antonio 시가지를 벗어나 들판으로 들어서자 금방 눈에 띄는 것은 고속도로 제한속도Speed limit였다. 75마일에서 80마일129km로 바뀌었다. 차량도 많지 않아서 운전하기는 좋았다. 그런데 막상 80마일의 속도를 내니 바람의 영향으로 운전대를 꽉 잡아도 차가 흔들리는 것을 느낄 수 있었다. 특히, 대형 트레일러 차량에게 추월당할 때는 차가 한쪽으로 쏠려 겁이 났다. 안전한 운전을 위해 제한 속도보다 5마일 정도 낮추어 주행을 했다.

텍사스 고속도로 휴게소는 보통의 고속도로 휴게소와는 많이 다르다. 화장실만 있고 아무런 편의시설이 없다. 들판도, 도로도, 하

엘파소로 가는 고속도로 휴게소에서 지평선을 배경삼아 맨발을 드러내놓고 광야의 텍사스를 느끼고 있다.

늘도, 휴게소도 텍사스답게 거칠고 황량했다. 그래도 우리는 바람도 쐬고 가볍게 몸도 풀 겸 차를 세웠다. 끝없이 보이는 지평선을 배경으로 사진도 찍었다. 아침식사 후 비어 있을 배를 채우기 위해 라면도 맛있게 끓여먹고 들판을 향해 각자의 흔적도 기념으로 남겼다. 운전은 힘들지만 휴게소에서의 한 시간은 그래도 소풍 나온 기분이었다.

주행 중에 휴게소 두 번 들리고 세 번 주유를 했다. 아침 7시 40분 출발해서 저녁 6시경에 호텔에 무사히 도착했다. 휴식시간과 쇼핑시간을 제외하면 예상했던 시간에 엘 파소 호텔에 도착한 셈이니 오늘 하루도 성공이다.

이로써 총 7천마일의 여정 중 4천245마일, 약6,833km 이상을 통과했으니 거리상으로 거의 5분의 3을 왔다. 이제부터는 이동 거리가 차차 짧아져서 오늘과 같은 장거리를 달리는 일은 없을 것 같다. 나머지 여정도 무사하길 기원한다.

오늘 저녁은 강남 쉐프 장 총장의 돼지갈비 요리에 예상 외로 인기가 있는 설 작가가 끓인 시금치 된장국으로 하루를 마감했다.

DAY 39
2012. 10. 18

- **방문도시** El Paso, TX
- **중요사항** 제23차 골프 / Tee Time 11시 40분
- **날씨** 맑음　　· **기온** 12~28℃
- **주행거리** 75km　　· **주행누계** 6,908km

모기가 없어 좋은 엘 파소

　날씨는 맑음. 기온은 12도에서 28도로 일교차가 심했다.

　오늘은 11시 40분 사막에서 골프를 즐기고 이후에는 호텔로 돌아와 휴식하는 일정이었다. 텍사스 서쪽 끝에 있는 도시 엘 파소El Paso는 평평한 사막 위에 세워진 도시로 사방이 온통 회색 들판과 야산으로 둘러싸여 있다. 멕시코와 접해 있고 서쪽으로 뉴멕시코주, 애리조나주와 인접해 있어 멕시코 냄새가 물씬 묻어난다. 호텔 식당에 들어서면 멕시코 사람으로 보이는 멕시칸들이 뚱뚱한 몸을 움직이며 스페인어로 뭐라고 떠들어 댄다. 한 가족으로 보이는 5명이 식당에 모여 아침식사를 하는 데 참 많이도 가져다 먹는다.

　시내 건물에 있는 간판에는 알라모, 엘 파소, 로드리게스 등 스페인어를 사용한 상호가 많이 보인다. 집들은 1층 또는 2층 집이 대부분이며 주택 사이에 나무를 심어 그나마 푸른 잎을 볼 수 있으나 사막에 형성된 도시인데다 전반적으로 워낙 평평하고 넓어서 차에서 지평선을 바라볼 수 있을 정도다.

오늘 들른 골프장은 사막에 만들어 골프장 이름도 페인티드 듄스Painted Dunes. 거칠고 황량한 느낌을 주는 골프장이다. 매번 다른 골프장에서 골프를 치지만 사막에 인공적으로 만든 골프 코스에서 운동하는 것도 의미가 있었다. 페어웨이를 벗어나면 맨땅의 사막이다. 나지막한 나무들이 듬성듬성 있어 옆으로 나간 볼이 나무 밑에 박히면 찾을 수가 없다.

이렇게 써놓고 보니 형편없는 골프장으로 생각할 수 있지만 좋은 점이 훨씬 더 많다. 한마디로 명문 골프장이다. 우선은 값이 엄청 싸다. 1인당 23달러이니원래는 36달러 공짜로 치는 기분이다. 페어웨이Fairway, 그린Green 관리 상태도 아주 좋다. 그린의 빠르기는 지금까지 쳐본 23개 골프장중 최고인 것으로 생각된다.

그리고 이곳은 모기와 같은 해충이 없다. 그동안 벌레 때문에 가려워서 고생한 것을 생각하면 이곳은 천국이나 다름없다. 또 날씨가 건조해서 땀도 별로 나지 않는다. 그늘에 들어가면 시원하다. 그동안 더운 날씨와 벌레 때문에 힘들었는데 오랜만에 시원하게 운동했다. 이 정도 시설에 이 정도로 저렴한 골프장이 서울 근교에 있다면 얼마나 좋을까?

사막 위의 그린에서 라운드를

페인티드 듄스 골프장은 엘 파소시 중심부에서 약 30분 정도 떨어진 외곽지역에 있어, 황량한 사막 위 파란 잔디의 페어웨이와 그린이 선명하게 구별되는 코스이다.

Painted Dunes Desert Golf Course

텍사스주 엘 파소시에 있는 페인티드 듄 스 골프장(Painted Dunes Desert Golf Course)은 켄 다이(Ken Dye)와 제프리 브라우어(Jeffrey Brauer.)가 설계하였다. 장관을 이루는 골프장은 공식 선수권 대회를 할 수 있는 챔피언십 코스로서 27홀로 구성되었으며, 엘 파소 시청에서 운영하는 시립 퍼블릭골프장이다. 2007년도 〈골프 다이제스트〉에서는 시청이 운영하는 미국 골프장 랭킹 2위로 선정하였고, 또한 100 달러 미만의 골프장 중에서 톱(Top)에 랭크되었던 골프장이다. 또한 텍사스 골퍼(Texas Golfer), 그리고 미국골프협회와 달라스 모닝 뉴스사 등 언론매체들로부터 텍사스와 남서지방에 있는 우수한 골프장의 하나로 평가 받았다. 골퍼들은 반드시 정확한 샷을 하여야 기복이 있는 그린과 구불구 불한 언덕을 극복할 수 있다. 이 골프장은 세계 6위의 사막인 치와완 사막(The Chihuahan Desert) 위에 만들어졌으며, 3개의 동, 서, 북 코스는 프랭크린 산맥(The Franklin Mountains)의 산자락에 자리 잡고 있다. 자연 그대로의 나무숲들과 야생동물들의 아름다운 경치를 보여준다.

골프장 규모 / 난이도

Par 72	Black	6,904	Rating 72. 7	Slope	134
	Blue	6,441	Rating 70.9	Slope	129
다스팀	White	6,033	Rating 69.4	Slope	124

예약

홈페이지(www.painteddunes.com) 와 Golfnow(www.golfnow.com) 참조
다스팀은 Golfnow에서 예약.

골프장 요금

일반요금 / 1인 39달러.
다스팀 / 1인 24달러 + 수수료 2. 2달러 = 26.2달러 / 4인 합계 105달러 / 39달러 할인

연락처

12000 McCombs St El Paso, TX 79934-3300 / 전화(915) 821-2122

프로 샵과 식당은 다소 소박한 느낌을 준다. 시민들이 최소한의 비용으로 골프를 즐길 수 있도록 불필요한 시설과 서비스는 과감하게 생략한 것으로 보였다. 전동 카트에 GPS까지 달려 있는데 그 GPS는 코스 맵만 나오는 것이 아니라 핀까지의 거리와 코스 내의 벙커나 도그 렉Dog leg 상태를 그림으로 알려주고 있다. 가장 간단하지만 필요한 정보는 전부 제공하는 것이다.

그린 스피드가 무척 빨라서 내리막 경사에서는 퍼터를 대기만 해도 줄줄 내려갈 정도다. 티피씨 소그래스TPC Sawgrass 골프장에서의 그린 스피드와 비교해도 손색이 없었다. 이렇게 코스 관리를 잘 해 놓고도 비용 또한 저렴하니 엘 파소 시민이 부러워진다. 험한 코스와 빠른 그린에 익숙해진 다스팀원들은 조금도 주저 없이 샷을 날렸다. 딴딴한 모래바닥에 볼이 있어도 언플레이어블Unplayable 선언을 하지 않고 그대로 페어웨이 우드를 잡고 샷을 하니 프로가 다 된 듯했다.

그런 팀원들을 보고 있자니 골프 코스 설계자였던 톰 심프슨Tom Simpson이 남긴 명언이 떠올랐다.

"골프는 플레이어, 상대 및 코스와의 사이에서 행해지는 삼각 게임이다. 플레이어 최대의 적은 코스도 상대도 아닌, 바로 플레이어 자신이다."

16번 홀까지 다들 동 타를 유지하다가, 17번 파4 홀에서 그린에 세컨드 샷을 올린 양 대표가 10m 정도의 내리막 경사에서 운 좋게도 버디를 잡으면서 순위를 결정지었다.

오늘의 우승은 양 대표84타였다.

Painted Dunes Desert Golf Course
17번 홀에서 버디를 한 후 의기양양하게 걸어나오는 다스팀 골프대표 양기종.

자연 그대로의 아름다운 코스, 시청에서 운영하는 미국골프장 중에서 랭킹 2위에 선정

DAY 40
2012. 10. 19

- **방문도시** El Paso, TX → Picacho, AZ
- **중요사항** 1. 이동 630km
-        2. 여덟 번째 캠핑장
- **날씨** 맑음   **기온** 19~32℃
- **주행거리** 630km   **주행누계** 7,538km

카우보이 아리조나 카우보이

　오늘의 날씨 매우 맑음. 일정은 약 630km 서쪽으로 이동하는 것. 삼면이 바다로 둘러싸여 있고 사계절이 뚜렷한 아름다운 금수강산에 사는 우리들은 한반도가 세상에서 가장 아름다운 땅이라고 배웠다. 실제로 한반도는 아름답다. 하지만 직선거리로 동서로는 채 300km가 안 되고 남북으로도 약 1,100km 정도이다. 다스팀은 미 대륙 횡단을 하며 느낀다. 넓고 광활한 대륙의 위용을. 아름답게 잘 관리된 수많은 골프장도 부럽지만 다양한 자연 경관은 우리나라와 너무나 달라 미치도록 부럽다. 미래의 한국을 짊어질 많은 젊은이들에게 이런 미국을 보여주고 싶다.

　카우보이 아리조나 카우보이
　광야를 달려가는 아리조나 카우보이
　말채찍을 말아들고 역마차는 달려간다

1955년 명국환이란 가수가 불러 유행했던 노랫말의 일부이다. 지금 우리는 노랫말에 나오는 애리조나^{Arizona}를 역마차가 아닌 캠핑카를 타고 달려가고 있다. 어찌 보면 그때는 말이 끌었고 지금은 엔진이 대신할 뿐, 그 시절의 역마차나 지금의 캠핑카나 생김새도 용도도 비슷하다.

엘 파소$^{El Paso}$에서 2박을 하고 오늘도 장거리 이동을 해야 했다. 아침 일찍 서둘러 호텔을 나섰다. 여느 때처럼 장거리 이동을 할 때는 차량 상태를 점검한다. 차량 실내를 깨끗이 쓸어내고 청소를 끝냈다. 보닛을 열고 엔진 오일, 냉각수, 워셔액 등 기본사항을 체크하고 자동차 기름도 가득 넣고 출발 준비를 마쳤다. 장 총장은 물걸레를 들고 차창에 묻어 있는 벌레들의 잔해를 닦아 내기 위해 보닛 위로 올라갔다.

그리고는 잠시 뒤에 오늘 첫 번째로 운전을 하겠다고 했다. 어제 골프장에서 공이 뜻대로 잘 맞지 않는다고 기분이 나빠 캠프로 돌아와서 주방장 직무를 나몰라하던 장 총장이 밤새도록 반성(?)하더니 원래의 헌신적인 모습으로 컴백했다.

캠핑카는 차폭이 넓고 차고 또한 매우 높다. 회전할 때 회전반경이 승용차에 비해 훨씬 크기 때문에 항상 주의해야 한다. 양 옆으로 약 30센티미터 이상 튀어 나온 백미러도 주행 중 옆 차와 일정한 간격을 유지해야 한다. 또 차고가 4미터 이상으로 승용차 높이의 2.5배나 된다. 그래서 주차장에 들어가거나 건물 현관 앞에 진입할 때는 반드시 조수가 차에서 내려 직접 높이를 확인한 후에 진입을 해야 한다. 우리는 머를 비치에서 리조트 건물 현관 지붕^{Porch}을 충돌한 경험이 있어 더욱 조심하였다.

어제와 그제 연속해서 달려왔던 I-10 고속도로를 타고 600km

뉴멕시코로 입성 중. 미국의 고속도로에는 많은 화물차가 다닌다.

여행 중 주 경계선에서 처음으로 검문을 받았다.

떨어진 피카초^{Picacho}로 향했다. 지명의 이름만 들어도 인디언의 냄새가 물씬 묻어난다. 가는 동안 차창 밖으로 보이는 풍경은 지금까지 봐 왔던 것과 별로 다를 바 없다. 하지만 점차 산이 많이 보이기 시작하고 들판이 더욱 황량해지자 우리는 사막의 한가운데로 들어가고 있음을 실감했다.

그러나 기대했던 모래 언덕이 있는 멋진 사막과 이국적인 풍경을 연출할 키 큰 선인장은 보이지 않아 실망스러웠다. 더 서쪽으로 가야 보일 것 같다. 간혹 중간 중간 인공적으로 경작하는 호두나무 농장이 보였다. 줄 맞춰 심어 놓은 농장은 들판 가운데 초록색을 띠며 푸른 숲을 이뤄 보기에 좋았다.

한 시간 정도 지나 텍사스^{Texas}주와 뉴멕시코^{New mexico}주의 경계선 부근에서 처음으로 검문을 받았다. 검정색 선글라스를 쓴 경비원이 차를 한쪽으로 정차하도록 한 후 한 사람씩 여권과 얼굴을 차례대로 확인했다. 최 단장이 밖으로 나가 뉴욕에서 샌프란시스코까지 골프여행 중이라고 말하니 다 확인하지도 않고 오케이 했다. 잠시 후 주 경계를 통과해 뉴멕시코주를 달렸다. 똑같은 10번 고속도로 인데 뉴멕시코의 구간은 도로가 아스팔트로 되어 있어 75마일^{120km}로 달려도 승차감도 좋고 운전하기 편했다.

4시간 정도 달린 후에 이름도 없는 휴게소 그늘진 곳에 차를 대고 느긋하게 점심식사 준비를 했다. 이동 중 점심식사는 라면이 보통이다.

설 작가가 콩나물을 넣어 끓인 라면을 내놓았다. "콩나물을 넣어도 되나?" 다른 일행은 의아해한다. 콩나물과 함께 끓인 이른바 "콩나물 공법에 의한 라면"이 얼마나 맛있는지 모르고 있다. 나중에는 콩나물을 더 달라고 야단이었다. 파까지 송송 썰어 넣어 끓인 라면이 단연 인기 짱이었다.

점심식사를 한 후에는 양 대표가 운전대를 잡았고 다음에는 최 단장의 순서로 해서 애리조나^{Arizona KOA} 캠핑장에 도착했다. 캠프 그 라운드 역시 애리조나답게 황량하기 그지없다.

8번째 방문한 캠핑그라운드 피카초(Picacho) KOA

피카초 KOA 캠핑장은 사막 한가운데 있는 투산^{Tuson}과 피닉스 ^{Phoenix}의 중간 지점에 위치한다. 그동안 뉴멕시코부터 시작된 사막 지역을 1,600km 이상 달려왔다. 어릴 적 본 서부영화 'OK 목장의 결투'의 현장인 텍사스와 무수한 선인장 그리고 모래의 땅인 애리조 나는 분위기가 사뭇 달랐다. 한글로 〈나〉자 모양의 거대한 나무 선인장은 애리조나에서만 볼 수 있다. 바닥에 깔리는 듯이 자생하 는 익숙한 선인장의 군락이 끝없이 펼쳐져 있기도 하다. 집 주위의 정원수도 선인장과 팜 트리^{Palm Tree}로 조성되어 있었다.

오늘 도착한 피카초 KOA 캠핑장은 그랜드 캐니언^{Grand Canyon}으 로 떠나는 거점 캠프장 역할을 한다. 우리도 이틀 후 피닉스^{Phoenix}를 거쳐 그랜드 캐니언으로 떠날 예정이다. 캠프 그라운드 입구에 들 어서니 거목 같은 선인장이 사무실 앞에서 반긴다. 선인장은 새싹 이 나올 때 외피를 벗겨 식용으로 사용하고 열매는 칵테일 등에 사 용할 수 있다고 안내인이 설명해 주었다. 주차를 하고 나서 주위를 살펴보니 여태까지 방문한 캠프장 중에서 가장 소규모이고 시설도 매우 열악하다. 단지 거쳐 가는 곳이라 생각하니 마음이 편해졌다. 이것도 여정을 즐기는 또 하나의 경험과 추억이라 위안한다.

오늘도 전원 합의로 소고기 바비큐에 시금치국이다. 이미 오면서 시장은 본 상태다. 고기를 씹다 보면 간혹 모래도 씹혔다. 역시 사막에 와 있음을 실감한다. 주위에는 캠핑카 몇 대와 수많은 선인장뿐이다. 선인장 정원인 셈이다. 그래도 샤워장은 의외로 매우 훌륭했다.

　애리조나 사막의 밤은 온도차가 크고 건조하다. 장 총장은 텍사스를 거쳐 오며 건조해진 발뒤꿈치가 드디어 애리조나에서 갈라지기 일보 직전이다. 역시 사막의 여정은 괴롭다. 다들 빨리 이곳에서 탈출하고 싶어 한다.

캠핑장에 있는 거대한 선인장 앞에서

DAY 41
2012. 10. 20

- **방문도시** Picacho, AZ → Maricopa, AZ → Chandler, AZ
- **중요사항** 제24차 골프 / Tee Time 11시 45분
- **날씨** 맑음 ・ **기온** 19~32℃
- **주행거리** 133km ・ **주행누계** 7,671km

푸짐하고 맛있는 샌드위치와 연어요리

오늘의 일정은 골프 후 바로 호텔로 이동.

골프장으로 가는 길에서 바라본 풍경은 온통 짙은 회색의 광야, 흑갈색의 산, 선인장뿐이다. 서던 듄스Southern Dunes GC 골프장은 정말 잘 관리된 페어웨이와 그린, 가격도 매우 싼 55달러. 밤새 핫 딜Hot Deal 시간을 찾아내 원래 129달러 하던 것을 74달러나 절약한 최 단장의 노고가 빛나는 순간이었다.

일찍 도착한 덕분에 천천히 식사도 하고 골프 샵에서 티셔츠를 골라 입어보고 구입도 했다. 최 단장과 양 대표가 마음에 드는 셔츠를 할인 가격에 산 후 매우 만족한 모습이다.

클럽하우스에서 먹었던 샌드위치 중 오늘이 제일 맛있었다. 그런데 양이 너무 많아 도저히 다 먹을 수가 없었다. 생각 같아서는 2명이 1인분씩 주문해서 나눠 먹는다면 남기지 않고 좋았겠는데, 그렇게 주문할 수가 없어 각자 시킬 수밖에 없었다. 샌드위치를 좋아하는 최 단장조차 음식을 남겼으니 알 만한 일이다.

골프를 마치고 호텔로 돌아와서 저녁식사 시간을 맞았다. 오늘 골프 성적이 괜찮은 장 총장, 숙소로 오는 길에 구입한 신선한 연어를 반은 굽고 반은 날 것으로 요리해 내 놓았다. 거기에 김치찌개와 흰 쌀밥. 집 떠나 오랜 기간 여행하며 우리의 입은 꽤나 사치스러워졌다. 설 작가가 아무리 된장국을 맛있게 끓여도 메인 요리가 없으면 평가를 받지 못한다. 앞으로도 계속 이렇게 먹으며 지낼 수 있을까?

기다리면 기회는 오는 거야

오늘 아침 골프장으로 가는 차 안에서 최 단장이 "오늘은 플레이 후 운전은 제가 하겠습니다." 하니 지난 게임의 우승자인 양 대표가 "당연히 그러셔야죠." 하며 맞장구를 쳤다. 이 말은 오늘 우승은 최 단장 자기가 하겠다는 뜻이다. 언제부턴가 그날의 우승자가 운전을 맡고 나머지 사람들은 시원한 맥주 한 잔 하면서 속을 달래 왔기 때문이다.

약 400야드는 넘어 보이는 연습장Driving Range에서 어깨에 힘을 바짝 주고 연습을 하고 돌아서니, 바로 옆에 어프로치 샷과 벙커 샷 연습장에 연습 볼이 가지런히 놓여 있다. 그냥 지나칠 멤버들이 아니다. 놓인 공들이 전부 없어질 때까지 연습 샷을 하는데 핀 주변에 딱딱 붙여야만 성에 차는 모양이다.

최 단장이 초반부터 4홀 연속파를 하면서 기세등등하게 나가는데, 첫 홀부터 벙커에서 허덕이면서 더블 보기를 한 양 대표는 계속해서 보기를 하자 표정이 굳어졌다. 장 총장 역시 파 행진을 계속

AK- Chin Southern Dunes Golf Club

서던 듄스(Southern Dunes GC) 골프
장은 2002년에 개장하였고, 애리조나주
챈들러(Chandler)시에 위치한다. 미국의
존경받는 골퍼인 프레드 커플스(Fred Couples)가 설계하였다. 전 세계적으
로 200개의 골프장을 운영하고 있는 트룬 골프 그룹(Troon Golf Group)이
운영하고 있다. 〈골프 매거진〉은 미국 100대 골프장 중 87위와, 애리조나주
골프장 가운데 5위에 선정하였다. 이 코스는 구릉이 많고, 페어웨이 바깥쪽
이 관목과 갈대숲으로 되어 있어 그 쪽으로 공이 들어가면 찾기가 불가능하
다. 또한 벙커는 턱이 높아서 빠져나오기만 해도 고마워해야 할 정도이다.

골프장 규모/ 난이도

Par 72	Tips	7,517	Rating	76.2	Slope	141
	Black	7,307	Rating	75.1	Slope	138
	Gold	6,889	Rating	72. 6	Slope	131
	Blue	6,493	Rating	70.6	Slope	126
다스팀	White	6,074	Rating	68.5	Slope	121

예약

홈페이지(www.golfsoutherndunes.com)와 Golfnow(www.golfnow.com) 참조
다스팀은 Golfnow에서 예약.

요금

일반요금 / 1인 129달러
다스팀 / 1인 59달러 + 수수료 5.3달러 = 64. 3달러 / 4인 합계 257.2달러 / 259달러 할인

연락처

48456 West Highway 238, Maricopa, AZ 85139 / 전화(480)367-8949

하다가 4번 파3 홀에서 니어리스트와 버디를 동시에 낚으면서 샷이 부드러워졌고 42타로 전반 선두로 나서기 시작했다. 8번 파4 429 야드 핸디캡 1번 홀에서 양 대표는 지난 홀까지의 부진을 만회하려고 무리한 샷을 하다가 더블 파를 범했다. 스코어 카드에 핸디캡을 표시해 놓은 이유를 홀 아웃 한 다음에야 실감하게 되었다.

그러나 어쩌랴! 그게 골프인 것을. 그러나 양 대표는 11번 160야드 파3 홀에서 니어리스트, 버디를 성공시키면서 한순간에 환한 표정이 되었다. "바로 그거야. 기다리면 기회는 오는 거 아니겠어?" 오늘의 니어리스트와 버디를 동시에 챙긴 장 총장과 양 대표는 프로선수라도 된 듯이 주먹을 서로 맞대면서 기쁨을 나눴다.

후반 들어 설 작가가 그린 주변의 어프로치 샷을 핀에 딱딱 붙이고, 숏 퍼팅을 전부 성공시키면서 다른 플레이어들의 속을 불편하게 만들었다. 장 총장 왈 "야! 설 작가, 너는 미국에 집 한 채 사야겠다." 설 작가는 대꾸도 하지 않고 70야드 안쪽의 거리도 꼼꼼하게 살피면서 플레이에 집중했다. 어려운 코스에서 다들 80대의 기록에 만족하며 플레이를 마무리하였다. 오늘의 우승은 설 작가[84타]이다.

"골프에서의 테크닉은 겨우 2할에 불과하다. 나머지 8할은 철학, 유머, 비극, 로맨스, 멜로드라마, 우정, 동지애, 고집 그리고 회화이다."

유명한 스포츠 기자 그랜트랜드 라이스Grantland Rice가 한 멋진 말이다.

우리 다스팀은 철학, 유머, 우정, 동지애, 고집까지는 해당되는 것 같다. 앞으로 로맨스와 멜로드라마만 쓰면 될 것 같다.

모래위에 세운 특이한 정문과 간판 모습

페어웨이 바깥쪽은 탈출하기 어려운 관목과 갈대숲, 그리고 턱이 높은 벙커들이다.

DAY 42
2012. 10. 21

- **방문도시** Chandler, AZ → Williams, AZ
- **중요사항** 1. 이동 339km
-          2. 아홉 번째 캠핑장
- **날씨** 맑음   **기온** 4~18℃
- **주행거리** 339km   **주행누계** 8,010km

양 대표의 생일 파티

오늘은 그랜드 캐니언 관광을 위해 애리조나주 북쪽으로 339km 떨어져 있으며 그랜드 캐니언과 인접한 윌리엄스Williams시 KOA 캠프 그라운드로 이동했다. 하루 묵었던 챈들러Chandler시를 떠나 다시 10번 고속도로를 타고 피닉스Phoenix시 외곽을 경유해서 달렸다. 1시간 정도 달리다가 북쪽으로 향하는 17번 고속도로로 갈아탔다. 10번 고속도로와 달리 커브가 많고 산을 깎아 길을 낸 곳이 많아서인지 오르막 내리막 경사진 길이 계속되었다. 건설회사에서 오랫동안 일했던 양 대표에 따르면 아주 잘 만들어진 도로라고 한다.

피닉스는 애리조나주의 주도로. 우리에게는 전자산업, 벤처산업이 발달한 도시로 알려져 있다. 또한 인디언들의 생활 터전이었던 곳으로 알려져 인디언 원주민들의 옛날 생활 모습을 간직한 기념관에 가보고 싶었지만 시간이 허용되지 않아 아쉽지만 포기할 수밖에 없었다.

　윌리엄스 KOA 캠프장까지 오는 도중 10번 고속도로를 벗어나 19번 고속도로를 타면 길은 북쪽으로 향하면서 점차 고도가 높아지는 것을 알 수 있다. 완만하지만 오르막 경사를 계속 달리다 해발 3,000피트^{1,000미터}쯤 되는 휴게소에 들러 잠시 쉬어 가기로 했다. 'Sun set viewpoint'라 이름 붙여진 휴게소^{Rest Area}인데 사방이 확 트여 이름 그대로 일몰을 보기에 좋은 장소였다. 거기 도착한 시간이 12시. 마침 휴게소에 있는 해시계가 12시 정각을 가리키고 있었다.

　마침내 KOA 캠프장에 도착했다. 차에서 내린 첫 느낌은 기온이 뚝 떨어져 '고지대 동절기에 들어가는구나'였다. 이곳 윌리엄스 캠프장이 그랜드 캐니언을 관광하기 위해서 전초기지로 많이 활용되고 있다고 한다. 고지대라 밤에는 4도 정도까지 떨어진다. 거의 겨울 기온이다. 지금까지 20~30도 기온에서 생활해 왔는데 갑자기 기온이 떨어져 감기에 걸리지 않을까 염려되었다. 모두들 긴 팔 상의와 긴 바지를 꺼내 입고 겨울 모드에 들어갔다.

　오늘은 특별한 이벤트가 준비되어 있다. 양 대표의 63회 생일을 여기 애리조나 캠프장에서 맞게 된 것이다. 어제 쇼핑할 때 특별히 준비한 최고급 등심과 생일축하 케이크 그리고 멋진 꽃으로 63년간 훌륭한 인생을 살아온 양 대표의 생일을 진심으로 축하해 주었다.

　현대건설에 입사 후 한결같이 30여 년간 숱한 국내외 건설현장을 지키며 살아온 양 대표. 그는 새만금 방조제 공사장 소장으로 최종 물막이 공사를 성공적으로 마무리하며 역사에 길이 남을 대공사를 성공적으로 완수하였고 그 공로를 인정받아 2006년 산업훈장을 받은 명예로운 건설인이다. 다만 가끔 소장 때 하던 습관대로 팀원들에게 공사현장 공무 다루듯 행동하는 바람에 은행 지점장 출

최 단장이 설거지에 전념하고 있다.

조촐하지만 생일축하 케이크를 앞에 놓고 카네이션 꽃을 전하는 모습

신인 설 작가에게 지적을 받기도 한다.

한국에서는 어제 양 대표의 부인, 아들, 며느리, 손자, 사위가 모여 생일축하 노래를 부르는 장면을 동영상으로 찍어 인터넷으로 전송해 왔다. 얼마 전 장 총장의 생일과 외손주를 보는 경사가 있었는데, 거기에 더해 양 대표의 생일까지 맞아 우리들의 여정에 활력소가 되었다. 애리조나 캠프에서 쇠고기 등심 바비큐와 된장찌개를 차려놓고 친구의 생일을 축하하며 와인 잔을 부딪친 밤이었다.

많은 사람들이 성격이 다른 네 사람이 모여 장기간의 여행을 하는 건 어려울 일이라고 염려했다. 하지만 우린 잘 해내고 있다. 생각이 다른 사람들이니 의견 충돌은 있다. 하지만 지금까지 서로 양보하고 다독이며 일정의 70% 이상을 무사히 통과했다.

9번째 방문한 캠핑 그라운드
Grand Canyon / Williams KOA

윌리엄스Williams KOA. 캠프 그라운드 주변은 기대와는 좀 다른 분위기다. 황량한 검붉은 갈색 톤은 특유의 분위기를 자아낸다. 숲이라고는 찾아볼 수가 없다. 그러나 잘 정돈되어 있기는 하다. 도로는 모두 작고 붉은 돌로 깔아 놓았다. 규모는 별로 크지 않지만 성수기 때는 매우 붐비는 모양이다. 한국인도 단체로 와서 캐빈Cabin에 머무른 적이 있다고 한다. 숲과 자연이 어우러진 곳으로 생각했는데 조금은 실망스럽다. 캠핑족도 많지는 않은 편이다. 그래도 그들은 이런 분위기를 즐기는 모양이다.

복잡한 도시에서 성장한 우리에게는 이러한 자연이 생소하다. 가

숨이 커질 것 같은 기분은 들지만, 터질 정도는 아니다. 하지만 자연이 넓고 웅장해야만 맛인가. 한국에 있는 우리 동네 개울가 역시 많은 스토리와 정서를 갖고 있다.

하지만 조금 부럽다. 좀 더 미국에 머물며 미국을 알고 싶어진다. 미국에 대한 호기심과 궁금증의 덩어리는 생각보다 매우 크다. 모든 것을 알기에는 너무 많은 시간과 노력이 필요하지만 정해진 시간은 너무 짧다. 다음 기회를 생각하며 그 마음을 접는다. 다음 기회가 올지, 어쩌면 다음 생이 될지도 모른다. 비록 황량한 캠프 그라운드이지만 친구의 생일을 축하하며 건배를 할 수 있다는 것도 큰 행운이다. 다음 기회라는 것이 오면 좋겠지만 최선을 다해 오늘을 즐기는 것, 그것이 우리의 모습이다.

작은 붉은 돌로 캠핑장 내 도로를 깔아 놓은 것이 특이하다.

DAY 43

2012. 10. 22

- **방문도시** Willams, AZ → Grand Canyon Village, AZ → Palm Springs, CA
- **중요사항** 1. 그랜드 캐니언 관광
    2. 이동 764km
- **날씨** 맑음　　　 • **기온** 5~18℃
- **주행거리** 764km　 • **주행누계** 8,774km

그랜드 캐니언, 추위와 싸우다

드디어 기대하던 그랜드 캐니언^{Grand Canyon} 관광이다.

그랜드 캐니언 관광을 나서기 전에 우린 웃지 못할 쇼를 하나 했다. 어제가 양 대표 63회 생일이어서 축하파티를 했는데 문제는 축하파티 모습을 찍은 사진을 노트북에 옮기는 과정에서 사진이 전부 날아가 버린 것이다. 사진을 찾기 위해서 컴퓨터 복원작업을 여러 번 시도했지만 결국 실패하고 말았다. 그래서 아침에 다시 한 번 상(?)을 차려 놓고 단장의 연출(?)지도 하에 어제의 생일 축하장면을 재연하고 사진을 찍어 인터넷 카페에 올렸다.

어젯밤 캠핑카에서 잘 때 있었던 일을 이야기하면 다스팀 일행이 얼마나 힘든 하룻밤을 겪었는지 알 수 있다. 28~31도 정도의 더운 날씨 속에서 40여 일을 지내 왔는데, 그랜드 캐니언 관광의 베이스 캠프에 도착하면서 기온이 뚝 떨어진다.

해가 지면 3~4도 수준이다. 게다가 바람마저 불어 체감온도는 더욱 떨어진다. 각자 큰 가방에 넣어 두었던 두툼한 겨울옷을 꺼내 입고 잠자리에 들었는데 밤새 기온은 더 떨어졌다. 히터를 틀고 싶었지만 히터 통풍구가 통로 바닥에서 자는 양 대표 얼굴 앞이어서 히터 가동도 할 수 없었다. 모두가 밤새 떨며 지낼 수밖에 없었다.

이윽고 기대했던 그랜드 캐니언 관광. 일행 중 두 명은 이미 다녀 갔지만 LA 털보 형님의 제안을 받아들여 관광을 하기로 한 곳이다. 다시 와도 언제나 신비스러움에 감탄할 수밖에 없는 곳. 이번에는 조금 욕심을 부려 계곡 밑까지 내려가서 새로운 모습을 볼 수 있었으면 했는데, 별도로 가이드를 동반해야 하고, 일정상 문제도 있어 아쉽지만 보류하였다. 또한 경비행기 투어는 가격이 비싸고 위험한 데다, 버스 투어는 여러 사람이 함께 다녀야 하는 불편함이 있다.

그래서 최 단장의 제안에 따라 큰돈을 주고 별도로 핑크 지프 투어Pink Jeep Tour를 선택하였다. 가격은 세금포함 389.75달러에 팁 15%인 60달러를 포함하여 합계 450달러이다. 차량은 핑크색의 4인승 지프 오픈카로 기사가 직접 가이드를 해 여러 가지로 편했다. 그런데 지붕이 없는 투어 차량인지라 온도가 높은 날은 달릴 때 시원한 바람에 상쾌함을 느끼겠지만, 오늘처럼 쌀쌀한 날은 세찬 바람에 여간 곤혹스러운 것이 아니었다.

최 단장은 앞좌석이라 바람을 덜 맞지만 뒷좌석의 3명은 그랜드 캐니언의 세찬 바람을 온 몸으로 받아야 했다. 차량에 준비된 담요로 온 몸을 감싸보았지만 역부족이었다. 어제 밤새 추위에 떨며 자는 둥 마는 둥 했는데 오늘 어떻게 이럴 수 있는지 아무 생각이 안 들었다. 차에서 밖을 쳐다보기는커녕 머리를 숙이고 담요를 덮은 체 빨리 시간이 지나기만을 기다렸다. 좀 더 편하게, 좀 더 풍경에 가깝게 투어를 할 수 있을 거라 기대했던 오픈카 지프 투어는 쌀쌀

계곡 아래도 탐방할 것으로 기대했으나 아쉬움을 남긴 Pink Jeep 앞에서

세찬 바람에 담요를 뒤집어 썼지만 너무 추워 얼굴이 굳어 있다.

한 날씨 탓에 많은 아쉬움을 남겼다.

1919년 국립공원으로 지정되고 유엔에서 문화유산지역으로 지정한 그랜드 캐니언. 그 규모의 장대함과 생성과 보존의 영속성은 여행객들에게 많은 생각을 하게 만든다. 오픈카에서 시달리기는 했지만 그래도 다시 찾은 협곡은 웅대하고 아름다웠다.

남쪽에서 바라다 본 북쪽 측면의 지층은 햇빛에 시루떡처럼 켜켜이 쌓은 지층의 모습을 속속들이 드러냈다. 보는 시야와 태양의 각도에 따라 색상이 저마다 달라 그것을 보는 것만으로도 감탄이 절로 났다. 언제 어느 곳에서 몇 번을 보아도 하나님의 위대한 섭리를 깨닫게 하는 절경이다.

그랜드 캐니언 관광을 마치니 오후 4시가 넘었다. 당초 계획에는 이곳 캠프에서 1박을 더하고 다음날 일찍 다음 행선지로 출발키로 했는데 어젯밤, 오늘 낮 일로 빨리 이곳을 떠나고 싶었다. 그래서 장거리에 밤운전이 걱정이 되었지만 서둘러 LA부근 팜 스프링스^{Palm Springs}를 향해 고속도로를 타고 이동했다. 거리로 600km 이상인데다 야간운전이라 힘이 들었다. 더욱이 자동차에 문제가 있는지 속도를 내면 흔들림이 심해서 속도를 낼 수 없어 예상보다 훨씬 많은 시간이 걸렸다. 호텔에 도착한 것은 열한 시가 넘었다. 추위 때문에 전날 밤을 설쳤고, 또 그랜드 캐니언에서 떨면서 관광을 한 데다 장거리를 이동하고 나니 단원들 모두 녹초가 되었다.

DAY 44
2012. 10. 23

- **방문도시** Palm Springs, CA → indio, CA
- **중요사항** 1. 제25차 골프 / Tee Time 12시36분
  2. 캠핑카 정비공장
  3. 렌탈카 회사
- **날씨** 맑음　　　**기온** 14~28℃
- **주행거리** 73km　　**주행누계** 8,847km

캠핑카 2차 수리, 렌트카로 골프장

　　오늘 일정은 자동차 정비공장Palm Springs Motors, Inc.을 방문하여 차량을 점검하고 골프를 치는 계획이다. 차 상태가 정상이 아니었다. 속도를 80km 이상으로 높이면 차가 몹시 떨리고 흔들렸다. 그렇게 불안한 가운데 조심스럽게 7시간 이상을 운행하였다. 그래도 다행이라면, 주행 중 고장이 나서 자동차가 멈춰 서거나 사고로 이어지지 않았다는 점이다. 어쩌면, 종일 떨고 다닌 네 명의 60 노객을 하늘이 어여쁘게 여겼는지도 모르겠다. 견딜만한 고통을 주면서 우정이란 이름으로 서로 간에 쌓인 사소한 감정도 풀라는 의미였는지 모르겠다.

　　캠핑카의 이상상태를 캠핑카 회사에 알리고 정비 공장을 추천받았다. 정비 공장을 찾아가 진단을 받았더니 정밀 검사를 해야 한다며 차를 맡겨 놓고 내일 오라는 것이다. 우리는 타이어 교체만 하고 티 타임에 맞추어 골프장에 가면 된다고 생각하였는데, 난감

한 일이었다.

다행이 정비 공장 바로 옆에 렌트카 회사Enterprise Rent-A-Car of LA가 있었다. 우리는 캠핑카 정비를 맡기고 렌트카로 골프채와 필요한 짐만 옮겨 싣고는 골프장으로 직행했다. 대형 캠핑카를 운전하다 승용차를 운전하니 마치 날아가는 것 같았다.

팜 스프링스Palm Springs는 휴양도시로 많은 관광객이 몰려드는 곳이다. 사막지대에 계획도시로 건설했기 때문에 시는 작지만 깨끗하다. 물이 귀한 사막에 어떻게 이렇게 많은 건물들을 짓고 나무를 심어 관리하고 있는지 궁금했다. 라스베이거스라는 거대한 환락의 도시도 사막에 지어진 것이니 어쩌면 이 도시는 별것 아닐 수도 있겠다.

도시는 산이 외곽을 빙 둘러싸고 있어 마치 커다란 냄비 속에 들어가 있는 듯한 착각을 불러일으켰다. 도시를 둘러싸고 있는 산들은 자세히 보면 나무 하나, 풀 한 포기가 없는 짙은 회색의 바위로 되어 있어 독특한 느낌이 들었다.

이번에 우리가 묵는 호텔의 주인은 재미교포 한국인이었다. 아침 식사를 하는데 수수한 복장을 한 한국 남자가 우리에게 한국인이냐고 물어 왔다. 호텔 컴포트 인Comfort Inn를 경영하는 피터Peter강 사장이다. 강 사장은 우리들보다 한 살 많다. 76년도에 한국을 떠나와 많은 고생을 한 후 지금의 호텔을 경영하게 되었다고 한다. 이른바 '아메리칸 드림'을 이룬 사람이다. 이곳은 객실 130개의 제법 큰 규모의 호텔이다. 딸은 결혼해서 출가했고 미혼의 아들과 같이 호텔을 운영하고 있었다. 지금은 성공한 호텔 사장이지만 어렵던 시절 고국을 떠나 이국땅에서 겪었을 모진 고생이 그의 깊은 눈 속에서 비치는 것만 같았다.

그동안 미국 여행 중에 한국 사람을 만난 경우가 몇 번 있었지

Golf Club at Terra Lago - North Course

테라 라고 골프장(The Golf Club at Terra
Lago)은 북 코스(North Course)와 남 코스
(South Course), 2개의 코스 36홀 규모로
1998년 개장하였다. 1999~2002년 PGA 투어
스킨스 게임(PGA Tour Skins games)을 개최
하였다. 1999년 참가자는 프레드 커플스(Fred Couples), 데이비드 듀발
(David Duval), 세르지오 가르시아(Sergio Garcia), 그리고 마크 오메라
(Mark O'meara)이었다. 산의 경치와 흠잡을 데 없는 코스관리, 그리고 풀
서비스(Full Service)의 클럽하우스가 깊은 감명을 준다. 북 코스는 버뮤다
잔디에 18홀, 파 72이다.

골프장 규모/ 난이도

Par 72	Professional	7,060	Rating	73. 7	Slope	137
		6,511	Rating	71. 4	Slope	132
다스팀	Regualr	5,870	Rating	68.5	Slope	125

예약

홈페이지(www.golfclub-terralago.com) 예약 참고.
다스팀은 골프나우 사이트(www.golfnow)에서 예약.

골프장 요금

일반요금 / 1인 59달러
다스팀 / 1인 50달러 + 수수료 2달러 = 52달러 / 4인 합계 208달러 / 28달러 할인

연락처

84-000 Terra Lago PkwyIndio, CA 92203-9706 / 전화(760) 775-2000

만 한인 식당이나 한인 마트에서 스치듯 만난 것이 전부였다. 그런데 우연치 않게 비슷한 연배 강 사장을 만나 많은 이야기를 나누게 되니 우리도 무척이나 반가웠다. 강 사장도 핸디캡 11 정도 되는 대단한 골프 실력파라고 한다. 성공한 분이지만 말과 행동을 보면 상당히 겸손한 분이었다. 76년도에 한국을 떠난 후 딱 한 번 결혼을 위해 한국에 갔었다고 한다. 지금은 한국이 잘 살고 있어 기쁘지만 한편으로는 한국에 가는 일이 왠지 어렵게 느껴진다고 한다.

팜 스프링스의 온도는 낮에는 28~30도이나 밤에는 14도 정도로 일교차가 심한 편이다. 반 팔 차림으로 주차장에 나섰다가 세게 부는 밤바람에 혼쭐이 났다.

팜 스프링스 3연전

테라 라고 골프장Golf Club At Terra Lago은 그랜드 캐니언 캠핑장이 너무 춥고 황량해서 팜 스프링스에 예정보다 하루 먼저 도착해 급히 예약한 골프장이었지만 의외로 유명한 곳이었다. 코스의 난이도가 높아서 하이 리스크 하이 리턴High Risk and High Return이 그대로 적용되는 코스이다. 페어웨이가 다른 코스보다 단단하고, 잔디가 바닥에 가라앉아서 클린 샷이 안 되면 볼이 깔려 나가는 현상이 생긴다. 그린은 한군데도 평평한 데가 없어 스킨스 게임Skins game을 하기에 딱 알맞은 곳이라는 느낌이 든다.

페어웨이와 그린 그리고 티 박스에만 파란 잔디가 있고, 나머지는 벙커와 사막의 억센 관목으로 조성되어 있어서 딱 대비가 되며 골프장 조성비는 얼마 들지 않았을 거란 생각이 든다. 하지만 한여

름에는 잔디가 다 죽어버려서 한 달 이상 골프장을 닫고 보수를 한 후에 다시 오픈한다고 한다.

15번 파3 152야드 아일랜드 홀의 내리막 5m에서 설 작가가 버디를 해서 니어리스트와 버디 상금을 동시에 가져갔다. 그래서 우리는 설 작가를 '떠오르는 샛별'에서 '대단한 설 작가^{줄여서 대단 설}'이라 부르기로 했다.

오늘의 우승은 설 작가^{85타}이다.

파3 아일랜드 홀에서 버디 퍼팅을 하고 있는 설 작가

DAY 45

2012. 10. 24

- **방문도시** Palm Springs, CA → La Quinta, CA
- **중요사항** 제26차 골프 / Tee Time 오후 1시 7분
- **날씨** 맑음   • **기온** 14~29℃
- **주행거리** 95km   • **주행누계** 8,942km

양 대표 74타, 베스트 스코어

오늘은 양 대표가 베스트 스코어를 기록한 날이다. 투 오버 파^{Two} $^{Over Par}$ 74타! 대단한 기록을 모두 축하하며, 에이지 슈터가 되는 다스팀의 꿈$^{Dreaming Age Shooter}$이 어쩌면 양 대표를 통해 몇 년 후에 이뤄질 수 있을 거라 생각했다. 양 대표! 영원한 우리의 대표 선수 축하한다. 팜 스프링에서 4일 숙박하며 3회 라운드 중 오늘 2번째였다.

골프장에 가기 전에 어제 빌린 승합차를 반납하고 바로 옆에 있는 정비공장에 들렀다. 수리 결과 다른 곳은 정상이고, 캠핑카 왼쪽 바퀴의 타이어가 심하게 닳아서 교체하였고 휠 얼라이먼트도 조절하였단다. 타이어가 불규칙하게 심하게 닳아서 펑크 나기 직전의 위험한 상태였다고 한다. 캠핑카 회사에 연락하니 타이어 수리비용 545.88달러는 보험처리가 된다고 한다. 그러나 캠핑카 점검과 수리기간 동안 우리가 빌린 승합차 렌트비용은 보험처리가 안 된다고 한다. 이유는 타이어 마모의 원인이 타이어 자체 불량이 아니고, 우리의 잘못된 운전습관과 차량관리가 소홀하였기 때문이란다. 납득이 가지 않는 최 단장은 캠핑카 반납할 때 다시 문제를 제기하기로 하고 전화를 끊었다.

여행을 하다 몸과 마음이 지치고 피곤해지면 집과 가족이 생각난다. 오늘이 그런 날이다. 보고 싶은 얼굴, 그리운 목소리가 생각난다. 이런 날은 편지를 쓴다. 다음은 설 작가가 다스팀 가족·친지들에게 보내는 편지이다.

60일 여정 중 45일이 지났습니다. 거리상으로도 8,900km를 지났고 이제 남은 기간은 불과 15일 정도 남았습니다. 계속 되는 강행군으로 마음과 몸이 조금씩 지쳐가고 있고 사소한 시행착오도 있었지만 다스팀은 지금까지 성공적으로 잘 해오고 있다고 생각합니다

여행일지, 골프장 소개, 캠프장 소개를 통해 회원들과 소통하며 우리 다스팀의 일거수 일투족이 잘 전달될 수 있도록 노력하고 있으며 저희가 올리는 일지에 많은 댓글이 이어져 위로와 격려가 되고 있습니다. 출발 전 처음에는 건강한 모습으로 완주하여 서울에 돌아가면 그것만으로도 성공이라고 소박하고 겸손한 마음을 가졌지만 이제 3/4를 돌아온 이 시점에서 조금 다른 꿈을 이루고 돌아갈 수도 있지 않을까 생각해 봅니다.

그것은 미국에서 이루어지는 꿈이 아닙니다. 한국과 미국이라는 공간과 시간을 뛰어 넘는 다스팀원과 가족, 회원들의 화합과 하나 됨이야말로 이번 여행의 가장 큰 성과가 아닌가 생각합니다. 그리고 먼 여행길에서 더 가깝고 깊어지는 가족과 친지들 간의 사랑과 정은 이번 여행에서 얻어가는 가장 값진 것이 될 것이라 확신하게 됩니다.

설병상 배상

PGA WEST-Greg Norman Course

미국 서부의 골프 고향으로 잘 알려진 PGA
WEST에 있는 골프 코스들은 미국에서 가장
화려한 도시들 중의 하나인 캘리포니아주 라
퀸타시에 위치하고 있다. 팜 스프링스와 아주
가까운 거리에 있는 PGA WEST Resort는 세
계적으로 유명한 챔피언십 코스 6개를 소유하고 있다. 3개 코스는 일반인에
게 공개하는 퍼블릭 코스들이다. 장엄한 산타 로사 산맥의 산자락에 아늑
하게 자리 잡고 있으며, 골퍼들에게 숨이 멎는 듯한 사막의 오아시스와 같
은 아름다운 풍경을 보여준다. PGA WEST는 최고의 설계자 5명이 설계한
최고의 골프 리조트이다. 잭 니클라우스(Jack Nicklaus), 피트 다이(Pete
Dye), 아놀드 파머(Arnold Palmer), 그렉 노먼(Greg Norman) 톰 웨이
스코프(Tom Weiskopf) 등 5명의 설계자들은 모든 타입의 골퍼들에게 모
든 타입의 코스에서 독특한 경험을 할 수 있도록 설계하였다.

골프장 규모/ 난이도

Par 72	Tournament	7,156	Rating	74. 9	Slope	138
	Championship	6,671	Rating	72. 6	Slope	132
다스팀	Regular	6,227	Rating	70.4	Slope	126
	Red	5,297	Rating	65.6	Slope	112

예약

홈페이지(www.pgawest.com)와 Golfnow(www.golfnow.com) 참조
다스팀은 Golfnow에서 예약.

요금

1인 139달러, 세금과 수수료 2달러, 4인 합계 563. 96달러 지불.

연락처

81-405 Kingston Heath La Quinta, CA 92253-4600 / 전화(800) 727-8331

퍼팅은 본 대로 가지 않고 친 대로 간다

PGA 웨스트PGA WEST Golf Club 골프장에는 티피시 스타디움 코스TPC Stadium Course와 니콜라우스 토너먼트 코스Nicklaus Tournament Course 그리고 그렉 노먼 코스Greg Norman Course 등 3개의 정규 18홀 퍼블릭 코스가 있는데 우리는 그렉 노먼 코스에서 플레이를 하였다. 서둘러 캠핑카 수리공장에서 차를 찾아 골프장에 도착했는데도 50분밖에 시간 여유가 없었다.

클럽하우스 식당에서 샌드위치 2인분과 샐러드를 시켜 콜라와 함께 네 명이 부리나케 나눠 먹었다. 이제 우리도 여우 짓을 한다. 클럽하우스의 샌드위치는 우리에게는 양이 너무 많다. 매번 남긴 음식을 플라스틱 박스에 넣어 가지고 나오게 되는데 어쩔 때는 먹지도 못하고 그대로 버렸다. 그래서 언제부턴가 2인분만 시켜서 넷이 나눠 먹는다. 식당 문을 나서니 바로 앞에 널찍한 연습장Driving Range에서 많은 사람들이 플레이를 하기 전에 연습 볼을 치고 있었다.

리조트 내에 사는 사람들은 자기 집에서 나올 때 예쁘게 생긴 개인 카트에 골프채를 싣고 나온다. 이들이 빨강, 파랑색의 예쁜 카트를 몰고 골프장으로 나오는 모습을 보면 부러운 생각이 든다. 단지 내의 테니스장이나 다른 시설을 이용하기 위해 이동할 때도 그들은 개인 카트를 이용한다. 어프로치 연습장, 벙커 연습장에서 레슨을 받고 있는 젊은 사람들도 보이고, 퍼팅 연습장에서도 여러 사람들이 연습에 열중하고 있었다.

1번 홀 티 박스에 올라서니 눈이 부시도록 파란 하늘과 팜 스프링 특유의 풀 한 포기 없는 회색빛 산을 배경으로 녹색의 페어웨이가 넓게 펼쳐져 있었다. 마셜이 벙커가 깊으니 조심하라고 당부하

개인용 전동카트를 골프장 근처 집에서부터 운전해 와서 운동한다.

미국 서부의 골프고향으로 알려진 PGA WEST, 그린스피드는 유리알처럼 빠르다.

던데 그린 앞은 언제나 두세 개의 벙커가 입을 벌리고 있다. 페어웨이를 벗어나면 단단한 모래바닥이 관목과 함께 플레이를 곤혹스럽게 만든다. 코스 설계자인 그렉 노먼이 넉넉한 인상이 아닌 것처럼 코스는 공략하기 까다롭다.

그린 스피드는 유리알 같이 빨라서 내리막 경사에서는 퍼터를 갖다 대기만 하면 빨려가듯 내려가니 팀원들이 혀를 내둘렀다. 퍼팅은 본 대로 가지 않고 친 대로 간다는 말을 실감하게 만든다.

오늘은 최 단장이 롱기스트 상금을 독식하면서, 그동안 장타를 뽐내던 설 작가가 힘들어 했고, 장 총장은 짧은 어프로치에서 실수를 몇 번 하자 분을 삭이지 못하고 씩씩댄다. 양 대표는 전반 9홀에서 버디 3개를 하며 36타 이븐 파를 이루어 냈고, 후반에도 몇 번의 운이 따라서 2오버를 하며 여행기간 베스트 스코어 74타를 치고다스팀원들의 축하를 받았다.

오늘의 우승은 양 대표74타이다.

"골프 핸디가 줄어드는 속도보다 더 느린 것은 없다."

1964년 PGA 챔피언이었던 바비 니콜라스Bobby Nicholas가 한 말이다. 양 대표는 오늘의 스코어가 2005년도에 이룬 베스트 스코어와 동타라며 기록갱신을 아쉬워한다. 아마추어에게 70대 초반 타수는 꿈의 기록이다. 7년 전에 기록한 베스트 스코어에서 단 한 발짝도 더 나가지 못했으니 바비 니콜라스의 말이 실감난다. 그러나 7년의 세월은 빨랐고 오늘의 우승자 양 대표는 축하를 받기에 충분했다.

DAY 46
2012. 10. 25

- **방문도시** Palm Springs, CA → La Quinta, CA
- **중요사항** 제27차 골프 / Tee Time 12시 30분
- **날씨** 맑음   - **기온** 14~26℃
- **주행거리** 86km   - **주행누계** 9,028km

멀리 가려면 쉬었다 가자

　오늘의 일정은 라 퀸타^{La Quinta GC} 골프장에서 12시 30분 골프. 다행히 오늘도 정오가 지나서 티 타임이 잡혔다. 본인들은 아니라고 할지도 모르지만 단원들 모두가 피로가 누적되니 삭신이 쑤시고 저린 모양이다. 따라서 컨디션 조절이 필요한 시기이다. 컴포트 인 강 사장의 말에 따르면 이곳 팜 스프링스는 LA, 샌디에이고^{San Diego}, 라스베이거스^{Las Vegas}의 관광객들이 쇼핑을 위해 모이는 도시라고 한다. 값도 싸고 유명 브랜드의 상품이 많다며 쇼핑을 하려면 이곳에서 하라고 한다.

　36년간의 미국생활, 미국 시민이 된 강 사장은 지도를 펼쳐놓고 쇼핑몰 위치를 알려주며 쇼핑하는 요령도 덤으로 가르쳐 주었다. 내비게이션에 익숙해진 우리는 주소를 알려달라고 했더니 손가락으로 지도를 가리키며 찾기 쉽다고 한다. 완전 아날로그 스타일이다. 결국 주소를 얻지 못했다. 강 사장이 알려주는 길을 지도상에 표시하고 출발했다. 하지만 얼마 못 가서 헷갈려서 갔던 길을 오가길 몇 번 하다가, 결국은 쇼핑몰은 찾지 못하고 골프장으로 직행할 수밖에 없었다.

골프가 끝나고 호텔로 돌아와 저녁식사를 해야 하는데 3일간 미국 식당 음식을 먹었더니 밥이 그리웠다. 장 총장도 마찬가지란다. 결국 주방장이 카레라이스와 김치찌개를 만들었다. 오랜만3일에 한국식 식사를 했더니 속이 다 개운하다.

나비스코 챔피언십이 열리는 골프장에서

라 퀸타 리조트La Quinta Resort & Club는 LPGA가 주최하는 나비스코 챔피언십Nabisco Championship이 열렸던 곳이다. 클럽하우스 식당에서 자리에 앉으려는데 웨이터가 여기는 회원전용Private Member이라며 다른 좌석으로 안내해준다. 식당 안에서도 회원과 비회원에 차이를 두고 있었다. 좌석과 음식 메뉴가 다르다는 것에 약간 기분이 상했지만, 자본주의 사회에서 그럴 수 있다는 생각으로 받아들였다. 돈이면 다 된다Money talks!.

식당 TV에서 이 골프장에서 박인비가 우승했던 나비스코 챔피언십 경기를 보여주는데 1라운드에서 -7을 치고 인터뷰를 하고 있었다. 마음이 뿌듯해졌다. 이 코스는 높낮이의 기복이 심하고 페어웨이가 아주 좁아서 티 샷을 마음 놓고 치지 못하도록 만들어 놓았다. 포대 그린도 많아서 핀에 붙이려고 어프로치 샷을 욕심내다가는 낭패 보기 십상이었다.

다스팀 멤버들도 파 행진을 잘 하다가 더블, 트리플 보기가 자꾸

La Quinta-Mountain Course

라 퀸타 리조트 앤 클럽(La Quinta Resort & Club)은 5개 코스의 골프장을 운영하고 있다. 그래서 90홀의 골프 천국  이라 불리기도 한다. 그 중에서 마운튼 코스는 독특한 설계와 시각적으로 꽹 장히 아름다운 환경으로 유명하다. 골퍼들의 천국이라는 문자 그대로 최고 의 경치를 보여주는 반면 정확도와 전략적인 플레이를 요구하는 이 코스는 산타 로사산맥(the Santa Rosa Mountains) 산자락에 만들어졌다. 피트 다 이(Pete Dye)의 숙련된 설계로 이 코스는 〈골프 매거진〉의 미국 최고골프 장 Top 100위 안에 선정되었다.

골프장 규모/ 난이도

Par 72	Black	6,732	Rating	72. 9	Slope	135
다스팀	White	6,300	Rating	70.9	Slope	129
	Red	4,875	Rating	68.7	Slope	123

예약

홈페이지(www.laquintaresort.com)와 Golfnow(www.golfnow.com) 참조

다스팀은 Golfnow에서 예약.

요금

일반요금 / 1인 121달러.

다스팀 / 1인 105달러 + 수수료 2달러 = 107달러 / 4인 합계 428달러 / 56달러 할인

연락처

50200 Avenida Vista Bonita La Quinta, CA 92253-2600 / 전화(760)564-5729

나오자 얼굴이 붉어졌다. 때문에 그린 주변에서 더욱 신중한 자세로 시간을 끌었다. 마셜이 와서 진행을 빨리 해달라고 재촉을 하는데도 진행은 더디다. 평소의 습관을 단번에 고치기는 어려운 것 같다.

누가 말했던가. "골프는 세상에서 가장 느려 터진 사람이 앞에 있고, 세상에서 가장 빠른 사람이 뒤에 있는 게임이다."라고.

신속한 진행을 위해 짧은 퍼팅을 OK를 두며 두세 홀을 진행하고 나니 겨우 앞 팀을 따라잡을 수 있었다. 16번 홀까지 2타 차로 앞서가던 양 대표가 짧은 어프로치 샷을 핀에 붙이려다 오히려 뒤쪽 벙커에 빠뜨렸다. 벙커에서도 또 철퍼덕하더니 트리플 보기를 했다. 최 단장은 벙커에서 아주 어렵게 놓인 볼을 어프로치의 달인답게 절묘하게 탈출하여 보기를 하고 동 타를 만들었다.

마지막 18번 파5 롱홀. 최 단장이 드라이버 샷으로 260야드를 보내 놓고 회심의 미소를 짓고 있는데 양 대표도 티 샷을 페어웨이에 겨우 보내놓고 안도의 숨을 쉬었다. 장 총장은 설 작가에게 한 타 차로 앞서가는 상태에서 써드 샷을 그린 엣지에 갖다 놓았고, 설 작가와 최 단장은 그린 위에 안전하게 올려놓았다. 양 대표는 네 번째로 그린에 공을 올려놓으면서 표정이 굳어졌다.

'All or Nothing' 아니겠는가? 양 대표는 5m 옆 경사에서 내리막 퍼팅을 성공시키고, 버디를 시도하던 최 단장이 파를 하면서 동 타로 마무리했다. 짧은 퍼팅을 남겨 놓은 설 작가가 안전하게 파를 했는데, 장 총장은 짧은 퍼팅을 놓치면서 보기를 하고 역시 동 타를 이뤘다. 짧은 퍼팅을 놓친 장 총장은 LA에 가서 제일 좋은 퍼터로 바꾸겠다고 결심했다.

오늘은 최 단장과 양 대표[86타]가 공동우승 했고 장 총장과 설 작가[89타]가 뒤따랐다.

HOLE	1	2	3	4	5	6	7	8	9	10
YARDS	338	202	352	578	163	382	500	408	410	40
PAR	4	3	4	5	3	4	4	4	4	4
MONEY PER SKIN			10				20	20	20	20
Arnold PALMER BAY HILL, FLORIDA	4	4	4	4	3	4	5	4	3	4
Gary PLAYER ALAQUA, FLORIDA	5	4	4	4	4	3	4	4	4	4
Chi-Chi RODRIGUEZ NAPLES, FLORIDA	5	3	4	4	3	4	4	4	4	4
Billy CASPER GLENEAGLES, FLORIDA	5	3	4	5	3	4	6	4	4	3

1989 SENIOR SKINS GAME
PLAYED ON LA QUINTA RESORTS MOUNTAIN COURSE

1989년 시니어스킨스 게임 성적표. 아놀드 파머 등 귀에 익숙한 골퍼들이 있다.

호텔 야외 사우나에서 피로를 풀며 익살스런 포즈를 취하고 있다.

- **방문도시** Palm Springs, CA → Cabazon, CA → Chula Vista, CA
- **중요사항** 1. 이동 252km
  2. 열 번째 캠핑장
- **날씨** 맑음　　　　**기온** 14~30℃
- **주행거리** 252km　　**주행누계** 9,280km

꿈같은 팜 스프링스의 3박 4일

　미국의 동부에 머를 비치가 있다면 서부에는 팜 스프링스가 있다. 머를 비치는 한국 사람들에게는 다소 생소하게 들릴 수도 있지만 팜 스프링스는 한 번쯤 들어 본 듯한 지명이다. 사막 한가운데 아름다운 골프장과 유명한 온천, 명품 샵들이 많아 미국 영화에서 최고급 휴양지로 가장 자주 등장한다. 유명 인사나 영화배우들도 휴양지로 많이 찾는다고 한다.

　여행 중 반가운 사람을 만나는 것은 기쁜 일이다. LA에서는 고등학교 친구들과 만나 40년만의 회포를 풀고, 또 다른 친지들을 만나 식사를 같이 할 예정이다.

　오늘 일정은 꿈같은 팜 스프링스에서의 3박4일을 보내고 다시 서쪽으로 내리달려 태평양을 바라볼 수 있는 미국 서남단 샌디에이고^{San Diego}에 가는 것이다.

　팜 스프링스에서의 기간을 왜 '꿈같은 기간'이라고 했을까. 거기에는 그만한 이유가 있다.

첫째, 지난 9월에는 동부 해안가 머를 비치$^{Myrtle\ beach}$에서 9박10일을 보내며 골프 천국이라는 명성에 걸맞게 정말 환상적인 명문 골프장에서 골프를 즐겼다. 그런데 여기 팜 스프링스에서도 그곳에 못지않은 명문 골프장에서 훌륭한 골프를 즐겼기 때문이다.

LPGA 나비스코 챔피언십이 열렸던 라 퀸타 골프장과 세계적인 선수들이 스킨스 게임$^{Skins\ game}$을 했던 PGA 웨스트 골프장 등 정말 구경조차 힘든 골프장에서 직접 라운드를 했으니 오랫동안 기억에 남을 일이다. 그런데다 우리가 찾아간 시기가 비수기여서 예약도 수월했고 값도 싸게 할 수 있었다.

둘째, 4박을 같은 호텔에서 지냈기 때문이다. 앞에서 언급했듯 캠핑카에서의 잠자리에 비하면 호텔에서의 숙박은 정말 집에서 자는 느낌이다. 추위 걱정을 할 필요가 전혀 없고 아침식사를 제공하니 식사 준비를 고민할 필요도 없다. 뿐만 아니라 와이파이$^{Wi-Fi}$가 잘 터져 인터넷 접속이 훨씬 빠르다. 게다가 각자 노트북을 펴 놓을 공간도 넉넉하고 아이스박스에 넣을 얼음도 무제한 공짜로 얻을 수 있다.

팜 스프링스를 떠나 고속도로로 들어서면서 눈에 띈 진풍경은 사막의 야트막한 능선에 수많은 풍력 발전기가 서 있는 풍경이다. 거대한 바람개비 수천 개가 빙글빙글 돌아가는 모습은 장관이었다. 미국이라는 나라는 자연이 펼쳐놓은 풍광도 장엄하고 위대하지만 사람들이 만들어 놓은 인공 시설물 또한 장관인 경우가 많다.

얼핏 보기에 최소 1천개 이상은 되어 보이는데, 여기서 생산되는 전기가 우리가 머물렀던 소비도시 팜 스프링스로 공급되는 것 같았다. 사막에서 불어오는 바람의 위력을 이번에야 비로소 실감했다.

수천 기 이상의 풍력발전기가 사막의 바람을 이용해 전기를 생산하고 있다.

도로 옆에 잘 관리된 팜 트리

우리가 타고 다니는 RV를 사막에 세워진 쇼핑몰에 주차한 적이 있었는데 세찬 바람에 차가 흔들려서 불안할 정도였다. 잠시 차 밖으로 나갔던 최 단장이 열린 문을 닫지 못해 애를 먹을 정도로 바람이 세게 불었으니 그 위력이 어느 정도인지 짐작이 갈 것이다. 그런 강한 바람을 이용해서 풍력 발전을 하고 있었던 것이었다.

샌디에이고^{San Diego} 캠핑장까지는 252km로 3시간 이내의 거리이다. 오전 9시에 출발했기 때문에 시간상으로 비교적 여유가 있었다. 여행도 막바지에 들어섰다. 한국에 있는 가족, 친지들이 보고 싶어진다. 그래서 선물을 준비하기 위해 고속도로변 카바존^{Cabazon}에 있는 대형 쇼핑몰 데저트 힐스 프리미엄 아울렛^{Desert Hills Premium Outlets}에 들러 각자 쇼핑을 하였다.

이곳 아울렛 매장은 세계적인 브랜드가 모두 집결해 있는 대형 몰인데 한국의 대형 아울렛 매장과 비슷해 보였다. 가게의 크기는 작지만 가게 수가 비교가 되지 않을 만큼 많았다. 중국 관광객들이 꽤 많이 보였다. 중국의 성장세를 실감한다. 2시간 정도 각자 형편에 맞게 쇼핑을 하고 차에 돌아와 쇼핑한 물건들을 소개하며 고민을 얘기했다. 해외여행을 하면 귀국 때 줄 선물을 준비하다 보면 난감한 상황에 부딪칠 때가 많다.

1) 누구 누구 것까지 준비해야 할 것인지.
2) 가격대를 어느 정도로 해야 하는지.
3) 내가 선택한 디자인과 색상이 마음에 들까.
4) 교환이 불가능한데 맘에 안 들면 어쩌나.
5) 마나님들의 개성이 강해서 상품을 선택하기가 어렵다.

자칫 받는 사람 마음에 들지 않거나 좀 싸구려 냄새가 난다고 생각되면 핀잔을 들을 수 있기에 차라리 사는 것을 포기하기도 한다.

10번째 방문한 캠프 그라운드 San Diego Metro KOA

오전에 출발했지만 선물, 식재료 쇼핑에 시간을 소비해서 오후 6시가 되어서야 목적지인 샌디에이고 메트로 KOA^{San Diego Metro KOA} 캠핑장에 도착했다.

금요일이라 캠핑장은 사람들로 북적였다. 인근에 큰 도시가 있어서 그런지 어린 아이들이 뛰어 놀고 캠핑카를 주차할 자리가 없을 정도로 붐볐다. 지금까지의 캠프하고는 전혀 다른 느낌이었다. 4일간 호텔에 길들여진 네 사람은 밤이면 기온이 급격히 떨어지는 날씨 때문에 난방을 끄고 잔다는 것이 불편한 눈치다. 캠핑생활은 이제 낭만이 아니라 극기 훈련이다. 그런데도 굳이 캠프 그라운드를 찾은 것은 팜 스프링스에 머무는 3일 동안 캠핑카에서 저녁식사를 해 먹다 보니 차내 씽크대에서 나오는 오수를 오수탱크에 버려야 했기 때문이다. 3일간의 편안함과 즐거움의 대가인 셈이다.

이곳 캠핑장은 시내 중심가에 위치해 있다. 때문에 자연속의 캠핑이라기보다는 도시인들의 주말을 위한 캠핑장이다. 규모도 별로 크지 않았다. 도로와 캠핑카 주차장소도 아스팔트와 콘크리트로 포장되어 있어 깔끔하다. 어린이들이 자전거를 타거나 농구를 하며 놀았고, 놀이 기구도 상당히 많고 다양했다. 한편에서는 텐트를 치며 야영 준비하느라 바빴다. 텐트가 상당히 많은 것으로 보아 어린이들이 체험학습을 하는 중인 듯했다.

캠핑카에서의 하룻밤은 매우 춥다. 새벽과 낮의 기온차가 15도 가까이 된다. 남은 일정이 며칠 남지 않았는데 감기몸살이라도 들면 낭패다. 남은 여정을 무사히 마치려면 건강관리, 체력관리를 잘 해야 한다.

도로와 주차장소가 모두 포장되어 있어 편리하다.

5
Golf
Stage

LA, 친구들,
우정이 빛나는 마지막 라운드

다스팀의 마지막 골프는 오랜 친구들과의 우정이 빛나는 아름다운 라운드였다.

50여 일을 숨 가쁘게 미 동부에서 남부를 거쳐 서부에까지 다다른 4인의 골퍼들은 저마다 에이지

슈터가 되고자 LA에서 마지막 불꽃을 불사른다. 다스팀의 마무리 골프여행에는 보성고 동창들과

성낙준, 털보형, 이정호 등 그리운 사람들이 동행하며 62일간의 미국 골프 투어에 의미 있는 화룡점

정을 찍어준다. 세계에서 단 하나밖에 없는 다스팀의 포섬(Foursome) 미국 골프 횡단 도전은 제

2, 제3의 아름다운 도전으로 계속될 것이다.

DAY 48 ~ DAY 62

■ 이동경로

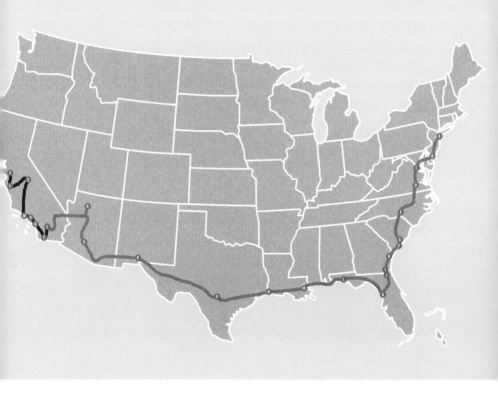

● 이동 경로

CA(캘리포니아)주 츄라비스타 → 자말 → LA → 치노 힐스 → 오하이 → 오크뷰 → 마리포사 → 요세미티
→ 페블 비치 → 몬테레이 → 샌 마테오 → 드브린 → 샌프란시스코(총 2,066km)

● 골프 라운드

T 28. 스틸 캐니언 골프장   U 29. 로스 세라노스 골프장

V 30. 로빈슨 랜치 골프장   W 31. 오하이 밸리 골프장

Y 32. 포피 힐스 골프장 · 33. 스페니시 베이 골프장
  34. 스파이글레스 힐 골프장 · 35. 랜초 캐나다 골프장

Z 36. 캐슬우드 골프장

● 관광

  LA 관광   X 요세미티 관광   샌프란시스코 관광

DAY 48

2012. 10. 27

- **방문도시** Chula Vista, CA → Jamul, CA → Los Angeles, CA
- **중요사항** 제28차 골프 겸 제1차 LA 동창회 골프 / Tee Time 11시 30분
- **날씨** 맑음　　　　　　**기온** 13~31℃
- **주행거리** 286km　　　**주행누계** 9,566km

LA, 친구들 그리고 성낙준

　오늘은 오래전부터 우리를 기다리던 친구 성낙준 사장을 만나는 날이다.

　성 사장은 일찍이 다스팀의 여행준비 단계에서부터 우리의 멘토가 되어 주었고, 여행기간 중에도 우리들에게 필요한 정보는 물론 끊임없는 격려와 응원을 보내준 친구이다. 그는 오래전 미국에 들어와 성공적으로 정착해 살고 있다. 그런 그가 동기생 4명이 미국 횡단 골프여행을 한다는 소식에 팔을 걷어 부치고 달려들어 많은 도움을 주고 있었다.

　아무튼 오늘은 다른 날과 달리 다스팀 4명과 LA에 거주하는 보성고 동창 4명구관모, 이상만, 최영철, 성낙준 그리고 연세대 동문 8명여자 3명 포함 등 총 16명이 성 사장이 경영하고 있는 스틸 캐니언Steel Canyon GC 골프장으로 초대를 받았다. 성 사장이 연세대 출신이어서 자주 후배들과 운동을 하는데 마침 다스팀의 설 작가도 연세대 출신이어서

Steele Canyon Golf Club

스틸 캐니언(Steel Canyon Golf Club)
골프장은 서부 캘리포니아의 최고의 골
프장 중에 하나이다. 전설적인 위대한 골

퍼 게리 플레이어(Gary player)가 자연적인 산악 지형의 아름다움에 존경
심과 감사의 마음을 담아 직접 설계하였으며, 27홀 규모의 챔피언십 코스이
다. 개장 이후 지금까지 스틸 캐니언 골프장(Steele Canyon Golf Club)은
캘리포니아에서 가장 재미있고 훌륭한 골프장 중의 하나로 평가받아 왔다.
캐니언(Canyon) 9홀의 인상적인 경사도의 변화들로부터 미묘한 차이가 있
는 매도우(Meadow) 9홀, 그리고 전체적으로 호젓함을 주는 랜치(Ranch)
9홀로 구성되었다. 그리고 이 3코스의 어떠한 조합으로 라운드를 하여도,
모든 코스에서 아주 멋지고 신나는 골프를 즐기는 하루가 될 것이다. 〈골
프 다이제스트〉는 권위 있는 별표 4. 5등급을 부여하였고, 또한 최고의 골
프장들 중에 하나(Best Courses To Play)로 선정하였다. 그래서 스틸 캐
니언 골프장은 서부 캘리포니아 최고의 퍼블릭 골프장들 중에 하나로 전국
적으로 인정받았다. 이 골프장은 공이 홀컵으로 굴러 들어갈 때에 가장 정
확하게 공이 구르도록 만들어진 가장 완벽한 퍼팅그린을 가진 골프장이다.

골프장 규모/ 난이도

〈Ranch / Meadow 코스〉

Par 71	Black	6,808	Rating 73. 7	Slope	139
	Blue	6,456	Rating 71. 8	Slope	134
다스팀	White	6,223	Rating 70.8	Slope	132

요금

비회원은 주중(월~목)에는 99달러이고, 금요일 119달러, 주말 139달러이다.

예약

홈페이지(www.steelecanyon.com)에서 예약

연락처

3199 Stonefield Dr. Jamul, CA 91935 / 전화(619) 441-6900

자연스럽게 대학 후배들도 불러 함께 모이게 된 셈이다.

게임은 보성고 동기생끼리 다스팀 2명과 현지 2명이 한 조를 이루어 2팀이 운동하고, 연세대 팀은 연세대 팀끼리 조를 짜서 골프를 쳤다. 현지 친구들은 우리 다스팀에 관한 소식을 계속 들어 왔으며 그 중 몇은 인터넷 카페를 방문해 우리 여정을 보고 있었다고 한다. 다들 관심을 보이며 부러워하기도 했다.

운동을 마치고 클럽하우스에서 저녁 만찬이 있었다. 성 사장 부인이 집에서 직접 준비하여 가져 온, LA갈비, 잡채, 오이소박이, 야채, 도라지나물, 고사리나물 등 그동안 먹고 싶었던 한국 음식을 아주 푸짐하고 맛있게 먹었다. 특히 오랜만에 맛보는 나물들은 지난 추석 때 먹지 못한 아쉬움을 달래기에 충분했다.

성 사장 부인의 음식 솜씨가 유달리 훌륭하다는 것이 최 단장의 보충 설명이었다. 클럽하우스에서 한식으로 식사 자리를 만든 것은 처음이라고 한다. 성 사장과 부인이 우리를 위해 준비한 마음과 정성이 얼마나 큰지 알 것 같았다.

식사를 하는 자리에 우리 소개와 최 단장의 인사말이 있었는데, 성 사장과 참가해준 분들에 대한 고마움이 너무 컸던지 최 단장의 인사말이 그칠 줄을 몰랐다. 술자리가 무르익자 클럽하우스 직원들까지 합세하여 즐거운 분위기를 이어 갔다. 이날 밤은 분에 넘칠 만큼 성대한 자리였다. 이 모든 것을 준비하고 자리를 마련해 준 다스팀의 영원한 '고문' 성낙준 사장과 부인에게 다시 한 번 깊은 감사를 드린다.

위. Proudly Welcomes DAS Team. 우리들을 격려하고 고무시키기에 충분한 표현이다.
아래. 다스팀 환영 골프모임에 와준 LA동창친구들, 연세대 동문들께 감사드린다.

우정은 보석같이 빛난다

성 사장은 2009년도에 전설적인 골프 선수 게리 플레이어^{Gary} Player. 1935년생, 남아프리카공화국. 데뷔 1953년 PGA 입회 수상. 2006년 페인 스튜어트 상. 2005년 넬슨 만델라 초청대회 우승. 1998년 노스빌 롱아일랜드 클래식 우승 등와 블루 티^{Blue Tee}에서 함께 라운드를 했는데 게리 플레이어가 1오버, 성 사장이 2오버를 쳤다고 한다. 물론 그때는 성 사장이 아프기 전이었다고는 하지만 대단한 실력의 골퍼라는 생각이 든다.

그는 최근 2년여 간 힘든 투병생활을 해왔다. 그 때문에 골프를 하지 못하다가 우리 다스팀과의 라운드를 위해서 불과 두 달 전부터 조금씩 몸을 만들어 왔고 이제는 골프를 할 수 있게 되었다고 한다. 건강을 회복해서 정말로 다행이었다.

게임은 다스팀 2명과 미국 거주팀 2명으로 조를 편성하여 베스트 볼로 홀 매치를 하기로 했었다. 하지만 오랫동안 고대하던 게임이지 않은가. 최 단장이 미국 여행에서 갈고 닦은 실력을 보여주려고 1달러짜리 스트로크도 병행하자고 했다.

성 사장이 자세한 코스 설명과 함께 티 샷을 호쾌하게 날렸다. 오랜만에 만난 친구들에게 '오고 가는 현찰 속에 싹트는 우정'이란 농담도 건네면서 플레이를 즐겼다.

성 사장과 최 단장은 중학교 때부터 단짝 친구였다. 라운드 내내 그 시절 이야기를 하는데 이야기 내용이 가관이었다. 중학교 때 시험공부 한다고 최 단장이 성 사장 집에 왔고, 성 사장 어머니는 열심히 공부하라며 맛있는 간식을 준비해 주셨단다. 그런데 둘은 장난기가 발동해 지하실에 담가놓은 포도주를 훔쳐다 마셨고 급기야는 술에 취해서 포도주 병을 깨뜨렸다는 것이다. 그 바람에 어른들이 주무시다가 놀래서 뛰어 나왔고 당연히 혼이 났겠지만 둘에게는 잊을 수 없는 추억임에 틀림없다.

특별히 준비한 만찬장에서 개평, 일명 '뽀찌' 위원장을 맡은 최 단장의 중재로 딴 돈을 다시 돌려주기로 했다. 제일 많이 딴 성 사장 2달러, 그 다음인 양 대표는 1달러만 주고 나머지는 모두 돌려줬다. 정중한 감사의 인사로 명예를 칭송해 주는 것은 물론이다. 한편 다른 조에서 플레이를 한 다스팀도 좋은 성적을 올려서 미국거주민들의 부러움을 받았다. 이처럼 오랜 우정이란 세월이 아무리 지나도 보석같이 빛나는 것 같다.

오늘 골프모임의 호스트인 성낙준 사장(서 있는 사람)은 다스팀 초기부터 마무리까지 마음으로 같이 했으며 카메라 앞에서까지 한결 같았다.

DAY 49
2012. 10. 28

- **방문도시** Los Angeles, CA → Chino Hills, CA → Los Angeles, CA
- **중요사항** 제29차 골프 겸 제2차 LA 동창회 골프 / Tee Time 1시 20분
- **날씨** 맑음 **기온** 14~32℃
- **주행거리** 149km **주행누계** 9,715km

사랑한다는 것은 삶을 함께……

오늘은 어제 만난 친구들 외에 LA에 살고 있는 보성 동창과 제2차 골프를 하기로 한 날이다. 한마디로 동창회 골프다. 바쁜 일상 속에서 하루 시간을 내는 일이 쉽지 않은데 8명이나 참석해 주었다. 윤창한, 명노은, 김응원, 이상만, 박기수, 최영철, 성낙준, 이명로. 다들 미국에서 30~40년 동안 살고 있는 친구들이다.

운동을 마치고 LA 시내 한정식집 '옹가네'에 모여서 오랜만에 친구들 간에 회포를 풀었다. 식사 전 보성 교우회 김태성 회장이 LA 동창들에게 보내는 선물^{등산용 칼}을 최 단장이 LA 동창회 성기덕^{68회} 회장에게 전하는 전달식도 가졌다. 오랜만에 이국땅에서 만난 동기생들과 40년의 세월을 건너 많은 얘기를 나누었다. 그동안 몰라보게 바뀐 얼굴도 있지만 전혀 변하지 않은 친구도 있었다. 다들 우리 다스팀의 도전에 부러움과 놀라움을 표하면서 끝까지 완주할 것을 바라는 덕담을 해주었다. 그들의 덕담을 옮겨 본다.

성기덕 LA동창회장에게 보성교우회에서 보내준 기념품을 전달하고 있다.

LA 친구들과 LA 동창회 임원들과 함께

윤창한 : 나는 미국에 온지 33년이 되었지만 미국 횡단여행을 아직 꿈으로만 간직하고 있 다. 그런데 한국에 사는 네 사람이 대륙횡단 골프여행을 한다니 너무나 부러운 일이 아닐 수 없다.

김웅원 : 비전을 정복하라. 항상 기쁨과 평강이 있을지어다.

최영철 ; 'RV Golf Tour'의 여정에 있는 사랑하는 다스팀 4명의 벗님들아! '각자의 다름을 이해하고 받아들여 여정의 어려움을 극복할 수 있었다'는 그대들의 말에서 살아가는 지혜를 얻게 되어 고맙다는 말을 전하고 싶네.

'사랑한다는 것은 삶을 함께 나누며 살아가는 것'이라는 말이 있듯이, 그대들의 여정 중에서 나눈 삶을 통해서 얻어지는 기쁨이 그대들의 동지들, 이웃에게도 전달되었으면 좋겠다는 소망을 가져 본다. 모쪼록 남은 여정의 과정도 좋은 시간을 함께하는 가운데 무사히 마치기를 바라며……

박기수 : LA에 오신 것을 환영합니다. 넓은 미국에서 골프채를 휘두르며 2달 동안 여행하는 친구들이 자랑스럽고 부럽다. 끝까지 건강한 모습으로 완주하길 바란다.

이상만 : 만만치 않게 진검승부를 벌였던 친구들이 온다는 소식을 접하고 일각이 여삼추 같았습니다. 모두 건강하고 다소 엉뚱할 정도로 말끔한 모습에 정말 신기하다는 생각을 한 사람이 나 혼자만은 아니었을 것입니다. 몸은 고생이 될 수 있어도 모두 일치단결 합심한 덕분에 마음 고생은 크지 않다는 자연스런 표현으로 받아들였습니다. 용기 있는 자가 차지할 수 있는 것은 여러 가지입니다. 그래서 네 사람은 많은 것을 가질 수 있었나 봅니다. 축하드리며 나머지 여정을 즐겁고 알차게 보내시기를 바랍니다.

Los Serranos Country Club

로스 세라노스 골프장(Los Serranos Country Club)은 1925년에 개장하여 86년 이나 된 전통 있는 골프장이다. 잭스 블랙 티 (Jack's Black Tee)는 전장거리가 7,440야드 이며 캘리포니아에서 가장 긴 코스이다. 남 캘

리포니아에서 토리 파인(Torrey Pine GC) 골프장과 더불어 PGA 토너먼트가 열리는 곳이기도 하다. 2개의 18홀 코스는 모든 연령층과 모든 수준의 플레이들에게도 확실히 매력적인 코스들이다. 챔피언십 골프코스 뿐만 아니라 연습장, 골프 스쿨, 식당 등 그밖의 모든 시설들이 최고의 수준이다. 이 골프장은 모든 가족이 함께 즐거운 경험을 할 수 있는 골프장이다. 2012년 캘리포니아 골프소유자협회가 주는 올해의 골프장으로 선정되었다.

골프장 규모 / 난이도

Par 72	Jack's Black	7,628	Rating	76.8	Slope	137
	Blue	7,188	Rating	74. 4	Slope	134
다스팀	White	6,743	Rating	72. 5	Slope	133
	Gold	6,082	Rating	69.4	Slope	122

요금

일반요금 / 주중 1인 53달러, 주말 68달러

다스팀 / 일몰요금 적용 1인 35달러 / 4인 합계 140달러 / 132달러 할인

예약

홈페이지(www.losserranoscountryclub.com) 예약 참조.

연락처

15656 Yorba Ave Chino Hills, CA 91709-3129 / 전화(909) 597-1711

홀 매치 & 스트로크 속에 싹트는 우정

일요일이라서 그런지 연습장^{Driving Range}과 퍼팅 연습장에 수많은 미국인, 중국인, 한국인들이 한데 섞여 연습을 하고 있었다. 또한 시에서 운영하기 때문에 비용도 저렴하다. 특히 골프 꿈나무들에게는 6달러 정도만 받는다고 한다. 우리 앞 팀도 LPGA 지망생들인 소녀들이 카트를 끌고 다니면서 플레이를 하고 있었다. 그런데 그린 상태가 별로 좋지 않았고 페어웨이 잔디 관리가 다른 골프장에 비해서 다소 떨어지는 상황이었다.

노스 코스는 여성적으로 아늑하고 편안하게 세팅되어 있는 반면, 사우스 코스는 남성적으로 넓고 길지만 그린 주변에 벙커들이 많아 난이도가 높았다. 성 사장은 우리를 위해 사우스 코스로 잡았다.

조 편성은 1조 : 박기수, 최금호, 이상만, 최영철, 양기종^{5명}. 2조 : 성낙준, 이병로, 장기풍, 설병상^{4명}으로 편성했다.

홀 매치와 스트로크를 병행하여 게임을 하는 동안, 수많은 농담과 웃음이 오고갔고 어느덧 해는 서산으로 기울었다.

오늘은 시에서 주최한 토너먼트가 열리는 날이라서 그런지 진행이 많이 느렸고 홀마다 기다리는 현상이 자주 생겨 16번 홀까지만 플레이할 수 있었다.

DAY 50
2012. 10. 29

- **방문도시** Los Angeles, CA → Venice, CA
- **중요사항** 1. LA 관광
      2. 골프용품 쇼핑
      3. 최 단장 형과 저녁
- **날씨** 맑음   · **기온** 14~29℃
- **주행거리** 0km   · **주행누계** 9,715km

LA 관광, 털보 형

　여행을 떠나온 지 50일째 되는 날이다. 어제, 그저께 LA에 와서 친구들을 만나 회포를 풀었고, 이제는 LA 시내 관광과 휴식을 취하고 가족과 친지들을 만날 순서다.

　LA 관광을 위해 가이드 73세 브루스 리^{Lee} 사장이 개인 승합차를 호텔 앞에 대기하고 우리를 기다리고 있었다. 관광이 끝나고 저녁은 털보 형님이 준비한 일식당에서의 만찬이 예정되어 있다.

　브루스 리 사장도 70년도에 이민 와서 모진 세월을 겪고 아메리칸 드림을 이룬 분 중에 한 사람이다. 관광지의 모든 것을 통달한 듯 설명하는 모습에서 노련함을 느낄 수 있었다.

　첫 번째 코스인 우정의 종각^{Korea Friend Bell}은 태평양을 바라보는 낮은 언덕에 있었다. 미국 독립 200주년을 축하하기 위해 한국 정부가 기증한 우정의 선물이었다. 마침 안개가 끼어 태평양을 멀리 바라볼 수 없어 아쉬웠다.

위로부터 시계방향으로
L.A. Redondo Beach. 여행 50일째 모처럼 여유를 갖고 한가로운 시간을 가졌다.
털보 형님은 초기부터 끝까지 디스팀을 열렬히 응원해 준 곰수팬이다
마키야키 일식집 문을 클로즈한 채 다스팀과 최 단장 가족만을 위한 뿌듯한 시간을 가졌다.

두 번째 코스 레돈도 비치Redondo Beach에서는 해변을 바라보고 게 요리로 점심식사를 하였다. 특히 현지 멕시코인들이 경영하는 씨푸드 인Seafood Inn에서 값싸고 신선한 털게 요리를 실컷 먹었다. 가이드의 말에 의하면 이곳에도 한국인이 하는 음식점이 있지만 로컬 크랩Local crab을 팔 수 있는 라이선스가 없어 냉동 알래스카산 게를 팔기 때문에 맛이 다소 떨어진다고 한다. 게 8마리, 생합 3kg, 빵과 스프 그리고 맥주 1. 8리터를 합해서 전부 150달러였으니 5명이 먹은 식사로는 괜찮은 가격이다. 로컬 크랩으로 불리는 털게 비슷하게 생긴 게는 껍질이 두껍지만 맛이 좋아 모두 포식했다.

세 번째 코스는 산타 모니카Santa Monica 해변인데, 이곳은 레돈도 비치와 달리 맑고 깨끗한 하늘과 태평양의 파란 바다가 한눈에 바라다 보이는 멋진 장소였다. 모래사장 위에 설치해 놓은 부교가 멀리 바다까지 이어져 있어 걸어서 부교 끝까지 갈 수 있었다. 그곳에서는 출렁이는 파도와 파란 바다를 얼마든지 감상할 수 있다.

네 번째 코스는 유명한 베버리 힐즈Beverly Hills였다. LA에서 집값이 제일 비싼 곳, 영화 스타 등 유명 인사들이 모여 산다는 곳, 베버리 힐즈를 차를 타고 빙 둘러 봤다. 가이드 말에 의하면 이곳은 걸어서 다니면 주민이 신고를 해 경찰이 검문을 한다고 한다. 정말 걸어 다니는 사람들이 보이지 않았다. 주택들이 클 뿐만 아니라 저마다 개성 있게 지어진 집과 정원이 조화를 이루는 멋진 모습이었다.

다음 코스로는 명품들을 파는 로데오Rodeo 거리와 헐리우드Hollywood 거리를 찾아 눈요기를 하며 관광을 했다. 베버리 힐즈에서 멀지 않은 곳에 있었는데 부자들과 명품, 연예인 거리 등은 서로 상관관계가 있어 보였다. 헐리우드 거리를 거닐 때는 손님들을 호객하는 젊은 사람들이 거리를 가득 메우고 있어 우리의 명동을 연상케

했다. 사람들이 걸어 다니는 보도 위로 유명한 연예인들의 이름이 수도 없이 새겨져 있어 눈길을 끌었다.

관광 이후 간단한 쇼핑 코스와 털보 형님 미팅 장소까지 성 사장이 직접 차를 운전하며 동행했다. 오늘까지 연 3일간 동행해 준 것이다. 미국의 명문 골프장 사장의 일당을 얼마로 계산해야 하는지 신경 쓰인다는 최 단장의 너스레에 우리 모두 크게 웃었다. 성 사장의 안내로 한국인이 운영하는 골프 샵에 들러 여러 가지 골프 장비를 비교적 저렴하게 구입했다. 마지막 일정은 오늘의 하이라이트로 최 단장의 큰 형님이며 카페 열렬 회원 털보 형님 가족을 만나는 것이었다. 약속된 6시에 마키 야키^{Maki Yaki} 식당으로 부지런히 차를 몰았다. 약속된 장소에 도착하니 털보 형님이 가족 모두를 대동하고 우리를 환영해 주었다. 마키 야키 식당 문을 닫은 채로, 우리 다스 팀만을 위해 신선한 사시미, 스시 등 일본 음식을 내어 주며 진심어린 환대를 해주어 다스팀 모두는 모처럼 가족 같은 정을 느끼며 행복한 시간을 가졌다.

최 단장은 형님, 형수, 조카를 만나 기쁜 마음을 감출 줄 몰랐다. 뿐만 아니라 형제 같이 지냈던 백인원 선배 부부도 합류하여 해후를 나누는 뜻 깊은 시간을 가졌다. 오늘은 최 단장을 위한 날이었다.

우리는 이번 미국 횡단 골프 투어를 하며 나름대로 잘 먹고 다닌 편이다. 하지만 LA에 와서 음식에 대한 정점을 찍는 기분이다. 성 사장이 준비한 성대한 한식 만찬과 최 단장의 형님이 준비한 일식 만찬까지. 친구와 가족, 친지들과 함께한 식사는 미국여행 중 가장 즐거운 시간이자 성찬이었다.

DAY 51
2012. 10. 30

- **방문도시** Los Angeles, CA → Santa Clarita, CA → Oxnard, CA
- **중요사항** 제30차 골프 / Tee Time 12시 45분
- **날씨** 맑음 · **기온** 10~27℃
- **주행거리** 155km · **주행누계** 9,870km

마지막 승부를 위하여

지금까지 다스팀의 골프여행에 가장 신경을 썼던 것은 날씨였다. 다행히 하느님의 축복 속에 여행을 하게 되었는지 50일간 좋은 날씨 속에 여행하고 있다. 날씨가 좋지 않았던 날은 단 하루, 그것도 약 한 시간 정도 가랑비를 맞은 정도였고 나머지 날은 거의 파란 하늘을 보며 지냈다.

요즈음 미국의 TV 뉴스는 매일 동부지역의 허리케인 샌디^{Sandy} 소식뿐이다. 동부지역 뉴욕에서 플로리다^{Florida}에 이르기까지 광범위한 지역에 허리케인이 몰아쳐 많은 사상자를 내고 앞으로도 어떻게 될지 알 수 없다는 뉴스이다. 우리가 불과 한 달 전에 다녀온 지역이다. 우리들이 허리케인을 피해 앞서서 그 지역을 지날 수 있었던 것은 여행 전 철저한 미국의 지역별 일기예보를 조사한 덕분이다. 아무튼 미국 동부를 휩쓸고 있는 허리케인을 피해 여행했다는 사실에 안도의 마음을 가져보며 앞으로도 남은 약 열흘 동안 좋은 날씨

속에서 지낼 수 있게 해 달라고 기도한다.

어제 저녁에 서울에 있는 다스팀 매니저 손상진으로 부터 〈코리아 헤럴드경제〉 손건영 부장이 취재차 찾아갈 것이라는 연락을 받았으며, 다음날 호텔에서 손건영 부장을 만났다. 코리아헤럴드 손 부장은 미 대륙 횡단 골프 투어에 깊은 관심을 보이며 여러 가지 질문을 했다. 최 단장이 대표로 다스팀의 준비과정, 출발 후 지금까지의 진행과정, 앞으로 남은 기간의 여행계획, 귀국 후 계획 등에 관해서 자세히 설명했다. 이 자리에서도 최 단장은 지금까지 늘 강조해 왔던 '은퇴세대에게 꿈을, 젊은이에게는 도전정신'을 주제로 한 기사를 써 달라고 부탁한다.

손 부장은 개인적으로 자기도 미국에 있는 동안 반드시 같은 방식으로 도전해 보겠다고 했다. 그의 꿈도 이루어지길 바란다.

서울에서 출발 전에 한 〈골프 다이제스트〉 인터뷰 기사가 10월호에 실리더니, 여행 중에 현지 신문사 기사까지 나게 되었다. 귀국하면 그동안의 여행에 대한 내용을 〈골프 다이제스트〉 12월호에 실을 예정이다 보니 다스팀이 어느덧 유명 인사가 된 기분이다.

요즘 며칠 여러 고마운 분들로부터 융성한 저녁식사를 대접 받았는데 이제는 다시 우리들만의 생활이 시작되었다. 좋은 시절은 다 지나갔다. 오후에 골프를 마치고 호텔로 돌아와 샤워, 세탁, 저녁 만들기, 설거지 그리고 일지쓰기 등 다스팀의 일상으로 또다시 돌아왔다.

오늘도 장 쉐프는 우리들의 건강을 지켜주는 저녁식사를 위해 샤워도 하지 않은 채 특별 요리를 준비했다. 식사가 끝나면 빈 그릇을 모아 최 단장이 호텔방으로 가지고 가 설거지 한 후에 다시 차에 가져다 놓는다. 양 대표는 4명의 빨래를 모아 기계 세탁기에 넣고

취재를 마치고, 헤럴드경제 이명애기자와 손건영 부장, 그리고 다스팀

시원하게 펼쳐진 페어웨이

드라이까지 마친 후 가져다준다. 그나저나 북쪽으로 갈수록 날씨가 급격히 추워져서 걱정이다. 하루 종일 TV 뉴스를 장식하고 있는 동부의 허리케인도 이제 수그러들었으면 좋겠다.

시원하게 펼쳐진 페어웨이에서 골프를

로빈슨 랜치Robinson Ranch 골프장은 산 정상에 코스가 세팅되어 있어 한국 골프장과 비슷한 분위기를 풍기지만, 높낮이 기복이 심하고 페어웨이가 좁아서 코스 공략에 어려움이 많았다. 페어웨이 잔디와 그린 상태가 좋은 편이라 캘리포니아 내에서는 중상위급의 골프장이다. LA에서 한 시간 정도 걸리는 거리인데도 비교적 비용도 저렴했고 플레이어만 많지 않았다. 우리는 여유 있게, 그러면서도 매우 신중하게 플레이를 했다.

산 정상에서 내려다보며 티 샷을 하니 가슴이 다 시원하다. 그런데 핀이 직접 보이는 홀이 적고, 블라인드와 도그 렉 홀이 많아서 조금만 삐끗해도 볼이 없어지거나 트러블에 걸려서 타수가 증가되기 일쑤였다. 또한 러프가 억세서 그린 주변의 러프 어프로치에 걸리면 바짝 긴장하다가 실수를 연발하기 쉬웠다. 핀에 바짝 붙여 파 세이브를 하려다가 철퍼덕하게 되면, 그린에 올라가 있는 것만으로도 부러울 지경이었다. 핀에서 멀리 떨어졌더라도 말이다.

"에이 나도 그린 위에 올리기나 할 걸……." 하지만 다음 홀에 가면 마찬가지로 욕심을 내게 된다. LA에서 구입한 신무기로 무장한 장 총장이 롱 퍼팅과 숏 퍼팅을 쑥쑥 집어넣으면서 "역시 비싼 퍼터가 좋네!" 하며 기분 좋은 표정을 감추지 못한다.

Robinson Ranch Golf Club

장엄한 앤젤레스 국립공원에 둘러싸
인 LA 북쪽 약 25마일에 위치한 로빈
슨 랜치 골프장(Robinson Ranch Golf
Club)은 캘리포니아 일몰에서 나타나는 색깔보다 더 많은 매력적인 개성
을 가진 골프장이다. 마운튼 코스와 밸리 코스의 2개 18홀 코스들은 세계
최상급의 회원제 골프장과 버금가지만 대중에게 개방하는 퍼블릭 골프장이
다. 400 에이커가 넘는 지역에 만든 훼손되지 않고 꾸밈없는 아름다움 코스
이지만 도전적인 코스이기도 하다. 설계의 기본은 옛날 캘리포니아의 문화
유산을 계승하는 것에 기초를 뒀지만, 골프장의 특징은 새 시대의 골프장의
모습으로 재정립하였다. 이름의 일부인 랜치(Ranch)에서 보듯이 목장에서
풍기는 고전적인 캘리포니아의 변함없는 수려함을 떠올려준다.

골프장 규모/ 난이도

Par 71	Black	6,508	Rating	72. 3	Slope	137
	Blue	6,172	Rating	70.7	Slope	134
다스팀	White	5,773	Rating	68.8	Slope	129
	Gold	5,076	Rating	69.5	Slope	121

예약

홈페이지(www.rr-golf.com)와 Golfnow(www.golfnow.com) 참조
다스팀은 Golfnow에서 예약.

요금

일반요금 / 주중(월~목) 1인 87달러 / 주말(금~일) 1인 117달러
다스팀 / 1인 37달러 + 수수료 2달러 = 39달러 / 4인 합계 156달러 / 192달러 할인

연락처

27734 Sand Canyon Rd Canyon Country, CA 91387-3639 / 전화(661) 252-8484

경기 후반까지 엎치락뒤치락 하다가 17번 홀 어려운 내리막 경사의 퍼팅을 설 작가가 성공시키며 파를 잡았고 양 대표와 동 타를 이뤘다. 18번 파5 롱 홀에서 설 작가는 세 번째 샷을 핀 앞의 벙커를 피해서 약간 멀지만 안전하게 그린 엣지에 볼을 올렸다. 105야드를 남긴 양 대표는 버디를 노리려다 그린 앞의 벙커에 볼을 집어넣고 말았다. 이제는 정말 승부를 걸어야 할 때. 양 대표는 60도 웨지를 바짝 열어서 핀에 바짝 붙이려다가 그만 '철퍼덕' 하더니 벙커 탈출에 실패했다. 그래서 다섯 번 만에 겨우 3m 거리에 갖다 놓는다.

여유 만만한 설 작가. 그린 엣지에서 내리막 롱퍼팅을 세게 치는 바람에 홀을 지나치고 결국 짧은 퍼트마저 놓쳐서 보기를 했다. "이렇게 되면 스토리가 달라지는 거지" 하며 양 대표는 집중하더니 3m 퍼팅을 성공시켜 보기로 끝을 내고 공동우승을 했다.

오늘의 공동 우승은 설 작가와 양 대표[89타]이다.

훼손되지 않은 자연 그대로의 꾸밈없는 아름다운 코스

DAY 52
2012. 10. 31

- **방문도시** Oxnard, CA → Ojai, CA → Oakview, CA
- **중요사항** 제31차 골프 / Tee Time 11시 50분
- **날씨** 맑음   - **기온** 9~26℃
- **주행거리** 64km   - **주행누계** 9,934km

도마 없이 만든 고기전골

　어제의 치열한 승부를 뒤로 하고 다시 한 번 비장한 승부수를 띠우는 다스팀원들은 이제 정말 프로 골퍼 뺨치는 대단한 승부욕으로 가득 차 있다. 다스팀에게 어제의 승부는 어제의 일일뿐이고, 오늘은 또 다른 골프 역사를 세운다는 비장한 마음을 안고 골프장으로 향했다. 오늘 우리의 승부처는 LA 근처 숙소에서 북쪽으로 약 41km 떨어진 오하이 밸리Ojai Valley GC 골프장이다.

　북쪽으로 올라갈수록 기온이 뚝뚝 떨어지는 것을 느낄 수 있었다. 아침 TV뉴스에서 이 지역 기온이 7시 30분 현재 화씨 66도섭씨 18도라 했다. 18도면 선선해서 긴팔 셔츠를 입어야 된다. 서울도 역시 기온이 뚝 떨어졌다는 소식이 댓글을 통해서 전해져 온다.

　내일은 북쪽으로 약 500km를 올라가 유명한 국립공원 요세미티Yosemite로 갈 예정이다. 요세미티 국립공원은 로키Rocky 산맥에 있는 유명한 휴양지로 그랜드 캐니언, 나이아가라 폭포와 함께 미국을 여행하는 사람이면 꼭 가 봐야 할 곳으로 여겨지는 곳이다. 다스팀도 여정 막바지에 들어가며 점점 여행의 정점을 향해 가는 느낌이다. 남은 일정 9일은 요세미티에서 2일, 페블 비치에서 3일, 샌프란시스코에서 2일 그리고는 서울로 출발하는 것이다.

웃기는 얘기를 하나 하겠다.

오래 전 한국에서 할머니 한 분이 미국 관광을 하며 나이아가라 폭포, 그랜드 캐니언, 요세미티를 구경하고 돌아왔다. 식구들이 "할머니 어디 어디 다녀왔어요?" 하고 물었다. 할머니 하는 말이 "첫 번째 간디는 엄청난 물이 쏟아지는 폭포를 봤는데 얼마나 시원한지 나보고 '나이야 가라!'라고 하더라고. 두 번째 간디는 계곡이 얼마나 크고 깊은지 말로 설명하기 힘들어. 가이드가 뭐라 설명하더니 이름을 '그년도 개년이여'라고 부르데." 손녀딸이 세 번째 것은 뭐냐고 묻자, "그것이 뭐냐면 '요새 미친년'이라지"라고 해서 식구들이 배를 쥐고 웃었다는 얘기.

운동을 마치고 호텔로 돌아오자 오늘은 주방장 보조 설 작가가 저녁식사로 고기전골을 하겠다고 선언했다. 그동안 총주방장 밑에서 구박 받던 시절을 생각하며 빨리 독립해야겠다고 여기던 차에 이번이 기회다 싶어 큰 소리를 친 것이다. 그런데 오늘 호텔을 출발하며 최 단장이 설거지를 한 후 도마를 챙기지 못하고 출발하여 결국 잃어버리고 말았다. 하는 수 없이 필요한 재료들을 쟁반에 놓고 힘들게 썰었다. 무딘 칼로 썰 때마다 탁탁 소리가 나니 칼날이 상하는 것도 신경 쓰이고 힘껏 썰 수 없어 제대로 썰리지 않았다.

아무튼 설 작가가 요리한 고기전골을 맛 본 팀원들이 맛있다고 칭찬을 했지만 진심이 아닌 것 같았다. 요리한 사람의 성의를 봐서 그래도 '맛있다', '독립해도 되겠다.' 등 건성으로 칭찬하는 중에도

OJai Valley Inn & Spa

세계 최상급의 오하이 밸리(Ojai Valley GC)
골프장은 1923년에 개장하였으며, 서부 캘리
포니아 최고의 골프장 가운데 하나이다. 80여
년 동안 이 골프장은 샌더스(Doug Sanders)
같은 유명한 프로 선수들과 빙 크로스비(Bing

Crosby), 밥 호프(Bob Hope) 등 유명 인사들이 함께 경기를 즐기는 유명한
장소가 되었다. 또한 전설적인 골퍼인 아놀드 파머(Arnold Palmer) 등 7명
의 시니어 PGA 투어(Senior PGA TOUR) 이벤트를 개최하였다. 〈골프 다이
제스트〉에서 별표 4등급을 부여 받은 명문 골프장이며, 2011년 북미 Top75
골프리조트로 선정되었고 세계의 우수한 리조트 골프 코스 중에 하나로 선정
되었다. 1999년 이 골프장은 세계 제1차 세계대전으로 훼손된 두 개의 잃어
버린 홀들(Lost Holes)을 1923년 설계원형 그대로 다시 복원하였다.

골프장 규모/ 난이도

Par 70	Blue	6,292	Rating	71. 7	Slope	132
다스팀	White	5,908	Rating	69.4	Slope	127
	Red	5,211	Rating	70.8	Slope	128

예약

홈페이지(www.ojairesort.com)와 Golfnow(www.golfnow.com) 참조
다스팀은 Golfnow에서 예약.

골프장 요금

일반요금 / 1인 180달러.
다스팀 / 1인 68달러 + 수수료 2달러 = 70달러 / 4인 합계 280달러 / 440달러 할인

연락처

905 Country Club Road Ojai, CA 93023 / 전화(855) 697-878

특히 최 단장의 칭찬이 과했다. 왜 그랬을까? 어제 칼 도마를 분실한 주인공이 최 단장이었기 때문이 아닐까?

미국 골프장 별거 맞네!

오하이 밸리Ojai Valley INN & SPA 리조트는 깊은 계곡이 있는 산 속에 조성하여 호텔, 스파, 골프장을 같이 운영하는 대단지 리조트이다. 미국 동부와 중남부의 골프장과 달리 나무가 울창한 숲속에 계곡을 따라 코스가 세팅되어 있어 난이도가 무척이나 높은 곳이다. 요즘 시기적으로 잔디 보수를 많이 하기 때문에 잔디나 그린을 읽기가 어려운 상태였다.

우리는 로컬 룰을 적용하여 터치 플레이를 허용하기로 합의하고 티 샷을 준비하는데, 마셜이 채를 닦는 수건을 물에 적셔준다. 한국에서 5년간 근무한 적이 있다면서 무척이나 친절하게 안내했다. 또 한국에서 거리단위로 '미터ᵐ'를 쓰면 GPS의 거리표시도 '미터'로 바꾸어 주겠단다. 참으로 마음씨 좋고 푸근한 인상을 가진, 콧수염 기르고 배가 불룩 튀어나온 미국의 전형적인 백인 할아버지였다. 지난 게임에서 이월된 특별상금도 있고, 앞으로 몇 번 남지 않은 게임에서 명예를 차지하기 위한 다스팀원들의 플레이가 신중하게 진행되었다.

우리는 오늘까지 31개의 골프장을 방문하였다. 그런데 이곳 골프장의 전동 카트가 다른 30개 골프장들과 다른 특이한 점이 있었다. 진입금지라 표시된 지역에 들어가면 카트가 작동하지 않는 것이다. 그러나 후진은 작동했다. 처음에 우리는 진입금지인 1번 홀에 들어갔다가 카트가 고장 난 것으로 착각을 했었다. 규칙을 어기고 금지된 페어웨이에 무단 진입을 방지하기 위한 장치인 것 같다. GPS를 이용한 원격통제시스템을 처음으로 경험한 셈이다.

최 단장은 3개의 니어리스트와 1개의 롱기스트 상금을 독식하면서 샷 리듬이 부드럽게 떨어졌다. 파4 홀 거리가 440야드인 PGA 시합에서나 볼 수 있는 먼 홀에서 그린 주변의 러프에서 3번 우드로 세 번째 칩 샷^{Chip shot}을 한 것이 홀컵으로 빨려 들어가는 묘기를 보인 것이다. "야! 봤지? 타이거 우즈가 하는 샷이야" 하고 폼을 잡았다. 짧은 어프로치는 최 단장이 항상 잘하는 편이다. 장 총장은 어제에 이어 오늘도 새로 산 타이틀리스트 퍼터 덕을 톡톡히 보는 듯했다. 양 대표가 "어떠냐? 역시 좋지?" 하고 슬쩍 떠보자 장 총장은 예의 시니컬한 표정을 지으며 "글쎄 그전 것보다는 나은 것 같네"라며 의뭉을 떨었다.

짧은 퍼팅을 몇 개 놓친 최 단장의 마음이 다시 흔들렸다. 타이틀리스트 퍼터를 살 것인가? 말 것인가?를 3년째 고민하고 있으니까 말이다. 결국 최 단장은 SF에서 최신형 타이틀리스트 퍼터를 구입하여 사용하고 있으나 그린에서 퍼팅 성적은 전과 별로 다를 게 없는 것 같다.

오늘의 우승은 양 대표^{91타}였다.

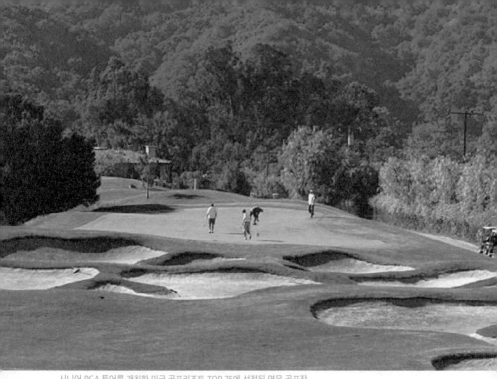

시니어 PGA 투어를 개최한 미국 골프리조트 TOP 75에 선정된 명문 골프장

모두가 우승을 바라며, 라운드 시작 전 1번 홀에서

DAY 53
2012. 11. 1

· **방문도시** Oakview, CA → Mariposa, CA
· **중요사항** 이동 520km
· **날씨** 맑음 　　　· **기온** 1~14℃
· **주행거리** 520 km 　· **주행누계** 10,454km

산 넘고 물 건너 컨츄리 풍으로

　오늘은 오크뷰Oakview를 떠나 북쪽으로 약 520km 떨어진 미국을
대표하는 국립공원인 요세미티Yosemite로 갈 예정이다. 대략 서울에서
부산까지의 거리보다 더 먼 거리다. 다스팀이 출발할 때 날씨는 흐
렸으나 점차 맑아졌다. 요세미티의 오늘 기온은 1~14도라고 한다.

　처음 가는 길이고 높은 산을 넘어가야 하는 길이다. 조심조심 운
전해야 한다. 예상소요 시간은 7시간에서 8시간 남짓. 첫 번째 주자
로 양 대표가 운전대를 잡았다. 호텔을 출발하여 시내를 통과할 때
주택 담장에 걸려 있는 해골바가지를 볼 수 있었다. 미국인들이 즐겨
기념하는 할로윈 데이Halloween Day를 상징하는 해골이다. 하지만 우리
에게는 전혀 감흥이 오지 않는다. 문화의 차이임을 느끼게 한다.

　시내를 벗어나 5번 고속도로를 달리다 국도로 갈아탔다. 점점
산이 많이 보이더니 어느덧 산길로 들어섰다. 마치 우리나라 강원
도 산길, 대관령 고개를 돌아 올라가는 느낌이다. 구불구불 이어지

는 비탈길을 오르고 내리고 하기를 근 3시간이나 달렸다. 급커브가 많고 비탈길이어서 속도를 내기는커녕 운전에 급급했다. 내비게이션에 제일 익숙한 양 대표가 시내를 잘 빠져나와 어려운 산길 절반 이상을 운전했다. 산길이 끝나자 시골의 넓은 평야가 나타나며 목화, 호두나무, 포도밭이 끝이 보이지 않을 정도로 펼쳐진 것이 눈에 들어왔다. 미국 농업분야의 경쟁력을 확인할 수 있었다. 밭 한 개의 길이가 사방 1km이다. 심어 놓은 작물 사이사이에는 스프링클러가 설치되고 타이머에 의해 주기적으로 물을 주고 따가운 햇볕을 받으며 잘 자라고 있어 여기에서 걷어 들이는 과실이 크고 맛이 좋겠다는 생각을 했다.

다스팀은 직접 캠핑카를 운전하며 요세미티 관광을 하기로 하였다. 관광자료를 미리 준비하느라 최 단장이 인터넷을 뒤지며 애를 쓴다. 단장으로서 노고가 많다.

한가롭게 풀을 뜯는 소떼들

DAY 54
2012. 11. 2

- **방문도시** Mariposa, CA → Yosemite Village, CA
- **중요사항** 요세미티 관광
- **날씨** 맑음 　　　· **기온** 4~16℃
- **주행거리** 180km 　· **주행누계** 10,634km

요세미티, 미국이 자랑하는 천연 자연숲

　여행 기간 중 좋은 날씨 덕을 톡톡히 봤지만 오늘만큼 청명한 햇살이 비치는 날씨는 없었던 것 같다. 하지만 요세미티 공원은 지대가 높아 언제 날씨가 바뀔지 아무도 모른다고 한다. 11월에 접어들면 눈이 내려 도로 사정이 나쁘면 상황에 따라 출입구를 폐쇄한다. 혹시 눈이 적게 오더라도 스노우 체인 등 장비를 갖추지 않으면 입장을 시키지 않는다.

　오늘 남문을 통과하여 방문자 센터에서 여러 가지 상황을 물어 보았다. 다행히 며칠 전 약간의 눈이 왔으나 차량 통행에는 문제없다고 했다. 반가운 일이었다. 응달진 도로 변에는 며칠 전 내렸던 눈이 아직도 쌓여 있었다. 가을 시즌 막바지에 잘 왔구나 싶은 생각에 감사한 마음이 들었다. 조금만 늦었어도 허탕 칠 뻔했기 때문이다.

　요세미티는 미국의 수많은 국립공원 중 최초로 국립공원으로 지정된 공원이다. 100년 전 미국 의회에서 3백만 에이커^{36억 평}을 자연보전

위. 요세미티 국립공원 남문에서. 이곳은 고지대라 벌써 초겨울로 들어선 기분이다.
아래. 요세미티 폭포. 11월 초 갈수기인 지금은 수량이 적어 볼품이 없나.
매년 5월이면 풍부한 폭포수가 떨어지는 장관을 볼 수 있다고 한다.

지역으로 지정하였고, 지금까지 그대로 보전하고 있다. 때문에 자연에 최고의 가치를 부여하고 있는 곳으로도 유명하다. 깊은 계곡, 깎아지른 웅장한 바위, 높은 폭포, 거대한 나무, 사시사철 바뀌는 꽃과 풀, 겨울이면 장관인 설경, 수많은 동식물이 봄에서 겨울로 이어지는 계절에 따라 형상과 색을 달리하며 여행객들에게 자연의 아름다움과 신비감을 선사하는 곳이다. 요세미티가 담고 있는 자연의 비경을 짧은 글로 소개한다는 것은 무리다. 직접 와서 보고 느껴 보지 않으면 알 수 없는 곳이 요세미티 국립공원이라고 생각된다.

호텔 식당 벽에 많은 사진이 걸려 있는데 그 중에는 최초로 요세미티를 발견하여 세상에 알린 존 뮤어John Muir의 사진도 있다. 뿐만 아니라 100년 전 많은 탐사대가 계곡을 조사하고 발굴하는 광경, 방문자 센터 건설현장, 도로 개설 현장사진이 벽에 가득 채워져 있어 이것을 보는 것만으로도 가슴 설렌다.

공원이 워낙 방대해서 한 관망대에서 다른 관망대로 이동하는데 1시간 이상이 걸리기 때문에 우리는 바삐 서둘렀다. 그러나 산길이어서인지 내비게이션이 원활하지 못해 길을 찾느라고 소중한 시간을 많이 낭비했다.

워낙 공원의 규모가 크고 각 관광명소 간의 거리가 멀어 하루 관광은 도저히 무리였다. 적어도 2박3일 정도는 되어야 '수박 겉핥기' 구경이라도 할 수 있지 않을까 생각된다. 오늘 6군데를 갈 계획이었으나 시간 관계상 3군데만 방문하고 호텔로 돌아오니 저녁 6시 30분이었다.

DAY 55
2012. 11. 3

- **방문도시** Mariposa, CA → Pebble Beach, CA → Prunedale, CA
- **중요사항** 1. 제32차 골프 / Tee Time 오후 1시 20분
  2. 캠핑장 변경 / 열한 번째 캠핑장
  3. 이동 324km
- **날씨** 맑음   · **기온** 11~18℃
- **주행거리** 324km   · **주행누계** 10,958km

Pebble Beach, 4차례 골프

　오늘의 일정은 요세미티에서 남서방향으로 약 254km를 이동하여 몬터레이^{Monterey} 반도 페블 비치^{Pebble Beach}에 있는 포피 힐스^{Poppy Hills GC} 코스에서 골프 라운드를 하고, 인근 모스 랜딩^{Moss Landing KOA} 캠핑장에서 숙박하는 것이다. 가는 길이 일반국도라 도로변에 있는 농촌 마을과 수많은 목장, 방목하며 키우는 가축들이 풀을 뜯는 평화로운 풍경 등을 볼 수 있었다. 눈에 띄는 작물은 주로 딸기, 목화, 오렌지, 호두 등이었다. 넓은 땅에 대단위 규모로 기계화된 미국의 농촌의 모습은 이제 눈에 익숙한 모습이다.

　우리는 페블 비치에 있는 골프장에서 4번 라운드를 한다. 그중에서 세계의 모든 골퍼들이 선망하는 페블 비치 리조트^{Pebble Beach Resorts} 안에 있는 골프장에서 2번 라운드한다. 페블 비치 리조트 안에는 4개의 정규코스와 파3 9홀 골프 코스가 있다. 정규 코스는 페블 비치 골프 링크스^{Pebble Beach Links}, 스파이글래스 힐 골프 코스^{Spyglass hill}

Poppy Hills Golf Course

포피 힐스 골프장(Poppy Hills Golf
Club)은 페블 비치 안에 있으며 1986년
존스 2세(Robert Trent Jones II)가 설
계하여 개장하였다. 이 골프장에는 서부 캘리포니아 골프협회(Northern
California Golf Association)의 본부가 있으며, 미국 내에서 아마추어 골프
협회가 골프장을 소유하고 관리하는 첫 번째 골프장이다. NCGA 회원들에
게는 그린 피와 골프 상품 구입에 특별한 혜택을 주고 있다. 이 골프장은 도
전적인 파 72홀로 만들어졌으며, 델 몬테 숲(Del Monte Forest) 사이를 누
비며 이어져 있다. 그리고 PGA 공식대회인 AT&T 페블 비치 프로암대회(the
PGA Tour's AT&T Pebble Beach Pro-Am)를 포함하여 여러 번의 유명한
대회를 개최하였다. 〈골프 다이제스트〉는 캘리포니아 TOP 20개 골프장 가
운데 하나로 선정하였고, 별표 등급 4. 5를 부여한 명문 골프장이다.

골프장 규모/ 난이도

Par 72	Black	6,863	Rating	74. 3	Slope	144
	Blue	6,559	Rating	73. 0	Slope	141
다스팀	White	6,163	Rating	71. 0	Slope	134

예약

홈페이지(www.poppyhillsgolf.com)와 Golfnow(www.golfnow.com) 참조
다스팀은 Golfnow에서 예약.

요금

일반요금 1인 210달러 + 카트요금 = 235달러.
다스팀 / 1인 54달러 + 카트 18달러 = 72달러 / 4인 합계 288달러 / 65.2달러 할인

연락처

3200 Lopez Rd Pebble Beach, CA 93953-2900 / 전화(831) 622-8239

Golf Course, 더 링크스 앳 스패니시 베이The Links at Spanish Bay, 델 몬테 골프 코스Del Monte Golf Course이며, 9홀은 피터 헤이 골프 코스Pete Hay Golf Course이다. 다스팀은 그 중에서 스파이글래스 힐 골프 코스Spyglass hill Golf Course와 더 링크스 앳 스패니시 베이The Links at Spanish Bay에서 골프를 하게 된다. 다스팀은 생애 한 번밖에 없을 이번 기회에 좋은 골프 추억을 남길 것이다.

다스팀 멤버들은 골프백을 내리고, 배정받은 카트에 골프백을 실어 놓고 식당으로 향했다. 원래 1인 210달러지만 마침 1인 54달러의 파격할인 핫 딜Hot deal 티 타임Tee time이 나와서 최 단장이 재빨리 예약을 한 것이다. 티 오프 시간이 13시 50분이면 18홀을 다 마치기가 빠듯했기 때문에 최 단장이 특유의 친화력을 동원하여 마셜에게 부탁해 무려 30분이나 앞당겨서 플레이를 시작할 수 있었다.

티 샷을 하기 전에 스코어 카드를 자세히 살펴보니 핸디캡에 따라서 티 박스를 선택하도록 되어 있다. Black : 0-5 HDCP, Blue : 6-10 HDCP, White : 11-20 HDCP, Gold : 20 + HDCP이다.

PGA 토너먼트가 열리는 코스라서 매 홀마다 함정이 도사리고 있어 정확하게 쳐야 함은 물론, 코스 공략에 철저한 전략이 필요한 홀이 많았다. 요세미티 국립공원의 절경을 만끽하고 온 다스팀 멤버들은 신중한 플레이로 80대 타수를 기록하며 페블 비치에서의 첫 번째 골프를 즐겼다. 오늘의 우승은 양 대표84타이다.

11번째 방문한 캠핑그라운드 Salinas Monterey KOA

운동을 마치고 마지막 캠프 그라운드로 향했다. 인간이나 기계

위쪽에 보이는 건물이 Cabin이다.

페어웨이에 들어와 점심을 즐기고 있는 사슴들

나 신진대사를 위한 주기적인 물 교환의 필요성이 있다. 오물은 버리고 생활용수는 보충해야 한다. 사람과 똑같이 캠핑카도 버릴 것은 버리고 보충할 것은 보충해야 했기에 부득이 캠핑장을 향했다.

요즘 같은 날씨에는 저녁에 캠핑카의 난방기를 켜고 자야 하는데, 히터를 켜는 데 따른 여러 가지 문제로 인해 춥지만 우리는 그동안 난방기를 작동하지 않고 취침하였다.

장기간의 여행으로 피로가 누적되어 있는 장 총장이 마지막 며칠을 못 버티고 아주 심한 몸살감기 증세를 보였다. 추운 캠핑카 안에서 잘 수 없는 상황이었다. 예약한 캠핑장에 도착하여 직원에게 사정을 말하고 별도로 방이 있는 케빈Cabin 예약을 원하였으나, 케빈이 없다며 가까운 곳의 다른 캠핑장을 친절히 알려 주었다. 그래서 당초 예약했던 모스 랜딩Moss Landing KOA 캠핑장에서 살리나스 몬테레이 캠핑장Salinas Monterey KOA으로 이동하였다. 호텔로 가지 않은 이유는 생활 오수를 버릴 수 있는 마지막 캠핑장이기 때문이었다.

우리와 같이 55여 일 동안 달려온 애마도 여기저기 상처가 많다. 전면은 온통 벌레와 싸운 흔적이 가득하다. 앞 유리창, 보네트 등 자동차에 난 크고 작은 상처와 벌레들과 부딪친 흔적들은 우리 여정을 대변해 주는 듯하다. 1만 1천km 이상의 여정을 같이 하면서 희로애락을 같이했는데 이제 작별할 시간이 얼마 남지 않았다.

그간 우리는 캠핑카를 다용도로 사용해왔다. 이동용 차량으로, 숙소로, 식당 등등으로 참 잘 이용해 왔다. 오토캠핑 문화에 익숙한 미국사람들보다 더 알차게 캠핑카를 활용해 왔다. 이곳 캠핑장들은 시설과 내용에 있어서도 다양하고 훌륭하다. 수영, 놀이동산, 승마, 스포츠낚시, 요트, 래프팅 등 다양한 리조트의 시설을 갖추고 있다. 기회가 되면 다양한 리조트 시설들을 이용했으면 하는 바람을 가진다.

　미국의 자연은 정말 부럽다. 얼마나 크고 다양한가? 버려진 애리조나의 사막 일부만이라도 떼어올 수 있다면 얼마나 좋을까 하는 생각을 여행 내내 지울 수 없었다. 자연 하나는 축복받은 나라라는 생각이 떠나지 않았다.

캠핑장 Cabin 테라스에서 캠핑장에서의 마지막 저녁식사

DAY 56
2012. 11. 4

- **방문도시** Prunedale, CA → Del Monte Forest CA → Monterey, CA
- **중요사항** 페블 비치 17 Miles Drive 관광
- **날씨** 맑음 · **기온** 12~19℃
- **주행거리** 91km · **주행누계** 11. 049km

마지막 3연전을 앞두고 전열을 정비하다

  내일부터 시작하는 마지막 골프 3연전을 앞두고 다스팀은 하루를 쉬면서 전열을 정비하기로 한다. 오늘은 몬테레이Monterey반도 페블 비치Pebble Beach에 있는 관광 코스 17 마일스 드라이브17 Miles Drive 길을 구경하기로 했다.

  몬테레이 반도는 샌프란시스코에서 남서쪽으로 약 100마일160km 떨어진 태평양 해변을 끼고 있는 반도로서 이곳이 유명해진 것은 페블 비치 골프장이 있기 때문이다. 다스팀은 주변과 잘 어울리지 않는 커다란 캠핑카를 운전하며 해안 '17 Miles Drive' 길을 따라 골프장으로 이동했다. 이전에도 그랬지만 오늘도 캠핑카를 몰고 골프장, 그것도 페블 비치 골프장으로 가는 사람들은 우리밖에 없다.

  드라이브 코스로 유명한 '17 Miles Drive'는 천천히 오르락내리락하는 굽이굽이 커브 길이다. 길 좌측으로는 울창한 소나무 숲과 멋진 주택이, 우측으로는 푸른 바다와 파란 하늘이 아름답게 펼쳐진다. 그런데 일반 관광객이 이 길을 지나가려면 통행료 9.75달러를 내야 한다. 고속도로에서도 통행료가 없는데 여기는 통행료를 받는다. 다스팀도 통행료를 요구 받았지만 내일 골프를 위해 연습장에 간다 하니 티 타임Tee time을 확인한 후에 통과시켜 주었다.

원래 첫날은 몬테레이 해양박물관 관광을 생각했으나 계획을 변경, 드라이브 코스로 바꿨는데 현명한 결정이었다. 간단한 드라이브를 마치고 식료품도 보충하는 등 내일을 위한 준비로 알뜰하게 시간을 보냈다.

참고로 몬테레이 베이Monterey Bay에 있는 골프장들을 간단히 소개한다. 몬테레이 반도Monterey Peninsula는 6개의 카운티County로 구성되어 있다. 우리에게 너무 잘 알려진 페블 비치와 몬테레이, 카멜 밸리Carmel Valley, 카멜Carmel, 씨사이드 앤드 살리나스Seaside and Salinas, 퍼시픽 그로브Pacific grove 등이며, 총 14개의 골프장이 있다. 몬테레이를 안내하는 책자에 몬테레이 반도 골프왕국The Monterey Peninsula Golf Kingdom 이라고 소개할 정도이다. 등급으로 보면 회원제Private 1개, 준회원제Semi-private 2개, 대중Public 골프장 11개인데, 대중 골프장인 페블 비치 링크스의 그린 피가 1인당 495달러카트비 35달러 별도로 제일 비싸다.

AT&T 내셔날 프로-암AT&T National Pro-Am 대회가 매년 열리며, US 오픈도 여러 번 열려서 골프 마니아라면 한번쯤 플레이 해보길 바라는 꿈의 골프장이다. 1919년에 모스Morse가 만들었으며, 우리에게 오렌지 주스로 알려진 델몬트Delmonte사가 대주주로 되어 있다

그런데 자료를 자세히 살펴보니 살리나스 페어웨이Salinas Fairways GC 골프장은 18홀 파Par 72이고 전장거리가 6,619야드인 정식 대중 골

페블비치 골프장 페어웨이를 조금만 벗어나면 바로 태평양 해안이다.

AT&T PGA 대회 우승자들의 이름을 영구 보존, 2012년 Phil Michelson 선수

프장인데 그런 피가 비수기 10달러, 성수기 35달러이다. 제일 비싼 페블 비치와 무엇이 차이가 나는 것인지 궁금했다. 시간이 허락되면 플레이를 해보고 싶은 생각이 든다. 기온이 섭씨 10도에서 20도 정도로 따뜻하고, 강우량이 적고 습도가 낮아서 골프 치기에는 아주 적합한 환경이다. 물론 다른 운동을 하기에도 좋다. 또 그린 피도 싼 곳부터 비싼 곳까지 다양하게 있으니 골프 마니아들에게는 정말 골프 천국이라고 해도 과언이 아닌 것 같다.

우리 다스팀은 어제 포피 힐스^{Poppy Hills} 골프장에서 라운드 하였고, 앞으로 페블 비치 리조트에 있는 4개 코스 중 2개 코스인 스패니시 베이^{Spanish Bay}와 스파이글래스 힐^{Spyglass Hill}, 그리고 랜초 캐나다 ^{Rancho Canada} 골프장에서 플레이를 할 예정이다.

페블비치 해변에서

DAY 57
2012. 11. 5

- **방문도시** Monterey, CA → Pebble Beach CA
- **중요사항** 제33차 골프 / Tee Time 10시 50분
- **날씨** 맑음 · **기온** 12~25℃
- **주행거리** 27km · **주행누계** 11,076km

페블 비치 파도와 함께 골프를

　3연전의 첫 승부가 스패니시 베이^{The Links at Spanish Bay} 골프장에서 펼쳐졌다.

　10시 50분 티 타임에 맞춰 호텔에서 여유 있게 출발했다. 오른쪽에 태평양 바다를 끼고 남쪽으로 1번 도로를 타고 가다 페블 비치가 있는 '17 Miles Drive' 길로 진입하여 구불구불 굽이진 길을 돌고 돌아 톨게이트에 당도했다. 어제와 마찬가지로 통행료를 요구하기에 스패니시 베이에서의 티 타임을 말했더니 명단을 대조한 후에 통과시켰다.

　어제는 바람을 걱정했는데 오늘은 바람 한 점 없는 쾌청한 날이어서 어려움 없이 라운드를 펼칠 수 있었다. 가끔씩 라운드 하는 도중에 바다를 배경으로 사진도 찍고, 파도치는 모습을 쳐다보면서 꿈같은 골프를 했다. 페어웨이 바로 옆은 골프와 관계없이 산책, 조깅하는 사람들이 많이 보였는데 한국에서는 좀처럼 볼 수 없는 장면이다.

The Links at Spanish Bay

더 링크스 앳 스패니시 베이(The Links at Spanish Bay)는 스코트랜드 전통을 그대로 살린 링크스(links) 코스이며, 존스 주니어(Robert Trent Jones Jr)를 비롯한 설계팀의 의도였다. 링크스는 모래로 뒤덮인 황무지라는 뜻으로 쓰였던 옛날 스코틀랜드의 단어이다. 이 골프장은 스코트랜드의 기복이 심한 자연의 아름다움을 몬테레이 해안지대에 반영하도록 만들었다. 골퍼들은 한결같은 바닷바람이 부는 이곳에서 공을 조정하여 샷을 하기 위해서는 정상적인 샷을 할 것인지 아니면 낮게 깔려서 굴리는 샷을 할 것인가를 선택하여야 한다. 〈골프 다이제스트〉는 미국 최고 100개 골프장 중 하나로 선정하였고, 별표 등급 4. 5를 부여한 명문 골프장이다. 〈골프매거진〉을 비롯하여 그 밖의 여러 매체들도 명문 골프장으로 선정하였다.

골프장 규모/ 난이도

Par 72	Blue	6,821	Rating	74. 2	Slope	142
	Gold	6,422	Rating	72. 1	Slope	136
다스팀	White	6,043	Rating	70.1	Slope	131
	Red	5,332	Rating	72. 1	Slope	129

예약

홈페이지(www.pebblebeach.com)에서 예약 가능일자를 확인하고, 직접 예약실에 전화를 한다.
예약실 /(800) 877-0597 : 당일 예약은 /(831) 625-8563

요금

리조트 고객 / 1인 270달러(카트비 35달러 포함)= 270달러
일반고객 / 1인 270달러 + 카트비(35달러 별도)= 305달러
다스팀 / 1인 270달러 + 카트비(35달러 별도)= 305달러 / 4인 합계 1,220달러

연락처

2700 17 Mile Drive Pebble Beach, California 93953 / 전화(831) 647-7495

오늘 저녁에는 별도의 이벤트도 있었다. 오늘이 장 총장 부인의 회갑이다. 비록 주인공은 없지만 진심으로 장 총장 부인의 회갑을 축하하며 우리들끼리의 축하파티를 즐겼다.

태평양을 바라보며 시원한 샷을 날리다

오늘 라운드 할 스패니시 베이Spanish Bay 골프장은 페블 비치 리조트에서 3번째로 그린 피가 비싼 골프장이다. 지금이 시즌이기 때문에 미국여행 중 처음으로 1달러도 할인되지 않은 요금에 카트 비용까지 별도로 지불했다. 어제 '17 Miles Drive' 해안도로를 지나갈 때 오른쪽에 태평양, 왼쪽에 스패니시 베이Spanish Bay 골프장을 바라보면서 처음으로 제대로 된 링크스Links 코스에서 플레이를 해보는구나 하는 생각을 했었다.

백드롭을 담당하는 백인 직원이 환영인사를 유머러스하게 하며 골프채를 받아줬다. 프로 샵으로 들어가는 입구에는 예쁜 꽃으로 단장되어 있어 고급 골프장임을 느끼게 한다.

땅값이 비싸서 그런지 연습장Driving Range은 없고, 칩 샷과 퍼팅 연습장이 준비되어 있다. 여유 있게 도착한 다스팀은 그린 스피드를 충분히 파악하고 티 샷 장소로 이동했다.

1번 파5 롱홀은 약간 오른쪽으로 휘는 코스이다. 멀리 태평양이 파랗게 보였고 볼을 떨어뜨려야 할 페어웨이는 무척 좁았다. 왼쪽의 벙커를 안전하게 넘겨 쳐야 세컨드 샷을 안전하게 칠 수 있다. 그러나 명문 골프장에서 잘 쳐야겠다는 생각이 앞서다보니 힘이 많이 들어가기 시작했고 실수를 연발하게 되었다. 게다가 그린 스피드가

위에서 본 골프장 전경

그린이 해수면과 불과 1M밖에 차이가 나지 않아 마치 바다 위에서 퍼팅하는 것처럼 보인다.

무척 빠른데다 한 군데도 평평한 곳이 없어 9번 파4 홀에서는 네 번째 샷을 그린 엣지에 올려놓고도 4퍼트로 더블 파를 하게 되니 낙심천만이었다. 그러나 해저드와 덤불더미에 많은 볼을 바치고도, 다스팀 멤버들은 전혀 물러서지 않았다. '도전하는 자만이 성취할 수 있다'라고 외치며 나아가지만 스코어 카드에 '오리², 더블보기'들이 많이 올라갔다.

어려운 코스여서 스코어는 전부 90대를 쳤지만 골퍼라면 누구라도 꿈에 그리던 골프장에서 운 좋게도 바람이 없는 좋은 날씨에 라운드를 했다는 데에 만족하며 골프채를 내려놓아야 했다.

오늘의 우승은 양 대표⁹¹타이다.

회갑 축하카드, 축하 케이크, 그리고 붉은 장미를 부인에게 보내는 장 총장
여행 중 본인생일, 부인회갑, 득손녀 경사가 겹쳤다.

DAY 58
2012. 11. 6

- **방문도시** Monterey, CA → Pebble Beach CA
- **중요사항** 제34차 골프 / Tee Time 10시 40분
- **날씨** 맑음   - **기온** 13~23℃
- **주행거리** 28km   - **주행누계** 11. 104km

늦장 플레이와 친절한 마셜

오늘 일정은 페블 비치 리조트Pebble Beach Resorts에서 두 번째로 좋은 스파이글래스 힐Spyglass Hill GC 골프장에서 골프를 했다.

날씨가 너무 좋았다. 바람도 없고 기온도 15~25도 정도라 운동하기에 적당한 날씨였다. 지금까지 33회 골프 라운드를 하면서 날씨가 더워 많은 땀을 흘렸다. 그런데 이곳은 그렇지 않아 좋다. 티셔츠를 이틀 입어도 전혀 문제가 되지 않을 정도이다. 미국사람들은 골프장에서 거의 반바지 차림이다. 우리는 긴 팔, 긴 바지를 입고 운동을 한다. 아주 대조적이다.

다스팀은 한국에서 늦장 플레이에 대해 지적을 받아 왔는데 여기에서도 역시 늦장 플레이가 문제가 된다. 필드에서 이것저것 재기도 하고 그린에서 신중을 기하다 보면 시간이 많이 걸린다. 내기 때문에 컨시드Concede도 잘 주지 않지만 전반적으로 슬로 플레이Slow Play 하는 나쁜 습관이 있다.

오랫동안 미국에서 생활하며 골프장을 운영하고 있는 성낙준 사장도 우리 팀의 늑장 플레이에 대해서 지적한 바 있다. 하지만 정작 당사자인 우리는 아직 심각성을 느끼지 못하고 있다. 오늘도 역시 늑장 플레이가 재연되었다.

스파이글래스 힐 코스는 카트가 페어웨이에 들어 갈 수 없다. 그런데 우리의 늑장 플레이를 보다 못한 골프장 마셜이 빠른 경기 진행을 위해 캐디 역할까지 자청하였다. 심지어 15번 홀부터는 페어웨이에 카트가 들어갈 수 있도록 특별 배려(?)까지 해줬다. 마셜이 내심 속이 터지겠지만 그래도 미소를 잃지 않고 엄지손가락을 치켜들며 'Good shot'을 연발했다. 고맙기도 했지만 한편으로는 미안하고 부끄러웠다. 정말 반성하고 고쳐야 한다. 그런데 한국과 미국의 마셜은 명확한 차이가 있는 것 같다. 한국의 마셜은 늦었으니 빨리 진행하라고 주의만 준다. 그러나 미국의 마셜은 골퍼가 티 샷을 하면 포캐디Forecaddie의 역할을 하며 골퍼가 빠른 진행을 할 수 있도록 도와준다. 티 샷한 공이 낙하할 지점에 먼저 가서 공의 위치를 정확히 알려주거나, 그린까지 남은 거리를 알려주기도 한다. 싫은 소리를 하기 보다는 오히려 빠른 플레이를 도와주는 마셜의 태도에 우리 모두는 스스로의 늑장 플레이를 반성하게 되었다. 내일은 정상적인 속도로 진행을 하여 마셜의 지적을 받지 않았으면 좋겠다.

미국 골프장은 친환경 골프장을 지향해 자연을 잘 보존해 놓았기 때문인지 골프장 주변에 짐승들이 많다. 까마귀와 갈매기는 삶의 터로 골프장 환경에 너무 잘 적응했는지 인간과 공존하는 듯하다. 잠시 틈을 보이면 골퍼들이 지니고 있는 음식물을 어느새 낚아채간다. 설 작가는 점심식사용으로 산 핫도그 속에 들어 있는 소시지를 먹어 보지도 못하고 잠깐 경기에 전념하는 사이에 까마귀에게

헌납하고 말았다. 봉투를 풀어 헤쳐서는 빵은 그대로 놔두고 소시지만 물고 날아갔다. 설 작가는 맛없는 빵만 씹으며 투덜거렸다.

가장 터프하고, 제일 비싼 명문 골프장, Spyglass Hill Golf Course

스파이글래스 힐 골프장Spyglass Hill Golf Course은 페블 비치 리조트 안에 있는 4개의 골프장 중 2번째 비싼 골프장이다. 1인 요금이 카트 포함하여 420달러이다. 다스팀이 방문한 미국 골프장 중 가장 비싼 요금이다. 다스팀 1회 라운드 평균요금 70달러와 비교하면 6라운드 이상 골프할 수 있는 매우 비싼 금액이다.

우리는 원래 미국 퍼블릭 골프장 랭킹 1위인 페블 비치 골프 링크스Pebble Beach Golf Links에서 라운드 하기로 계획하였으나, 1회 골프비용이 1,000달러 이상이 되어 포기하였다. 골프 예약조건이 리조트 안에 있는 3개의 호텔 중에서 최소 2일을 숙박하여야 하며, 방 하나에 두 사람이 숙박하여야 하고, 2명만이 예약할 수 있다. 호텔요금은 1일 2인 1룸에 650달러에서 스위트Suite룸 2,965달러까지이다. 제일 싼 호텔에서 숙박할 경우, 1회 골프를 치기 위해서 드는 비용은 1인 2박 호텔요금 650달러와 골프비용 495달러, 카트비용 35달러를 합하면 1,180달러이다. 아무리 미국에서 제일 좋은 골프장이라 하여도, 골프 한번 치는데 드는 그린 피가 약 130만 이상환율 1,150원이라면 다스팀에게는 감당하기 어려운 금액이었다. 참고로 호텔에 투숙하지 않고 예약할 수 있는 방법은 현지에 도착하여 1일 전에 전화하여 티 타임이 남아 있으면 예약할 수 있다. 그 경우에 요금은

Spyglass Hill Golf Course

페블 비치 골프장 설립자 모스(Samuel F. B. Morse)는 지방 역사에 열정적이었다. 모스는 스티븐슨(Robert Louis Stevenson)이 그의 고전인 보물섬을 집필할 때에 영감을 얻기 위하여 페블 비치의 구릉지와 모래가 뒤덮인 언  덕을 돌아 다녔다는 일화에 강한 호기심을 가졌다. 1966년에 개장한 이 골프장은 홀들을 보는 방법과 플레이하는 방법에 영향을 미치는 명확하게 다른 2종류의 지형이 특징이다. 처음 5개 홀들은 조심스럽게 가장 안전한 길을 선택하기를 요구하는 모래로 뒤덮인 바다가 모래 언덕 사이에 놓여 있다. 13개 홀들은 높은 곳에 있는 그린들과 전략적으로 놓여 있는 벙커들, 그리고 잘못된 샷을 잡아채려고 하는 호수들과 함께 장엄한 소나무 숲을 가로질러 놓여 있다. 이 코스는 챔피언십 티 기준으로 코스 레이팅 75.5, 슬로프 레이팅 147을 자랑하며, 세계에서 가장 어려운 골프장 가운데 하나로 선정되었다. PGA 공식대회인 AT&T 페블비치 프로암대회(the PGA Tour's AT&T Pebble Beach Pro-Am)를 페블 비치 링크스 코스와 함께 매년 개최하고 있다. 〈골프 다이제스트〉는 미국 최고 100개 골프장 중 48위로 선정하였고, 별표 등급 최고 등급인 5개를 부여한 명문 골프장이다. 〈골프매거진〉을 비롯하여 그 밖의 여러 매체들도 명문 골프장으로 선정하였다.

골프장 규모 / 난이도

Par 72	Blue	6,960	Rating	75.5	Slope	147
	Gold	6,538	Rating	73. 8	Slope	140
다스팀	White	6,123	Rating	72. 2	Slope	132
	Red	5,381	Rating	72. 6	Slope	130

예약

홈페이지(www.pebblebeach.com)에서 예약 가능일자를 확인하고, 직접 예약실에 전화를 한다. 예약실 /(800) 654-9300 : 당일 예약은 /(831) 625-8563

요금

리조트 고객 / 1인 385달러(카트비 35달러 포함)

일반고객 / 1인 385달러 + 카트비 35달러 = 420달러

다스팀 / 1인 385달러 + 카트비 35달러 = 420달러 / 4인 합계 1,680달러

캐디 동반은 선택사항 / 동반 경우 요금은 선불

1인 캐디 : 1인 80달러 / $80 for a single bag carrying caddie

2인 캐디 : 1인 80달러 / $160 for a double bag carrying caddie

3인 캐디 : 1인 40달러 / $120 for a forecaddie for three golfers

4인 캐디 : 1인 40달러 / $160 for a forecaddie for four golfers

권장 평균 팁

팁은 캐디의 서비스 수준에 따라 평균보다 높을 수도, 낮을 수도 있다.

1인 캐디 : 1인 13달러~25달러 / Double Caddie - $25 to $50 per bag

2인 캐디 : 1인 35달러~55달러 / Single Caddie - $35 to $55 per bag

4인 캐디 : 1인 30달러 / Forecaddie - $30 per bag

팁 포함한 캐디요금

1인 캐디 : 1인 115달러~135달러

2인 캐디 : 1인 93달러~105달러 / 2인합계 185달러~210달러

4인 캐디 : 1인 70달러 / 280달러

연락처

Stevenson Drive Pebble Beach, California 93953 / 전화(831) 625-8563

그린 피 495달러와 카트 35달러, 합계 520달러이다.

골프백을 받아주는 직원이 환영한다는 말과 함께 미국에서 4번째로 터프한 골프장이라고 겁을 준다. 이때만 해도 33곳의 골프장을 거쳐 온 우리는 거칠어 봐야 얼마나 거칠겠나 하는 표정이었다.

1번 파5 티 박스에서 태평양을 향해 샷을 날리면서 플레이를 시작해 전부 3타에 그린에 볼을 올려놓았다. 그러나 긴장을 해서인지 네 명 다 3퍼트를 해 똑같이 보기를 하고 다음 홀로 이동했다.

전반에서 한 타 차로 양 대표가 앞서다가, 후반 첫 홀에서 양 대표가 친 볼이 그린에 적중한 후 엣지로 넘어가는 바람에 보기를 한다. 양 대표를 바짝 쫓던 최 단장이 140야드 샷을 핀에 붙이고 버디를 잡으면서 한 타 차로 앞서갔다. 다시 4홀을 지나면서 동타가 되었는데 15번 파3 홀에서 양 대표가 그린에 올려놓고 안도의 숨을 쉬었고, 최 단장은 그린 옆으로 볼이 흘러갔다. 하지만 최 단장은 '어프로치 최'답게 로브 샷^{Lob Shot}으로 핀에 붙여서 파를 하고, 안심하던 양 대표가 두 번째 숏 퍼팅을 놓치면서 한 타 차로 역전당한다.

호시탐탐 기회를 노리지만 양 대표는 숏 퍼팅을 몇 개 놓치면서 치미는 화를 참아야 했다. 최 단장은 오늘따라 전혀 욕심 부리지 않고 또박또박 플레이를 하면서 한 타 차 우승을 거머쥐었다. 가장 터프하고 제일 비싼 명문 골프장에서 오늘의 승리를 위하여, 그동안 신체 리듬과 컨디션을 조절했다고 최 단장이 큰 소리 친다.

오늘의 우승은 최 단장^{87타}이다.

내리막 파3홀에서 태평양을 향하여 완벽한 피니쉬(Finish) 동작을 취하고 있는 양 대표

미국에서 4번째로 터프한 스파이글래스 힐 골프장

과함은 모자람만 못하니

　오늘은 캠핑카에서 마지막 밥을 해 먹는 날이다. 그동안 우리들은 저녁식사 중 50끼니 이상을 직접 조리해 먹었다. 여행 초기에 60일간의 저녁식사를 위하여 식기류를 새로 사야 했고 또 매일 식재료를 사서 가지고 다녀야 했다. 그러나 이제는 더 이상 그럴 일이 없다. 내일 저녁은 사서 먹고 그 다음은 샌프란시스코에 사는 친구 이정호가 자신의 차량으로 우리를 책임지기로 했기 때문이다.

　골프를 마치고 호텔로 돌아와서 캠핑카 반납을 위한 준비를 했다. 그동안 가지고 다녔던 식기류, 식재료, 음식물 등을 모두 버렸다. 아깝다는 생각도 들었지만 과감히 버려야 했다.

　지나간 여정을 돌이켜보면 우린 식재료를 좀 과도하게 샀다. 처음에는 요령을 몰라 더 그랬다. 시간이 가면서 구입량이 줄기는 했지만 여전히 필요량보다 많이 샀다. 그렇다 보니 구입한 재료가 얼마나 남았는지, 어디 있는지도 모르고 사는 경우가 허다했다. 알고 있어도 찾기 귀찮아서 새로 산 적도 있다. 남으면 버리고 또 사고 다시 버리고 하다 보니 낭비가 심했고 불필요한 지출이 발생했다. 식료품 구입에 좀 더 체계적인 관리를 하지 못한 아쉬움이 남는다.

　그동안 우리가 산 주방 기구는 밥그릇, 국그릇, 쟁반, 칼대, 중, 소, 도마두 번 샀다, 가위, 집게, 숟가락, 젓가락, 감자 칼, 휴대용 가스버너 등이다. 주로 샀던 식재료는 쌀, 김치, 햇반, 된장, 고추장, 진간장, 국간장, 식초, 올리브유, 식초, 참기름, 후추, 고춧가루, A-1 소스, 김치, 라면, 컵라면, 양파, 감자, 대파, 실파 등등. 그런데 이것들이 아직도 많이 남아 있고 아까운 것들이 너무 많다. 쌀, 라면, 고춧가루, 된장, 소주 등은 버리기에 너무 아까운 것들이다.

여행 중 생긴 마음의 쓰레기를 정리

우리는 캠핑카에서 해먹는 마지막 만찬을 즐기며 여행 중 가졌던 서운한 감정, 섭섭한 마음, 상처 받았던 일들을 한 잔 술로 나누면서 전부 털어 버리고 편안한 마음으로 잠자리에 들 수 있었다.

사실 서로 감정이 상한 것도 적지는 않았다. 동반자 간의 갈등은 장거리 장기간 여행 중에는 꼭 일어날 수밖에 없다는 생각이다. 사랑으로 맺은 부부도 싸우는데 하물며 저 잘났다고 60년 이상을 살아온 인생들이 오죽하겠는가. 하지만 우린 서로 의지하며 지내왔고 기분 나쁘거나 마음의 상처가 생기면 솔직하게 말하고 바로 사과했다. 더 이상 그런 작은 일에 얽매이지 않기로 다짐하며 하이파이브도 했다.

이제 여행을 마무리하면서 여행 중 생긴 마음의 쓰레기를 정리하는 시간이 다가왔다. 그 시간에 우리는 서로에 대한 아주 작은 섭섭한 마음이나 감정의 앙금도 싹싹 쓸어 함께 정리했다.

호텔 뒷마당에서 캠핑카 안에 있는 물건을 모두 밖으로 내 놓고 정리에 들어갔다.

아깝지만 버려야 할 공산품과
식재료를 마당에 벌려 놓았다.

대형 쓰레기봉투 9개 속에
마음의 쓰레기도 함께 버렸다.

DAY 59
2012. 11. 7

- **방문도시** Monterey, CA → Carmel, CA → San Mateo, CA
- **중요사항** 제35차 골프 / Tee Time 11시 24분
- **날씨** 맑음　　・**기온** 11~18℃
- **주행거리** 188km　・**주행누계** 11. 292km

다스팀의 슬로우 플레이는 옥의 티

　　어제 스파이글래스 힐 코스에서 슬로우 플레이^{Slow Play}한 것을 여행일지에 올렸는데 LA에 있는 친구 성낙준 사장이 답글을 달았다. 'DAS 팀의 SLOW PLAY는 옥의 티'라는 뼈아픈 충고를 다음과 같은 장문의 글로 전해주었다.

　　"미국 골프 협회의 금년 Catch Phrase가 'Tee Forward'이다. 이 말은 자기 Handy에 맞는 Tee를 선택하여 Round를 하라는 뜻이다. 많은 사람들이 자기 Handy에 상관없이 Blue Tee에서 치고 싶어 하는데 이는 잘못된 습관이다. 보통 Golfer가 18홀을 도는데 소요되는 시간은 4시간 30분(홀 당 15분)이고, 대부분 이보다 약간 빠른 4시간 15분 정도면 마무리가 되는 것이 통상적이다. 물론 신중하게 Play하여 최상의 Score를 내려고 하는 것이 모든 Golfer의 희망이지만 나로 인하여 동반 Player나 뒤 팀에 방해가 되어 기분 좋은 하루를 보내기 위해 나온 다른 사람들의 기분을 망가뜨리는 행위는 Gentlemen's Sports인 Golfer 로서 삼가야 할 일이다. 동반 Player가 Shot을 할 때 미리 준비한다든 지 'Ready golf'로 Shot의 순서를 기다리지 말고 준비가 된 Player가 먼저 Shot을 한다든지 하는 노력이 필요한 것 같다. DAS Team의 옥에 티를 짚어 준다면 바로 Slow Play이다."

페블 비치에서 마지막 골프를

예상 기온이 11~18도인데 골프장에 도착하니 바람이 불어서인지 체감온도는 10도 이하 정도로 쌀쌀했다. 지금까지 골프 라운드를 한 기간 중 가장 추운 날씨다. 어제는 아주 좋은 날씨였는데 하루 만에 전혀 다른 날씨가 되었다.

페블 비치 파이널 라운드인 랜초 캐나다^{Rancho Canada GC} 골프장에서 티 샷에 들어갔다. 이 골프장은 어제와 그저께 운동하였던 페블 비 치 골프 리조트의 스패니시 베이 코스와 스파이글래스 힐 코스 와는 전혀 다른 분위기의 골프장이다. 몬테레이 반도의 남쪽 카운티^{County} 인 카멜^{Camel}에 위치하고 있고, 넓고 평평한 목초지역에 만들어진 골 프장으로 몇 개의 블라인드 홀을 제외하고는 그린이 보여서 다소간 편한 느낌을 주게 세팅되어 있다. 요금도 38달러면 괜찮지 않은가? 스파이 글래스 힐 골프장 요금 420달러에 11분의 1도 안 되는 가격 이다.

티 박스에서 순서를 기다리는 도중에 바로 뒤 팀으로 플레이를 할 한국교민들과 반갑게 인사를 나누었다. 미국에 온 지가 40년 이 되었다니 그동안의 고생이 미루어 짐작이 간다. 지금 그들은 호

Rancho Canada Golf Club-East Course

랜초 캐나다(Rancho Canada) 골프장은 카멜 강(Camel River)이 굽이쳐 흘려가는 곳에 훌륭한 골프시설을 갖춘 동 코스(East Course)와 서 코스(West Course), 2개 코스 36홀로 구성되어 있다. 이러한 뛰어난 장소는 한때 4,366에이커의 캘리포니아 랜초의 소중한 자산이었다. 두 코스의 레이아웃은 훌륭한 골프장들의 전통에 따라서 부동산 개발에 방해 받지 않고 만들어졌기 때문에, 산타 루시아 산맥(Santa Lucia mountains)과 장엄한 수목 숲들에 둘러싸여 있다. 그래서 이 골프장의 완만하게 경사진 페어웨이와 자연 그대로의 그린들을 즐길 수 있다. 6,125야드의 동 코스(East Course)는 길이보다는 기술을 더욱 중요하게 여기게 하는 골프장이다.

골프장 규모/ 난이도

Par 71	Blue	6,125	Rating	69.5	Slope	122
다스팀	White	5,843	Rating	67.6	Slope	116
	Red	5,278	Rating	69.7	Slope	114

예약

홈페이지(www.ranchocanadagolf.com)와 Golfnow(www.golfnow.com) 참조
다스팀은 Golfnow에서 예약.

요금

일반요금 / 1인 70달러.
다스팀 / 1인 32달러 + 수수료 2달러 = 34달러 / 4인 합계 136달러 / 144달러 할인

연락처

4860 Carmel Valley Rd Carmel, CA 93923 / 전화(831) 624-0111

텔이나 대형 마트, 주유소 등을 운영하고 있는 성공한 사람들이다. 2,500달러짜리 회원권을 사면, 1년 동안 무제한으로 플레이를 할 수 있기 때문에 교민들이 많이 이용한다고 한다. 한국에서는 겨우 동네 연습장 1년 이용 요금이다. 부러운 생각이 들었다. 다스팀의 지나온 여행일정을 설명하자 이번에는 그들이 반대로 부러운 표정이다. 그리고 어떻게 페블 비치 골프장에 예약했냐며 방법을 물어봤다. 미국인 골퍼나 교포 골퍼들 모두 우리들의 페블 비치 골프장에서의 라운드를 매우 부러워했다.

날씨가 흐리고 기온이 떨어져서 제법 쌀쌀하게 느껴졌다. 약간 두꺼운 옷으로 갈아입고도 모자라서 바람막이를 껴입고 플레이를 시작했다. 4번 파5 홀에서 앞에 있는 높은 나무를 운 좋게 피한 양 대표가 버디와 롱기스트를 동시에 챙기면서 앞서 나갔다. 7번 파3 홀에서 최 단장이 핀에 붙여서 니어리스트와 버디를 챙기며 따라 붙었다. 뒤이어 장 총장, 설 작가도 차분한 플레이를 해 전반을 양 대표 41타, 장 총장, 설 작가, 최 단장이 공히 42타로 끝내고 후반으로 들어갔다.

후반 11번 파4 홀에서 장 총장이 버디를 잡으며 기세를 올리자, 설 작가는 신중하게 플레이를 하면서 파 행진을 이어나갔다. 12번 파5 홀에서 티 샷을 다른 멤버들보다 20야드를 더 보낸 최 단장은 세컨드 샷에서 아쉽게 미스 샷을 했다. 그런데 170야드의 써드 샷을 유틸리티로 쳐내 핀에 붙이고 OK 버디를 잡아냈다. 프로선수가 다 된 느낌이다. 잘해야 보기 정도 하겠거니 생각했던 멤버들이 축하를 해 줬지만 다들 속은 편하지 못했다. 그래도 어쩌랴? 잘 쳐서 롱기스트, 버디 상금을 챙겨가는 것을.

그러나 인간미가 많은 최 단장은 더블, 트리플 보기를 연달아 하면서 순위경쟁에서 밀려났다. 차분하게 자기 페이스를 유지한 설 작가는 마지막 18번 파4 홀에서 턱이 높은 벙커 바로 뒤에 핀이 있는 어려운 상황을 맞았다. 하지만 멋진 어프로치 샷으로 스핀을 걸어서 핀에 볼을 붙이고는 OK 파를 하면서 우승을 차지했다.

경합을 벌이던 양 대표가 "우승을 축하한다."며 악수를 청하는데, 설 작가 왈 "오랜만에 이름을 올리게 되었네." 하며 환한 웃음으로 화답했다. 다스팀 멤버들 모두 80대를 기록하며 몬테레이 반도를 떠나 샌프란시스코로 향한다. 오늘의 우승은 설 작가82타이다.

운동을 마치고 저녁을 해결할 식당을 찾아야 하는데 주차장에서 만난 한국 교민이 레스토랑의 전화번호를 가르쳐주었다. 약 20분 정도 달려 도착한 '차트 하우스 레스토랑Chart House Restaurant'이 바닷가 절벽 위에 있어 전망이 정말 끝내 주는 멋진 스테이크 전문식당이었다.

어두워지는 시간이었지만 식당 창가 테이블에 앉아 바다를 바라본 풍경은 한 편의 멋진 풍경화 다큐멘터리였다. 멀리 출렁이는 파도와 창문 바로 밑 바위에 앉아 휴식을 취하는 펠리컨과 갈매기들이 한가롭게 깃털을 고른다. 바다에는 물개들이 한가롭게 장난을 치며 놀고 있었다.

간만에 맛있게 구워 나온 스테이크에 와인 한잔으로 저녁식사를 했다. 저녁식사를 근사하게 끝낸 후 우리는 다시 캠핑카에 올라 최종목적지인 샌프란시스코를 향해 약 164km를 달렸다. 설 작가가 운전대를 잡았는데 바닷가를 끼고 안개 속을 달리다 보니 앞 유리에 물방울이 맺혀 시야가 좋지 않고, 더욱이 밤길이어서 운전하는데 힘들었다. 조수석에 앉아 있는 양 대표가 이런저런 이야기를 하며 계속 설 작가를 즐겁게 해준 덕분에 안전하게 목적지까지 올 수 있었다.

DAY 60

2012. 11. 8

- **방문도시** San Mateo, CA → Dublin, CA → Pleasanton, CA → Milpitas, CA
- **중요사항** 1. 캠핑카 반납
  2. 제36차 골프 / Tee Time 12시 10분
  3. 한식당
- **날씨** 흐림, 비   · **기온** 06~15℃
- **주행거리** 54km   · **주행누계 11. 346km(7,050Miles)**

* 주행거리 누계는 실질 캠핑카 운행거리이다. (택시, 렌트카. 관광. 등 주행거리는 제외하였다.)

7,050마일 달려온 캠핑카 반납

흐리다 비가 내렸다.

60일차 일정은 오전 캠핑카 반납, 오후 골프 일정이다.

우리는 아침 일찍 캠핑카를 반납하기로 한 엘 몬테El Monte 캠핑카 회사로 갔다. 60일 동안 우리의 발이 되어 미국 동부 뉴욕에서 플로리다를 거쳐 텍사스, 애리조나, LA 그리고 샌프란시스코까지 달려온 캠핑카. 총 11,346km7,050마일를 달려오면서 큰 사고 없이 안전하게 여행을 하게 해 준 캠핑카와 이제는 헤어져야 한다.

최 단장은 사무실에서 캠핑카 반납 절차를 밟았다. 담당직원과 차량상태를 확인하고, 우리가 정산할 금액은 차량을 인수할 당시의 가솔린 양을 채울 150달러, 가솔린 세금 12. 5달러, 차량 청소비Cleaning Fee 50달러로 합계 212. 5달러다. 그런데 최 단장은 타이어 수리에 따른 다스팀의 손해보상을 청구하였다. 캠핑카 회사가 처음에 차량을 인도할 때에 불량 타이어를 장착하는 바람에 타이어가 쉽게 마모되어 사고 위험이 있었고, 타이어를 수리하는 동안 우리가 승합차를 하루 렌탈 하느라 쓴 151달러와 호텔에 묵은 비용 200달러를 보상하라고 주장하였다. 회사는 차량 인도 당시의 타이어는 정상이라는 기록을 제시했다. 그리고 차량 임차인의 운전 습관이나 차량관리 소홀 또는 도로 상태가 좋지 않은 곳을 운행할 때 타이어가 비정상적으로 마모될 수도 있다며 보상을 거부했다. 여하튼 1시간 이상을 논쟁하면서 결국은 책임자와 협의하여 세금을 포함한 265.66달러를 환불받기로 합의를 보았다. 최 단장이 사무실에서 합의를 하는 동안, 이정호 사장이 캠핑카 회사로 직접 와서 우리와 만났다. 세 명으로부터 다스팀의 여행담을 들으며 연신 "대단하다. 대단해!"를 연발했다.

이 사장은 오랜만에 만난 친구이다. 보성중학교 시절부터 같은 학교를 다니며 지냈기 때문에 어릴 적 감정을 그대로 갖고 있는 친구다. 다스팀원 중 설 작가와 양 대표는 이 사장과 초등학교 동창이기도 하다. 대단한(?) 일을 해 낸 다스팀을 위해서 미국을 떠나기 전까지 자기가 책임지고 오랜 여행의 여독을 말끔하게 풀게 해 주겠다고 큰소리친다. 몇 번 사양하다가 친구의 제안을 받아들이기로 했다. 그래서 이 사장이 안내하는 대로 캐슬우드 골프장으로 향했다.

저녁 식사를 마치고 여행의 여독을 풀어준다고 마사지 하우스에 갔다. 골프를 한데다 샤워를 했고 저녁식사에 소주 한 잔을 마신 덕분인가? 마사지 침대에 눕자마자 잠이 들며 코를 골기 시작했다.

서비스 하는 여자 종업원들이 킥킥대며 웃는 웃음소리가 은은히 귀에 들렸지만 비몽사몽 시간은 지나갔고 흔들어 깨우는 바람에 잠이 깨었다. 일어나서 동시에 뱉은 말이 "누가 그렇게 심하게 코를 곤 거야?" 하며 서로를 쳐다봤다. 누가 제일 심하게 코를 골았는지

캠핑카 반납절차를 마치고 친구 이정호와 함께 캠핑카 앞에서
이정호 사장이 El Monte 회사에 와서 캠핑카 반납 이후 출국시까지 우리의 발이 돼 주었다.

밑에서 본 골프장 전경

Castlewood Country Club-Hills Course

캐슬우드 골프장(castlewood country club)은 힐 코스(Hill Course)와 밸리 코스(Valley Course) 2개의 18홀 코스  를 가지고 있다. 힐 코스는 1926년에 개장하였으며, 오하이 골프장 등 여러 곳의 유명한 골프장들을 설계한 벨(William P. Bel)이 설계하였다. 도전적이고 경치가 좋은 레이아웃을 갖춘 이 골프장에서 제멋대로의 드라이버를 치거나 엉성한 숏 게임을 할 경우에는 즐거운 하루를 망칠 수 있다. 이 코스는 플레젠튼(Pleasanton) 산등성이 바로 밑에 있는 메인 클럽하우스에서 계곡 아래로 보이는 장관을 이루는 경치를 보여주는 산비탈에 굽이쳐 있다. 이 골프장은 회원제 골프장이기 때문에 반드시 회원이 동반하여야 입장할 수 있다.

골프장 규모/ 난이도

Par 72	Blue	6,219	Rating	71. 2	Slope	134
다스팀	White	6,066	Rating	70.4	Slope	131
	Red	5,456	Rating	67.7	Slope	125

요금

회원과 동반하는 경우 1인 105달러이다.

예약

회원제 골프장이어서 회원이 예약하고 비회원은 회원과 동반하여야 한다.

연락처

707 Country Club Circl Pleasanton, CA 94566 / 전화(925)846-2871

웹사이트

www.castlewoodcc.org

는 서로가 잘 안다.

　내일은 샌프란시스코 시내를 관광하기로 되어 있으며, 역시 이 사장이 가이드를 해주기로 되어 있다. 다스팀원 중 설 작가만 샌프란시스코 여행이 처음이다. 설 작가는 내일 샌프란시스코 시내 관광에 기대가 크다.

우정의 라운드는 아쉬움 속에 마무리되고

　캐슬 우드Castle Wood GC 골프장은 1926년도에 지은 유서 깊은 명문 골프장으로 수영장, 테니스 코트, 연습장Driving Range을 갖추고 있다. LPGA 유명선수인 폴라 크리머Paula Creamer도 이곳 골프장 멤버라고 이 사장이 설명해줬다.

　힐스 코스Hills Course와 밸리 코스Valley Course가 있는 36홀의 골프장인데, 다스팀은 터프한 힐스 코스에서 플레이 했다. 점심식사를 하러 클럽 식당으로 올라가니 커피, 아이스티, 코코아 등 음료수가 무료로 제공되고, 맥주를 마시는데 팝콘과 마른안주도 모두 무료로 준다. 한국 골프장에서는 커피 한잔에 8,000원씩이나 받는 것과 비교가 된다. 이 사장의 자세한 코스 설명을 들은 후, 티 샷을 힘차게 날렸다. 높낮이 기복이 심하고 페어웨이가 좁아서 코스 공략이 무척이나 어렵게 느껴지는 홀이 많았다. 그동안 갈고 닦은 실력을 친구에게 보여줄 욕심으로 힘이 바짝 들어가서인지 볼이 좌, 우로 정신없이 날아갔다. 그린도 경사가 심해서 볼을 그린 위에 올렸다고 안심을 할 수가 없었다.

　이 사장은 회원답게 노련하게 코스를 공략하고, 설 작가는 어제의 상승세를 이어가며 마음껏 샷을 날리며 파 행진을 했다. 이 사장이 설 작가의 신들린 플레이에 "야, 회원 바꿔야겠다. 어찌 저리 잘 치냐?" 하며 감탄을 했다.

몇 홀을 더 진행했는데 일기예보대로 날씨가 심상치 않더니 5번 홀부터 바람이 불고 빗방울이 떨어지면서 기온이 급히 떨어지기 시작했다. 생각 같아서는 끝까지 운동하고 싶었지만 추운 날씨에 계속 하는 것은 무리인 것 같아 전반 9홀까지만 하고 끝내기로 했다. 날씨 때문에 중도에 그만 둔 것이 못내 아쉬움이 남았다.

회원제 골프장이라서 샤워시설이 잘 되어 있고, 라커도 회원 개인별로 이름을 붙여 놓았다. 더운 물로 샤워를 하고 나서, 이층 식당으로 올라가 생맥주를 마시면서 학창 시절의 이정호의 무용담 그리고 설 작가와의 숨은 비화를 들으며 즐거운 시간을 가졌다. 그리고 골프장을 떠나 이 사장이 잘 아는 골프용품점에 들렀다. 최 단장은 최신형 타이틀리스트 퍼터를 구입했고, 설 작가는 불과 일주일 전에 출시된 미즈노Mizuno 아이언 세트를 구입했다.

DAY 61

2012. 11. 9

- **방문도시** San Mateo, CA → San Francisco, CA
- **중요사항** 샌프란시스코 관광
- **날씨** 맑음   • **기온** 07~14℃

샌프란시스코, 아쉬움을 달래며

마지막 날이다. 정말 이번 일정의 마지막 날이다. 일정은 샌프란시스코 관광.

비가 왔던 어제와 비교해서 기온이 좀 올라가고 햇빛도 나서 관광하기에 좋은 날이다. 9시 40분이 되어 이정호 사장이 호텔에 도착했고, 가벼운 옷차림으로 승용차에 올랐다. 이 사장은 출발하며 우리를 위한 특별한 관광 코스와 시간 계획을 진지하게 설명하였다.

요약하면 오전에 시내 관광과 점심식사로 베트남 요리를 먹고, 오후에는 금문교Golden Gate Bridge, 소살리토Sausalito 거리, 39번 부두, 룸바르드Lombard 거리 그리고 마지막 코스로 게 요리 전문식당으로 모시겠다고 한다. 말하는 폼이 전문 가이드 이상이다.

어제에 이어 오늘까지 모든 비용을 부담하며 속속들이 보여주고 설명하는 이 사장, 정말 고맙고 감사했다. 이 사장의 말을 그대로 인용한다면 "VVIP 손님이기에 계획에 없던 곳까지 보여준다"

는 것이다.

　시내 관광 코스 중 첫 번째는 시내에 있는 TPC 하딩파크^{TPC} $_{Harding\ Park}$ 골프장이었다. 2009년 President's Cup을 개최하였던 명문 골프장이다. 어제 비로 인해 9홀을 마치지 못한 아쉬움 때문인지 사진을 찍고도 발걸음이 떨어지지 않았다. 오전 시내 관광을 마치고 찾아간 베트남 식당은 맛도 좋았지만 식당 사장과 친한 이 사장 덕분으로 다양한 서비스를 푸짐하게 받았다. 손님이 많아 대기했다가 먹어야 할 정도로 인기 있는 식당이다.

　어제 오늘 따뜻한 마음으로 수고한 이정호 사장에게 다시 한 번 고마움을 느낀다.

　오늘이 여행 61일차, 마지막 날이다.
　드디어 여행은 끝났다.
　같이 한 친구들이여 고맙다.

금문교 앞에서

따듯한 환영을 받으며 도착하다

인천공항에 도착하여 짐을 찾아 출구로 나서니, 손상진이 손을 내밀며 환영해줬다.

친구 손상진은 출국 시에도 먼 길을 마다 않고 달려와 주었는데, 귀국할 때도 맞아 주니 다스팀의 영원한 매니저임에 틀림없다.

부인들도 아들, 며느리, 손자들을 대동하고 반갑게 맞아 주었다.

"여보, 당신 얼굴이 많이 야위었네. 흰머리도 많아 졌어요." 하며 안쓰러운 표정이다. 제일 사랑하는 사람의 위로에 긴 여정의 피로가 한순간에 눈 녹듯 사라져 버리는 느낌이다.

"다음번 여행을 갈 때는 꼭 손잡고, 함께 가도록 합시다" 하고 마음속으로 되뇐다.

그리운 가족들과 함께 기념사진을 찍었다.

최 단장의 며느리가 정성을 가득 담아 캐리커처^{골프 다이제스트 10월호 사진}를 만들어 다스팀원들에게 선물로 주었다.

그리운 가족들의 따뜻한 환영을 받았다.

다스팀 Forever 캐리커처

여행을 마치며 남기고 싶은 말

● **설병상 작가**

나의 역할

내가 맡았던 역할은 표면적으로는 일지 쓰는 게 주 업무였지만 내 마음속 역할은 '내가 궂은일을 맡아서 하자'는 마음으로 출발했다. 나는 천주교 신자인데 늘 성당에서 신부님 미사 중의 강론을 통해서 "자신을 낮추라"는 얘기를 들었다. 내가 성당을 다니면서 그런 생각이 깊어지기도 했지만 내 성품도 그런 면이 있었다. 내가 좀 양보해서 전체가 좋다면 기꺼이 양보를 하겠다는 것이 습관이 돼있었다. 그래서 이번에 가면 분명히 갈등이 생긴다, 갈등의 원인은 자기 생각을 안 굽힐 때 생기는 거다. 자기주장이라는 것은 자기 생각이 옳다고 하고, 자기 방식대로 하려고 하고 그것을 주장하다 보면 충돌이 생긴다. 그래서 나는 출발하기 전부터 내 주장은 가급적 안 하고 4명이 잘 안 하려는 궂은일을 하겠다고 마음먹었다.

여행 중 고충

4명이 먹고 싸고 자고 입고하는 일이 일상으로 생기면 누군가는 뒷정리할 사람이 있어야 한다. 이건 가정에서도 마찬가지다. 누군가는 쓸고 닦고 정리하는 일들을 해야만 한다. 각자 아파트에서 40평 50평 널찍이 살다가 서 너 평 되지 않는 좁은 차 속에서 4명이 생활해야 한다는 것은 정말이지 상상을 초월하는 불편함이 생길 수밖에 없는 거다. 그렇게 생활이 불편하다 보면 자연적으로 충돌이 일어나게 돼 있다. 그래서 주변의 우려의 시선도 분명 있었지만 내 생각은 좀 달랐다. 나는 주변의 우려와는 달리 '안 그렇다. 일단 떠나면 해결된다. 떠나기 전에 말이 많지, 떠나고 나면 거기서 지지고 볶고 싸우던 간에 문제가 해결되게 돼 있다'는 무한 긍정의 생각을 하고 떠났다. 물론 일정을 소화하면서 크고 작은 일들은 하루가 멀다 하고 일어났었다. 물건을 분실하는 일도 많았고, 예기치 못한 사고가 난 적도 있었다. 그래도 결과적으로는 다 마치고 왔기 때문에 우리가 다 극복했다고 얘기할 수 있는 것이다.

미국 골프의 매력

나는 이번 여행을 하면서 최금호 단장에게 고마운 점이 한두 가지가 아니다. 그래도 큰 줄거리에서 우리가 미국의 좋은 골프장을 찾아갈 수 있게 기획하고 예약하고 실행했다는 점은 최 단장에게 고맙게 생각한다. 이건 미국에서 직접 골프를 쳐보지 않은 사람은 느끼지 못하는 것인데, 정말로 한국에서 골프를 칠 때와 미국에서 칠 때가 너무 다르다는 것을 절실하게 느끼고 왔다. 미국에서 칠 때는 시원하고, 자연 속에서 운동한다는 느낌을 가지는데, 한국에서는 골프라기보다 투쟁 같다. 한국에서는 골프 한번 치러 가면 출발할 때부터 마치고 돌아올 때까지 평균 12시간이 걸린다. 실제로 골프 치는 시간은 많아야 5시간이다. 근데 나머지 7시간이 앞에 3시간 뒤에 4시간 정도가 가고 준비하고 대기하고 갈아입는 데 걸리는 시간이다. 그러니까 한국에서 골프를 치면 매번 7시간씩 들여가면서 운동을 해야 되는 것 이다. 어떨 때는 꼭두새벽에 나가야 된다. 왜냐면 차 안 막힐 때 가려니까 새벽같이 일어나서 가야 되기 때문이다. 그리고 골프장에 가서도 제한된 시간에 라운드를 해야 되니까 막 밀어붙인다. 하지만 미국은 별로 그런 것이 없었다. 골프장 가는데 시간도 안 걸리고. 어차피 우리는 쭉 가는 코스니까 코스 근처에서 자고 바로 갔으니까 시간도 얼마 안 걸렸다.

골프장 관리가 정말로 잘돼 있는 골프장이 수도 없이 많았다. 미국에서는 정말 평화롭게, 카트도 직접 페어웨이까지 쭉 들어가서 치니까 덜 피곤하다. 편안하고 느긋하고 골프를 즐기면서 칠 수 있다. 자연을 충분히 느끼면서 여유 있게 휴식처럼 골프를 칠 수 있다. 그리고 우리가 TV에서만 봤던 유명 골프장을 직접 가서 쳤다는 것이 미국 골프의 매력인 것 같았다. 그렇게 좋은 기회를 준 최 단장에게 고맙단 말을 하고 싶다.

이번 여행의 의미

오랫동안 기억될 가치 있는 일이라고 생각한다. 물론 최 단장이 우리 여행 얘기만 나오면 하는 "젊은이들에게는 꿈과 희망을, 은퇴 세대에게는 다시 도전의 정신을."이라는 거창한 말까지는 얘기하고 싶지 않지만 은퇴 후에 멋지게 골프를 치면서 여행하고 싶었던 내 나름의 로망은 충분히 충족시켰다고 생각한다. 사실 나이 들면서 이런 걸 항상 막연하게 동경해 왔던 것이 사실이었다. 미국이라는 나라는 한국과 달라서 서부 개척사의 장쾌한 역사가 있다. 개척사와 똑같이 차타고 횡단한다. 그런데 그 엄청난 대륙횡단을 차만 타고 가는 게 아니라 좋은 골프장을 찾아가면서 골프를 치면서 한다는 게 참 멋진 일이라고 생각하였다. 좋은 골프장을 평생 한 번도 못 가 보는 사람이 수도 없이 많다. 그런데 평생 언제 가볼 지도 모르는 명품 골프장을 다 찾아다녔다. 여기에 동참하지 않은 사람은 그 맛을 모를 것이다. 동부에서 밑으로 쭉 내려와서 디근자 모양으로 골프여행을 아무 사고 없이 해왔다는 것은 우리로서는 굉장히 의미 있는 일이다. 더 늙기 전에 그래도 젊은 나이에 잘했다. 이보다 멋진 일이 어디 있겠는가? 주위에서는 우리의 무용담을 듣고는 '우리는 꿈만 꾸고 있는데, 언제 이걸 할지 모르겠다.'며 무척 부러워하였다. 심지어는 미국에 있는 친구들한테서도 그런 얘기를 많이 들었다. 여행기간과 골프장, 많은 관광지를 그렇게 효과적으로 저렴하게 갔다 올 수 있었다는 게 여러 가지로 맞아 들어갔다고 본다. 건강, 팀워크, 재정적인 것, 집에서의 양해, 날씨도 비교적 좋았다. 이 모든 것을 친구들과 함께 즐거운 추억으로 남길 수 있었다는 게 이번 여행의 남다른 의미라고 나는 생각한다.

● **양기종 대표**

출발 전 각오

62일 동안에 나이가 60대 중반의 사람들이 체력도 체력이고, 또 친구라는 게 쉬울 수도 있지만 어려울 수도 있다. 말을 막 할 수도 있으니까 거기서 싸움이 날 수가 있어서 가족 친지들이 많이 걱정을 했다. 여행을 마치고 돌아와서 친구들에게 들은 첫 얘기가 "야, 너희들 그냥 돌아올 줄 알았다. 분명히 너희들 깨져서 온다. 어떻게 나이든 놈 넷이서 한 차에서 잠을 자면서 지내겠느냐?" 이었다.

사실 나도 나이지만 팀원들 생각에 '깨져서는 안 된다' 일종의 오기 같은 게 있었을 거라고 본다. 왜냐하면 우리의 여행을 전부 공표하고 갔고, 또 인터넷 카페에 우리의 일상사를 매일 올리다시피 하는데 깨져서 온다면 결과가 너무 참담하지 않겠는가.

그래서 다들 참고 열심히 일정을 소화해 냈다고 본다.

여행을 성공시키기 위한 업무분담과 여러 가지 규칙을 정했는데 그 중에서 제일 중요한 포인트는 '각자가 누리고자 하는 것은 사분지 일만 누리자' 이었다. 팀을 위한 제반사항을

50%를 해도 좋고, 100%를 해도 좋은데 누리는 것은 사분의 일만 누려라. 사분의 일 이상 누리면 다른 사람에게 피해를 주는 게 아니냐는 합의를 했고, 서로에게 힘이 되려고 노력을 했었다.

나의 역할

나는 골프장에 대한 정보나 골프장에서 있었던 일에 대해서 기록하는 일과 사진을 찍고 일자별로 인터넷 카페에 올리는 업무를 맡았다.

36번의 골프를 쳤는데 미국 인터넷사정이 좋지 않아서 2~3일에 한 번씩 정리하여 올렸고, 나로서는 가장 신경 쓰인 것은 개인 스코어를 기록하여 공개하는 것이었다. 처음에는 개개인의 골프스코어를 전부 공개했었는데 이것을 가족, 친지, 친구들이 다들 보고 여러 가지 반응을 보이는 것이었다.

골프는 매번 상황이 달라지기 때문에 스코어가 좋을 때도 있고

나쁠 때도 있는데 거기에 매달리다 보면 여행을 망칠 수도 있기 때문이다. 그래서 최소 금액만을 걸고 게임을 재미있게 하되 그 날의 우승자에게 존경과 축하의 의미를 담아 타수를 공개하고 나머지는 등수에 따라 2, 3, 4등의 순서대로 이름을 발표하기로 하였다.

또한 롱기스트, 니어핀, 이글, 버디를 한 사람을 공개하여 축하해 주기로 하였다.

미국 골프장의 특징

미국 골프장은 넓은 대지위에 인공적이지 않고 자연친화적인 골프장이 많다. 자연을 가능한 한 훼손하지 않고 코스를 만든 골프장이 대부분이고, 인공적으로 암석을 깍아서 만든 코스는 보기가 힘들었다.

뉴욕이나 뉴저지 쪽 골프장들은 평범한 골프장들인데 비해 플로리다로 내려오기 전 사우스캐롤라이나 주에 좋은 골프장들이 많이 있다. 특히 머틀 비치는 동부의 휴양지로 동부사람들이 결혼해서 하와이로 신혼여행을 못가면 이곳 머틀 비치를 찾는 명품휴양지이다.

머틀 비치에는 골프장이 백여 개가 넘게 있으며, 해안선을 따라 조성된 코스가 참으로 장관이라는 느낌을 지울 수가 없을 정도로 아름다운 골프장이 많았다.

그 밖에 칼레도니아 골프 앤드 피시 크럽^{Caledonia Golf & Fish Club}, 피지에이 웨스트^{PGA WEST}, 티피씨 소그래스^{TPC Sawgrass / 2,010년 최경주 선수가 플레이어스 챔피언십에서 우승했던 골프장} 등이 기억에 남는 골프장이었다.

재미있었던 곳은 텍사스의 사막에 자리 잡은 골프장들이었다. 사막의 모래위에 페어웨이와 그린, 그리고 티 박스만을 조성하였기 때문에 조금만 실수를 하면 볼이 사막모래와 가시덤불 속으로 들어갔고, 언플레이볼을 선언하고 벌타를 먹지 않으려고 그냥 치게 되니 볼이 럭비공처럼 제멋대로 날라 갔다. 그것을 표정관리하며 은근히 즐기는 동반자들이 있어 더욱 재미있는 골프장으로 기억된다.

여행의 성공 요인

첫째는 있는 그대로의 상대편을 빨리 인정해 주고, 상대편을 있는 그대로 받아들이는 노력이었다. 60대 중반까지 살아오면서 굳어진 생각과 생활패턴을 바꾸는 것은 불가능하다는 점을 인정하고 합의된 점이었다.

둘째는 몇 번 티격태격하면서 다툼도 있었지만 극복할 수 있었던 것은 '사분의 일만 누려라' 하는 것을 지키려고 노력했던 점이었다. 물론 때로는 화기애애한 분위기를 위해서 짖궂은 농담도 하곤 했지만 약간 지나치다 싶으면 옆의 친구가 제지하여 전체적인 분위기는 서로를 위로하고 격려하는 분위기이었다.

셋째는 다스팀 최 단장의 헌신적인 노력이었다. 출발하기 전부터 여러 번에 걸친 스케줄 조정_{숙소, 골프장, 식당, 이동거리, 일기예보 확인 등}을 매번 수정해 가면서 팀원들의 불편을 최소화하기 위해 밤잠을 설쳐가며 스케줄 확인을 했고, 정작 본인은 여행의 즐거움을 희생하는 봉사 정신이 돋보였다.

다만 월마트에서 쇼핑할 때 바비큐용 1등급 소고기와 허쉬 초코렛 구입은 절대로 양보하지 않았지만 내일을 위한 스케줄 조정에 꼭 필요할 것이라고 팀원들이 양해하기로 했다.

이번 여행은 거대한 미국의 극히 일부분만을 지나가는 여행이었으나 퍼블릭 골프장 중에서 그린피가 다소 비싸더라도 상위에 링크되어 있는 골프장을 다녀 본 것이 아주 잘 한 것 같다. 특히 페블 비치에서 4곳의 골프장을 방문한 것은 대견한 일이고 또한 미국에서 살고 있는 교포친구들도 많이 부러워하는 점이다.

● 장기풍 총장

나의 역할

우리가 출발하기 전 여러 가지 역할 분담 논의를 하였다. 나에게 주어진 역할은 모든 모임에서 총무의 역할이 그렇듯이 모임의주선, 연락, 추진, 기록, 경비의 정산, 단장의 보좌 등 전반적인 총무역할이었으며 현지에서는 방문 캠핑장의 기록이었다.

그 외 모두의 고민거리가 식사문제를 어떻게 해결하느냐였고, RV 차량으로 결정한 것은 여러 가지 명분이 있었지만, 식사문제를 해결하기위한 명분도 크게 작용했다.

예상 했던대로 첫날부터 형편없는 품질의 햄버거와 샌드위치에 길들여지기를 강요받았고, 마음에 드는 식당을 가는 것 외에 다른 방도가 없었다. 우리의 뱃속은 항상 불만족 상태였으며, 꼬르륵 소리의 반주 소리는 점점 커져만 갔다. 우리는 도착하여, 초기 상태 준비 관계로, 5~6일을 정신없이 보내며 그렇게 버텼다.

우리의 마음속 기대는 캠핑장에 도착, 우리가 준비 해온 한국음식을 해먹는 것이 가장 큰 기대 중의 하나였다.

만족여부는 둘째 문제다, 무조건 한국음식의 "그 맛"을 보고 싶다. 일주일후 골프를 치고, 배고프고 지친 상태에서 캠핑장에 도착했다. 도착 전 "저녁 한번 해먹자" 합의를 하고, 식재료 이것저것 준비를 했고, 첫 번째 선수로 내가 "마파두부"라는 것을 집에서 해본 대로, 열심히 준비하여 선을 보였다. 배도 고프고, 매일 샌드위치만 먹다가, 이것을 먹어보니 제법 괜찮았던 모양이다. 현지 분위기와 여행일정상의 여러 가지 배고픔이 합쳐져서, 맛이 있던 것으로 생각되었고, 칭찬 받을만한 정도의 요리 솜씨는 아니었다고 본다.

그 후 단원들이 이구동성으로 식사준비는 나의 몫으로 강요 받았고 완강히 버텼지만, 수석주방장의 임무가 추가 되었다. 62일 여정기간에 30여일간 저녁식사를 자체적으로 해결하였으며, 눈 설미와 손맛으로, 우리단원들의 입을 조금은 즐겁게 해주었다고 생각되며, 좋은 추억으로 남아있다.

여행의 의미

골프 채널의 PGA 경기 중계 시 그림 같은 코스를 보며, "그 자리에 내가 있었다면 얼마나 좋을까" 하며 한번쯤 상상을 해보지 않았는가!

그런 로망을 실현하기 위해서, 골프의 스킬 외 현실적으로 예상되는 조건들은 너무 많았다. 건강, 체력, 돈, 방법, 기획, 갈등해소 능력 등. 그러한 조건들을 실현하면서, 미국을 동서로 횡단하며 60여 일 동안 평생 한 번도 가보기 어려운 미국 36개 유명 골프장의 잔디를 밟아 보았다는 것만으로도 충분하며, 평생 내 기억에서 사라지지 않을 것이다.

한국의 골프 영웅 최경주 프로가 2011년 제5 메이저 대회인 프레이어 챔피언십에서 우승한 TPC 소그라스나, 미국 최고의 골프장 페블 비치에서 우리가 언제 라운드를 다시 해 보겠는가!

힘들었지만, 지금도 생각하면 꿈같은 일이었고 즐거운 일도 많았다. 뒤돌아보면 부부간의 여행도 의견 차이에 의해 갈등이 생기는데, 제각기 달리 살아온 노년의 친구들 간의 갈등이 왜 없었겠는가. 더욱이 60을 넘겨 중반의 나이로, 여행 중 서로 예민한 상태에서 위기의 상황도 거쳤지만, 우리만의 방법과 지혜로 서로간의 갈등을 잘 해소하고, 인내를 뛰어넘어 각자의 역할을 잘 해냈다고 하는 성취감도, 이여행의 진정한 의미가 아닐까한다.

아쉬운 점

우리가 처음 기획하고 준비할 때 거론이 되었지만, 어디에 여행 목적을 둘 것이냐 와 방법론에 대한 토론도 많이 했다. 골프 여행이 주이기 때문에, 아쉬운 점은 미국을 넓게 보기는 봤는데 너무 귀퉁이만 봤다는 거다. 좋은 시설과 또 다른 문화, 넓은 국토에 더 보고 느낄게 참 많았는데 "골프여행"만으로는, 미국이라는 본질을 이해하기에는 너무 멀구나 하는 아쉬움이 남았다.

미국이라는 문화가 부러운게 아니고, 이번 우리의 여행내용이 그렇듯이 국토의 넓이와 다양성에 한편 기가 죽고, 부럽기만 했다. 이를 어쩌하랴, 해결할 수 있는 문제가 아니었다.

캠핑카를 끌고 다니기에는 우선 운행의 제약이 너무 많았다. 골프장은 대개 도시 외곽 쪽에 있기 때문에 시내구경을 하러 가려면 별도로 렌트카를 이용하거나 다른 교통수단을 이용해야 했다. 이번 여행에서는, 골프장을 옮겨 다니고 이동하기 바빠서 다른 맛과 문화를 보기에는 역 부족 이었다.

차후 다시 갈수 있다면 골프도 하나의 메뉴로 보고, 그들의 문화와 모든 다양성을 맛보며 미국을 느낄 수 있는 최대한의 프로그램으로 접근 한다면 우리의 남은 인생을 조금이나마 절약 할 수 있지 않을까!

모든 여건과 사정이 허락 된다면, 테마를 이번은 골프, 다음은 여행과 문화, 그다음은 다른 테마. 이러면 얼마나 좋겠는가! 이것의 해답은 각자 모두의 마음속에 있다. 이와 같은 장기적인 계획을 다시 불사르기에는, 건강과 다른 여건들이 다시 허락 치 않을 가능성이 높다. 그래서 더욱 아쉬움이 남는다. 물론 개인적으로, 가족단위로 그들의 희망대로 계획해서 장기여행을 할 수도 있다.

미국의 골프여행을 계획하는 사람들을 위한 조언

캠핑카 대신에 대형 밴과 같은 것을 이용해 기동성을 늘리고, 주방기구를 갖춘 호텔을 이용하는 것도 좋은 방법이다. 경비가 상승되는 단점이 있으나 효율적일수가 있다. 협의에 의해, 빠듯한 일정보다는 여유를 갖는 것도 제안해 본다. 미국 슈퍼에서의 식재료는 상당히 싼 편이다. 식사문제를 자체 해결 할 수 있다면 일석이조다 미국 현지 식당을 이용도 하지만 한국 음식이 그리워 질 때가 많다. 특히 장기 여행을 할 때는 식사문제를 잘 해결해야 된다. 인터넷 이용과 언어문제는 중요한 사항이니 말할 필요도 없다.

골프장과 지역도 잘 선택할 필요가 있다. 미국의 동부지역과 서부지역은 골프 천국이다. 예를 들어 동부 지역 40일, 서부지역 40일 등으로 나누어 골프장 선택과 숙소 등을 선택한다면, 미국 골프의 대부분을 누린 것이나 다름없다. 숙소는 다양하게 선택해서, 모든 시설이 되 있는 콘도를 장기예약해서 베이스캠프로 이용하거나, 짧은 일정이라면 옮겨가며 호텔을 이용할 수도 있다.

● 최금호 단장

여행의 의미

우선 우리 네 친구가 조그마한 다툼과 오해는 있었지만 별 탈 없이 60일 동안 미국의 명문 골프장에서 즐거운 시간을 가질 수 있었다는 게 무엇보다 내 인생에서 잊혀 지지 않는 아름다운 추억으로 남을 것 같다.

나는 이번 여행을 끝내고 나서 하나님께 감사 기도하는 습관이 생겼다. 아무리 생각해봐도 그 많은 시간을 큰비 한번 맞지 않고 큰 사고 없이 그렇게 원활하게 일정을 다 소화할 수 있었다는 건 하나님이 보살펴주지 않았다면 실행될 수 없지 않았나 하는 생각에서 더욱 감사하는 생활을 하고 있다.

사실 다스팀에게 잠자리 불편이나 음식 문제, 골프 잘 치는 것, 관광하는 것은 그리 중요한 것이 아니었다. 무엇보다도 어려울 때 서로를 위해 한 번 더 힘이 돼주고, 음식을 만들고, 옷을 털고, 청소를 하는 자질구레한 친구들과의 일상이 나에겐 큰 힘이 되었다.

여행을 하면서 조그마한 논쟁이 있을 때 옳고 그름의 구별보다는, 상대방의 생각과 의견이 다름을 인정하고 이해하려는 마음을 가져야 한다는 노력이, 우리들을 편하고 즐거운 골프여행이 될 수 있게 해주었다. 그때의 그 마음을 잃지 않고 지금도 매일 교만하지 말고, 겸손한 마음을 갖고, 베푸는 마음을 갖고, 무슨 일이든 하나님께 감사하는 마음을 갖도록 기도하고 있다.

이번 여행의 성공은 세 친구의 완벽한 역할 분담과 노력의 결과이다. 100% 목표를 위해 우리는 모두 250%씩 제 몫을 충실히 했다

고 생각한다. 이 모든 어려움을 함께 극복해낸 친구들이 자랑스럽
다. 우리 여행의 성공을 위하여 진심으로 기도하고 응원하여 준 가
족 친지와 친구, 그리고 다스팀 카페회원 여러분께 진심으로 감사
드린다.

다스팀 방문 골프장 선정기준

미국 골프장은 우리나라와 같이 회원제 골프장(Private Golf Courses)과 대중 골프장 (Public Golf Courses)으로 구분된다. 그러나 우리나라와 달리 대중 골프장 중에도 명문 골프장이 많이 있다. 미국의 최고 명문 골프장인 페블 비치(Pebble Beach) 골프장도 대중 골프장이다. 골프장에 대한 품평은 <골프 다이제스트>, <골프 매거진> 등 골프 잡지사들이 평가하여 별표 등급을 부여한다. 대부분 별표 4개 이상이면 명문 골프장으로 구분한다. 우리는 미국 최고 100대 대중 골프장과 미국 최고 주 대중골프장, 그리고 별표 3개 이상의 대중 골프장 중에서 방문할 골프장을 우선 선정하였다.

골프장 선정 참고자료

• <골프 다이제스트(Golf Digest)> 선정 미국 최고 100대 대중골프장(America`s 100 Greatest Public Golf Courses)과 미국 주 최고골프장(Best In State Rankings) : www. golfdigest.com 참조

• <골프 매거진(Golf Magazine)> 선정 미국 최고 100대 골프장(Golf Magazine`s Top 100 Courses You Can Play)과 미국 주 최고 대중골프장(Best Public Courses In Every State) : www.golf.com 참조

• <골프 링크(GolfLink)> 선정 미국 최고 100대 골프장(Top 100 United States Golf Courses)과 미국 주 최고 골프장(Best Golf Courses By State) : www.golflink.com 참조

첫 번째 골프장 예약

• 첫 번째 방문할 골프장 선정 방법

첫 번째 숙박예정지인 뉴저지(New Jersey)주 엘리자베스(Elizabeth)시에 위치한 이코노 로지(Econo Lodge) 호텔과 가까운 거리에 있는 첫 번째 방문할 골프장은 다음과 같은 방법으로 선정하였다.

1. <골프 다이제스트> 선정 미국 최고 100 대중 골프장을 찾기 위하여 먼저 홈페이지 (www.golfdigest.com,)에 들어가 Course & Travel 클릭 → America's 100 Greatest Public 클릭 → Course Finder 클릭 → Compare America's 100 Greatest Public Golf Course 좌측 Location칸에는 현재의 호텔 위치인 Elizabeth, NJ, United States를 기입하고, 그 아래 칸에는 반경 30마일 이내 골프장을 검색하기 위하여 30Miles(10~50Miles가능)을 기입한다. 그리고 우측 적색 100 Greatest Public Rank칸에서 해당 골프장의 유무를 확인한다. 결과는 현재의 위치 반경 30Miles 이내에는 미국 최고 100대 대중 골프장은 없는 것으로 나타났다.

다음은 뉴저지주 최고 골프장(New Jersey : Best In State Rankings)을 검색하였으나 현재 위치에 가까운 골프장이 없었다.

2. 위와 같은 방법으로, <골프 매거진>이 선정한 미국 최고 100대 골프장(Golf Magazine`s Top 100 Courses You Can Play)과 미국 주 최고 대중 골프장(Best Public Courses In Every State) 가운데 현재 위치와 30Miles 이내의 골프장이 있는지를 확인하기 위하여 골프닷컴(www.golf.com)을 검색하였다. 결과는 해당 골프장이 없었다.

3. 다시 또 다른 골프 웹사이트인 골프링크(www.golflink.com)가 선정한 미국 최고 100대 골프장(Top 100 United States Golf Courses) 가운데 현재 위치와 가까운 골프장으로 순위 24위인 갤로핑 힐(Galloping Hill Golf Course)를 검색하였다.

Top 100 United States Golf Courses ⓘ THE TOP 100

GolfLink's *Top 100 United States Golf Courses* ranks the best golf courses out of more than 21,000 public and private golf courses across the country. Whereas most golf magazines rate golf courses based solely on the subjective views and limited local knowledge of a handful of editors, our list is based on a range of objective factors, specifically the preferences of over 2 million visitors to our web site every month. This makes GolfLink's *Top 100 United States Golf Courses* list the definitive online guide to the best golf courses in the country, and a great resource for researching and planning your next round of golf.

Rank	Golf Course	Location
21	Golf Club At Glen Ivy - Trilogy Course	Corona, CA
22	Kearney Hill Links - Kearney Hill Links Course	Lexington, KY
23	Santa Anita Golf Course - Santa Anita Course	Arcadia, CA
24	Galloping Hill Golf Course - 18 Hole Course	Kenilworth, NJ
25	Westlake Golf Course - Westlake Course	Westlake Village, CA
26	Locust Valley Golf Club - Locust Valley Course	Coopersburg, PA
27	Chicago Golf Club - Chicago Course	Wheaton, IL
28	Trull Brook Golf Course - Trull Brook Course	Tewksbury, MA
29	Sage Valley Golf Club - Sage Valley Course	Graniteville, SC
30	Crystal Downs Country Club - Crystal Downs Course	Frankfort, MI

4. 해당 골프장 홈페이지(www.gallopinghillgolfcourse.com/)를 방문하여 골프장 요금, 예약방법, 이동거리 등을 검토한 후 첫 번째 방문할 골프장으로 확정하고 다음과 같이 온라인(Online) 예약을 하였다.

(1) 다스팀은 년 회비 카드소지자가 아니므로 아래에 있는 5 Day Public Access를 클릭한다.

Tee Times

Thank you for choosing Galloping Hill Golf Course.

You may make a tee time by calling toll free (866) 802-0868. This service is available 24 hours a day 7 days a week.

To make an online registration please follow these instructions. If you are making an online reservation at Galloping Hill for the first time, please create a user profile. After you have created a profile you will be able to make a reservation by simply logging on with your email address and password.

1. Click the appropriate Tee time Access button
2. In the upper right hand corner click Sign In.
3. Your username is: ucg then your member number, example: ucg40011
4. Your password is your home zipcode. After initial log in you may change your username and password.

(2) 다음 화면에 원하는 라운드일자, 인원과 골프 코스를 기입하고 오른편 아래쪽에 있는 예약시간 찾기(Search for Tee Times)을 클릭한다.

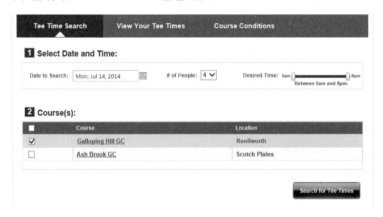

(3) 원하는 예약시간과 금액을 클릭한 후 신용카드로 결제하면 예약이 완료된다.

	Tee Time Search	View Your Tee Times	Course Conditions

Start	Players	Price Range	(Slide to filter)	Time Range	(Slide to filter)
Mon, Jul 14, 2014	4 ∨	0	100	5am	8pm
Select Search Date		Display fees between 0 and 100.		Display times between 5am and 8pm.	

Galloping Hill GC
Monday, July 14, 2014 / 4 Players

Time	Public 5 Day Access	Player Card 7 Day Access	Player Card 14 Day Access
12:06 pm	○ $51.00	○ $27.00	○ $26.00
12:15 pm	○ $51.00	○ $27.00	○ $26.00
12:24 pm	○ $51.00	○ $27.00	○ $26.00
1:36 pm	○ $51.00	○ $27.00	○ $26.00

tip 골프장 할인 받는 방법

방문할 골프장 홈페이지와 예약 대행 전문사이트인 골프 나우(www.golfnow.com)), 그리고 골프링크(www.golflink.com)를 비교 검색하여 할인이 많이 되는 사이트에서 예약을 결정한다. 그리고 머를 비치와 플로리다, 그리고 팜 스프링스와 같은 골프 도시에서는 그곳 지역의 할인 전문 사이트도 함께 비교한다. 다음은 트위스티드 둔(Twisted Dune Golf Club) 골프장을 예를 들어 설명한다.

1. 트위스티드 둔 골프장 홈페이지를 방문하여 예약(To Book Tee Time)을 클릭한다.

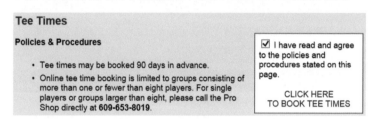

2 아래에 있는 라운드 일자, 골프인원, 원하는 가격과 시간을 기입하고 Add를 클릭하고 예약조건을 확인한다. 다스팀이 검색한 2012년 9월 15일 토요일 오후 2시 12분 요금은 카트와 세금 포함하여 79달러였다.

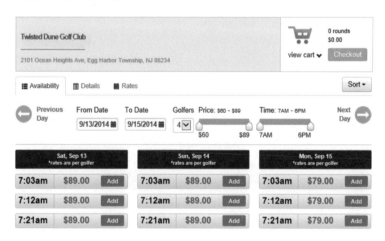

3. 그리고 예약 대행 전문사이트인 골프 나우(www.golfnow.com)를 검색하여 가격을 비교한다. 빨리 검색하기 위하여 트위스티드 둔 골프장 이름을 골프 나우 시작페이지 오른쪽

위에 기입하고 찾기(Search)를 클릭한다. 그리고 검색 결과에 있는 트위스티드 둔(Twisted Dune Golf Club) Tee Time 기사를 클릭한다.

4. 일자와 시간에 따라 다양한 할인가격을 검토하고, 예약을 결정한다. 가장 할인이 많이 되는 경우에는 아래와 같이 36% 할인하는 경우가 있다.

2:42 PM	2:51 PM	6:27 AM	6:45 AM
Twisted Dune Golf Club	Twisted Dune Golf Club.	Twisted Dune Golf Club	Twisted Dune Golf Club
$45.00 /player	$45.00 /player	$79.00 /player	$79.00 /player
Players 2 - 4 ⌄	Players 2 - 4 ⌄	Players 2 - 4 ⌄	Players 2 - 4 ⌄
You Save 36%	You Save 36%	You Save 7%	You Save 7%
BOOK	BOOK	BOOK	BOOK
7:12 AM	7:39 AM	8:15 AM	8:42 AM
Twisted Dune Golf Club	Twisted Dune Golf Club	Twisted Dune Golf Club	Twisted Dune Golf Club
$79.00 /player	$79.00 /player	$79.00 /player	$79.00 /player
Players 2 - 4 ⌄	Players 2 - 4 ⌄	Players 2 only ⌄	Players 2 only ⌄
You Save 7%	You Save 7%	You Save 7%	You Save 7%
BOOK	BOOK	BOOK	BOOK

5. 36% 할인하는 노랑 표시를 클릭하면 아래와 같이 Hot Deal-Prepaid Time과 Cart Included 라는 문자가 나타난다. 핫딜(Hot Deal)은 카트요금 포함(Cart Included)한 파격적인 가격할인을 해주는 장점이 있으나, 예약을 할 경우 모든 요금을 사전에 지불 (Prepaid)하며, 우천으로 골프장이 폐장하는 경우 외에는 환불을 받을 수 없는 단점이 있다. 그러므로 반드시 예약 2~3일 전 일기예보를 확인하고 결정하여야 한다.

HOT DEAL - Prepaid Time

Cart Included

6. 다스팀이 검색할 당시 골프 나우 핫 딜(Hot Deal) 가격은 59달러였고, 트위스티드 둔 골
프장 홈페이지의 예약 요금은 79달러였다. 골프 나우 가격이 1인당 20달러, 4인 80달러
저렴하여 골프 나우에 대행 수수료 7.96달러를 지불하고 예약하였다.

tip 캠핑장 예약방법

캠핑장 위치를 결정하는 기준

다음 예정 방문지인 골프장, 관광지, 숙소와 가까운 거리에 있는 위치를 우선 선택한다. 다스팀이 9월 16일 방문한 첫 번째 캠핑장은 다음과 같은 기준으로 결정하였다. 9월16일~18일 일정은 베이몬트 인 호텔에서 출발하여 워싱턴 DC 인근 캠핑장에서 1박하고, 17일 워싱턴 DC를 관광하고 다시 같은 캠핑장으로 돌아와서 숙박한다. 그리고 18일 오전에 캠핑장 인근 레이크 프레지던셜(Lake Presidential) 골프장에서 운동한 후, 다음 숙박지로 출발 예정이다. 그러므로 캠핑장의 위치는 관광 예정지인 워싱턴 DC와 레이크 프레지던셜 골프장과 가까운 장소를 찾아야 한다.

캠핑장 검색방법

첫 번째, 공영캠핑장 예약사이트인 리저브 아메리카(www.reserveamerica.com)를 방문한다.

1. 왼편에 있는 네모박스에 문항을 기입한다.

    Where? : 목적지인 워싱턴 DC를 기입.

    Interested in : 관심사항인 캠핑과 숙박(Camping & Lodging) 선택.

    Looking for : 찾는 구역인 RV sites(캠핑카 구역)를 선택.

    Length(ft) : 캠핑카 길이 25ft를 기입.

    more options : 선택사항을 클릭하여 Electric Hookup(전기연결)이 나타나면 필요한 전기 용량 30Amp을 선택.

    Water hookup : 수도 연결.

    Sew hookup : 하수도 연결.

    Pull though driveway : 전면으로 주차장소를 통과할 수 있는 진입로를 클릭.

    Arrival date : 도착일.

    Flexible for : 융통성 있는 예약기간 선택.

    Length of stay : 체류일자를 기입.

2. Search(찾기)를 클릭해 오른편에 목적지와 가까운 캠핑장을 찾는다.

3. 찾고 있는 목적지가 없으면 다른 예약 사이트를 검색.

검색된 2곳의 주립 캠핑장과 1곳의 사설 캠핑장은 다스팀의 다음 목적지인 워싱턴 DC와 70마일에서 108마일 이상 떨어져 있어 적합한 장소가 아니다.

두 번째, 다음은 사설캠프장인 케오에이(KOA)의 예약사이트(www.koa.com)를 방문한다.

1. 왼편 아래에 목적지인 워싱턴 DC(Washington DC)를 입력하면 두 개의 캠핑장 이름이 나타난다. 먼저 위편에 있는 워싱턴 DC(Washington DC / Capitol KOA) 캠핑장을 클릭한다.

2. 다음 화면에서 캠핑장 주소 (768 Cecil Avenue North-PO Box 9 Millersville, MD 21108)를 확인하고, 다음 방문지와 적합한 위치인지를 확인하기위하여 거리를 측정한다.

3. 아래의 지도에서 A는 출발지인 베이먼트 인(Bayment Inn)에서 캠핑장인 D까지는 264km, 약 2시간 40분 거리이며, 캠핑장 D에서 관광 예정지인 워싱턴 DC까지 약 45km, 40분 거리이며, 캠핑장 D에서 방문예정 레이크 프레지던셜 골프장 E까지 약 29km, 25분 거리이다. 워싱턴 DC 캠핑장은 다음 방문지인 워싱턴 DC와 골프장과 29~45km 이내에 있는 아주 적합한 장소로 결정하고 예약을 검토한다.

4. 워싱턴 DC / Capitol KOA 캠핑장을 클릭하면 아래쪽 왼편에 있는 네모박스에 입실일자(Check In), 퇴실일자(Check Out), 숙박인원(4), 캠핑구역(RV)을 기입하고 다음 단계(Next Step)를 클릭한다. 그러면 아래쪽 오른편에 있는 네모박스가 나타난다. 캠핑장비 종류(Equipment Type)에는 캠핑카(Motorhome)을 선택하고, 캠핑카 길이(25ft. long)를 기입하고, 캠핑카 옆면이 확장되는지 여부(With Slideout), 애완동물과 함께 여행하는지 여부(With Pets)를 확인하고 다음(Next)을 클릭한다.

5. 다음은 캠핑카 구역(RV Sites)에 있는 여러 종류의 캠핑 장소들 중에서 편의시설과 크기, 가격 등을 비교하여 적합한 장소를 선택하고 예약(Reserve)을 결정한다. 다스팀은 1일 75 달러하는 아래의 장소(Pull Thru, 50/30 Amps, Full Hookups)를 숙박 장소로 결정하였다. 캠핑장을 여러 번 이용하는 캠퍼는 할인 멤버십 카드(Value Kard Reward membership)를 구매하여 10% 할인을 받는 것이 경제적이다.

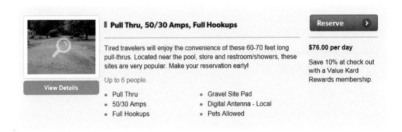

캠핑장 참고자료
• 리저브 아메리카 www.reserveamerica.com
• 코아 캠핑그라운드 www.koa.com

워싱턴 DC 캠핑장 지도
다스팀은 아래 지도의 밑쪽에 있는 노란색 구역을 예약하였다. 앞쪽에 화장실 등 모든 공동 편의시설들이 있고, 주차하기 편리한 넓은 주차장과 경치가 좋은 곳이다.
요금은 캠핑장 구역에 따라 차이가 있다. 비싼 요금 순서대로 나열하면, 노란색 구역 → 초록색 구역 → 청색 구역 → 하늘색 구역 → 빨간색 구역 → 분홍색 구역

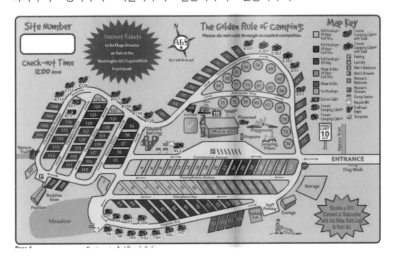

다스팀 여행 결산

여행기간
- 2012년 9월10일 ~ 11월10일 (62일)

이동
- 이동거리 : 11,346km (7,050miles) / 캠핑카 59일 이동거리
- 방문 주 : 13개 주
- 1일 최대 이동거리 : 879km
- 1일 평균 이동거리 : 192km

골프
- 방문골프장 : 36개
- 최저 그린피 : 1인 16.6달러 / The National Golf Club of Louisiana
- 최고 그린피 : 1인 420달러 / Spyglass Hill Golf Course - Pebble Beach
- 총 골프비용 : 12,092달러
- 1인 비용 : 3,023달러
- 1인 35회 평균비용 : 86달러
- 1인 33회 평균비용 : 70달러(스파이 글라스 420불, 스페니시 베이 305불 제외)
- 최저타 : 74타 / PGA WEST Greg Norman Course / 양 대표
- 다스팀 4명 평균기록 : 89.45 타

호텔
- 방문 호텔 : 35개 / 46박
- 총 비용 : 7,408달러
- 1인 비용 : 1,852달러
- 1인 1회 평균비용 : 40달러

캠핑장
- 방문 캠핑장 : 11개 / 15박
- 총 비용 : 1,473달러
- 1인 비용 : 368달러
- 1인 1회 평균비용 : 25달러

관광
- 방문지 : 7곳
- 총 비용 : 2,460달러
- 1인 비용 : 615달러
- 1인 1회 평균비용 : 88달러

4인 총비용 53,382달러 / 1인 총비용 13,345달러
- 비행기 : 5.600달러 / 1,400달러
- 캠핑카 : 11,000달러 / 2. 750달러
- 골프 : 12,092달러 / 3,023달러
- 호텔 : 7,408달러 / 1,852달러
- 캠핑장 : 1,473달러 / 368달러
- 캠핑카 유류비 : 3,383달러 / 846달러
- 캠핑카 수리비 등 : 2,233달러 / 558달러
- 식재료 : 3. 584달러 / 896달러
- 식당 : 3,193달러 / 798달러
- 관광비용 : 2,460달러 / 615달러
- 팁 등 잡비 : 954달러 / 239달러

4인 예산금액 52,857달러 / 실사용 금액 53,382달러 / 집행율(%) 100.99%

60일간의 미국 골프횡단

초판 1쇄 인쇄 | 2014년 12월 15일
초판 1쇄 발행 | 2014년 12월 25일

지은이 | 최금호 외 3인
펴낸이 | 김왕기
펴낸곳 | 푸른영토

주 간 | 맹한승   편집장 | 최옥정
디렉터 | 장기영   편집부 | 원선화, 김한솔   마케팅 | 임성구

주소 | 경기도 고양시 일산동구 장항동 865 코오롱레이크폴리스1차 A동 908호
전화 | (대표)031-925-2327, 070-7477-0386~9 · 팩스 | 031-925-2328
등록번호 | 제2005-24호   등록년월일 | 2005. 4. 15

전자우편 | designkwk@me.com
ⓒ최금호 외 3인, 2014

ISBN 978-89-97348-38-1   03810